mainbook

Die Handlung und die Figuren in diesem Roman sind fiktiv.

ISBN 978-3-947612-83-3

Covergestaltung: Mascha Vassena

Jennifer Hauff

# Verschnitt

Weißt du, wer du wirklich bist?
Und weshalb?

Thriller

## Die Autorin

Jennifer Hauff wurde 1984 in Frankfurt am Main geboren und lebt heute noch in der Stadt. Die gelernte Hotelkauffrau arbeitet als Front Desk Manager bei einer Fluggesellschaft und studiert Germanistik an der Goethe-Universität.
Nach ihren beiden Jugendbüchern „Herzverwandt" und „Traumstimmen" (beide Schwarzkopf & Schwarzkopf) widmet sich die Autorin derzeit der Spannungsliteratur.

## Das Buch

„Verschnitt“ basiert auf Fakten. Weltweit werden medizinisch unnötige Operationen an intergeschlechtlich geborenen Kindern vollzogen, um ihnen ein gesellschaftlich akzeptiertes Geschlecht zuzuweisen. Solche Operationen gehen oft einher mit immensen seelischen und körperlichen Problemen im weiteren Leben der Betroffenen, sind daher höchst unethisch und werden aktuell in der Öffentlichkeit kontrovers diskutiert. „Verschnitt“ liefert in dieser Diskussion einen spannenden, belletristischen Beitrag.

Lianes Familie wurde zerstört, als sie noch ein Kind war. Jetzt will sich die OP-Schwester rächen, an dem Kinderchirurgen, der geschlechtsverändernde Operationen an Kleinkindern vornimmt. Für ihren persönlichen Rachefeldzug sind ihr alle Mittel recht.
Als eine Patientin des Professors auf mysteriöse Weise verstirbt, findet Liane heraus, dass der Arzt illegale Hormonexperimente durchführt. Forschung und sein wissenschaftliches Renommee sind ihm dabei wichtiger als Einzelschicksale. Lianes Plan nimmt Fahrt auf. Doch mit ihren unkonventionellen Methoden bringt sie weitere Patienten in Gefahr.
Es gibt kein Zurück mehr.
Kann sie die Menschenexperimente des Chirurgen stoppen, ohne selbst über Leichen zu gehen?

Nature loves variety, unfortunately society hates it.
*Dr. Milton Diamond*

Es ist nicht Liebe, die aus Wahrheit ein Geheimnis macht.
Es ist Angst!

# Prolog

Unter dem Leinentuch zeichneten sich die Umrisse der Kinderleiche ab. Wie in einem dunklen Tunnel bewegte sich der Arzt langsam auf die Bahre zu. Er hatte dafür gesorgt, allein zu sein. So störte es ihn kaum, dass sich eine Träne aus der längst trocken geglaubten Quelle ihren Weg über seine Wange bahnte. Er legte das Klemmbrett auf dem Beistelltisch ab, griff mit beiden Händen nach dem Laken und begann zu zittern, als ihr bleiches Gesicht darunter zum Vorschein kam. Mit einem tiefen Atemzug richtete er sich ein wenig auf und schloss kurz die Augen. Als er sie wieder ansehen konnte, fiel sein Blick auf eine gekräuselte Haarsträhne, die ihr über der Stirn lag und an der Augenbraue endete. Mit beinahe väterlicher Zärtlichkeit strich er ihr das dunkelbraune Löckchen aus dem kalten Puppengesicht und tastete ihren Kopf ab. Er öffnete ihre Lider, um in ihre toten Augen zu schauen, zog das Laken weiter herunter, drehte den nackten Körper ein wenig und betrachtete ihren Rücken. In der Todesbescheinigung hatte er bereits die Angaben zu ihrer Person ausgefüllt. Ebenso den Ort und den Zeitpunkt des Todes, der vor nicht einmal einer halben Stunde im selben Gebäude unter der fachkundigen Behandlung seines Kollegen eingetreten war. Seine Handschrift wirkte nicht so krakelig wie sonst, eher unstet, wie ein stotternd ausgesprochenes Wort. Das Kreuz, das er im Feld für „weiblich" gesetzt hatte, war zittrig und glich gekreuzten Blitzen. Nun markierte er als Todesart das Feld mit der Beschriftung „natürlicher Tod" und wusste, dass damit keine weiteren Untersuchungen nötig wären. Er unterzeichnete den ersten Teil des Dokuments und widmete sich erneut dem kleinen Körper. Was den Befund zur Todesursache betraf, hatte er keine Zweifel. Thrombophilie, Thrombus, Myokardinfarkt, womit die notwendige Kausalkette eingehalten war. Das Kind war an den Folgen eines Herzinfarkts verstorben. Der restliche Papierkram würde ihm keine Schwierigkeiten bereiten. Trotzdem war er sich seiner Verantwortung bewusst. Dies war der letzte ärztliche

Dienst an seiner Patientin und er würde ihn so gewissenhaft erledigen wie alle Untersuchungen während ihrer viel zu kurzen Lebenszeit. Er war im Begriff, die Temperatur zu messen, als ihm das bunte Kinderpflaster an ihrem Knie ins Auge fiel. In Gedanken zählte er *Eins… zwei… drei*, um es mit einem schnellen Ruck abzuziehen, wie er es immer getan hatte, als sein Sohn noch klein gewesen war. Einen Moment lang schaute er sich den Aufdruck von bunten Schildkröten auf dem Klebestreifen an. Er glaubte, sich zu erinnern, dass Christian damals Superman-Pflaster gehabt hatte, bevor sein Blick zu dem kleinen, oberflächlichen Kratzer auf ihrem knubbeligen Knie wanderte. Es war keine richtige Verletzung. Das Pflaster war ein Zeichen von Trost gewesen, eine Bescheinigung der Liebe ihrer Eltern. Vielleicht war sie von einem Kätzchen gekratzt worden oder an einem scharfkantigen Ast im Garten hängengeblieben. Es war das letzte Stückchen Lebensgeschichte an ihrem toten Körper. Einem Körper, der in kurzer Zeit sehr viel Schlimmeres als einen Kratzer ausgestanden hatte.

Nach der ausführlichen Leichenschau faltete er die kleinen, etwas speckigen Arme auf der flachen Brust des Mädchens und bedeckte den Leichnam erneut mit dem Laken.

Die Realisierung des Projekts musste jetzt umso dringender vorangetrieben werden. Nun galt es erst recht, keine Zeit zu verlieren. Ihr Tod durfte nicht umsonst gewesen sein.

# Kapitel 1

Mit einer dampfenden Kaffeetasse in der Hand saß Liane auf dem Rand der viel zu klein geratenen Badewanne ihrer viel zu klein geratenen Zweizimmerwohnung. Keineswegs zu klein war hingegen der riesige Spiegel über dem Waschtisch, in dem sie vom Wannenrand aus ihre zerzausten Haare betrachtete.

Kaum etwas in ihrem Leben hatte sich seit der angestrebten Festanstellung verbessert. Die Verantwortung war größer, die Arbeitszeiten waren anspruchsvoller geworden. Zumindest war ihr Job bedeutungsvoll. Selbst an den ruhigen Tagen gab es genügend wichtige Dinge zu tun. Kein Mensch würde jemals am Stellenwert ihrer Arbeit im Operationssaal zweifeln.

Ihr Spiegelbild rang sich ein Lächeln ab, als sie „The show must go on" murmelte und dabei zum Stehen kam. Mit drei großen Schlucken war die Tasse geleert und Liane war bereit, ihre dunkelblonde Mähne in einem ordentlichen Zopf zu bändigen. Routiniert zog sie sich einen dünnen Lidstrich und tuschte ihre Wimpern. Mit der Zahnbürste im Mund ging sie ins Schlafzimmer, zog sich eine Jeans über und griff nach einem übergroßen Baumwollpullover.

Zwanzig Minuten später hastete sie bereits durch das halbdunkle Treppenhaus in Richtung Tiefgarage. Für die durchaus beachtlichen Mietpreise hätte man erwarten können, dass die Hausverwaltung die Treppenhausbeleuchtung in Stand hielt. Stattdessen musste schon seit Wochen die dürftige Notbeleuchtung ausreichen, um einem Genickbruch auf dem Arbeitsweg zu entgehen. Unten angekommen, verlangsamten sich ihre Schritte kurz vor der Garagentür, als sie plötzlich ein ungutes Gefühl überkam. Ein Kribbeln im Nacken, das sie aus ihrer Kindheit kannte. Zögernd öffnete sie die schwere Brandschutztür, schlupfte hindurch und ließ sie dicht an ihrem Rücken ins Schloss fallen. Angelehnt wartete sie, dass die klirrenden Neonröhren die Parkgarage erhellten. Das gesamte Kellergeschoss verband drei große Wohnkomplexe und die Tiefgarage verteilte sich auf zwei Stockwerke, trotzdem war die Garage zur Frühdienstzeit immer wie ausgestorben.

Endlich ging das Licht an. Mit dem Schlüssel in der Hand lief sie zielstrebig auf den kleinen Peugeot zu, blieb jedoch abrupt stehen, als sie die geöffnete Hintertür bemerkte. Unsicher, ob das Mobiltelefon in der Tiefgarage Netzempfang hatte, flog ihre rechte Hand zur Handtasche an ihrer Seite. Hektisch wühlte sie darin herum. Sie drehte den Kopf. Schaute zuerst über die rechte, dann über die linke Schulter. Die Fingerspitzen ertasteten das Telefon. Noch bevor das Display hell wurde, umfasste eine große behandschuhte Hand die ihrige mitsamt dem Handy.

Liane fuhr herum. Ein gewaltiger Ruck ging durch ihre Schulter und sie begriff, dass der Kerl an ihrer Handtasche gezogen hatte. Doch der Lederbügel hielt stand und die Tasche klemmte noch immer unter ihrem Arm. Liane starrte in die verzerrte Maske eines traurigen Clowns, umrandet von einer dunklen Kapuze. Es dauerte einen Moment, bis sie im Stande war, einzuatmen, doch die Luft schien sich verflüssigt zu haben. Sie sah die Klinge in seiner Hand und wollte schreien, aber es kam kein Ton aus ihrer Kehle. Auf das Messer blickend, versuchte sie es noch einmal mit einem Schrei, als sich der Clown umdrehte und mit schweren Schritten davonlief. Er betätigte den manuellen Öffner und Liane hörte, wie das mechanische Tor hochfuhr. Im selben Moment sackte sie schnaufend auf dem Boden neben ihrem Wagen zusammen.

*Verdammt*, fluchte sie und schlug mit der flachen Hand gegen das Hartgummi des Hinterreifens. Er hatte ihr Telefon. Sobald sich ihr Atem etwas beruhigte, kam sie stolpernd auf die Füße, öffnete die Fahrertür und steckte den Kopf in das Fahrzeug. Eine unangenehme Mischung aus kaltem Zigarettenrauch, Alkohol und einem beißenden Geruch, bei dem es sich durchaus um Urin handeln konnte, schlug ihr entgegen. Hatte er hier auf sie gewartet?

Sie klappte das durchwühlte Handschuhfach zu und wollte das Fenster der Beifahrerseite öffnen, als sie es sah. Auf dem Sitz lag ein Gänseblümchen. Ihr Blick fixierte die weißen Blütenblätter, die in ihrer Zartheit einen kräftigen Kontrast zu dem saftig festen Grün des dünnen Stiels darstellten. Ihr stockte der Atem.

***

Als Liane drei Minuten später vor ihrem Computer saß und nach Luft rang, weil sie die Treppe hochgerannt war, schüttelte sie immer noch ungläubig den Kopf. Sie öffnete rasch ihre Cloud, suchte nach ihrem Telefon und aktivierte den „Verloren"-Modus. Alle erforderlichen Schritte befolgend, gab sie einen Code ein, um das Gerät zu sperren und hinterließ eine Telefonnummer, auch wenn diese Funktion in ihrem Fall sinnlos war. Zu guter Letzt überlegte sie sich kurzerhand eine Nachricht, die auf dem Sperrbildschirm des Gerätes angezeigt wurde. In Großbuchstaben tippte sie:

DAMIT KANNST DU NICHTS MEHR ANFANGEN!

Zurück in der Tiefgarage tastete sie ihren Sitz vorsichtig ab und ließ sich mit verzerrtem Gesicht ins übelriechende Wageninnere fallen. Ein Blick auf die Zeitanzeige am Radio trieb ihren Puls an. Normalerweise wäre sie längst umgezogen und auf dem Weg zu ihrem OP gewesen. Sie hievte die überdimensionale Handtasche von ihrem Schoß auf den Beifahrersitz und sah es noch einmal an, bevor es von der Tasche zermalmt wurde. Das Gänseblümchen.

In Gedanken hörte sie die kindliche Stimme ihrer kleinen Schwester trällern.

„Lilly, auf Englisch heißt du wie eine Blume! Lilie passt aber nicht. Gänseblümchen, Gänseblümchen! Sei keine blöde Gans, du Blümchen!"

In Gedanken versunken starrte Liane das Lenkrad an.

„Sei keine blöde Gans, du Blümchen."

Ständig hatte die Kleine diesen Singsang wiederholt.

Mit dem nächsten Wimpernschlag blinzelte sie die Erinnerung an Sara weg und startete den Motor. Von der Tiefgaragenausfahrt fuhr sie ein paar Meter bis zur Kreuzung und trat dort scharf auf die Bremse, weil eine Radfahrerin aus dem angrenzenden Solmspark herausschoss und direkt vor dem Wagen auf die Hauptstraße einbog. Die Sonne ging um diese Zeit gerade erst auf und obwohl die Radsportlerin eine kleine Lampe am Lenker hatte, war sie im Halbdunkel kaum zu sehen gewesen. Liane hielt das Lenkrad fest umklammert, aus Angst, das Zittern ihrer Hände könnte in den ganzen Körper übergehen. Sie drehte noch einmal den Kopf in Richtung Park, um sicher zu sein, dass von dort niemand mehr kam, und bog ab. Die Straßen des sonst so geschäftigen Teils von Rödelheim waren noch leer. Liane hielt an einer roten Ampel und sah auf dem Boden vor der Sparkassenfiliale zwei Umrisse in Schlafsäcken liegen. Das Zittern wollte immer noch Überhand nehmen, weshalb sich inzwischen sogar ihr Kiefer verkrampfte. Einige Minuten später hatte sie den Stadtteil über die Lorscherstraße verlassen, fuhr die Landstraße weiter und passierte Eschborn. Sie fuhr am XXL-Möbelmarkt vorbei und hatte kurz darauf bereits die Kreuzung zum Kronberger Hang erreicht. Das Taunusklinikum war in den Achtzigerjahren auf freien Feldern am Bahnhof Schwalbach Nord erbaut worden und grenzte unmittelbar an ein Gewerbegebiet. Auch hier war zur Frühdienstzeit noch wenig los. Lianes Finger waren immer noch verkrampft, als sie auf den Schotterparkplatz hinter der Klinik fuhr.

Im Spindraum angekommen, überlagerte die Wut, verspätet zu sein, jeden vorhandenen Schockzustand. Hektisch zog sie sich aus, stieg in die blaue Leinenhose und warf sich unachtsam das gleichfarbige Oberteil über. Als ihr Blick den Wandspiegel streifte, erkannte sie aus den Augenwinkeln, dass sie die Naht des Kasacks außen trug. Sobald sie im OP-Bereich war, würde sie diese Sachen ohnehin gegen die saubere OP-Kleidung eintauschen. Sie machte sich also nicht die Mühe, ihn umzudrehen, knallte stattdessen ihren Spind zu und machte sich auf den Weg.

Kurz darauf betrat sie in grüner OP-Montur ihren Bereich und ging wie immer zuerst in den kleinen Aufenthaltsraum. Zum Kaffeekochen blieb ihr keine Zeit. Sie musste an den Computer. Darum nahm sie sich lediglich ein Glas Wasser mit ins Büro. Sie schaltete das Licht an und stellte ihr Glas neben dem Bildschirm ab. Während der Computer startete, schob sie die Schiebetüren der drei Operationssäle auf. Über ein elektronisches Bedienfeld schaltete sie die Lichter in den Sälen ein und ging zurück ins Stationsbüro. Sie zog sich den Rollhocker heran, öffnete den OP-Plan und scrollte mit dem Mausrad nach unten. Den Plan für den heutigen Tag kannte sie auswendig. Trotzdem las sie die Namen und das Alter der Patienten, die Namen der Chirurgen und

Assistenzärzte und die Art jeder einzelnen Operation. Sie studierte den nächsten und den übernächsten Tag. Keiner ihrer Vorgesetzten hätte von ihr verlangt, einen Überblick über den laufenden Tag hinaus zu haben, doch Liane blätterte immer weiter. Von einem Tag zum nächsten überflog sie Operationspläne und las jede Menge Namen. Während ihre Augen über den Bildschirm flogen, griff sie blind nach dem Notizblock neben dem Telefon und nahm sich einen Kugelschreiber aus dem silbernen Stifteköcher. Im OP-Plan war sie fünf Tage in der Zukunft angelangt, als ihr Blick auf seinem Namen einfror: Professor Dr. J. Gelders.

Es handelte sich um eine unwichtige Routineoperation. Trotzdem legte sich ihr bei dem Gedanken an den Chefarzt ein eisiger Umhang über den Rücken. Sie wollte gerade mit dem nächsten Tag fortfahren, als sie Schritte auf dem Flur hörte. Mit flinken Bewegungen wählte sie im Plan den aktuellen Tag aus, während Olaf den Raum betrat.

„Guten Morgen, hast ja noch gar keinen Kaffee gekocht. Alles in Ordnung?"

Mit einem dümmlichen Grinsen auf dem Gesicht schlenderte der schlaksige Kollege mit den dicken Brillengläsern um sie herum und schaute ihr von hinten über die Schulter.

„Na, was steht heute an?"

Schwungvoller als beabsichtigt schnellte Liane hoch, drehte sich an ihm vorbei und machte einen großen Schritt auf die Tür zu.

„Mach du dich mal mit dem Plan vertraut, ich koch' solange Kaffee."

Sie löffelte das schwarze Pulver in den Papierfilter und ärgerte sich, dass sich ihr Azubi den Kaffee wie selbstverständlich von seiner Vorgesetzten kochen ließ. Auf den anderen Stationen gehörte das zu den üblichen Anfängeraufgaben. Aber hier galt wohl tatsächlich das Gewohnheitsrecht. Schließlich hatte sie zu seinem Arbeitsbeginn für gewöhnlich schon mindestens eine Tasse der Klinikplörre intus. Sie beobachtete, wie die ersten Tropfen der Discountermischung, großzügig von der Klinikleitung zur Verfügung gestellt, in die Glaskanne auf der Wärmeplatte fielen. Einen Moment lang schloss sie die Augen und lauschte den Boller- und Zischgeräuschen der Filtermaschine, die sie aus der Küche ihrer Mutter kannte. Hinter geschlossenen Lidern konnte Liane sie vor sich sehen: das aschfahle Gesicht und die halbgeöffneten Augen. Sie tastete vergeblich nach der Uhr ihrer Mutter. Dabei war sie es längst gewohnt, dass im OP-Bereich keine Armbanduhren getragen werden durften. Mit geschlossenen Augen schluckte sie trocken, schüttelte die Erinnerung an die sterbende Mutter ab und kehrte in die Gegenwart zurück. Sie lauschte der morgendlichen Ruhe und steuerte erneut auf die Operationssäle gegenüber zu. Aus dem dritten Saal war ein elektrisches Surren zu hören. Der Generator für die Hochfrequenz-Chirurgie war eingeschaltet worden und zeigte Olaf gerade die aufgeladene Voltzahl an. Er testete bereits alle Geräte auf ihre einwandfreie Funktion. Irgendwie hatte Liane schon etwas für ihren eifrigen Schützling übrig. Sie steckte ihren Kopf durch den Spalt in der Schiebetür.

„Kaffee müsste gleich fertig sein. Ich mach mich schon mal an die Siebe. Wenn du hier durch bist, kannst du dazu kommen. In einer halben Stunde geht's los."

***

Von drei geplanten Routineoperationen hatte Liane bei der letzten allein assistieren müssen. Beim Anreichen einer gewöhnlichen Klemme hatte Olaf das Besteck auf den Boden fallen lassen. An sich stellte das noch kein großes Problem dar, weil für solche Fälle immer ausreichend Ersatzbesteck bereitlag. Allerdings war ihm noch niemals zuvor ein solches Missgeschick passiert, was zur Folge hatte, dass er komplett aus der Bahn geriet und sich instinktiv bückte, um das Besteck aufzuheben. Da die ohnehin zweifelhafte Drei-Sekunden-Regel im Operationssaal nichts verloren hatte, musste Olaf augenblicklich den Saal verlassen und erneut steril gemacht werden. Als die Ablösung endlich aufgetaucht und es Zeit für die langersehnte Mittagspause war, knurrte Lianes Magen bereits in Dauerschleife.

Angezogen von klapperndem Geschirr und durcheinander sprechenden Menschen betrat sie die geräumige Kantine im Erdgeschoss. Zwischen unzähligen weißen Kitteln schaute sie hin und her. Sie scannte jedes Gesicht, jeden Rücken, jeden Hinterkopf, bis sie ihn sah und sich sofort wegdrehte. Eine merkwürdige Nervosität machte sich für einen Moment in ihrem Magen breit. Sie hatte keine Ahnung, woher dieses unnötige Gefühl kam und beschloss gleich darauf, ihm keinerlei Aufmerksamkeit zu schenken. Kopfschüttelnd griff sie nach einem Plastiktablett und stellte sich an der Essensausgabe an. Die Schlange war, der Stoßzeit entsprechend, lang.

Nach einer Weile schaute sie wieder zu ihm hinüber. Als Unfallchirurg und Facharzt für Orthopädie saß Christian mit einer Gruppe Gleichgesinnter am Tisch, ganz wie es die Rangordnung der Klinik verlangte. Ein Blick auf die traurigen Variationen aus hellgelbem Eisbergsalat, wässrigen rosa Tomaten und wahlweise hellgrünen Paprikawürfeln oder grauem Dosenthunfisch genügte Liane, um gleich darauf Spaghetti mit Tomatensoße auf dem Teller zu haben. Noch einmal drehte sich ihr Kopf zu ihm, doch sie hatte keine Chance, seinen Blick einzufangen. Im Grunde war es ihr sogar lieber so. Sie hatte Hunger und ihre Mittagspause war ohnehin zu kurz. In der hintersten Ecke des Raumes fand sie einen Tisch, zog das handliche Taschenbuch aus ihrem Kittel und schob sich eine Gabel der pampigen Masse in den Mund. Sie hatte den ersten Bissen heruntergeschluckt und schlug gerade die Reiseausgabe von McCarthy's ‚Straße' an der Stelle auf, an der der Junge beinahe getötet wird, als er direkt vor ihr stand. Christian griff nach der Lehne des gegenüberliegenden Stuhls, um ihn zurückzuziehen. Ihr Blick klebte an seinem Unterarm.

„Darf ich?", fragte er und setzte sich, ohne eine Antwort abzuwarten.

Liane schaute sich im gut gefüllten Raum um.

„Meinst du, das ist eine gute Idee?"

Ein dämliches Grinsen umspielte seine Mundwinkel.

„Wenn ich dir peinlich bin, kann ich auch wieder gehen."

Sie schaute in die leuchtend grünen Augen, während ihre eigenen zu kleinen Schlitzen wurden und sie die Brauen zusammenzog. Dann fixierte sie wieder ihr Essen und hob gleichgültig die Schultern.

„Hör zu, ich…" Er stockte und begann einen Moment später von neuem. „Ich weiß nicht genau, wie ich das sagen soll."

Dieses Gestammel sah ihm nicht ähnlich und sie konnte ein gewisses Maß an Interesse nicht verbergen. Als er sich räusperte, hob sie widerwillig den Kopf und schaute ihn fragend an.

„Das im Ruheraum war nicht unbedingt ein guter Anfang“, flüsterte er.

Liane konnte kaum glauben, dass er sie mitten in der Kantine darauf ansprach. Außerdem waren seine Worte ein absolutes Rätsel und damit ihre Verwirrung perfekt. Sie beugte sich ein wenig zu ihm vor und sprach ebenfalls mit gedämpfter Stimme.

„Kein guter Anfang für was?“

Sie klappte das Buch zusammen und schob es zurück in ihre Kitteltasche. Egal, wohin dieses Gespräch führte, ihr würde anschließend weder die Zeit noch die nötige Konzentration zum Lesen bleiben. Der Überlebenskampf von Vater und Sohn in der verlassenen Welt entlang der Straße musste warten.

„Ich bin wirklich nicht gut in solchen Dingen.“

Er streifte eine braune Locke aus seiner Stirn und kratzte sich am Nacken.

„Klingt bestimmt albern, aber ich bin gerne mit dir zusammen.“

Liane schluckte. Besorgt schaute sie sich nach den Nachbartischen um. Wenn an den Geschichten, die man hörte, etwas dran war, hatte Liane mit einem verheirateten Mann geschlafen. Aber er machte nicht den Eindruck wie jemand, der seine Frau betrogen hatte. Außerdem konnte ihr das schließlich egal sein.

„Warum sagst du denn nichts?“, fragte er unsicher und schob im selben Augenblick seinen Stuhl zurück. „Vielleicht sollte ich besser gehen. Es tut mir leid, dass ich dich beim Essen gestört habe. Ich habe da wohl etwas missverstanden.“

Lianes Augenbrauen zogen sich immer weiter zusammen und sie holte tief Luft.

„Moment“, sagte sie und griff nach seiner Hand. „Ich habe einfach keine Ahnung, was du mir damit sagen möchtest“, flüsterte sie.

„Darf ich dich zum Abendessen einladen?“

## Kapitel 2

Am späten Nachmittag stellte Liane ihren quietschgelben Peugeot in der Seitenstraße ab. Ein triumphierendes Grinsen umspielte ihre Mundwinkel, als sie beim Aussteigen dem Nachbarn hinter der hüfthohen Lorbeerhecke zunickte. Er hob grüßend die rechte Hand, die er gleich darauf wieder zu seinem Mund führte, um einen Zug von der Zigarette zu nehmen. Es war ein angenehmer Zufall, dass trotz der angespannten Parksituation im Viertel ausgerechnet dieser Parkplatz frei war. Sie kannte den Mann nur vom Sehen und hier draußen sah man ihn ausgesprochen oft. Das qualmende Bild von einem gehorsamen Ehemann, der ausschließlich auf der Terrasse rauchte, würde unweigerlich alle paar Stunden einen Blick auf ihren Wagen werfen. Dieser Platz schien ihr, nach den Ereignissen am Morgen, wesentlich sicherer als der teuer angemietete Tiefgaragenstellplatz.

Seit Tagen war sie nicht einkaufen gewesen, weshalb sie sich zum Abendessen mit einem aufgebackenen Kräuterbaguette und einer Bio-Tomatensuppe von Little Lunch würde begnügen müssen. So hungrig wie sie war, löste auch diese Vorstellung eine gewisse Vorfreude aus. Schnellen Schrittes ging sie um den Wohnkomplex herum zu ihrem Eingang. Ein plötzlicher Gedanke ließ sie mit dem Fuß auf der ersten Treppenstufe innehalten. Liane machte kehrt und ging die Schlüssel an ihrem Bund durch, während sie zu den Briefkästen an der Eingangstür lief. Schon beim Öffnen der weiß lackierten Metallklappe fiel ihr das neongrüne Silikon ihrer Smartphonehülle ins Auge. Kopfschüttelnd nahm sie das Gerät zusammen mit einigen Rechnungen aus dem Kasten. Als sie im ersten Stock ankam, stieß sie in gewohnter Routine die Schlafzimmertür auf und tauschte die Jeans gegen eine kurze Sporthose. Aus dem Wäschekorb nahm sie ein getragenes T-Shirt, das sie sich auf dem Weg ins Wohnzimmer über den Kopf zog. Am Computer legte sie einen kurzen Zwischenstopp ein, schließlich konnte sie ihr Telefon jetzt wieder entsperren. Sie musste den Kopf frei bekommen und brauchte Bewegung. Im Wohnzimmer rollte sie die Yogamatte aus. Nach einigen leichten Yoga- und Pilatesübungen holte sie die ausklappbare Bank und die Hantelstange hinter der Wohnzimmertür hervor und baute alles im Zimmer auf. Sie steckte ihre Hände in die halben Handschuhe und schloss die Klettverschlüsse, bevor sie die Gewichte zusammensuchte. Die Fünf- und Zehn-Kilogramm-Scheiben lagerten nebeneinander unter der Heizung und wurden nach und nach auf die lange Eisenstange gesteckt. Liane begann mit einer Zwanzig-Kilo-Einheit, hob die Stange über ihren Kopf und legte sie auf ihren Schulterblättern ab. Sie ging tief in die Knie, atmete ruhig aus und kam wieder in den geraden Stand. Nach der leichten Einheit, bestehend aus Kniebeugen, Kreuzheben und Bankdrücken, kamen auch die letzten Gewichte zum Einsatz. Ihr Brustmuskel brannte, als sie die 40 Kilo in der letzten Wiederholung von sich wegdrückte und auf die Ablage über ihrem Kopf hievte. Einen Moment lang blieb sie schnaufend auf der Bank liegen, um dann mit weichen Knien auf die Beine zu kommen. Seit Wochen steigerte sie das Gewicht kontinuierlich und freute sich über jeden schmerzenden Muskel. Zufrieden, dass sich auch ihre Oberarme schwer anfühlten, klappte sie die Hantelbank zusammen und räumte die Gewichte an ihren Platz zurück. Ihr Körper fühlte sich an wie Blei, die heutige Trainingseinheit sollte ausreichen. Das hellblaue Shirt war komplett durchgeschwitzt, als sie sich, begleitet von den knurrenden Lauten ihres Magens, unter die Dusche schleppte.

Endlich war es Zeit für den Feierabend, sie zog zufrieden die bequem sitzende Baumwollhose über. Ihr Oberkörper war noch nackt, als sie sich, wie jeden Abend, zu dem hohen Wandspiegel umdrehte. Ihre Hand flog zu der dunklen, wulstigen Linie, die quer über ihren gesamten Unterbauch verlief. Sie erinnerte sich an die beißende Kälte des Eissprays, das sie für etwaige Sportverletzungen immer im Haus hatte. An ihre Fingerspitzen, die über die kalte Haut ihrer Bauchdecke fuhren und an die stählerne Klinge, die in sie eingedrungen war. Daran, wie sie der brennende, reißende Schmerz von links nach rechts aufgeschnitten hatte. Sie konnte den Schnitt fühlen, wenn sie mit ihrem Zeigefinger leichten Druck entlang der Narbe ausübte. Sie spürte die Angst, die sie damals überkommen hatte, die kalte geflieste Wand, gegen die ihr Rücken lehnte, als sie langsam zu Boden sank. Sie hörte das klirrende Geräusch des zu Boden fallenden Messers, sah ihre blutigen Hände, die gegen ihren Unterleib pressten und den tiefroten See auf dem hellen Boden. Es war, als hätte sie wieder den schalen Geschmack des Rotweins auf der Zunge, der ihr, zusammen mit den Tabletten, an diesem Abend die Sinne vernebelt hatte. Sie durchlebte den Augenblick vor ihrer Ohnmacht, in dem sie sich fassungslos gefragt hatte, weshalb sie sich nicht die Pulsadern aufgeschnitten hatte. Sie konnte in ihrer Erinnerung sogar den kurzen Moment zurückholen, als der Sanitäter gefragt hatte, wer ihr das angetan habe und sie gerade noch sagen wollte *Ich*, bevor sie erneut das Bewusstsein verlor. Diese Erinnerungen waren ihre Strafe. Zusammen mit der leisen Stimme in ihrem Ohr, die von irgendwoher einen wunderschönen Mädchennamen flüsterte. *Lydia*. Ja, so hätte sie ihre Tochter zweifellos genannt und aus irgendeinem unerklärlichen Grund hatte sie schon in der siebten Schwangerschaftswoche gewusst, dass sie eine Tochter bekommen hätte.

Mit schmerzverzerrtem Gesicht und geballten Fäusten drehte sich Liane vom Spiegel weg und zog den dicken Kuschelpullover über ihren Kopf.

Später löffelte Liane die Tomatensuppe direkt aus dem Glas. Das aufgebackene Baguette war innen matschig und außen steinhart geworden. Beim Essen schaute sie sich die Nachrichten an und ließ zur Ablenkung eine millionenfach wiederholte Folge von *„How I Met Your Mother“* laufen. Doch die Gedanken an den Clown wollten sich nicht ganz beiseiteschieben lassen.

***

Wie ein Kind auf der Suche nach Süßigkeiten tappte Liane in die Küche. Enttäuscht von dem einfallslosen Geschmackserlebnis steckte sie ihren Suppenlöffel in die Spülmaschine. Mit dem Kopf im Vorratsschrank musste sie feststellen, dass ihre einzige Option zum Sattwerden ein Proteinshake war. Ihrer körperlichen Verfassung kam es zweifellos zugute, dass sie zu dem Schlag Mensch gehörte, der nach getaner Arbeit viel zu faul war, noch einmal die Wohnung zu verlassen. Mit diesem Heißhunger würde sie alles Mögliche kaufen, wäre sie nur ein bisschen wie ihre Freundin Alice, die jederzeit bereit war, in den nächsten Supermarkt zu fahren. Während sie das Pulver in den Shaker löffelte und etwas Milch dazu gab, stellte sie sich vor, mit einer Packung Ben&Jerry's – die mit den großen Teigstücken – auf dem Sofa zu sitzen. Abermals nahm sie sich vor, endlich wieder anständig zu kochen oder wenigstens immer die Zutaten für einen ordentlichen Salat im Haus zu haben.

Sie setzte sich mit ihrem Vanilleshake an den Schreibtisch. Die Nische neben der Küche lag genaugenommen schon in dem kurzen Flur zum Schlafzimmer, war aber gerade breit genug für einen kleinen Arbeitsplatz. Einen Moment lang starrte sie das gerahmte Zeugnis an der Wand an. Die Worte ‚Operationstechnischer Assistent' fesselten ihren Blick. Ihr Smartphone lag noch neben der Tastatur. Es war zwar wieder freigeschaltet, doch sie traute sich kaum, das Gerät anzufassen. Es war doch erstaunlich, wie privat diese Smartphones eigentlich waren, wie viel sie über ihren Besitzer preisgeben konnten. Man hatte nicht nur alle Kontakte darin gespeichert, sondern nutzte sie gleichzeitig als Kamera, Terminkalender und Notizbuch. Zwar hatte Liane das Gerät nach dem Vorfall in der Tiefgarage sofort gesperrt, aber ein merkwürdiges Gefühl war doch geblieben. Sie atmete tief ein, kam auf die Beine und schnappte sich das tragbare Festnetztelefon vom Schuhschrank in der Diele. In der Anrufliste suchte sie die richtige Nummer und wartete zwei Freizeichen ab, bevor sich ihr Anwalt meldete.

„Martinek."

Für Fremde hätte sich die kratzige Stimme unfreundlich angehört, doch Liane hatte sich inzwischen an die Stimmlage und die ruppige Ausdrucksweise gewöhnt. Sie passte auf eine komische Art zu dem gutmütigen Mittfünfziger.

„Hallo Herr Martinek, hier spricht Kowalski. Tut mir leid, dass ich Sie um diese Uhrzeit störe, aber ich würde gern wissen, ob sich inzwischen ein Anwalt meines Ex-Manns bei Ihnen gemeldet hat."

Mit geschlossenen Augen kaute sie auf ihrer Unterlippe.

„Frau Kowalski, ich bin es inzwischen gewohnt, zu jeder Tages- und Nachtzeit angerufen zu werden. Doch leider nicht von

Kollegen. Ich fürchte, es gibt noch immer keinen Anwalt auf der anderen Seite. Dafür ruft Ihr Noch-Ehemann ständig selbst hier an."

Die Lider fest zusammengekniffen, legte Liane eine Hand auf ihre Augen. Sie würde ihn nicht darauf ansprechen, dass er sein Geschäftstelefon außerhalb seiner Bürozeiten ausschalten konnte.

„Das ist mir wirklich unangenehm, Herr Martinek. Aber die Telefonnummer meines Scheidungsanwalts schien mir die einzig wichtige Kontaktinformation für ihn zu sein."

Nach einem kurzen Schnauben von Martinek war zunächst Stille in der Leitung.

„Frau Kowalski, ist alles in Ordnung bei Ihnen? Wir haben schon darüber gesprochen. Sie müssten mir sagen, wenn Sie aus irgendwelchen Gründen Angst vor ihm hätten. Dann könnten und müssten wir ganz anders vorgehen. Haben Sie mit ihm gesprochen? Ist er Ihnen begegnet?"

Ihr Kopf machte selbstständig eine kreisende Bewegung. Ihre Körpersprache wollte etwas zwischen einer eindeutigen Verneinung und einem entschlossenen Kopfnicken darstellen.

„Nicht direkt", krächzte es aus ihrer trockenen Kehle. Liane räusperte sich. „Ich meine, nein. Ich habe ihn nicht gesehen."

„Frau Kowalski, wir kommen so wirklich nicht weiter. Ich verstehe ja, dass Sie keinen persönlichen Kontakt wollen. Aber solange sich Herr Kowalski weigert, einen eigenen Anwalt einzuschalten, treten wir auf der Stelle. Wenn Sie sich nicht bedroht fühlen, müssen Sie mit ihm sprechen. Als Seelentröster bin ich nicht ausgebildet."

Jetzt schüttelte Liane den Kopf, sagte aber kein Wort.

„Hören Sie, wenn es irgendwelche Gründe gibt, dass ein persönlicher Kontakt zu ihm gefährlich für Sie wäre, dann gehen wir andere Wege. Aber Sie müssen mit mir sprechen. Wir könnten die Polizei einschalten und dann kann die ganze Sache endlich ihren Lauf nehmen."

Ihr Kopfschütteln wurde entschlossener.

„Dazu besteht kein Grund. Ich werde das klären. Vielen Dank für Ihre Unterstützung. Ich melde mich."

Noch bevor der Anwalt zu einer Antwort ansetzen konnte, hatte Liane das Gespräch beendet. Ihre Knie waren weich geworden und sie sackte auf dem Hocker vor dem Schreibtisch in sich zusammen.

Nach einigen tiefen Atemzügen richtete Liane sich wieder auf. Nachdenklich öffnete sie die mittlere Schublade des schmalen Tischs. Mit flinken Handgriffen klaubte sie den losen Papierstapel, bestehend aus Schnappschüssen, Notizen und verschiedenen Kopien, zusammen und legte ihn seitlich auf die Tischplatte. Darunter kam ein Album mit dunkelrotem Einband zum Vorschein. Liane strich über die samtig glatte Oberfläche, hob es behutsam wie einen Schatz heraus und platzierte es vor sich. Sie schlug die erste Seite auf und hielt inne. Ihr Zeigefinger streifte über das leicht unscharfe Bild. Die beiden Kleinkinder, die darauf zu sehen waren, saßen Arm in Arm auf einem übergroßen Sessel und strahlten in die Kamera. Lianes Augen brannten. Als ihr Blick zur nächsten Aufnahme wanderte – die ganze Familie im Vorgarten – kullerte die erste Träne über ihre Wange und landete direkt auf Saras Gesicht. Blitzschnell wischte sie mit der Handkante über die Stelle und streifte den weißen Verband am Unterarm ihrer kleinen Schwester. Sara hielt auf der Aufnahme scheinbar widerwillig ihre Hand. Das Lächeln der Eltern, die sich hinter ihren Kindern aufgebaut hatten, schien ehrlich, beinahe fröhlich, zu sein. Einen Moment lang starrte Liane auf die Hand ihres Vaters, die wie eine eiserne Pranke auf Saras zerbrechlich wirkender Schulter lag. Nachdenklich zog Liane die Augenbrauen zusammen. Sie konnte sich beim besten Willen nicht erinnern, wann dieses Foto aufgenommen worden war. Die Familie stand auf einer gepflegten Rasenfläche. Im Hintergrund war neben einem rot lackierten Schuppen ein Stück der beigefarbenen Fassade des Häuschens in Okriftel zu sehen. Es musste also zumindest nach dem Umzug gewesen sein. Sara war auf dem Bild vielleicht sieben oder acht Jahre alt. Das war die Zeit gewesen, in der sich die Raufereien auf dem Schulhof häuften, besonders die mit den Jungs. Es war die Zeit, in der Liane ihrer Schwester nicht mehr die Haare kämmen durfte, nicht einmal, wenn sie darum bettelte. Und es war die Zeit, in der die Schreie begannen. Liane erinnerte sich ganz genau. In Gedanken war sie wieder ein kleines Mädchen.

Sie hatte sich mit ihrer Sammlung bunter Plastikperlen am Küchentisch ausgebreitet. Eine Reihe nach der anderen musste mithilfe einer Nadel auf die dünnen Schnüre aufgefädelt werden, die über das selbstgebaute Gestell gespannt waren. Das Armband, an dem sie arbeitete, war für ihre beste Freundin Nadine bestimmt. Sie war gerade mit dem schwarzen N auf dem pinkfarbenen Hintergrund fertig geworden, als sie der Schrei ihrer Schwester zusammenfahren ließ. Beim Aufspringen stieß sie mit dem Knie gegen die Tischplatte, wobei einige der feinsäuberlich sortierten Perlen aus ihren kleinen Filmdosen sprangen. Eine der Dosen, in denen sich früher die Filme von Papas Fotokamera befunden hatten, war umgefallen. Die schwarzen Perlen verteilten sich wie tausend tanzende Käfer auf der weißen Wachsdecke. Schwarze Bewegungen auf weißem Untergrund waren in Lianes Erinnerung fest verbunden mit dem nächsten Schmerzensschrei ihrer geliebten Schwester.

Sie riss den Blick von dem Perlendurcheinander los und rannte den schmalen Flur entlang, in der festen Überzeugung, es stünde in ihrer Macht, Sara zu helfen. Doch sie schaffte es nicht einmal am Wohnzimmer vorbei. Ein kräftiger Arm schnellte hervor und umklammerte ihren gesamten Oberkörper von hinten. Natürlich schoss ihr der Schreck durch die Glieder, doch sie kannte diesen Arm und den herben Geruch, der ihr in die Nase stieg.

„Papa, lass mich los, wir müssen Sara helfen! Hörst du sie denn nicht schreien?", quietschte Lilly, während sie mit Armen und Beinen zappelte im vergeblichen Versuch, sich aus der groben Umarmung zu lösen.

„Mama ist bei Sara und hilft ihr. Wir können da nichts machen."

Lilly stöhnte auf, während sie mit mehr Krafteinsatz versuchte, endlich loszukommen. Sie konnte nicht glauben, was ihr Vater da sagte. Wenn Sara überhaupt jemand beschützen konnte, dann war es schließlich Papa. Außerdem glaubte sie ihm kein Wort. Es war vollkommen ausgeschlossen, dass Mama bei Sara war. Dann würde sie doch nicht so schreien und weinen. Mit einem groben Ruck drehte ihr Vater sie zu sich herum und nahm ihr Kinn in einen schmerzhaften Griff, sodass sie ihm ins Gesicht schauen musste.

„Hör jetzt auf, Lilly!", sagte er im strengsten Tonfall, den sie jemals von ihrem Vater zu hören bekam.

Tränen liefen über ihr Gesicht, als er seinen Griff lockerte.

„Du gehst jetzt in die Küche und bastelst weiter."

Bevor er sie ganz losließ, drehte er sich zu dem Beistelltisch im Flur, auf dem Sara ihren Walkman liegengelassen hatte.

„Ich will, dass du dich in die Küche setzt und Musik hörst."

Er setzte seiner ältesten Tochter die Kopfhörer auf den Kopf und drückte auf Play. Die Stimmen von Marie und Per kreischten „She says hello, you fool, I love you!", das derzeitige Lieblingslied ihrer Schwester, während Lilly in die Küche geschoben wurde. Sie riss den Metallreif von ihrem Kopf, fuhr herum und hörte, wie ihr Vater die Tür hinter ihr abschloss. Ein weiterer Schrei ihrer Schwester und Lilly rutschte an die Tür gelehnt zu Boden und setzte die gepolsterten Hörer wieder auf ihre Ohren. „Join the joyride!"

Zurück in der Gegenwart öffnete Liane die Augen und wischte mit dem Handrücken über ihre feuchten Wangen, bevor sie sich etwas aufrichtete und wieder das Foto anstarrte. Sie atmete noch zweimal tief durch und beschloss mit dem dritten Atemzug, dass es unwichtig und vollkommen sinnlos war, darüber nachzudenken. Schließlich gab es außer ihr niemanden mehr, den diese Fotos interessieren würden, geschweige denn jemanden, der sich erinnern könnte, wann sie wirklich entstanden waren.

Das nächste Bild zeigte Lutz. Seine großen blauen Augen schauten sie klar und wach an. Die vollen Lippen umspielte ein zurückhaltendes Lächeln, das seine Grübchen leicht abzeichnete.

*Er muss damals siebzehn gewesen sein*, dachte Liane und strich ihrem Bruder mit dem Zeigefinger über die markanten Wangenknochen.

Kurzentschlossen klappte sie das Album zu, schob es zur Seite und griff erneut nach dem Telefon. Wahrscheinlich war es nur ein unbedeutendes Bauchgefühl, eine Art Wunschdenken, das sie in die Irre führte. Eigentlich konnte sie nicht daran glauben, dass er zurückgekommen war. Sie hatte zwar wenig Hoffnung, ihn zu erreichen, wählte aber trotzdem die Kölner Nummer, die sie schon etliche Male angerufen hatte. Nach dem dritten Freizeichen wurde ihr Anruf angenommen.

„Hier spricht Liane Kowalski, also ehemals Lehnknecht. Ich rufe wegen meines Bruders an, Lutz Lehnknecht. Kann ich mit ihm sprechen?“, fragte sie mit unsicherer Stimme.

Als wolle sie das Offensichtliche lediglich bestätigt wissen, setzte sie noch einmal nach: „Ist er da?“

Der abgestandene Geschmack der Tomatensuppe mischte sich mit dem Vanillearoma des Proteinshakes und ihr wurde übel.

„Nein, Herr Lehnknecht ist zurzeit nicht bei uns in Behandlung“, antwortete die weibliche Stimme am anderen Ende der Leitung. Liane konnte förmlich hören, wie die Krankenschwester mit den Augen rollte. Es war ja auch lächerlich. Als hätte Lutz in der Vergangenheit auch nur einmal freiwillig mit ihr telefoniert. Selbst wenn er da wäre, würde er sicher nicht mit ihr sprechen wollen.

„Seit wann?“, hörte sie ihre eigene kratzige Stimme fragen.

„Seit drei Tagen“, war die gleichgültige Antwort.

Liane bedankte sich und beendete das Gespräch. Nur vier lange Schritte brauchte sie vom Flur bis zum Kühlschrank, dessen Tür sie ruckartig aufriss. Mit einer Hand zog sie die Flasche aus der Tür, während sie mit der anderen ein Weinglas vom Regal neben dem Schrank nahm. Mit den Zähnen umschloss sie den Korken, zog ihn heraus und füllte das Glas. Einen Moment später versuchte sie mit dem säuerlichen Wein, Schuldgefühle, Einsamkeit und Unsicherheit in großen Schlucken herunterzuspülen.

Einmal mehr hatte es funktioniert. Das war Liane fünfzehn Minuten später klar. Die Weinflasche war leer und zurückgeblieben von ihrem Gefühlschaos war lediglich Entschlossenheit. Genau so musste es sein. Sie schob ihren Pullover ein Stück nach oben und fuhr mit zwei Fingern über die Narbe, beinahe zärtlich.

Es ging nicht nur um sie selbst. Die Kinder mussten beschützt werden. Egal ob tot oder lebendig, geboren oder ungeboren. Jemand musste etwas unternehmen. Acht Jahre lang hatte sie darauf hingearbeitet. Sie hatte unaussprechliche Opfer gebracht. Menschen waren gestorben und die Lebendigen hatte sie aus ihrem Leben verbannt. Jetzt hoffte Liane, endlich in der Position zu sein, etwas verändern zu können. Es war an der Zeit, alle Bedenken beiseitezuschieben und endlich aktiv zu werden.

***

Ruckartig fuhr Liane hoch, stürzte zurück in den Flur, nahm die Handtasche von der Garderobe und wühlte darin nach dem gelben Notizbuch. Als sie es hatte, setzte sie sich erneut an den Schreibtisch, startete den Computer und schlug die erste Seite des Buches auf. Mit dem Zeigefinger fuhr sie über eine Art Inhaltsverzeichnis, das aus Patientennamen bestand. Im unteren Drittel der Seite blieb ihr Finger auf einem Namen stehen und sie blätterte zum Eintrag von Carolin Michaelis. Unter den persönlichen und medizinischen Daten hatte Liane einige Fotografien aufgeklebt. Eine zeigte eine adrette junge Frau in einem kurzen karierten Rock, mit einer weißen Bluse, hochhackigen Stiefeletten und schulterlangem nussbraunem Haar. Mit den Fingerspitzen berührte Liane das finstere Gesicht der dunkel gekleideten Person auf dem nächsten Bild. Das Haar streng zurückgebunden, trug sie auf diesem Schnappschuss zu einer unförmigen Jeans ein dunkles Kapuzen-Sweatshirt, das ihrem älteren Bruder hätte gehören können. Ein weiteres Bild zeigte eine Gruppe Jugendlicher mit Flaschen in den Händen. Dieses Bild hatte Liane an einem Donnerstagabend auf dem Frankfurter Hauptfriedhof aufgenommen. Sie konnte sich genau an den Abend erinnern, weil es sich angefühlt hatte, als sei sie in die Vergangenheit gereist, um ihrem eigenen Bruder hinterherzuspionieren. Als sie der Gruppe vom Friedhof zum Hauptbahnhof gefolgt war und dort eine dubiose Übergabe beobachtete, hatte es sie unglaubliche Kraft gekostet, nicht einzugreifen. Gerne hätte sie Carolin gewaltsam von diesen falschen Freunden weggeholt, um ihr die Wahrheit zu sagen.

Liane öffnete Facebook und schaute sich noch einmal die Seite der jungen Frau an. Dort tat sich selten etwas Neues. Doch seitdem sich Carolin an der Goethe-Uni eingeschrieben hatte, war zumindest diese Info in ihrem Profil sichtbar. Trotz der Semesterferien konnte Liane sehen, dass sich Carolin für eine Podiumsdiskussion interessierte, die in etwa zwei Wochen stattfinden würde. Sie machte eine Notiz in dem gelben Buch und öffnete anschließend das Schreibprogramm. Alle zuvor gespeicherten Dateien, die Carolins Namen beinhalteten, ignorierte

Liane. Sie hatte den Brief schon einige Male verfasst, wollte jetzt aber doch keinen ihrer Entwürfe verwenden. Sie atmete tief ein und begann zu tippen.

*Liebe Carolin,*
*Ich weiß, dass es merkwürdig sein muss, diesen Brief zu erhalten. Viele Dinge, die ich dir schreiben möchte, werden zuerst absolut unglaublich klingen. Doch es ist alles die Wahrheit. Die Wahrheit, aus der deine Eltern und Ärzte ein Geheimnis gemacht haben. Vielleicht, um dich zu schützen, vielleicht aus Liebe, aus Scham oder aufgrund von Vorstellungen, die auf einem falschen Weltbild beruhen.*
*Als perfekter Mensch geboren, wurdest du zu einem Geheimnis gemacht. Durch die Entscheidungen anderer Personen wurde dir dein Recht auf Selbstbestimmung genommen. Anbei sende ich dir eine Kopie deiner Geburtsurkunde und hoffe, dass du diesen Brief bis zum Ende lesen wirst, denn du hast die ganze Wahrheit verdient …*

***

Erst lange nach Mitternacht war Liane mit dem Ergebnis zufrieden, nachdem sie den Brief dreimal gelöscht und wieder begonnen hatte. Den Ausdruck steckte sie in ein mit Namen und Adresse bedrucktes Kuvert und schob es in ihre Handtasche. So weit war sie schon mehr als einmal gekommen. Aus Angst, dass es auch dieses Kuvert nicht auf den Postweg schaffen würde, streifte sie sich ihre Sportschuhe über und verließ mit der Tasche über der Schulter sofort die Wohnung. Als sie den Motor startete, dachte sie kurz an den Wein, den sie getrunken hatte, aber der war jetzt unwichtig. Dieses Mal musste der Brief seinen Empfänger erreichen. Sie würde den schwelenden Zweifeln gar nicht erst die Chance geben, zu einem lodernden Feuer heranzuwachsen.

Die Autobahn in Richtung Stadtmitte war wie ausgestorben. Liane musste an der roten Ampel vor der Deutschen Nationalbibliothek halten. Als sie umsprang, setzte sie den Blinker und bog in die Eckenheimer Landstraße ein. Sie hatte Glück und fand direkt in der Humboldtstraße einen Parkplatz. Von hier aus musste sie nur ein paar Meter gehen, bis sie vor dem bräunlichen

Fünfzigerjahrebau stand, der, wie so manches Wohnhaus hier, fehlplatziert wirkte zwischen den hübschen Altbauten im Jugendstil.

Nur ganz kurz schaute sie zu den Fenstern im dritten Stock hoch – alles war dunkel – dann öffnete sie die Metallklappe und schob den Umschlag in den Briefschlitz. Ihre Hände waren feucht, als sie wieder an ihrem Auto ankam, doch jetzt konnte nicht mehr verhindert werden, dass endlich etwas geschah.

***

Liane lag erschöpft, aber zufrieden in ihrem Bett. Ihre Gedanken kreisten von Carolin zu Lutz, über Christian zu dem Professor und von ihrem Ex-Mann zum Gänseblümchen auf dem Beifahrersitz. Es dauerte lange, bis ihre Lider endlich schwer wurden.

*„C'mon join the joyride."*

*Sie hörte Roxette, als ihr Zeigefinger über die Buchstaben des Armbändchens fuhr. Ihre Lippen zogen sich zu einer schmalen Linie zusammen und sie biss sich in die Wange. Es war ihre bisher schlechteste Arbeit. Die Perle an der Spitze des Buchstabens A stach heraus und selbst die Ränder des Bandes waren ungleichmäßig. So würde sie es Nadine nicht schenken können. Mit vorgeschobener Unterlippe zog sie den Metallreifen des Kopfhörers von ihrem Kopf und schaltete den Walkman ab. Sie wollte gerade aufstehen, als ihr Blick noch einmal an dem Namen ihrer Freundin hängen blieb. Die schwarzen Perlen bewegten sich auf dem pinkfarbenen Untergrund. Erst langsam, dann immer schneller. Sie hüpften aus dem Armband und rollten über die weiße Tischdecke. Nein, sie rollten nicht, sie liefen. Eine Mischung aus Ekel und Neugierde brachte Lilly dazu, genauer hinzuschauen. Vielleicht täuschte sie sich, aber sie glaubte, dass die runden Dinger größer wurden. Jede Perle hatte acht kleine Beine und sie liefen jetzt alle wild umher. Endlich sprang sie auf. Sie wollte schreien, doch es kam kein Ton aus ihrer Kehle. Die Küchentür war nicht mehr abgeschlossen und sie rannte wie von Sinnen durch den Flur, polterte die Treppe hinauf und stieß die Tür des gemeinsamen Kinderzimmers auf. Sara lag mit dem Gesicht zur Wand auf ihrem Bett. Lilly wusste, dass ihre Schwester weinte. Vorsichtig setzte sie sich auf die Bettkante und berührte leicht die bebende Schulter. Sara fuhr herum. Doch nicht das tränennasse Gesicht ihrer*

*Schwester schaute Liane an. Stattdessen sah sie in die traurigen Augen des Clowns mit den verzerrten Mundwinkeln.*

Zu lauten Trommelschlägen öffnete Liane die Augen und war dankbar, dass ihr eigener Puls sie endlich aufgeweckt hatte. Die Digitalanzeige des Weckers zeigte bereits fünf Uhr an. Zumindest brauchte sie nicht versuchen, noch einmal einzuschlafen. Nass geschwitzt schlug sie die Bettdecke zurück, rappelte sich auf und versuchte, die Bilder aus ihrem Traum abzuschütteln.

# Kapitel 3

„Lust auf Gnocchi und einen spannenden Film heute Abend?"

Professor Gelders legte die Stirn in Falten und schaute von seiner Tageszeitung auf.

„Gehst du heute Abend nicht zu deiner Rückengymnastik?"

„Nee, fällt aus!", grinste Ina verschmitzt. „Renate hat sich irgendwas eingeklemmt. Wir sind wohl alle nicht mehr die Jüngsten", kicherte sie und drehte ihm den Rücken zu, um etwas aus dem Kühlschrank zu holen.

Gelders schüttelte den Kopf. Kaum hatte sich seine Frau den ersten Löffel des fettreduzierten Joghurts in den Mund geschoben, turnte sie schon wieder in der Wohnküche herum. Er hingegen überflog wie jeden Morgen die Schlagzeilen der FAZ und schlürfte gemächlich seinen Kaffee mit zwei Stück Zucker. Dazu löffelte er in aller Ruhe Müsli, neuerdings ebenfalls mit fettarmer Milch, mehr seiner Frau als seiner Gesundheit zu Liebe. Er dachte nicht im Geringsten daran, sich von seinem Stuhl zu erheben, bevor er seine Routine beendet hatte. Nur ein kleiner Teil der Energie dieser wunderschönen Frau würde ihn zehn Jahre jünger machen und ihrem Alter damit etwas näher bringen. Solche Dinge färbten aber offenbar auch nach dreiunddreißig Ehejahren keineswegs auf den Partner ab. Er brauchte früh am Morgen etwas länger, um auch nur die kleinsten Informationsmengen ordentlich zu verarbeiten. So wurde ihm auch erst jetzt bewusst, dass Ina am Abend zu Hause sein würde. Seine eisblauen Augen blickten auf seine Hände, während er die Zeitung zusammenfaltete und an allen Seiten ordentlich glattstrich. Ihm musste schleunigst etwas einfallen, und das in vielerlei Hinsicht. Er brauchte dringend eine Pause. Wenn es mit seiner Arbeit vorangehen sollte, mussten neue Ideen her und vor allem neue Patienten. Um einen klaren Gedanken fassen zu können, war aber erst einmal etwas Schlaf nötig und dafür musste er ungestört sein. Er kratzte sich hinter dem linken Ohr und richtete sich ein wenig auf. Sekunden später schaute er Ina an.

„Wollt ihr Mädels dann nicht einfach mal etwas zusammen essen gehen? Du bist doch so gern mit dieser kleinen Frauenclique zusammen. Wäre das nicht eine Gelegenheit, auch mal etwas privat zu unternehmen? Außerhalb vom Turnverein, meine ich."

Sie hatte den Joghurt neben der Kaffeemaschine abgestellt und band sich gerade das lange, blonde Haar zu einem Zopf, als sie in der Bewegung innehielt. Mit angehaltenem Atem drückte er sich in Gedanken selbst die Daumen.

„Das klingt, als wolltest du mich nicht zu Hause haben?", fragte sie leicht empört.

Verflucht! Hierauf hatte er so schnell keine passende Antwort parat. Die Gedanken rasten mit verschiedenen Meinungen und Antwortvorschlägen durch seinen Kopf. Doch es dauerte einfach zu lange.

Ina schraubte den Isolierbecher für unterwegs zu und zischte beim Hinausgehen ein gerade noch hörbares „Dann kein Abendessen!", bevor er die Haustür zuschlagen hörte.

Die Tür war gerade ins Schloss gefallen, als er das Telefon aus der Station nahm und gleichzeitig in seinem ledernen Arbeitskoffer nach dem Kalender fischte. Plötzlich war er hellwach. Sie würde am Abend zu Hause sein. Noch eine schlaflose Nacht würde er so nicht durchstehen. Das warf seine Pläne durcheinander. Er blätterte mit einer Hand zum richtigen Datum und wählte bereits mit der anderen seine eigene Büronummer. Manuela war der Inbegriff von Ambition und immer vor sieben Uhr zur Stelle.

„Guten Morgen, Vorzimmer von Professor Doktor Gelders, Jung am Apparat, was kann ich für Sie tun?", leierte sie vorbildlich ihren Text in den Hörer, wobei sich Gelders zusammenreißen musste, sie nicht vorschnell zu unterbrechen.

„Ich bin's, Manuela!"

„Oh, hallo Herr Professor", trällerte sie, während er unbeirrt weitersprach.

„Wir müssen den Neun-Uhr-Termin auf heute Nachmittag verschieben. Ich bin spätestens um 12 Uhr in der Klinik. Würden Sie bitte alles Nötige veranlassen?"

Nach einer kurzen Pause, in der ein leises Räuspern zu hören war, antwortete sie. „Natürlich mache ich das. Geht es Ihnen nicht gut, Herr Professor?"

Die Besorgnis in ihrer Stimme war echt, was wohl der Tatsache geschuldet war, dass sie in letzter Zeit häufig Termine verschieben musste.

„Keine Sorge. Heute Nachmittag bin ich wieder auf dem Damm."

Die Erfahrung hatte Manuela gelehrt, nicht genauer nachzufragen.

„Dann bis später, Herr Professor."

Er stellte das Telefon in die Station zurück und machte sich auf den Weg ins obere Stockwerk. Kaum hatte er die Tür seiner Bibliothek von innen abgeschlossen, durchflutete ihn eine unbändige Vorfreude. Er drückte auf den Lichtschalter, obwohl es taghell war, und lehnte sich einen Moment gegen die Tür. Dann trat er vor die Glaswand, die, flankiert von deckenhohen Bücherschränken, neben der Tür die einzige Lücke in der Menge von Informationen und Geschichten bildete. Er schob die Gardine ein Stück zur Seite und öffnete die Terrassentür. Sein Blick wanderte über die geräumige Dachterrasse, an deren Ende man nur die Baumkronen der beiden Apfelbäume im Garten sehen konnte. Das Grundstück war weitläufig und keiner der Nachbarn hatte in Sichtweite gebaut. Zumindest nicht von der Terrasse aus.

Er atmete tief ein und aus, hörte auf das Vogelgezwitscher und trat zurück in den Raum, um die Tür zu schließen. Eine nach der anderen schob er die dunkelgrauen Gardinen vor die Glasfläche und sperrte damit den Tag und das Leben aus.

***

Gelders' Blick schweifte über die Buchrücken, während er sich langsam im Kreis drehte, bewundernd, beinahe andächtig, als könne er nicht glauben, dass diese Masse an Worten, Emotionen und Bedeutungen wirklich sein eigen war. Inas Bücher standen in einer kleinen Abteilung ganz unten neben der Tür. Sie besaß zwar einige davon, doch in diesem Raum, in seinem Raum, gingen sie nicht nur in der Masse unter, sondern waren in seinen Augen auch ein Störfaktor. Einer der vielen Kompromisse, die man im Zusammenleben mit einer anderen Person nun einmal einging. Trotzdem fand er, kitschige Geschichten, halbgare Thriller und durchgekaute Liebesromane kamen an einem Ort wie diesem einer Beleidigung gleich.

Neben dem Schreibtisch aus feinstem Teak stand der hölzerne Tritthocker, der notwendig war, um an die obere Hälfte des Bücherregals gelangen zu können. Gelders schob ihn vor die Sammlung verschiedenster medizinischer Enzyklopädien und stieg auf die höchste Stufe. Seine Finger streiften die ersten drei Buchrücken im obersten Regal. Das vierte, eine Biografie von Robert Koch, zog er heraus und schob es zwischen die Bücher der Reihe darunter, um oben etwas Platz zu schaffen. Mit beiden Händen griff er nach den restlichen Büchern auf dem Regalbrett und zog eine Holztruhe, getarnt hinter breiten Buchrücken, heraus. Vorsichtig stellte er die schwere Kiste auf der massiven Holzplatte seines Schreibtisches ab und öffnete den Deckel. Das Infusionsbesteck und eine mit klarer Flüssigkeit gefüllte Infusionsflasche legte er auf den Tisch, bevor er eine der Ampullen aufbrach und den Inhalt in eine Spritze aufzog. Mit flinken Bewegungen entfernte er die Abdeckung der Plastikflasche, durchstach die Membran und spritzte das Medikament ein. Die Flüssigkeit wurde milchig. Mit geöffneter Schlauchklemme stach er nun den Dorn des Infusionsbestecks in den Gummistopfen. Er schloss die Klemme und stapfte mit der fertigen Infusionsflasche auf das Ledersofa in der Ecke des Raums zu. Hinter dem Sofa, wo gerade so viel Platz war, dass man in die Hocke gehen konnte, um an die Lexika im untersten Regal zu kommen, blieb er stehen. Auf Augenhöhe klappte er einen an der Seitenwand verschraubten Winkel aus und hängte die Schlaufe der Infusion ein. Er öffnete Klemme und Belüftungsfilter, bis keine Luft mehr im Schlauch war und hängte ihn dann über die Rückenlehne des Sofas. Alle anderen Utensilien ordnete er auf dem Glastisch vor dem Sofa an und nahm Platz. Zuerst griff er nach dem kleinen Wecker, drehte das Rädchen am hinteren Teil des Plastikgehäuses und stellte den gelben Zeiger auf zehn Uhr. Mit einem breiten Grinsen krempelte er den Ärmel seines hellblauen Anzughemdes hoch, desinfizierte eine kleine

Stelle an seinem Unterarm, nahm die Braunüle aus der sterilen Verpackung und legte sich einen Zugang. Er hängte die Infusion an, streckte sich auf dem Sofa aus und schloss selbstzufrieden die Augen.

Ein Wissenschaftler verdiente hin und wieder eine ordentliche Pause. Man brauchte eine ganze Menge Energie, um den Fortschritt voranzutreiben.

***

Vier Stunden später steuerte Gelders in gewohnt schnellem Schritt auf seine Bürotür zu. Er riss die mit seinem Namen bedruckte Milchglastür zum Vorraum auf und stieß um ein Haar mit Manuela zusammen. Mit zwei Kaffeetassen bewaffnet, war sie offenbar auf dem Weg zur Teeküche. Eilig stotternd entschuldigte sie sich, wobei er es war, der sie beinahe überrannt hatte. Etwas unbeholfen stellte sie sich in seinen Weg und reckte den Hals, als er versuchte, an ihrer rotgelockten Mähne vorbeizuschauen. Die kleine Sitzgruppe im Vorzimmer seines Büros wurde äußerst selten als Wartebereich genutzt. Wenn er Patienten einlud, waren diese Termine immer im Voraus geplant. Schließlich war er kein Hausarzt auf dem Land, der eine offene Sprechstunde anzubieten hatte und Manuela wusste, wie er zu spontanen Patientengesprächen stand. Die Assistentin war hochrot im Gesicht. Sie räusperte sich und sah aus, als nähme sie all ihren Mut zusammen.

„Frau Michaelis ist hier, Herr Professor."

Als er den Namen hörte, entspannte sich sein Kiefer sofort und seine Gesichtszüge wurden weicher.

„Ich habe versucht, Sie zu erreichen, aber…"

Mit gehobener Hand brachte er Manuela zum Schweigen. Sie rümpfte die schmale Nase, um die dickrandige Brille zurechtzurücken. Auch wenn sie seinen Patienten gegenüber seit Jahren eine gute Gastgeberin war, stellte für sie der Umgang mit zwei Tassen eine echte Herausforderung dar. Aufgrund ihrer tollpatschigen Art konnte er froh sein, wenn sie die Tassen heil in die Küche brachte.

„Ist schon in Ordnung, Manuela, ich kümmere mich darum."

Er zog die Tür ein Stück weiter auf, um sie vorbei zu lassen.

„Danke, Herr Professor. Ich habe die Akte schon auf ihren Schreibtisch gelegt."

Auf dem hintersten der drei Stühle sah er sie sitzen. Er hatte diese wunderschöne Frau schon ewig nicht mehr gesehen. Rasch überschlug er die Jahreszahlen und kam zu dem Schluss, dass Carolins Therapie seit vier Jahren abgeschlossen war. Die Mutter seiner früheren Patientin hatte er damals auf Mitte vierzig geschätzt, was sie rund fünfzehn Jahre jünger machte als ihn. Als sie nun mit ihren schlanken Fingern das lange braune Haar hinter ihr Ohr strich und ihn mit den großen Rehaugen anschaute, wirkte sie jedoch keinen Tag älter als vor vier Jahren. Schmerzlich wurde ihm bewusst, dass ihr sein lichtes Haar und die deutliche Gewichtszunahme sehr wohl auffallen mussten. Sie stand auf und streckte ihm ihre Hand entgegen. Ihr schmales Lächeln wirkte traurig und bei näherer Betrachtung sah er einige Sorgenfalten auf ihrem schmalen Gesicht.

„Herr Doktor, es tut mir leid, dass wir sie so überfallen, aber …"

Wieder hob er mahnend die Hand und schüttelte leicht den Kopf.

„Wir? Ist Carolin auch da?"

„Sie hatte Hunger und ich habe sie in die Kantine geschickt. Hätten Sie vielleicht ein paar Minuten Zeit für mich?"

„Natürlich, Frau Michaelis, kommen Sie rein."

Mit ausgebreiteten Armen drückte er seine Bürotür auf und ließ die zerbrechlich wirkende Frau eintreten.

„Möchten Sie etwas trinken?"

Mit schnellen Handgriffen zog er sein Jackett aus und tauschte es gegen den weißen Kittel, den er vom Haken neben der Tür nahm. Er deutete auf einen der hellen Ledersessel vor seinem Schreibtisch und nahm selbst auf dem Hochlehner dahinter Platz.

„Nein, danke. Manuela hat uns beide schon mit Kaffee versorgt."

Er nickte zufrieden und freute sich bereits selbst auf seine Tasse, die er mit Sicherheit in den nächsten Minuten bekommen würde.

„Was führt Sie zu mir?"

„Caro geht es nicht gut. Sie ist jetzt …“

„Neunzehn, ich weiß“, unterbrach sie der Arzt mit einem Augenzwinkern. Sein Grinsen wurde glücklicherweise erwidert. Es erinnerte ihn an die freudenstrahlende Mutter beim Abschlussgespräch, die ihr damals fünfzehnjähriges, glückliches Mädchen austherapiert nach Hause bringen durfte.

Carolin war eine ganz besondere Patientin. Sie war nicht, wie die meisten Patienten, von Kollegen aus ganz Deutschland zu ihm geschickt worden. Frau Michaelis hatte in seiner Klinik entbunden. Er selbst hatte die Diagnose gestellt und sie sozusagen ‚für sich entdeckt'.

„Ja, sie hat vor Kurzem ihr Studium begonnen. Ich weiß gar nicht, wie ich es erklären soll.“ Frau Michaelis hatte ein Papiertaschentuch aus dem Ärmel ihres engmaschigen Wollpullovers gezogen und nestelte mit beiden Händen daran herum. „Sie ist keine normale junge Frau geworden. Ich verstehe sie einfach nicht.“

Wieder machte die Mutter eine Pause und wischte sich eine einzelne Träne von der Wange.

„Manchmal zieht sich Caro wunderschöne Kleider an, verabredet sich mit ihrer Cousine zum Shoppen oder kommt mit manikürten Fingernägeln nach Hause.“

Ihre Stimme brach ab, als sie im Kampf um ein kleines Bisschen echte Fröhlichkeit lächelte. Doch ihre Augen füllten sich mit Tränen. Sie zog die Nase hoch und senkte den Blick erneut zum Taschentuch in ihren Händen.

„Dann kommt der plötzliche Umschwung. Die Veränderung kommt jedes Mal. Aber in unregelmäßigen Abständen. Plötzlich trägt sie nur noch dunkle Jeans und weite T-Shirts. Einmal bin ich ohne anzuklopfen in ihr Zimmer gekommen und habe gesehen, wie sie ihre Brüste mit Mullbinden abgebunden hat. Sie spricht dann nicht mit mir und ich spreche sie auch nicht an, weil ich nicht weiß wie. Sie wird stinksauer, wenn sie ihren Namen hört.“

Erst als die Rehaugen ihn wieder fixierten, bemerkte Gelders, dass sein Mund offenstand. Mit ausdrucksloser Miene starrte er die Frau an, löste blitzschnell seinen Blick und schlug die Patientenakte auf seinem Tisch auf. Er griff nach einem Stift und tat so, als mache er sich Notizen, während seine Gedanken Purzelbäume schlugen. Als er Carolin entlassen hatte, schien das Mädchen bereits mitten in einer normal verlaufenden Pubertät zu stecken. Es hatte für ihn keinerlei Gründe gegeben, die Patientin einer weiteren Therapie auszusetzen. Er zuckte zusammen, als ihn die besorgte Stimme aus seinen Gedanken holte.

„Gestern Abend hat sie dann plötzlich ein ganz merkwürdiges Gespräch angefangen. Sie hat mich nach ihrer Geburtsurkunde gefragt. Und danach, ob ich schon wusste, dass sie ein Mädchen war, bevor sie geboren wurde." Die leise Stimme brach für einen Moment ab und Frau Michaelis schnäuzte sich die Nase. „Ich hatte keine Ahnung, wie ich auf ihre Fragen reagieren sollte. Ich war vollkommen vor den Kopf gestoßen und das hat sie natürlich gemerkt. Dann fing sie an, nach der Operation zu fragen und ich wusste gar nicht mehr weiter. Wir haben seitdem kein Wort miteinander gesprochen."

Wieder machte die verzweifelte Mutter eine kurze Pause. Dieses Mal aber nur, um gleich darauf, fast flüsternd, weiterzusprechen.

„Als sie gestern das Haus verlassen hat, bin ich in ihr Zimmer gegangen. Ich weiß nicht, nach was ich gesucht habe, aber ich habe Tabletten unter ihrem Bett gefunden. Schlaftabletten. Viele davon. Sie müssen uns helfen. Ich glaube, sie hortet die Dinger. Vielleicht will sie ..."

Sie verstummte, als es an der Tür klopfte und Manuela ihren Kopf durch einen schmalen Spalt schob.

„Carolin ist jetzt wieder da."

Gelders nickte. „Gib uns noch eine Minute."

Frau Michaelis wischte sich bereits das feuchte Gesicht ab und richtete ihren Rücken etwas auf.

„Frau Michaelis, Sie hätten schon viel früher zu mir kommen können. Natürlich werde ich mit Carolin sprechen. Das bekommen wir schon wieder hin." Einen Moment lang schaute er ihr fest in die Augen. „Bereit?"

Er wartete ihr zögerliches Kopfnicken ab und versuchte, ihren ängstlichen Gesichtsausdruck zu ignorieren, als er auf die Sprechanlage am Telefon drückte und Manuela bat, Carolin hereinzuschicken.

Mit erhobenem Kinn ging die junge Frau, geschäftsmäßig in Rock und Bluse gekleidet, schnellen Schrittes am Sessel ihrer Mutter vorbei, setzte sich neben sie und schlug die Beine übereinander. Gelders starrte einen Moment auf die schwarzen Pumps an ihren Füßen. Keiner sprach ein Wort. Frau Michaelis schaute zuerst den Arzt, dann ihre Tochter an und erhob sich schließlich wortlos, um den Raum zu verlassen.

Carolins Körperhaltung wirkte kühl und geschäftlich. Nur in dem wütenden, herausfordernden Glitzern ihrer braunen Augen erkannte Gelders seine ehemalige Patientin. Etwas Dunkles am oberen Rand ihrer Bluse weckte seine Aufmerksamkeit. Ohne dass Gelders seiner Patientin auf das Dekolleté starren wollte, fragte er sich unweigerlich, ob sie dort etwa ein Tattoo hatte. Carolin fehlte zweifellos der beschützende Vater, der sich, sobald es nach ihrer Geburt kompliziert geworden war, aus dem Staub gemacht hatte. Obwohl ihr letztes Gespräch lange her war, kannte er sie gut genug, um zu wissen, dass sie keinesfalls den Anfang machen würde. Er rutschte auf seinem Stuhl nach vorne und legte die Unterarme auf der Tischplatte ab.

„Sieh dich an. Ich hätte dich beinahe nicht erkannt. Darf ich dich denn überhaupt noch duzen, Carolin?"

„Klar. Wieso nicht? Sie wissen so viel über mich, dass ich Ihnen wohl kaum dieses Recht nehmen kann."

Das Braun ihrer Augen wurde durchsichtig. Wie flüssiger Honig schien es in Bewegung zu geraten. Es loderte, wie Feuer.

„Du weißt, dass du mit mir offen reden kannst, nicht wahr?"

„Ist das Ihr Ernst?"

Er nickte.

„Sind Sie sicher?"

„Natürlich bin ich sicher. Was liegt dir auf dem Herzen?"

Ihr entschlossener Blick riss ab. Sie senkte die Augen auf ihre geballten Fäuste, die in ihrem Schoß lagen.

„Der Tumor, den Sie mir als Kind herausoperiert haben. Wegen dem ich keine Periode bekomme und auch keine Kinder haben kann."

Gelders atmete ruhig ein. Er wollte sie unter keinen Umständen unterbrechen, war aber nicht sicher, ob sie von sich aus weitersprechen würde.

„Was ist mit dem Tumor?“

Ihr Kopf schnellte hoch und das lodernde Feuer in ihrem Blick drohte, ihn mit Haut und Haaren zu verschlingen.

„Den hat es nie gegeben und das weiß ich jetzt!“

Sie schnappte nach Luft.

Er biss so fest die Zähne zusammen, dass es weh tat, und hoffte, dass sie nichts davon bemerkte. Als keine Antwort von ihm kam, drehte sie den Kopf zum Fenster. Er wusste, dass sie erst mal kein Wort mehr sagen würde. Nach einer Weile holte er tief Luft und nahm sich vor, das Gespräch neu zu beginnen.

„Darf ich dir ein paar Fragen stellen?“

Ein Schulterzucken musste als Antwort genügen.

„Was hast du mit der Tablettensammlung vor?“

Sie war merklich zusammengezuckt. Die Flammenaugen funkelten ihn wieder zielstrebig an. „Das wissen Sie doch ganz genau, Herr Professor!“

Das P war förmlich aus ihrem Mund explodiert. Er konnte froh sein, dass sie ihm dabei nicht auf den Teppich gespuckt hatte. Gelders‘ Interesse an ihrem Zustand war so stark, dass für Verwunderung über ihre Aggressivität kein Platz war. Dabei war dieses Mädchen früher ein so zartes Geschöpf gewesen.

„Wenn Sie schon Fragen stellen wollen, dann stellen Sie doch wenigstens welche, deren Antworten einer von uns beiden nicht kennt.“

Die Falte über seiner Nase wurde tiefer, als er die Augenbrauen zusammenzog. „Deine Mutter hat mir gesagt, dass du dich nicht immer so kleidest. Hat das einen Grund?“

Sie schnaubte. „Meine Mutter hat Ihnen wohl einiges erzählt, in der kurzen Zeit, in der sie mich weggeschickt hat. Brauche ich einen Grund für meinen Modegeschmack?“

Jetzt wurde der Schlagabtausch wirklich interessant. Gelders hatte seinen Montblanc beiseitegelegt und setzte sich etwas gerader auf.

„Carolin, fühlst du dich begehrenswert als Frau?“

„Was soll das denn jetzt bitte heißen?“

„Versuchen wir es anders. Fühlst du dich zu Männern hingezogen?“

Keine Antwort.

„Ich meine, sexuell.“

„Mir war schon klar, dass Sie nicht wissen wollen, ob ich von den studentischen Leistungen meiner männlichen Kommilitonen beeindruckt bin. Mir ist nur nicht ganz klar, was das mit mir als Frau zu tun hat. Wenn Sie gerade ernsthaft versuchen herauszufinden, ob ich heterosexuell bin, dann können Sie das auch einfacher haben.“

Wieder züngelten die honigbraunen Flammen in seine Richtung.

„Am ehesten bin ich bi. Und das kommt nicht mal auf die Kleidung der Person an. Falls Sie jetzt doch wieder auf meinen Modegeschmack zurückkommen wollen.“

Als er nichts entgegnete, sprach sie weiter.

„Wenn Sie jetzt schon keine Fragen mehr übrighaben, hätte ich zwei für Sie.“

„Nur zu“, antwortete er. Den Kugelschreiber wieder fest umklammernd.

Sie fuhr hoch und ging auf seinen Tisch zu.

„Was bin ich? Und wieso sind die angeblichen Vitamintabletten eigentlich Hormone? So etwas kann man herausfinden, wenn man nicht total auf den Kopf gefallen ist, wissen Sie?“

„Ich fürchte, ich kann dir nicht folgen.“

Kerzengerade stand sie nun vor ihm. „Und ich fürchte, Sie müssen mir gar nicht folgen. Denn Ihr Wissensstand, was meinen Körper angeht, ist meinem weit voraus. Teilen Sie ihr Wissen mit mir! Ich würde Ihnen gerne folgen können.“

Mit hochgezogenen Augenbrauen wendete sich ihr Blick nicht mehr von seinem Gesicht ab. Die Arme vor dem Brustkorb verschränkt, schien seine starke Verhandlungspartnerin nicht einmal zu blinzeln.

„Wenn Sie auch nur ein bisschen Anstand haben und etwas weniger verlogen sind als meine Mutter, dann sagen Sie mir sofort, was damals an mir wirklich operiert wurde und was mit mir los ist!“

Seine Finger umklammerten noch immer den Kugelschreiber. So fest, dass seine Knöchel weiß wurden.

„Ich weiß nicht, was du meinst, Carolin.“

„Das habe ich mir gedacht. Ich hingegen weiß schon einiges. Und bald werde ich noch mehr wissen, denn Sie werden mich sicher die medizinischen Akten von damals einsehen lassen, damit ich keine gerichtlichen Schritte einleiten muss."

„Selbst wenn ich das wollte, die Aufbewahrungspflicht für solche Akten beträgt zehn Jahre. Länger werden solche Akten in dieser Klinik nicht aufbewahrt."

Carolin stand der Mund offen. Er kratzte sich hinter dem Ohr, versuchte, besonders empathisch zu wirken, und sprach mit erhobenen Augenbrauen weiter. „Ich glaube wirklich, du solltest mich auf den neuesten Stand bringen. Was ist passiert, Carolin?"

Mit verkniffenen Lippen drehte sich die junge Frau um und griff nach ihrer Handtasche neben dem Stuhl. Sie zog ruckartig den Reißverschluss auf und nahm ein flaches Buch in einem braunen Lederumschlag heraus. Wortlos schlug sie eine Seite auf und legte das Stammbuch ihrer Familie auf den Tisch des Arztes. Sie blickte ihm nun wieder direkt in die Augen. „Ich habe meine Geburtsurkunde gefunden. Sie war gut versteckt. Mein Vorname ist nachträglich überklebt worden."

Jetzt stand ihm der Mund offen.

„Wieso war mein Name Luka Michaelis?"

# Kapitel 4

Zwei Kollegen hatten sich krankgemeldet, weshalb Liane so viel zu tun gehabt hatte, dass der Tag wie im Flug vergangen war. Weil sie den Operationsbereich erst drei Stunden nach regulärem Dienstschluss verlassen konnte, hatte sie den Kleinwagen an seine Grenzen gebracht, musste sich aber, zu Hause angekommen, trotzdem beeilen. Jetzt kribbelte die Vorfreude in ihrem Magen und das elektrisierende Gefühl breitete sich bis in die Fingerspitzen aus. Rache war nicht das nobelste Motiv, die Welt zu verändern, doch sie war zweifellos ein guter Antrieb. Liane konnte immer noch nicht fassen, wie weit sie gekommen war. Selbst die spontansten Einfälle hatten ihr in die Karten gespielt. Zumindest größtenteils. Sie hatte sich die Möglichkeit für einen Vorstoß erspielt. Eine Chance, ihrem Ziel einen großen Schritt näher zu kommen. Ein Überschreiten der feindlichen Linien hätte man es nennen können. Doch wenn Liane über das Sprichwort „Auge um Auge, Zahn um Zahn" nachdachte, fragte sie sich unweigerlich, ob sie ausreichend bewaffnet war für einen Ausflug ins feindliche Gebiet. Nichtsdestotrotz musste sie sich eine gewisse Nervosität eingestehen. Schließlich wusste sie nicht, wie der Abend verlaufen würde.

Mit kreisenden Bewegungen verteilte sie das Rouge auf ihrer Wange. Eigentlich mochte sie es nicht, viel Schminke aufzutragen, doch sie hatte blass ausgesehen. Jetzt schien sie es aber mit jeder Schicht, die sie auftrug, ein wenig schlimmer zu machen. Die Poren stimmten unter dem Make-up das Klagelied ihres Erstickungstodes an. Sie waren im Begriff, die schimmernde Creme auszuschwitzen, während Liane das Rouge zur Seite legte, um noch einmal mit dem Puderpinsel dagegenzuhalten. Es war nicht so, dass sie sich nicht gerne schminkte. Sie war ein Profi im Umgang mit dem Eyeliner. Sogar auf dem Weg zum Supermarkt saß ihr Lidstrich meist perfekt. Und ohne Mascara hätte sie sich nicht einmal im Fitnessstudio gezeigt. Nur die bräunlichen Cremes und Pasten waren einfach nicht ihre Sache.

Etwas unsicher betrachtete sie die rosa Schatten auf ihrem Gesicht, als es an der Tür klingelte. Sie hatte nicht vor, ihn nach oben zu bitten. Ein letzter prüfender Blick in den Spiegel musste genügen. Mit gespreizten Fingern fuhr sie durch ihr glänzendes Haar, das in leichten Wellen über ihre Schultern fiel. Sie musterte den tiefen Ausschnitt des schwarzen Cocktailkleids und fragte sich, ob sie es übertrieben hatte. Ihre Finger berührten die Armbanduhr und sie senkte den Kopf.

*Der große Zeiger auf der Zehn, der kleine Zeiger auf der Fünf.*

Entschlossen nickte sie ihrem Spiegelbild zu. Sie schnappte sich ihre Jacke und die kleine Handtasche, schloss in gewohnter Routine die Tür hinter sich ab und eilte die Treppe hinunter.

Christian hatte seine dichten braunen Locken etwas nach hinten gekämmt. Er trug eine dunkle Jeans und ein hellblaues Hemd, was ihm den Eindruck verlieh, dem Modeteil von Men's Health entsprungen zu sein. Erst im nächsten Moment bemerkte Liane, dass er eine dicke, geflochtene Hundeleine in der Hand hielt. Als ihr Blick zu seinem vierbeinigen Begleiter flog, machte der dunkelbraune Labrador bereits einen gewaltigen Satz aus dem Kofferraum des Range Rover und sprang an ihr hoch. Auf eine derartig stürmische Begrüßung war sie nicht gefasst und das Gewicht des Hundes haute sie rücklings um.

„Bruce, nein!", hörte sie Christian rufen.

Halb auf dem Boden sitzend, halb liegend, spürte sie die Pfoten des Hundes auf ihrem Schoß, als ihr Bruce auch schon über die Wange schleckte. Sie kraulte seinen großen Kopf mit beiden Händen und lachte. *So schnell hat sich das mit dem Make-up erledigt.*

„Hallo! Du bist also Bruce. Schön, dich kennenzulernen." Liane schaute an dem bulligen Kopf des Tieres vorbei in Christians besorgtes Gesicht. Auch er hatte einen Satz in ihre Richtung gemacht und zog den Hund am Halsband von ihr herunter, um ihr mit der anderen Hand aufzuhelfen.

„Das tut mir so leid. So stürmisch ist er für gewöhnlich nicht. Alles in Ordnung mit dir?"

Noch einmal bückte sie sich zu Bruce herunter, der gerade angeleint wurde, und tätschelte seinen Kopf.

„Alles gut. Ist schon okay. Er wollte nur nett hallo sagen. Ich wusste gar nicht, dass du einen Hund hast."

Christians Gesicht entspannte sich und ein Lächeln verdrängte die Sorgenfalten auf seiner Stirn. Er schaute ihr direkt in die Augen und kam ihrem Gesicht etwas näher. Sie richtete sich auf, klopfte ihr Kleid ab und fragte: „Wo fahren wir hin?" Christian wollte gerade ansetzen, als sie weitersprach. „Für einen Waldspaziergang bin ich nicht ganz passend angezogen, aber ich könnte mich schnell umziehen."

Entschieden schüttelte er den Kopf. „Nein, du siehst großartig aus. Wir gehen essen. Es war nur heute nicht ganz leicht, Bruce zu Hause zu lassen." Christian kratzte sich etwas verlegen am Hinterkopf. „Schwer zu glauben, aber eigentlich ist er nicht so impulsiv, sondern eher faul. Er hat kein Problem damit, ein paar Stündchen im Auto zu schlafen, solange er wenigstens mitkommen darf."

Wie um die Aussage seines Besitzers zu bekräftigen, sprang Bruce unaufgefordert in den Kofferraum zurück und legte den Kopf auf einer Pfote ab. Normalerweise hätte Liane protestiert, denn sie fand es unmöglich, wenn Hundebesitzer ihre Tiere stundenlang im Auto einsperrten. Aber der Labrador hatte scheinbar kein Problem damit. Zudem war ein Restaurant besser geeignet für ein anständiges Gespräch. Wenn er ihr gegenübersaß, würde sie keine seiner Reaktionen auf ihre Fragen verpassen.

***

Das spanische Restaurant lag in einem gemütlichen Innenhof. Von hohen Natursteinmauern umgeben, hatte das ebenfalls steinerne Gebäude etwas schlossähnliches. Am Eingang begrüßte sie ein dunkelhaariger Kellner in weißem Hemd mit spanischem Akzent. Er führte sie die kurze Treppe hinunter in den Gastraum. Die sandfarbenen, gewölbten Wände wurden vom Boden her angestrahlt und auf jedem der weißgedeckten Tische flackerte das Licht einer Kerze.

Beinahe wortlos einigten sie sich auf den Tempranillo und bestellten dazu eine Flasche Wasser. Nachdem der Rotwein eingegossen war und sie ihre Bestellung aufgegeben hatten, verfingen sich ihre Blicke ineinander. Für einen kurzen Moment spürte Liane, dass ihr Gesicht warm wurde. Seine Augen fesselten ihre und es fiel ihr nicht leicht, den Blick abzuwenden. Schon während der Autofahrt musste sie sich bei jedem Seitenblick ermahnen, ihr eigentliches Ziel nicht aus den Augen zu verlieren. Doch jetzt galt es, geschickt vorzugehen. Sie räusperte sich, senkte ihren Blick und berührte die Armbanduhr.

*Der große Zeiger auf der Zehn, der kleine Zeiger auf der Fünf.*

„Hast du es eilig, musst du noch irgendwohin?"

Erst als sie den Kopf hob und sein fragendes Grinsen bemerkte, wurde ihr klar, wie unpassend es war, zu Beginn einer Verabredung auf die Armbanduhr zu starren.

Sie erhob ihr Glas. „Natürlich nicht. Danke für die Einladung. Es ist wirklich schön hier."

Als sie beide einen Schluck getrunken hatten, atmete Liane tief durch.

„Erzählst du mir etwas von dir?", begann sie vorsichtig, ließ ihm aber keine Chance zu antworten und setzte stattdessen nach: „Hattest du schon immer Haustiere oder ist Bruce dein erster Hund?"

Sein Lächeln war warm, doch er schüttelte den Kopf. „Nein, ich hatte vor Bruce keine Haustiere. Aber lass uns doch lieber über dich sprechen. Ich habe mich schon getraut, dich einzuladen. Jetzt möchte ich die Chance haben, dich kennenzulernen. Erzähl mir zuerst etwas über dich, dann kannst du mich alles fragen, was du möchtest."

Alles in ihr sträubte sich gegen diese Situation. Das sollte anders laufen. Sie musste ihn zum Reden bringen. Am besten über seine Kindheit und seine Familie. Das Haustierthema wäre ein so guter Einstieg gewesen.

Auf der Unterlippe kauend, starrte sie einen Moment die schwere Stoffserviette auf ihrem Schoß an. „Als ich klein war, hatten wir Meerschweinchen."

Sie hob den Kopf und sah, dass sich ein Grinsen auf seinem Gesicht ausbreitete.

„So etwas meinte ich nicht. Versteh mich nicht falsch, am liebsten würde ich alles über dich wissen, dann sind auch die Meerschweinchen wichtig." Er griff nach ihrer Hand und schaute ihr direkt in die Augen. „Aber jetzt meinte ich, etwas über dich.

Etwas, das dir wichtig ist. Wer ist der wichtigste Mensch in deinem Leben?“

Seine Frage schnürte ihr die Kehle zu. Doch sein Blick war so klar und fest und ehrlich, dass sie ihm einen Moment zu lange standhielt. Das Grün seiner Augen wirkte fast transparent, als könne man in sie eintauchen. Sie wollte ihre Finger aus seiner Hand befreien, ließ aber die Berührung geschehen. Sie musste auf seine Frage antworten.

„Sara! Meine kleine Schwester.“

„Erzähl mir von ihr“, ermunterte er sie.

Obwohl er eigentlich hätte erzählen sollen, begann Liane zögerlich.

„Sara wurde ein Jahr nach mir geboren. An die Anfangszeit kann ich mich kaum erinnern. Ich war ja selbst noch ganz klein. Ich weiß, dass ich oft bei unseren Großeltern war, weil Sara krank war und häufig in die Klinik musste.“

Es war falsch, über ihre Familie zu sprechen, aber irgendwie musste ein Anfang gemacht werden. Er würde ohnehin niemals erfahren, ob Saras Geschichte der Wahrheit entsprach. Wenn sie etwas erzählte, würde er sich ebenfalls öffnen. Sein Daumen zog zärtliche Kreise auf ihrem Handrücken. Obwohl es absolut unpassend war, fühlte es sich irgendwie gut an. Liane sprach weiter und merkte nicht, wie sie mit jedem Wort tiefer in der Vergangenheit versank.

„Ich muss ungefähr fünf gewesen sein, als ich das Interesse an meinen Puppen verloren habe. Ich wollte nur noch mit meiner Schwester spielen. Aber Sara konnte es nicht leiden, wenn ich versuchte, ihre blonden Löckchen zu kleinen Zöpfen zu flechten. Vielleicht weil es anschließend immer Stunden dauerte, bis meine Mutter die Knoten herausgekämmt hatte.“ Ein verschmitztes Lächeln huschte über ihr Gesicht. „Noch weniger mochte sie es, wenn ich versucht habe, sie in ihre Kleidchen zu stecken und mit der Schminke unserer Mutter zu bemalen.“

Gedanklich war Liane ganz in die Vergangenheit eingetaucht. Sie sah das runde Stupsnäschen ihrer Schwester vor sich, als der Kellner plötzlich Anstalten machte, das geschmorte Kaninchen vor ihr zu platzieren. Liane schnellte zurück, wobei sie mit der Hand, die Christian gehalten hatte, fast ihr Glas umstieß.

Noch bevor er zu essen begann, bat er sie, mehr von Sara zu erzählen. Liane räusperte sich, setzte sich etwas gerader hin und steckte sich eine Gabel der Gemüsebeilage in den Mund. Der Moment in der Vergangenheit war vorbei. Es fühlte sich falsch an, weiter darüber zu sprechen.

„Und jetzt? Wo lebt Sara? Habt ihr beiden viel Kontakt?“

Liane hörte abrupt auf zu kauen und hatte Schwierigkeiten, ihr Essen hinunterzuschlucken. Sie wollte ihre Uhr berühren, hielt sich aber zurück. In der Hoffnung, dass ihr Gesichtsausdruck nicht das schmerzerfüllte Herz widerspiegelte, zwang sie sich zu einer Antwort.

„Nein.“

„Habe ich etwas Falsches gesagt? Was ist los?“

Seine ängstliche Stimme drang nicht ganz zu ihr durch. Doch als er wieder nach ihrer Hand greifen wollte, zog sie sie zurück und antwortete etwas zu laut.

„Sie ist tot.“

Liane zuckte selbst ein wenig zusammen. Es auszusprechen, tat noch viel mehr weh, als es zu denken. Als würde es die Wahrheit ein kleines Bisschen realer machen.

„Liane, das tut mir leid. Was…?“

Sie unterbrach ihn mit einem Kopfschütteln.„Jetzt bin ich dran.“ Sie zwang sich zu einem Lächeln.

Sichtlich dankbar für einen Themenwechsel war er bereit für ihre Fragen, und sie konnte jetzt zumindest wieder klar denken.

„Hast du denn Geschwister?“, fragte sie, obwohl sie die Antwort bereits kannte. Liane zerdrückte eine der Rosmarinkartoffeln in der braunen Soße. Das Essen roch wunderbar.

„Nein, ich bin leider Einzelkind. Meine Eltern haben wohl sehr früh begriffen, dass ich sie in ihrem Leben und ihrer Freizeit einschränke.“

„Klingt traurig. Es hat doch bestimmt auch seine Vorteile. Wird man als Einzelkind nicht ordentlich verwöhnt?“

Christian zuckte mit den Schultern, löffelte seine Fischsuppe und sprach völlig emotionslos weiter. „Meine Mutter war sehr jung und ich bin mitten in ihr Studium geplatzt. Und der Lebensmittelpunkt meines Vaters war schon immer seine Arbeit.

Da war im Grunde nicht mal Platz für meine Mutter, geschweige denn für ein Kind."

Für ihn waren diese Dinge langweilige Nebensächlichkeiten, über die er offenbar nicht gerne sprach. Liane suchte krampfhaft nach einer Idee. „Aber dein Vater war sicher dein Vorbild, richtig?"

Er wiegte seinen Kopf leicht zur Seite. „So würde ich das nicht sagen. Mit dem Medizinstudium wollte ich ihn anfangs sicher beeindrucken. Oder zumindest auf mich aufmerksam machen. Doch als ich mich dann für die Orthopädie interessierte, war ich glücklicherweise alt genug, dass mir seine Meinung egal war."

Lianes Appetit hatte sich verabschiedet. Sie spülte das zarte Fleisch mit einem großen Schluck Rotwein hinunter. „Was war denn seine Meinung zur Orthopädie?"

Christians Blick verdunkelte sich. Er wollte nicht darüber sprechen, doch darauf konnte sie jetzt keine Rücksicht nehmen.

„Er hatte gehofft, dass ich in die Forschung gehe. Am besten etwas mit Genetik oder wenigstens Psychologie."

„Wieso Genetik oder Psychologie?"

Die Augenbrauen eng zusammengezogen, schaute er sie jetzt fragend an. Liane sah, dass er langsam wütend wurde. „Wieso fragst du mich über meinen Vater aus?"

Möglichst beiläufig zog sie die Schultern zu den Ohren. „Das klingt einfach nach einem ziemlich angespannten Verhältnis zwischen dir und deinen Eltern."

„Um ehrlich zu sein, gibt es eigentlich kein Verhältnis. Alles, was da ist, wahrt lediglich den Schein einer Familie."

Mit dem Gefühl, als habe man ihr eine Ohrfeige verpasst, versuchte sie nun schnellstens, ihre Gedanken zu ordnen. Das hier war eine Sackgasse. Das Ganze musste ein Ende finden, und zwar schnell.

„Irgendwie besteht unser Abend aus schwierigen Gesprächen und abrupten Themenwechseln."

Er verzog den Mund, legte seinen Löffel beiseite und wollte wieder ihre Hand nehmen. Doch Liane griff eilig nach der Stoffserviette und wischte sich den Mund ab. Krampfhaft suchte sie nach einem Ausweg, der für Christian möglichst plausibel war.

„Lass uns nochmal von vorne anfangen. Das soll uns nicht den Abend verderben. Schließlich haben wir jetzt schon zwei schlechte Themen beiseitegeschafft. Da kann doch gar nicht mehr viel schiefgehen, oder?“

Seine Stirn lag in Falten. Er wartete auf ihre Zustimmung und Liane kam endlich eine Idee. Sie nickte und ein triumphierendes Lächeln umspielte seine Mundwinkel.

„Das können wir versuchen, aber zuerst muss ich dich noch etwas fragen.“ Sein Ausdruck wurde wieder ernst und er lehnte sich im Stuhl zurück. „Ehrlich gesagt fällt mir jetzt keine galante Überleitung mehr ein. Also sage ich es einfach ganz direkt.“ Er sah ängstlich aus. „Ich bin nicht sicher, was die Kollegen hinter meinem Rücken reden. Ich habe keine Ahnung, ob jemand von der Sache zwischen uns weiß, und wenn ja, wie viele davon wissen. Aber ich bekomme mittlerweile immer mehr Gerüchte über dich zu hören.“

Das war keineswegs so direkt wie angekündigt. Liane nahm noch einen Schluck Wein und fühlte sich wie jemand, der sich Mut antrank. Dabei wusste sie eigentlich, dass sie das Richtige tat. Es war ihr Ausweg aus der ganzen Misere.

„Christian, bist du verheiratet?“

Er schaffte es nicht, ihrem Blick standzuhalten, und starrte stattdessen lieber in seinen Suppenteller. Wie in Zeitlupe drehte er den Löffel in der Hand und Liane wurde langsam ungeduldig. Am liebsten wäre sie aufgestanden und einfach gegangen, als er endlich zu ihr aufsah.

„Bin ich. Wenn es möglich wäre, würde ich aber, genau wie du, in Scheidung leben.“

Wieder machte er eine viel zu lange Pause und schien nach den passenden Worten zu suchen. Er legte den Löffel beiseite und schob den Teller ein Stück von sich weg.

„Ich wusste bereits vor einem Jahr, dass unsere Ehe am Ende ist, hatte aber einfach nicht den Mut, es ihr zu sagen. Vor fünf Monaten hatte sie dann ein Kribbeln in den Beinen. Die Diagnose war MS. Seitdem hängt sie an mir, als wäre ich ihr einziger Grund zu leben. Ich fühle mich einfach gezwungen, bei ihr zu bleiben.“

Am liebsten hätte Liane mit den Augen gerollt. Ein gefesselter Ehemann in der moralischen Opferrolle. Trotzdem stieg ein wenig Mitleid in ihr auf, denn sein Gesicht war hochrot.

„Wie schlimm ist ihr Zustand?", fragte sie bemüht, keinerlei Wertung in ihre Stimme zu legen.

„Es geht ihr im Moment gut. Sie hatte erst einmal einen kleineren Schub. Ich musste ein paar Tage lang Flaschen für sie öffnen und Schuhe binden, aber das geht inzwischen wieder."

Liane hätte ihn gerne aus seiner moralischen Gefangenschaft befreit. Sie wollte ihm vor Augen führen, dass er als Arzt wusste, dass seine Frau möglicherweise die nächsten fünfzig Jahre einigermaßen gut mit dieser Krankheit leben und dass er deshalb keine gescheiterte Ehe aufrechterhalten konnte. Doch sie brauchte einen klaren Schlussstrich, bevor die ganze Sache richtig ins Rollen kam. Gedankenverloren sah sie ihn an. Wieso fiel es ihr bloß so schwer?

„Das verstehe ich. Aber das, was wir gemacht haben, war nicht richtig." Und fügte rasch hinzu: „Das hier ist nicht richtig." Sie schob ihren Stuhl zurück. Mit einem langen Schritt war sie um den Tisch herumgegangen und legte ihm eine Hand auf die Schulter. „Danke, dass du so ehrlich warst. Und danke für das Essen."

Plötzlich rückte auch er seinen Stuhl zurück. „Liane, du kannst doch nicht einfach … jetzt bleib doch hier."

„Entschuldigung", murmelte sie und drehte sich zum Gehen um. Am Eingang nahm sie ihre Jacke von der Garderobe, während er noch mit dem Kellner sprach.

An der Straße hatte er sie bereits eingeholt. „Ich bringe dich zumindest nach Hause", sagte er so bestimmend, als spräche er mit einem kleinen Mädchen.

„Lass mal, das schaffe ich auch allein", sagte sie und beschleunigte ihren Schritt.

Für einen kurzen Moment war es schwierig, nicht einfach nachzugeben. Gerne wäre sie stehengeblieben, hätte sich von ihm nach Hause bringen lassen und den Abend doch noch zu einem erfreulichen Ende gebracht. Aber so war das nicht geplant. Sie fragte sich, woher diese plötzliche Schwäche überhaupt kam. In den beiden Jahren mit Michael hatte sie nie die Kontrolle über ihre Gefühlswelt verloren. Christian hatte Gefühle entwickeln sollen, aber doch auf keinen Fall sie selbst.

Sie beschleunigte ihre Schritte. An der Hauptstraße hatte sie eine Bushaltestelle gesehen, auf die sie jetzt zusteuerte. Er folgte ihr noch ein ganzes Stück und redete dabei ununterbrochen auf sie ein. Doch Liane versuchte, nicht hinzuhören.

„Ich möchte mit dir zusammensein!"

Ihre Schritte verlangsamten sich, doch mit einem tiefen Atemzug brachte sie sich wieder unter Kontrolle. Ging einfach weiter, und war schließlich allein. An der Bushaltestelle angekommen, drehte sie sich um. Er war nicht mehr da.

Erst jetzt bemerkte sie, dass sie fror. Auch wenn die Temperaturen tagsüber bereits ungewöhnlich mild waren, stellten ein Cocktailkleid und eine dünne Jacke nicht gerade die optimale Bekleidung für einen nächtlichen Spaziergang im März dar.

Mit einem tiefen Seufzer ließ sich Liane auf die kalte Sitzbank fallen. Sie konnte sich selbst nicht ausstehen, wusste aber, dass sie richtig gehandelt hatte. Bestimmt liebte er seine Frau sogar. War das nicht bei den meisten Ehepaaren so? Davon verstand Liane nichts, denn bei ihr war es anders gewesen. Sie hatte aus einem praktischen Grund geheiratet. Der neue Nachname hatte sie ihrem Ziel ein Stück nähergebracht. Seit Jahren hatte sie nichts mehr getan, was sie nicht voranbrachte und jetzt würde sie damit ganz sicher nicht anfangen.

***

Eine gute Stunde später stöckelte sie in den verdammten High Heels über den langgezogenen Platz vor dem Bahnsteig. Schon beim Umsteigen am Hauptbahnhof hatte sie überlegt, die blöden Dinger auszuziehen und in ihren Nylons weiterzugehen. Doch der Boden war nicht nur schmutzig, sondern auch eiskalt. Mit verkniffenem Gesichtsausdruck lief sie zwischen parkenden Autos und Mehrfamilienhäusern hindurch. Der Weg von der Bahnstation zu ihrem Haus war ihr noch nie so lang vorgekommen. Als zu ihrer Rechten endlich die ersten Bäume des Solmsparks auftauchten, hatte sie nur noch einen Weg von maximal fünf Minuten vor sich. Trotzdem blieb sie, den hasserfüllten Blick auf ihre Füße gerichtet, stehen und nahm die drückenden Pumps endlich in die Hand. Sie spürte den eisigen, steinigen Boden unter ihren Sohlen und fragte sich einmal mehr, weshalb sie sein Angebot nicht einfach angenommen hatte. Mit klappernden Zähnen ging ihr der Gedanke nicht aus dem Kopf, dass sie längst in ihrem warmen Bett liegen könnte, wenn Christian sie nach Hause gefahren hätte. Sie hätte sich ohrfeigen können und ging weiter.

Zu Hause warf sie die kleine Handtasche und die Jacke auf das Bett und zog sich das Kleid über den Kopf. In ihrer besten Unterwäsche aus schwarzer Spitze saß sie auf der Bettkante und zupfte die kleinen Steinchen aus der Strumpfhose, nur, um sie letzten Endes doch in den Mülleimer zu werfen. Aus der untersten Schublade im Badezimmer holte sie eine leicht staubige Pappverpackung, aus der sie eine lilafarbene Glasflasche zog. Sie ließ warmes Wasser in die Wanne ein und fügte etwas von dem Lavendelbadeschaum hinzu, den sie zu ihrem letzten Geburtstag von den Kollegen im Krankenhaus bekommen hatte. Auf der Flasche stand in weißer Blockschrift *Entspannungsbad*, was offenlegte, dass die anderen glaubten, sie habe etwas Entspannung nötig. Als sie auch Slip und BH abgelegt hatte, steckte sie, einen nach dem anderen, ihre schmerzenden Eisfüße ins Wasser. Eine Gänsehaut lief über ihren ganzen Körper, als sie schließlich komplett in die Wanne sank. Sie verteilte Flüssigseife in den Handflächen und schäumte ihr Gesicht ein. Die Schminke abzuwaschen kam dem Gefühl gleich, die Arbeitskleidung nach einem langen Tag gegen eine Jogginghose einzutauschen. Für einen kurzen Moment schloss sie die Augen und legte den Kopf in den Nacken. Als sie die Augen wieder aufschlug und ihr Blick auf die Narbe am Bauch fiel, wurde sie unruhig. Entspannung setzte Liane mit Langeweile gleich. Langeweile bedeutete jedoch nicht nur Untätigkeit und Hilflosigkeit, sondern war auch Nahrung für Depressionen. Das hatte sie an ihrer Mutter beobachtet. Ihre Mutter hatte aufgegeben, schon kurz nachdem Sara aus ihrer aller Leben verschwunden war, wie ein Geist, den es niemals hätte geben dürfen. Ihre Mutter war untätig geworden, hatte zuerst mit ihrer Handarbeit, dann mit dem Haushalt und schlussendlich sogar mit dem Sprechen aufgehört. Untätigkeit war ein Fluch.

Mit einem Ruck kam Liane auf die Füße, blieb im Badewasser stehen und beugte sich zum Waschtisch hinüber. Ausgestreckt angelte sie nach ihrem Smartphone und setzte sich damit wieder ins Wasser. Um sich auf den neuesten Stand zu bringen, öffnete sie die Nachrichten-App, musste aber mit dem Telefon in der Hand sofort wieder an Lutz denken. Nach kurzem Zögern öffnete sie das Anrufprotokoll und wählte. Der Takt, den ihre Finger auf dem Badewannenrand trommelten, beschleunigte sich mit jedem Freizeichen. Sie wollte gerade auflegen, als der Anruf endlich angenommen wurde.

„Kurklinik Köln, Schwester Julia, guten Abend."

Liane erinnerte sich an den Namen und die Stimme vom Vorabend. Sie spürte, wie ihre Wangen heiß wurden. Nach einem Räuspern begann sie zu sprechen. „Hallo, hier spricht noch einmal Liane Kowalski, ähm, also Lehnknecht. Ist mein Bruder vielleicht inzwischen aufgetaucht?"

„Frau Lehnknecht", schnaubte die Pflegerin, die offenbar etwas außer Atem war. „Ihr Bruder hat sich selbst entlassen. Er wird hier frühestens in einer Woche wieder auftauchen, wahrscheinlich wird es länger dauern. Aber ich glaube, das ist Ihnen sehr wohl bewusst."

Schwester Julia sprach langsam und deutlich. Sie klang eher nach einer ungeduldigen Kindergärtnerin als nach medizinischem Fachpersonal. Auch wenn ihr Tonfall zu wünschen übrigließ, war sie im Recht und Liane fehlten die Worte.

„Hören Sie …", setzte sie nach einer längeren Pause wieder an. „Ich verstehe, dass Sie sich Sorgen machen. Aber er schlägt sich bestimmt eine Weile ohne uns durch, bevor er einen nächsten Versuch startet. Ich werde mir gerne Ihre Nummer notieren und versuche, Sie anzurufen, falls er auftaucht."

Die Stimme am anderen Ende klang plötzlich nicht mehr genervt. Liane glaubte, dass das Verständnis für die Sorge um Angehörige bei den meisten Familien angemessen war. Auch wenn sie selbst keine Angst um Lutz hatte. Sie bedankte sich knapp, beendete den Anruf und legte das Telefon beiseite. So tief wie möglich holte sie Luft und tauchte unter Wasser.

Mit geschlossenen Augen genoss sie die Ruhe und lauschte dem dumpfen Pulsschlag in ihren Ohren. Erst als ihre Lunge deutlich nach Luft verlangte und sie sich anstrengen musste, nicht einfach aufzutauchen, brachte ihre Erinnerung Saras verkrampftes Gesicht unter Wasser hervor. Liane zwang sich, unten zu bleiben. Ihre Luftröhre zog sich zusammen und presste mit einem dumpfen Gluckern weitere Luftblasen an die Oberfläche. Hinter den verkniffenen Augenlidern sah sie die blonden Locken und den schlanken Körper, der nicht mehr auftauchen wollte. Sie zwang sich weiter, war nicht bereit, das Bild ihrer Schwester loszulassen. Lilly hatte damals die kleinen Schultern gepackt und das um sich schlagende, elfjährige Mädchen aus dem Wasser gezogen. „Ich will nicht, lass mich!“, hatte Sara gerufen, bevor sie wieder untergetaucht war. Lianes gesamter Oberkörper schmerzte jetzt. So musste sich Sara gefühlt haben, als sie beschlossen hatte, zu sterben. Reflexartig riss Liane die Augen auf und schoss mit dem Oberkörper nach oben. Sie hustete, wie ihre kleine Schwester gehustet hatte.

Für Sara würde sie die Kinder retten. Auch ohne Christian würde sie das schaffen.

# Kapitel 5

Nach einer 24-Stunden-Schicht am Samstag hatte Liane den halben Sonntag durchgeschlafen. Inzwischen dämmerte es und die kalte Abendluft drang durch das halbgeöffnete Fenster ihres Peugeot. Wieder schaute sie auf die Uhrzeitanzeige des Radios. Bereits seit einer halben Stunde beobachtete sie den beleuchteten Hauseingang auf der gegenüberliegenden Straßenseite. Sie fühlte sich wie ein fanatisches Groupie von Robbie Williams, das vor dem Hotel auf seinen Schwarm wartete. Gleichzeitig stellte sie einen schlechten Sherlock Holmes-Verschnitt dar: den Berufswunsch aus dem Fernsehen abgeschaut und keine Ahnung, wie der Hase wirklich lief. Sie musste endlich wissen, ob sie vor dem richtigen Haus stand. Auch wenn sie dafür die ganze Nacht hier verbringen musste. Hätte man sie nicht angerufen, wenn ein Notfall reingekommen wäre? Laut Schichtplan hatte er längst Feierabend. Wovon seine Ehefrau offenbar auch ausging. Liane beobachtete sie durch eines der bodentiefen Seitenfenster. Die treusorgende Gattin, die obendrein ziemlich gutaussehend war, wartete bereits mit dem Abendessen am gedeckten Tisch. Trautes Familienglück. An solche Szenen konnte sich Liane in ihrer eigenen Vergangenheit nicht erinnern. Eine Art Eifersucht stieg in ihr auf, als sie das Vibrieren des Mobiltelefons auf dem Armaturenbrett aus den Gedanken riss. Wie von selbst griff ihre Hand danach und sie berührte das Display versehentlich an der falschen Stelle. Die Straßenkarte der Navigationsfunktion, die sie an diesen Ort gelotst hatte, aktualisierte sich und der eingehende Anruf wurde davon in den oberen Rand des Displays verdrängt. Hektisch drückte Liane auf dem vibrierenden Gerät herum, um die Straßenkarte verschwinden zu lassen und den Anruf anzunehmen.

„Herr Martinek, was gibt's?“, trällerte sie möglichst fröhlich, fühlte jedoch sofort ein Magengrummeln und kniff die Augen zusammen. Sie konnte sich denken, weshalb der Anwalt an einem Sonntagabend anrief.

„Guten Abend, Frau Kowalski“, grüßte die kratzige Stimme mit erzwungener Freundlichkeit. Um dann, von weiteren Förmlichkeiten absehend, direkt den unangenehmen Grund für den Anruf vorzubringen. „Wir haben das ja Mitte der Woche schon besprochen. Für Sie mögen die neuen Telefonanschlüsse ihren Zweck erfüllt haben. Das freut mich auch für Sie. Es ist allerdings untragbar, dass ich zu liebeskranken Noch-Ehemännern meiner Klienten eine Standleitung einrichten könnte.“

Liane rieb sich mit der freien Hand die Augen. „Ich weiß wirklich nicht, was ich tun kann.“

Mit schiefgezogenem Mund hob sie die Schultern zu den Ohren.

„Natürlich sind Sie nicht verantwortlich dafür, dass sich Ihr Mann gegen die Scheidung sträubt und sich auch noch weigert, einen eigenen Anwalt hinzuzuziehen. Trotzdem müssen Sie persönliche Dinge bitte selbstständig klären. Ich sage es noch einmal: Falls Sie aus irgendwelchen Gründen Angst haben oder sich bedroht fühlen, schlage ich vor, dass wir die Polizei einschalten. Sie müssen aber endlich Klartext mit mir sprechen und am besten auch mit Ihrem Mann.“

Liane hörte dem Anwalt kaum mehr zu. Ihre Aufmerksamkeit galt inzwischen dem dunklen Porsche Carrera, der gerade mit bollerndem Auspuff in die Einfahrt gegenüber einbog. Unwillkürlich breitete sich ein Grinsen auf ihrem Gesicht aus. Sie musste an die Geschichte denken, die er bei einer Routineoperation zum Besten gegeben hatte. Als wolle er rechtfertigen, einen außergewöhnlichen Wagen zu fahren, hatte er von seinem Kindheitswunsch und dem Spielzeugauto erzählt, das ein dunkelblauer Porsche Turbo gewesen war.

„Ich kümmere mich darum. Muss jetzt leider auflegen“, flüsterte sie in das Telefon, während sie – zurück in ihrer Rolle des Privatdetektivs – tiefer in ihren Sitz rutschte. Sie beendete den Anruf, ohne Martineks Antwort abzuwarten, und schaute zu, wie das massive Rolltor nach oben fuhr und die Garage den Wagen verschluckte. Das Loch, das sich an der Seite des Hauses aufgetan hatte, war so breit, dass mindestens drei Autos dieser Größe hineingepasst hätten. Neben der Stadtvilla sah der Porsche wirklich wie ein Spielzeugauto aus.

Als Liane durch das Fenster beobachtete, wie er die geräumige Wohnküche betrat und seine Ehefrau begrüßte, startete sie den Motor ihres Peugeot. Sie hatte vorerst, was sie brauchte, es war das richtige Haus.

Am Opel-Zoo vorbei schlängelte sie sich durch den dunklen Taunus und passierte eine Viertelstunde später das Klinikgelände am Kronberger Hang. Von hier aus fand ihr Wagen fast von selbst nach Hause. In Gedanken nahmen Lianes Pläne Form an, während sie wie auf Autopilot den gewohnten Heimweg fuhr.

Schon als sie in das Wohngebiet einbog, sah sie Michael vor ihrem Hauseingang stehen. *Wenn man vom Teufel spricht!*

Ohne darüber nachzudenken, riss sie das Steuer herum und fuhr gegen die Einbahnstraße in die andere Richtung. Nach den Gesprächen mit ihrem Anwalt hätte sie sich denken können, dass es nur eine Frage der Zeit war, bis ihr Ex vor ihrer Tür stand. Natürlich hatte sie versucht, auch ihre neue Anschrift vor ihm geheim zu halten, offenbar leider ohne Erfolg. Ihr Puls raste und sie konnte das Adrenalin förmlich auf der Zunge schmecken. Eine Runde nach der anderen umfuhr sie weiträumig das Wohngebiet. Auch wenn sie todmüde war, konnte sie nicht nach Hause fahren. Wenn Michael eines war, dann hartnäckig. Als sie gerade in Betracht zog, aus Verzweiflung Alice anzurufen und um Unterschlupf für die Nacht zu bitten, ging ein weiterer Anruf auf ihrem Smartphone ein. An der Nummer erkannte sie sofort, dass es die Klinik war.

„Manchmal ist dieser Bereitschaftsdienst doch zu etwas gut", lachte sie und drehte an der nächsten Kreuzung.

***

Im Herzkatheterlabor herrschte bereits Aufruhr, als Liane eintraf. Erst eine halbe Stunde, nachdem der besorgte Vater mit der Patientin in der Notaufnahme erschienen war, wurde das Kind mit Verdacht auf Herzinfarkt in die Kardiologie gebracht. Das erste, was Liane von dem Mädchen sah, als die Bahre hereingerollt wurde, waren die winzigen Füße. Ein Gefühl von Ungerechtigkeit schnürte ihr augenblicklich den Magen zusammen. Ein kleines Mädchen hatte nichts im Katheterlabor zu suchen.

Als das zwischenzeitlich bewusstlose Kind vorbereitet war und Doktor Engelbrecht über die Leiste einen Katheter durch ein Gefäß bis hin zum Herzen führte, setzte das Kammerflimmern ein. Noch bevor der Verschluss am Herzkranzgefäß gefunden war, forderte Engelbrecht Liane auf, den Defibrillator zu laden. Alle traten zurück und der Körper des Mädchens zuckte unter dem Schock. Als der Katheter endlich gesetzt war, war klar, dass weitere Verengungen eine ausreichende Blutversorgung des Herzens verhinderten. Teile des Organs waren schon viel zu lange ohne Sauerstoffversorgung, als das zweite Kammerflimmern einsetzte. Lianes eigenes Herz schlug so schnell, dass ihr übel wurde, als sie das Gerät erneut lud und dem Kind ein weiterer Stromstoß versetzt wurde.

Minuten später war das Mädchen tot und Liane stolperte wie betäubt einige Schritte zurück, um sich mit dem Rücken an einer Wand anzulehnen.

Der Arzt hatte den Raum bereits verlassen, als sie ihre Fassung wiedererlangte. Sie half ihrem Kollegen bei der Extubation. Keiner sprach ein Wort. Als die Braunülen für den Katheterzugang und die Infusion entfernt waren, fiel ihr Blick auf das Schildkrötenpflaster an dem kleinen Knie. Solche Pflaster hatte Sara ständig an den Knien gehabt. Ihre kleine Sara, die auf jeden Baum geklettert und jede Mauer heruntergesprungen war. Die kleine Schwester, die unbedingt Radfahren wollte, aber nie auf dem Sattel sitzen konnte, weil es sie schmerzte. Immer war sie im Stehen gefahren und dabei schneller gewesen als alle Kinder aus der Nachbarschaft. Übelkeit stieg erneut in Liane auf, sie atmete tief und biss die Zähne zusammen, um ein lautes Schluchzen zu unterdrücken. Liane bedeckte das blasse Gesicht des Mädchens mit dem Laken. Als sie die Tränen nicht mehr zurückhalten konnte, stolperte sie in den Vorraum des Labors, zog die Handschuhe aus und wusch ihre Hände.

„Ich habe es schon gehört", vernahm sie eine tiefe Stimme auf dem Flur.

„Es tut mir leid, wir haben getan, was wir konnten. Stimmt es, dass sie deine Patientin war?"

Liane lugte um die Ecke, wo sie den Herzchirurgen zusammen mit Professor Gelders stehen sah.

„Ja."

„Möchtest du es den Eltern sagen?"

Gelders schüttelte den Kopf. „Nein, mach du das ruhig. Aber die Todesbescheinigung stelle ich selbst aus. Bitte klär das mit dem Anästhesisten. Du kannst sie dann schon runterbringen lassen, ich bin in zehn Minuten dort."

Liane zog blitzschnell ihren Kopf zurück und schnappte nach Luft. Ihr lief eine Gänsehaut über den Rücken, wilde Gedanken sausten durch ihren Kopf.

*Sie war seine Patientin! Er wird die Leichenschau durchführen und die Todesursache feststellen. Er wird festmachen, warum ein kleines Kind an einem Herzinfarkt gestorben ist!*

Nochmal schaute sie um die Ecke und sah, dass sich die Ärzte einige Schritte entfernt hatten. Blitzschnell zog sie neue Handschuhe über und schob die Schiebetür zum Labor auf. Sie war inzwischen allein im Raum und benötigte nicht einmal eine Minute, um eine Blutprobe zu entnehmen, die sie in der tiefen Hosentasche verschwinden ließ. Sie warf noch einen kurzen Blick in den Computer und notierte sich die Patientendaten. Analina Kramer war gerade einmal fünf Jahre alt geworden.

***

Später verstaute sie die Probe sofort in einer geeigneten Verpackung, füllte die Vordrucke für das Labor aus und machte sich mit der Sicherheitsverpackung in der Hand auf den Weg zu ihrem Spind. Das kleine Päckchen war nicht breiter als ein Maxibrief und verschwand in ihrer Handtasche.

Kurz darauf wurde ein weiterer Notfall eingeliefert. Die komplizierte Operation an einem verunfallten Motorradfahrer war erst nach drei Uhr morgens abgeschlossen. Als der OP-Saal soweit aufgeräumt war, dass das Reinigungspersonal anfangen konnte, ging Liane zurück in den Spindraum. Sie zog ihre Straßenkleidung an, schulterte ihre Handtasche und verließ die Klinik durch den nächstgelegenen Seiteneingang. Gierig sog sie die kalte Nachtluft ein und spürte, wie die Traurigkeit sie erneut überfiel. Sie schluckte trocken und beschleunigte ihre Schritte, bis sie fast rannte. Über die einspurige Eisenbahnbrücke joggte sie in den anderen Teil des Gewerbegebiets, um die Verpackung dort in den gelben Postkasten zu werfen.

Zurück in der Klinik wurde Liane bewusst, wie erschöpft sie eigentlich war. Ihr Magen verlangte nach einer Zwischenmahlzeit. Sie glaubte nicht, dass Christian im Dienst war. Aus Angst, ihn zu treffen, verzichtete sie trotzdem darauf, zum Snackautomaten in der Kantine zu gehen. Stattdessen legte sie sich mit knurrendem Magen im Ruheraum für Mitarbeiter aufs Ohr. Doch ihre Gedanken fanden den Weg zu Christian. In diesem Raum war es passiert. Erst vor einer Woche war sie hier hereingeplatzt, ganz spontan, weil sie beobachtet hatte, wie er hineingegangen war. Sie hatte geglaubt, dass sich ihr eine solche Chance nie wieder bot. Zumindest in dieser Hinsicht hatte sie richtig gelegen. Es hatte funktioniert. Und auch, wenn es ihr nichts bedeuten sollte, hatte es sich gut angefühlt, als eins zum anderen kam. Sie hatte ihre Chance genutzt und war in eine Sackgasse gestolpert. Noch einmal spielte sie in Gedanken das gescheiterte Abendessen durch. Nein, sie hatte keines seiner Worte fehlinterpretiert. Auch wenn sie das noch so gerne glauben wollte. Sie täuschte sich nicht. Die Chance hatte sich als Blindgänger entpuppt.

Liane drehte sich auf den Rücken, kniff die Augen zu und versuchte, die Gedanken an ihn wegzuschieben. Sie drehte sich auf die Seite und dachte an das Ehepaar beim Abendessen. Es war an der Zeit, ihre Pläne in die Tat umzusetzen. Doch neben ihrer Arbeit würde es schwierig werden. Außerdem musste sie Christian vorerst aus dem Weg gehen. Sie fragte sich, ob sie ein paar Tage frei nehmen sollte.

Als Nächstes tauchte das Gesicht des toten Mädchens hinter ihren geschlossenen Lidern auf.

*Wieso hatte Engelbrecht keine Fragen gestellt? Wollte der Kardiologe nicht wissen, womit Gelders seine Patientin zuletzt behandelt hatte? Würde man den Kinderchirurgen tatsächlich die Leichenschau durchführen lassen? Stellte keiner Fragen?*

Nach zwei Stunden ungeduldigen Hin- und Herwälzens gab sie auf und schlich Minuten später mit einer Packung Oreos bewaffnet – sie konnte der Versuchung doch nicht widerstehen – von der Kantine zur nächsten Aufzugsgruppe. Das gelbe Notizbuch unter den Arm geklemmt, stopfte sie achtlos einen

Keks nach dem anderen in den Mund. Sie machte sich nicht wie sonst die Mühe, die beiden Hälften auseinander zu drehen, um zuerst an die Milchcreme zu kommen. Ihr Verlangen war so groß, dass sie erst den vierten Keks wirklich schmeckte. Ihre Sinne schwelgten im Zuckerrausch und sie schloss kurz die Augen, während sie das sandig-süße Schokogebäck zerkaute.

Im obersten Stockwerk schaute sich Liane um. Menschenleer. Freie Bahn! Sie zog die Zugangskarte durch das Lesegerät und öffnete damit die milchige Glastür zum Bürotrakt. Sie war kurz überrascht, dass die Karte nicht längst gesperrt worden war. Möglicherweise waren alle Vorsichtsmaßnahmen außer Kraft gesetzt, wenn der Sohn des Chefs seine Schlüsselkarte „verlor". Oder er hatte gar nicht bemerkt, dass sie aus seinem Kittel verschwunden war, weil er so selten hier oben vorbeikam.

Einige der Oberärzte hatten hier kleine Sprechzimmer, in denen sie gelegentlich Privatpatienten empfingen. Analina war mit ihren Eltern sicher oft hier gewesen. Liane stockte und horchte. Sie schien allein zu sein.

Ihre Finger klammerten sich jetzt so fest an ihr gelbes Büchlein, dass ihre Knöchel schmerzten. Sie steuerte gerade auf die nächste Glastür zu, als sie dahinter einen Schatten auf sich zukommen sah. Verflixt! Ihr Puls beschleunigte sich schlagartig.

Sie machte abrupt auf dem Absatz kehrt, war mit drei großen Schritten wieder am Eingang des Trakts angelangt, drückte die Tür einen Spaltbreit auf, schlupfte hindurch und schloss sie hinter sich. Ihr blieb keine Zeit, auf einen Aufzug zu warten, darum eilte sie in das nächstgelegene Treppenhaus. Wer auch immer sich um diese Zeit in Gelders' Büro aufhielt, hatte sicher eine Berechtigung, dort zu sein und würde unweigerlich eine Erklärung von ihr fordern. Ihre Chance, etwas über die Behandlung des verstorbenen Mädchens zu erfahren, war für diese Nacht verstrichen.

***

Zwei Stockwerke tiefer schnaufte sie noch immer. Es dauerte nicht lange, bis ihr klar wurde, was sie brauchte, um sich zu beruhigen. Sie nahm diesmal einen Aufzug und fuhr in den dritten Stock. Hier gelangte man über einen Verbindungsgang in eines der Nebengebäude. Mit jedem Schritt, den sie ihrem Ziel näherkam, entspannte sich ihr Körper ein wenig mehr. Ihre Atmung war bereits ruhiger, als sich die Tür zur Station öffnete. Der süßliche Geruch fühlte sich heimelig an. Die bunten Malereien an den Wänden lagen in schummrigem Licht. An diesem Ort war es selten so leise und Liane bemerkte, wie ihre Schritte weicher wurden. Sie schlich wie eine Katze auf samtigen Pfoten durch die unschuldige, friedliche Stille zum Schwesternzimmer. Mit dem Zeigefingerknochen klopfte sie vorsichtig an den Türrahmen. Elena, die zierliche Krankenschwester, die gerade Dienst hatte, zuckte zusammen, klappte den Roman auf ihrem Schoß zu und fuhr zu ihr herum.

„Sorry, ich wollte dich nicht erschrecken", flüsterte Liane.

Elena schenkte ihr ein müdes Lächeln. Einige feine Haarsträhnen waren aus ihrem blonden Zopf gerutscht und standen in alle Richtungen ab. Fast sah sie aus, als sei sie kurz eingeschlafen gewesen.

„Schon okay. Ich hatte bloß bis sechs Uhr mit niemandem gerechnet."

Beide schauten verträumt durch die große Glasscheibe, die die komplette Frontseite des Raums ausmachte. Liane trat einen Schritt näher an die Scheibe.

„Wenn sie ausnahmsweise alle so schön schlafen, werde ich auch immer müde", gähnte Elena.

Die beiden Frauen hatten zeitgleich in der Klinik angefangen und Elena hatte sich anfangs zum Essen zu ihr gesetzt, wohl einer Art Gemeinschaftsgefühl folgend. Die Neuen mussten zusammenhalten. Auch wenn Liane immer versucht hatte, freundlich zu sein, war ihrer Kollegin nicht entgangen, dass sie ihre Mittagspause immer wieder verschob, um den gemeinsamen Essen aus dem Weg zu gehen.

„Das glaube ich. Diese Ruhe und der Frieden, den diese kleinen Menschen ausstrahlen, sind wirklich durch nichts zu ersetzen."

Elena schnaubte lautstark durch die Nase. „Ja, bis einer die komplette Nachbarschaft aufweckt, weil er oder sie in die Windel macht, Hunger hat oder einfach ein Furz quer sitzt. Diese Gemeinschaftskonzerte sind dann nicht ganz so beruhigend."

Wie auf Kommando zappelten in einem der Bettchen zwei kleine Hände. Ein abgehacktes Babygequengel, wie das Stottern eines menschlichen Motors, wurde langsam lauter. Mit vier langen Schritten hatte Elena die Quelle der Unruhe erreicht.

„Darf ich mit rein?“, fragte Liane leise und wartete das Nicken ihrer Kollegin ab, bevor sie den Raum betrat. Sekunden später wiegte die Kinderkrankenschwester das kleine Bündel im Arm und verließ langsam den Raum, als es lauthals zu plärren begann.

„Ich bleibe hier“, flüsterte Liane in einer Atempause des Babys und sah im Gesicht ihrer Kollegin ein wenig Dankbarkeit.

Leicht gebeugt ging sie von einem Bettchen zum nächsten und schaute in schlafende Gesichter winziger Menschen. Sie beobachtete gekräuselte Näschen, zuckende Augenbrauen und schmollende Münder. Ihre Hand fuhr zu ihrem Unterleib und sie konnte den tiefroten Schnitt wieder spüren. *Lydia.*

Am dritten Bettchen schaute sie unmittelbar in zwei große, wache Kinderaugen und fühlte sich regelrecht ertappt.

„Na, du bist ja wach“, sagte sie leise und hielt dem Baby ihren Zeigefinger hin. Das Kind kam ihr ein wenig älter vor als die anderen Säuglinge. Es umklammerte ihren Finger, versuchte, ihn zum Mund zu ziehen, und gurgelte fröhlich. Ein Blick auf das Armbändchen zeigte nur einen Nachnamen und auch auf der Karte am Bettchen stand ausschließlich „Hartmann“. Das war ungewöhnlich.

„Na, hast du denn noch gar keinen Namen, Kleines?“

Wieder gurgelte das Baby und schaffte es jetzt, ihren Finger in seinen Mund zu stecken. Das Kleine saugte kräftig und Liane wollte es am liebsten in den Arm nehmen. Als das Kind ihr Grinsen erwiderte, rutschte der Finger aus seinem Mund.

„Für dich ist die Welt noch in Ordnung, was?“, lachte sie und streichelte über sein Beinchen.

Zufriedene Babys sind bedingungslos glücklich und friedvoll, dachte sie, weil sie ahnungslos sind. Vollkommen arglos geben sie sich ihrer Hilfsbedürftigkeit hin und wissen nicht, wie schutzlos sie eigentlich sind.

„Ich würde euch so gern beschützen. Vor allem, was kommt.“

Ihr Blick wanderte zu den anderen Kindern und glich dem eines überforderten Sanitäters an der Unfallstelle eines Massencrashs. Ihre Augen füllten sich mit Tränen. Plötzlich war es schwer, zu ertragen, dass sie als einzige Seele im Raum von den Schmerzen, Enttäuschungen und dem Leid wusste, das ein durchschnittliches Menschenleben mit sich brachte. Jedes dieser perfekten Geschöpfe würde sein eigenes Schicksal ertragen. Für einige würde es schwerer werden als für andere. Blieb bloß zu hoffen, dass ihnen die Verantwortlichen einen möglichst guten Start verschafften. Ihre Gedanken wanderten zurück ins Herzkatheterlabor. Sie musste herausfinden, was mit dem kleinen Mädchen geschehen war.

Als Elena mit einem zufrieden glucksenden Bündel im Arm in der Tür erschien, war es für Liane Zeit, sich der echten Welt zu stellen.

***

Im Aufenthaltsraum des Operationsbereichs 2 brühte sie einen Kaffee auf, schaltete die Grundbeleuchtung an und betrat kurz darauf den ersten Operationssaal. Die Ruhe an diesem Ort wirkte geisterhaft. Vor einigen Stunden hatte hier noch jede Sekunde gezählt, jeder Handgriff hatte sitzen müssen, alle waren bis in die Haarspitzen angespannt und konzentriert gewesen. Sie hatten das Leben des Motorradfahrers gerettet. Zumindest ein junges Menschenleben in dieser Nacht. Doch jetzt war es totenstill, und vor sieben Uhr würde ihr hier keine Seele begegnen. Mit leisen Schritten bewegte sie sich zurück in den Aufenthaltsraum und holte sich ihren Kaffee.

Das Licht des kleinen Büroraums schien ihr zu grell, als sie die Tasse auf dem Schreibtisch abstellte. Sie setzte sich auf den Rollhocker, schaltete den Computer ein und öffnete das Personalsystem der Klinik. Mit ihrem persönlichen Benutzernamen und Kennwort meldete sie sich an, um ihren Urlaubskalender zu öffnen. Sie hatte noch zwölf Tage Resturlaub vom letzten Jahr und war diesbezüglich schon mehrfach von der Personalabteilung zurechtgewiesen worden. Mit der Maus markierte sie die sechs verbliebenen Tage der aktuellen Woche und wählte die Option ‚ganzer Urlaubstag'. In das Nachrichtenfeld, das sich automatisch öffnete, schrieb sie eine Notiz an die Abteilungsleitung.

*Sehr geehrte Frau Pawlik, ich muss mich um einige dringende Angelegenheiten kümmern und benötige kurzfristig ein paar Tage frei. Über eine schnelle Rückmeldung würde ich mich sehr freuen.*

Sie unterzeichnete die Nachricht mit den üblichen freundlichen Grüßen, schickte sie ab und hoffte inständig auf eine Genehmigung.

Nach Dienstschluss ging Liane noch in der Klinikapotheke im Erdgeschoss vorbei. Sie war totmüde von zwei durchgearbeiteten Tagen, freute sich aber, dass ihr Urlaub genehmigt worden war. Herr Fölbel begrüßte sie wie immer freundlich. Manchmal fragte sie sich, ob der schlaksige Mann, der unter seinem Kittel immer ein helles Hemd und eine stechend grüne Fliege trug, der einzige Angestellte in der kleinen Apotheke war. Abgesehen vom Eigentümer, der nur ab und an für eine kurze Stippvisite vorbeizukommen schien, hatte sie noch nie einen anderen Apotheker in dem Ladengeschäft gesehen. Doch ihr konnte dieser Zustand nur recht sein, denn Fölbel stellte keine Fragen und hatte sich bisher nie über die durchweg handgeschriebenen Rezepte mit der immer gleichen Unterschrift beschwert. Er wusste als einziger in der Klinik von ihrem Bruder und hatte wohl eine Ahnung, was sein Drogenproblem anging. Er musste ihm die Sucht angesehen haben, obwohl er Lutz nur einmal zu Gesicht bekommen hatte.

Es war mindestens ein Jahr her, doch die Szene würde wohl jedem in Erinnerung bleiben. Damals hatte sie es sich zwischen zwei Operationen im Aufenthaltsraum bequem gemacht, als ein Anruf vom Empfang die Station in Aufruhr versetzte. Ihr Bruder hatte, so hieß es, „lautstark" nach ihr verlangt. Weil sie ahnte, was das bedeutete, war sie so schnell wie möglich in die Eingangshalle gestürmt. Sie musste nicht lange nach Lutz suchen, der wie ein hungriger Tiger im Wartebereich auf und ab ging. Vorwürfe donnerten ihr entgegen. Er konnte nicht fassen, dass sie ausgerechnet in dieser Klinik arbeitete. Seine gleißende Wut kochte schließlich über und die lärmende Diskussion endete in einem kurzen Handgemenge, in das der Apotheker, trotz seiner schmächtigen Gestalt, eingriff.

„Alles okay, danke! Das ist mein Bruder!", hatte sie, um Fassung ringend, von sich gegeben und war mit möglichst gerader Haltung zum Ausgang gelaufen. Sie hatte gewusst, dass Lutz ihr folgen musste, wenn er haben wollte, wofür er in die Stadt gekommen war.

Jetzt legte Liane das Rezept auf den Verkaufstresen. Interferon war trotz seiner starken Nebenwirkungen ein erfolgversprechendes Medikament bei Hepatitis, die bei intravenös Drogenabhängigen häufig auftrat. Diese Fakten mussten sich für Fölbel wie Puzzleteile zu einem sinnvollen Ganzen zusammengesetzt haben. Der drogensüchtige Bruder hatte Hepatitis und die wiederholte Verordnung des Medikaments ergab Sinn. Lianes Vorrat wuchs kontinuierlich, weil sich der Apotheker äußerst diskret verhielt.

„Wie geht es Ihrem Bruder?“, versuchte er es jetzt vorsichtig.

„Man kommt nur schwierig an ihn heran“, antwortete sie und rief sich ins Gedächtnis, dass es zumindest nicht ganz gelogen war. „Er hat seinen Klinikaufenthalt wieder einmal vorzeitig beendet, wie man das dort so schön ausdrückt. Aber ich gebe die Hoffnung nicht auf.“

Liane schüttelte die Packung in ihrer Hand und rang sich dabei ein schiefes Lächeln ab.

„Danke Herr Fölbel, und ein schönes Wochenende.“

Auf dem Weg zum Parkplatz stapfte Liane schläfrig den schmalen Gehsteig entlang, der am Parkhaus vorbei auf einen steinigen Trampelpfad führte. Der weitläufige Schotterparkplatz lag in der hintersten Ecke des Klinikgeländes. Natürlich hatte sie noch nie einen der hochrangigen Ärzte auf dem Schotterparkplatz gesehen. Für die war im klinikeigenen Parkhaus eine ganze Ebene reserviert.

An der Schranke wanderte ihr Blick über den Schotterplatz. Der Platz lag in einer Vertiefung, weshalb man ihn von der Zufahrt aus gut überschauen konnte. Da der quietschgelbe Peugeot zwischen den durchweg dunklen, weißen oder silbernen Fahrzeugen auffiel, musste sich Liane nie merken, in welcher Reihe sie stand. Zielsicher steuerte sie auf ihren Wagen zu und ließ sich seufzend hinter das Lenkrad fallen. Bevor sie den Schlüssel ins Zündschloss steckte, sah sie, dass etwas hinter ihrem Scheibenwischer klemmte. Schnaubend kletterte sie wieder heraus, schaute sich suchend um, doch keines der anderen Autos hatte etwas an der Scheibe.

Sie hob den Wischer ein wenig vom Glas ab und zog das gefaltete Papier heraus. *Liebe Liane, die Stille ist kaum zu ertragen. Bitte lass uns noch einmal miteinander sprechen. C.*

Direkt darunter eine Mobiltelefonnummer. Obwohl ihr Verstand wusste, dass die ganze Sache hochgradig riskant war, konnte sie sich ein Schmunzeln nicht verkneifen. Einer der werten Ärzte hatte sich also tatsächlich aus dem VIP-Parkhaus auf die Schotterpiste der Unterschicht begeben. Und dann auch noch ihretwegen. Sie musste versuchen, die Gedanken an ihn aus dem Kopf zu bekommen, und sich endlich wieder auf das Wesentliche konzentrieren. Zumindest würde sie ihm während ihres Urlaubs nicht über den Weg laufen und somit Abstand gewinnen.

***

Drei Runden drehte Liane im Wohnviertel und war schon kurz davor, doch wieder in der Tiefgarage zu parken, als sie endlich einen Platz an der Straße fand. Die Müdigkeit trieb Kälte durch ihre Glieder trotz der für Ende März sehr milden Temperaturen. Sie wünschte sich unter die warme Dusche und hatte sich lange nicht mehr so auf ihr Bett gefreut.

Sie schloss die Haustür auf und warf einen Blick in den Briefkasten. Zwischen einem Schreiben von der Rentenversicherung und einem Werbeangebot ihres Telefonanbieters rutschte ein gefaltetes Papier heraus und glitt, hin- und herschwingend wie ein herbstliches Laubblatt, zu Boden. Grinsend bückte sie sich, um es aufzuheben. Sie dachte an eine Art Schnitzeljagd und fragte sich, ob Christian tatsächlich zu ihrem Haus gefahren war, um noch eine Nachricht zu hinterlassen. Kopfschüttelnd versuchte sie, das warme Flattern im Bauch zu unterdrücken und faltete den Zettel eilig auseinander. *Ich liebe dich so sehr. Bitte ruf mich an, Gänseblümchen! Dein Michael*

Die Gänsehaut war zurück. Heiße Wut vermischte sich mit tiefsitzender Angst. Sich mit diesem Kapitel ihres Lebens auseinandersetzen zu müssen, glich einer ernsthaften Bedrohung.

Nach den Geschehnissen in der Klinik hatte sie längst verdrängt, dass Michael am Vorabend vor dem Haus auf sie gewartet hatte. Wie konnte er nur? Er wusste, wie sehr sie es hasste, Gänseblümchen genannt zu werden. Unzählige Male hatte sie ihm das gesagt und es bereut, ihm jemals von dem Spitznamen erzählt zu haben. Natürlich gehörte es zu einer Ehe dazu, persönliche Dinge preiszugeben. Aber warum ausgerechnet Gänseblümchen?

Aus den Augenwinkeln nahm sie eine Bewegung wahr und blickte auf. Einer ihrer Nachbarn kam gerade zur Haustüre herein, schaute ihr kurz ins Gesicht, nickte und drehte sich im selben Moment zu den Briefkästen um. Liane war nicht sicher, ob sie sein Nicken erwidert hatte, als sie herumfuhr und die Treppen zu ihrer Wohnung hinaufstieg. Sie wusste nicht, auf welchem Stockwerk der Kerl wohnte und das war auch gut so. Für genau diese Art der Anonymität war sie schließlich an diesen Ort gezogen. Treppenhausgespräche unter Nachbarn waren hier selten und wenn man seine Ruhe haben wollte und sich ein wenig zurückhielt, sprach einen nie jemand an. Man war praktisch unsichtbar. Und genau diesen Zustand würde Liane nutzen.

# Kapitel 6

Lutz sah sie an den dunklen Steinen in der Mitte des Friedhofs stehen und tauchte hinter dem Stamm der alten Linde ab. Mit dem Ärmel des abgewetzten Baumwollmantels wischte er seine Stirn trocken. Die Gänsehaut spannte sich über seinen ganzen Körper. Scheiße, er konnte es einfach nicht. Den zitternden Arm ließ er achtlos an seine Seite fallen. Manchmal half es, die Gliedmaßen nicht zu beachten. So, als gehörten sie einem gar nicht. Schon am Morgen hatte ihm jeder Teil dieses verdammten Körpers klargemacht, dass heute seine letzte Chance war. Im Durchgang zu einem Hinterhof, ganz in der Nähe des Römerbergs, hatte er zum dumpfen Pochen seiner linken Seite die Augen aufgeschlagen. Die ganze Nacht musste er so gelegen haben, wie ein festgetretener Kaugummi, eins geworden mit dem kalten Beton.

Der metallische Geschmack, der sich jetzt vom zerfetzten Fleisch seiner Wangen ausbreitete, war irgendwie beruhigend. Lutz drehte sich wieder zu ihr um. Zwischen ihnen lagen mehrere Gräberreihen und zwei mannshohe Zypressen boten weiteren Sichtschutz. Hier, am Rande des Friedhofs, konnte sie ihn unmöglich entdecken. Es war nicht das erste Mal, dass er sie hier beobachtete. Warum sie herkam, wusste er nicht. Er hatte keine Ahnung, ob sie traurig war, wenn sie die Steine anstarrte. Trotzdem war klar, dass seine Schwester anders empfand als er. Ihm gab es ein gutes Gefühl. Es befriedigte einen kleinen Teil seiner Rachsucht, die Namen seiner Eltern auf Grabsteinen zu lesen. Außerdem machte es ihm Spaß, sich seinen eigenen Namen auf einem Stein vorzustellen. Er starrte den geraden Rücken seiner Schwester an. Sie hätte bestimmt gern einen kleineren Stein neben dem ihrer Eltern aufstellen lassen. Einen mit dem Namen „Sara Lehnknecht“. Beim Gedanken an Sara ballte er die bebenden Hände zu Fäusten und seine Gedärme zogen sich schmerzhaft zusammen. Er ging ein wenig in die Hocke, lehnte sich mit dem Rücken gegen den Stamm und starrte geradewegs auf die Steinmauer, die den Friedhof vom Kleingartenverein nebenan trennte. Mit einem Grabstein für Sara hätte er zumindest eine Stelle, auf die er pissen könnte, wenn auch unter Schmerzen. Sara, ein trauriges kleines Leben hatte sie gehabt. Die Prinzessin. Umsorgt und gequält. Auch Lilly hatte sie abgöttisch geliebt. Dabei war Sara im Grunde genommen nichts. Nichts als ein Wunsch, den man zusammen mit einer Lüge in einen großen Topf schleimiger Scheiße geworfen hatte und immer wieder umrührte, in der Hoffnung, er würde irgendwann zur Wahrheit werden. Aber Wünsche wurden nicht zu Wahrheiten. Und Lügen waren nichts als Scheiße, die sich irgendwann in stinkende Luft auflösten. Jetzt hatte er keine Liebe, keine Familie. Aber sein Scheißeeimer war wenigstens echt und wahr.

Die abgebrochenen Zähne zermahlten das herabhängende Fleisch seiner Wangen weiter und der Blutgeschmack wurde stärker. Als sich sein verkrampfter Bauchraum langsam entspannte, kam er wieder auf die Füße. Er stützte sich mit einer Hand an der furchigen Rinde des Baumes ab und schaute wieder zu seiner Schwester hinüber.

In den letzten neun Tagen hatte er mehr Zeit mit ihr verbracht als in den zehn Jahren davor. Und sie ahnte nichts. Er wollte mit ihr reden, sich endlich trauen. Aber inzwischen war er auch neugierig geworden. Er fragte sich, was sie machte. An den meisten Tagen hatte er Lilly in ihrer gelben Kiste wegfahren sehen. Er war ihr zur Klinik gefolgt und hatte ihr Auto dort stehen sehen. Zumindest bis Montag. Aber seit drei Tagen waren diese beschwerlichen Ausflüge umsonst gewesen. Sie hatte wohl frei.

Den rostigen Drahtesel, mit dem er sich mehr schlecht als recht fortbewegte, hatte er einem dieser schnöseligen Anzugträger am Bahnhof unter dem Arsch weggeklaut. Lutz war gerade erst aus dem Kölner Zug gestiegen, als er diesen steifen Kerl beobachtete, wie er sein Damenrad am kleinen Bäckerladen auf Gleis 13 anlehnte. Während sich der Anzugtyp also einen hippen Coffee-to-go kaufte, kam Lutz zu einem fahrbaren Untersatz, ganz ohne irgendwelche unangenehmen Gummischlösser durchzuschneiden. Aber hey, der Kerl hatte ohnehin damit gerechnet, dass die

Rostlaube irgendwann weg war. Nur dass es so schnell ging, mochte ihn überrascht haben.

Lutz hatte also keinen Schimmer, was Lilly momentan mit ihrer Zeit anfing, malochen war sie jedenfalls nicht. Nur weil er am Vormittag beobachtet hatte, wie sie einige Topfpflanzen in ihrem Peugeot verstaute, war er auf die Idee gekommen, zum Friedhof zu radeln.

Jetzt drehte sie sich um. Er zog wieder den Kopf ein. Neben ihrer versteinerten Miene war ihm die Kamera aufgefallen. Dieses Teil trug sie im Moment ständig an einem breiten Gurt um den Hals. Lutz konnte sich nicht vorstellen, weshalb sie andauernd fotografierte und er bezweifelte, dass es ein neues Hobby war, aber dass sie das verfluchte Ding jetzt sogar schon zum Friedhof mitnahm, schien ihm etwas makaber. Das wären ganz besondere Erinnerungsfotos. Lutz hatte keinen Zweifel: Ein weiteres Mitglied der Familie Lehnknecht hatte offenbar den Verstand verloren!

Ihr starrer Gesichtsausdruck erinnerte ihn an die Beerdigung der Mutter. Fünf Jahre war das schon her, und ihr Gesicht war damals ähnlich versteinert gewesen. Er hatte von der gleichen Stelle aus zugeschaut. Nur, dass es Sommer gewesen war. Der Wind hatte in den Baumwipfeln gerauscht. Alles war grün gewesen und nicht so kahl wie jetzt. Er wusste noch, dass diese kleinen roten Käfer aus dem Baumstamm gekrochen waren, als er es sich auf den Wurzeln bequem gemacht hatte. Dabeigehabt hatte er eine große Pulle seines Freundes ‚Jackie D', um die Feierlichkeit ordentlich zu begießen. Als sie den Sarg endlich in das Loch gelassen hatten, hatte Lilly ausgeschaut wie jetzt.

Egal! Er gab es auf! In seinem Zustand konnte er sowieso nicht mit ihr reden. Das mögliche Zeitfenster für sein eigentliches Vorhaben in dieser Drecksstadt war geschlossen. Außerdem hatte Lilly wohl andere Sachen zu tun. Einsamkeit kroch aus seinen krampfenden Eingeweiden bis an die Oberfläche. Jeder Atemzug fachte das wabernde Feuer seiner Wut an. Sein armseliger Arsch versank auch mit einunddreißig Jahren noch in Selbstmitleid.

Mit geballten Fäusten und angespanntem Kiefer schlich er an der Friedhofsmauer entlang zum Ausgang. Er schob sich zwischen die bröckelige Mauer und einen großen Strauch, bog ein paar Äste beiseite und befreite das Fahrrad. An der Bahnschranke bog er in die Birminghamstraße ab und stellte wieder einmal fest, wie fremd ihm dieser Stadtteil war. Das Elterngrab befand sich auf dem Nieder Friedhof, weil sein Vater begraben werden wollte, wo er aufgewachsen war. Er folgte dem Autoverkehr auf die Mainzer Landstraße und glaubte auf der Überführung noch, dass er es bis in die Innenstadt schaffen konnte. Doch schon an der nächsten Ampel waren die Krämpfe zurück und er stieg ab. Sein gesamter Rumpf zog sich so stark zusammen, dass er kaum mehr einen Schritt gehen konnte.

Gekrümmt schob er das Fahrrad über die Kreuzung und versteckte es in den wuchernden Büschen an der Jägerallee. Kurz darauf bestieg er die Straßenbahnlinie 11. Die türkisfarbenen Blechwürmer schlängelten sich im Dreiminutentakt zur Innenstadt durch. Stöhnend ließ er sich auf den bläulich gemusterten Sitzbezug fallen, als die Fahrt begann. Mit zusammengepressten Lippen versuchte er die beißende Magensäure unten zu halten, während das surrende Ungetüm alle 500 Meter weiteres Fußvolk einlud, um es kurz darauf wieder auszuspucken. Die Übelkeit wurde vom ständigen ‚Stop and Go' zu ihrem Höhepunkt getrieben und der brennende, stechende Schmerz unter der Haut machte ihn wahnsinnig. Manchmal half es für einen Moment, die juckenden Stellen zu kratzen. Aber seine Fingernägel waren bis tief ins blutige Nagelbett abgekaut und damit untauglich zum Kratzen. Lediglich mit den Fingerkuppen über die Haut zu reiben, machte es für gewöhnlich bloß schlimmer, weshalb er dem Drang widerstand. Er schluckte trocken. Beim nächsten Anfahren krampfte sich sein Magen erneut zusammen. Jetzt bloß nicht nachgeben, es war fast geschafft. In die Bahn zu kotzen, war schließlich eine beschissene Art, beim Schwarzfahren erwischt zu werden. Vom folgenden Ruck angetrieben, schoss ihm die brennende Säure wieder in den Mund. Er schaute auf und konnte das Bahnhofsgebäude sehen. Sein Blick blieb kurz am Giebel des protzigen Baus hängen, auf dem sich der Götterriese Atlas am Himmelskörper einen Bruch hob. Mit einer Hand versuchte Lutz, den Kragen seines braunen Stoffmantels hochzuschlagen. Die andere drückte gegen seinen Bauch, um die schmerzenden Gedärme in den Hohlraum, der zu platzen drohte, zurückzudrücken.

Schwerfällig kam er auf die Beine und stürzte auf den blinkenden Knopf an der Tür zu. Zwei große Schritte trugen ihn zu dem Mülleimer an der Haltestelle, als sich der Überdruck aus seinem Inneren in einer gelblichen Fontäne entlud. Gleich darauf war er endlich in der Lage, sich etwas gerader aufzurichten. Alter, mit seiner Gänsehaut hätte man einen verdammten Holztisch abschmirgeln können. Er schwitzte jetzt wieder, obwohl ihm eigentlich kalt war. Aber er hatte es endlich zum Bahnhof geschafft und der Tiefpunkt war überstanden. Er musste nicht einmal nachsehen, um zu wissen, dass sich in seiner Hosentasche nicht mehr als sechs Euro Kleingeld befanden. Seine einzige Chance bestand darin, Eg zu finden. Und das sofort.

Eine Hand presste er zur Sicherheit fest in den Bauch und stolperte über die Fußgängerampel auf die großen Torbögen des Empfangsgebäudes zu. Die verschnörkelte Uhr zeigte kurz nach sechs an. Eigentlich war es viel zu früh. Kurz vor dem Eingang drehte er sich zu der breiten Treppe um, die in die unterirdische Bahnhofspassage führte. Während ihn seine Füße die scheinbar endlose Treppe hinuntertrugen, erinnerte er sich an den beißenden Gestank, den dieser Ort vor Jahren an sich gehabt hatte. Lutz fragte sich, ob er den Geruch von Urin und der abgestandenen Luft der B-Ebene nicht mehr roch, weil er selbst stank oder weil er einfach abgestumpft war. Er ging an dem Foto-, Döner- und Telefonladen vorbei und sah sich immer wieder um. Ständig kamen ihm Leute entgegen, denen er auf seinem Weg zu den U-Bahnschächten ausweichen musste. Hier war viel zu viel los. Auf der Höhe eines leerstehenden Ladengeschäfts bog er in einen Gang ein. An der Treppe am hinteren Ende sah er eine Gruppe dunkler Gestalten. Natürlich konnte er Eg aus der Entfernung nicht erkennen, aber es war durchaus möglich, dass sein alter Freund an einem seiner früheren Stammplätze Geschäfte machte. Keine vier Meter von ihm entfernt lehnten zwei abgemagerte Vogelscheuchen an der Wand und warfen ihm bitterböse Blicke zu. Es war gut möglich, dass er sich ihren Hass einbildete, schließlich hatte er jahrelange Übung darin, jede Abneigung auf sich zu beziehen. Aber genausogut war es möglich, dass sie ihm an der Nasenspitze ansahen, dass er keiner von ihnen war.

Nicht einmal auf der Straße hatte er es geschafft, reinzupassen. Auch hier gab es eine klare Rangordnung. Die Junkies verachteten die Säufer, die sich ihren Stoff für Einsneunundneunzig pro Liter bei Aldi besorgen konnten. Mit ihrem teuren Zeug konnte dieser Abschaum nun mal nicht mithalten. Doch unter den handfesten Säufern hatte niemand etwas verloren, der sich seine Kohle, wann immer er konnte, in die Armbeuge oder zwischen die Zehen drückte. Denn schließlich dachten diese abartigen Junkies doch, sie seien etwas Besseres.

Er beschleunigte seinen Schritt und ging, so schnell er konnte, an den Kollegen der gehobenen Straßenklasse vorbei. Hier war er nicht mehr als ein dreckiger Säufer, der sich verlaufen hatte. Er konnte nur hoffen, dass der Typ an der Treppe tatsächlich Eg war. Von keinem hier würde er sich auch nur ein dämliches Wort anhören müssen, sobald die wussten, dass er mit dem stadtbekannten Glatzkopf befreundet war.

Vor fünfzehn Jahren hatte Lutz seinen ersten Entzug gemacht. Er war im Grunde genommen noch ein Kind gewesen, als man ihn in die schäbige Frankfurter Klinik eingewiesen hatte. Beim Frühstück war er am zweiten Tag auf den Eierkopf getroffen. Egbert Lamankowicz. Egs sogenannter „freiwilliger" Entzug war damals genauso wenig freiwillig gewesen wie sein eigener. Entzug oder Knast, die berühmte gerichtliche Anordnung und die Gelegenheit für jugendliche Kleinkriminelle, Kontakte zu knüpfen zu echten Nummern wie Eg. Den gebürtigen Frankfurter kannte schon damals jeder. Er erklärte Lutz, wo man richtig gutes Zeug bekam und was man dafür tun konnte, es zu bekommen. Auch wenn für Lutz einige Dinge, die ihm Eg nahelegte, niemals in Frage gekommen waren.

Lutz war jetzt nahe genug an der Gruppe, um zu erkennen, dass sich auch unter den Kapuzen nicht die altbekannte Glatze verbarg. Zwei Kerle, deren Größenunterschied immens war, hatten sich umgedreht und kamen auf ihn zu.

„Was willst du hier?", fauchte der Große.

„Du bist hier falsch", schnippte der Zwerg hinterher, der seinem Kumpel offenbar gefallen wollte.

Lutz verlangsamte seine Schritte, blieb aber nicht stehen. Bloß nicht zu viel Respekt zeigen.

„Habt ihr Eg gesehen?", rief er in ihre Richtung, ohne die Spur eines Zweifels, dass sie seinen Freund kannten.

„Wir kennen keinen Eg!", behauptete der Lange.

„Hier biste falsch. Zieh ab!", machte sich der Kleine einen halben Kopf größer.

Das hier hatte einfach keinen Zweck. Mit zusammengepressten Lippen machte Lutz auf dem Absatz kehrt. Es war einfach höchste Zeit, sich die Lichter auszuschießen und das ging zur Not eben auch mit einer Flasche Pennerglück vom Aldi. Am Hintereingang des Seniorenstifts konnte man um diese Zeit ein paar Reste vom Abendessen abgreifen. Damit würde er am Mainufer ein fast schon zivilisiertes Picknick einnehmen.

Eine halbe Stunde später hatte er sein größtes Tagesziel endlich erreicht. Während er sich die Käsebrote der Senioren schmecken ließ, trank er, so schnell er konnte, gegen die Kälte an. Grinsend prostete er einer Schar Kanadagänse zu, die nicht weit von seiner Parkbank auf dem Grünstreifen herumstand. Einige Gänse zupften sich die schönsten Grashalme aus dem Boden, doch im Großen und Ganzen sah es so aus, als würden sie genau wie er, bloß herumlungern. Als die Dämmerung einsetzte, hatte er einen angenehm warmen Zustand erreicht. Von seinem Platz aus beobachtete er eine Gruppe Menschen in langen Mänteln und schicken Schuhen, die sich vor einem Schiff der Primus Linie sammelten. Ansonsten wurde es am Mainufer zusehends ruhiger. Die letzten ambitionierten Hobbysportler beendeten ihre Läufe und nur noch vereinzelt kamen Abendspaziergänger vorbei. Ein junger Schäferhund schnupperte neugierig am Gras vor seinen Füßen und als ihn sein Besitzer zu sich rief, stand Lutz auf. Er überquerte die Straße und wankte durch die Seitengassen in Richtung Römerberg, von dem noch eine rege Geräuschkulisse ausging. Anzugträger ließen ihren Arbeitstag in den Bars ausklingen, Souvenirläden wurden von ihren Besitzern abgeschlossen und grölende Jugendliche begossen den schleichenden Aufstieg ins Erwachsenenleben. Etwas abseits, aber keine hundert Meter von dem Wirbel entfernt, bog Lutz in den schmalen, windgeschützten Durchgang zum Hinterhof ein. Sein Platz vom

Vorabend war noch frei. Er setzte sich auf die Betonstufe und lehnte sich mit dem Rücken an die Wand. Seine Jeans fühlte sich steif an und er war dankbar für die Geruchsblindheit, die ihn zweifellos befallen hatte. Wenn er sich endlich traute, Lilly unter die Augen zu treten, musste er vorher unbedingt duschen. Nur war er noch nicht bereit, in eines dieser Männerwohnheime zu gehen. Auch die Notunterkunft am Ostpark wäre eine Option gewesen. Aber wenn man sich Hilfe suchte, sei es nur für eine warme Dusche oder ein weiches Bett, wurde erwartet, dass man bereit war, ein ordentliches Leben zu führen. Nach gesellschaftlichen Konventionen und mit allen Dos und Don'ts sozialer Zwänge. Für Lutz war es nicht einmal die Anstrengung, die ihn abschreckte. Auch war er bereit, sich vorerst von anderen vorschreiben zu lassen, wie er sich verhalten musste. Es ging ihm nicht um seinen Stolz oder um Freiheiten. Vielmehr hinderte ihn eine Gewissheit, die ihn schon sein ganzes Leben lang begleitete. Egal wie oder wo er lebte, völlig unabhängig davon, wie sehr er sich anstrengte, er würde niemals reinpassen oder dazugehören.

Sollte ihm Lilly wirklich helfen wollen, würde auch sie erwarten, dass er endlich ein normales Leben begann. Vor seiner Abfahrt aus Köln war er dazu bereit gewesen. Zumindest wollte er es versuchen. Doch inzwischen bereute er es zutiefst, auch nur einen Fuß in diese Drecksstadt und damit in seine Vergangenheit gesetzt zu haben. Diese Stadt hatte ihn zu dem gemacht, was er war. Zu einem erbärmlichen Nichts.

Lutz zog ein kleines Gerät aus der Tasche seiner Jeans, wickelte die Kopfhörer ab und steckte sich einen der beiden Knöpfe ins Ohr. Zu Adam Duritz' Worten *„This Circus is falling down on its knees"* schloss er die Augen und driftete langsam in einen berauschten Dämmerschlaf ab. Vor den geschlossenen Lidern sah er das Gesicht des Professors. Die unbändige Lust auf Rache durchströmte seinen ganzen Körper und trieb ihn schließlich an einen besseren Ort.

# Kapitel 7

Liane kratzte an ihrem brennenden Unterarm und schaute sich anschließend wie in Trance ihre blutigen Finger an. Sie hatte keine Ahnung, wie und warum sie an diesen Ort gekommen war. Krampfhaft umklammerte sie ihr linkes Handgelenk und hinterließ eine rote Spur auf der silbernen Uhr.

*Der große Zeiger auf der Zehn, der kleine Zeiger auf der Fünf.*

Sie atmete tief ein und hob den Kopf. Das Gerüst aus dicken Stahlrohren sah unverändert aus. An zwei großgliedrigen Ketten schwang ein breiter Autoreifen hin und her. Neben dem Arm hatte sie sich auch den Handrücken aufgerissen und über ihre Wange verlief ebenfalls ein blutiger Kratzer. Ihr war nicht ganz klar, weshalb sie durch die wuchernde Hecke geklettert war und dabei auch noch vergessen hatte, dass hier schon immer ein Brombeerstrauch stand.

In der Nacht hatte sie von Christian geträumt. Es war ein schöner Traum gewesen. Ein glücklicher Traum. Vielleicht war dieser Traum der Grund gewesen, hierher zu kommen. Vielleicht musste sie sich erinnern, wer sie wirklich war. Und weshalb sie keine Beziehung haben durfte. Schon gar nicht zu einem Mann, für den sie echte Gefühle entwickeln konnte. Gefühle, die ihr früher oder später im Weg stehen würden. Mit zusammengepressten Lippen nickte Liane. Ja, sie glaubte, deshalb hier zu sein. Es war wichtig, sich zu erinnern. Den Schmerz zu fokussieren, war gesund. Das hatte ihre Freundin Alice gesagt. Und Liane kannte ganz ähnliche Worte auch aus ihrer Kindheit. Von der Psychologin, die sie eine Weile besuchen musste, nachdem Sara gegangen war. Die Schaukel hatte sich längst ausgependelt und Liane starrte durch das schwarze Profil des Reifens hindurch ins Leere.

*Es ist Zeit, dich zu erinnern!*

Mit einem tiefen Atemzug drehte sie sich um und ging den gepflasterten Weg entlang. Ihre Augen richtete sie mit jedem Schritt auf den nächsten Stein. Alle waren von wucherndem

Unkraut schief gedrückt und rund herum bewachsen. Doch auch die Steine waren dieselben wie damals. Es waren die Steine, über die sie im Sommer barfuß gerannt war, die Steine, an deren Kanten sie sich die Zehen aufgerissen hatte. Nach zehn Schritten – um sich bereit zu machen, hatte sie mitgezählt – zwang sie sich schließlich, den Kopf zu heben. Die beigefarbene Fassade des kleinen Vorstadthäuschens war bröckelig. Liane fragte sich seit Jahren, woran es lag, dass es dem Makler nicht längst gelungen war, das Grundstück zu verkaufen. Sie vermutete, dass auch fremde Menschen, ganz ohne Lianes Erinnerungen, an diesem Ort eine unbestimmbare Kälte spürten. Sie schaute die hölzerne Eingangstür an und ließ ihren Blick zum Küchenfenster und hinauf zum Kinderzimmerfenster wandern. Die Hoffnung, dass dies ihr endgültiger Abschied von diesem Ort war, verpflichtete sie, es dieses Mal richtig zu machen. Sie blieb an der Eingangstür stehen, drehte sich um und schaute von dort aus zu dem rot lackierten Schuppen hinüber.

*Es ist an der Zeit, dich zu erinnern!*

Sara war erst seit einigen Tagen nicht mehr da. Ihre Eltern versuchten, den eigenen Schmerz zu verbergen, doch Lilly wusste, dass auch in ihnen etwas zerbrochen war. Es tat unendlich weh. Man hatte ihr die Schwester weggenommen. Bereits seit einigen Nächten schlief sie in Saras Bett. Sie hatten es ihr verboten. Darum wartete Lilly jeden Abend, bis der Spalt unter ihrer Tür dunkel wurde und sich die Tür zum Elternschlafzimmer schloss, bevor sie in das Bett auf der dunklen Seite des großen Jugendzimmers schlich. Obwohl sie sich ein Zimmer hatten teilen müssen, durfte jede die eigene Seite einrichten. Einige Jahre zuvor war das komplette Kinderzimmer zu einem anständigen Jugendzimmer umgebaut worden. Lillys Teil des Raums hatte weiße Möbel bekommen und war in einem hellen Beige mit pastelllila Akzenten gestrichen worden. Sara hatte ihre Seite in einem dunklen Grünton streichen lassen. Das Schwarz, das sie eigentlich für die Wände ausgesucht hatte, war von den Eltern verboten worden. Auch die Möbel waren dunkel und bildeten einen harten Kontrast zu dem Laminatboden im Holzdekor. Beim Boden musste eine Kompromisslösung gefunden werden, die letztlich zu Lillys Gunsten ausgefallen war. Sie hatte sich im dunklen Teil des Raumes nie richtig wohlgefühlt. Lilly war sechzehn, als sich das änderte. Seit Sara weg war, fühlte sie sich nur im Bett ihrer Schwester vollständig. Sie kuschelte sich in die hinterste Ecke und zog Saras Bettdecke bis zum Kinn hoch. Manchmal betete sie, obwohl sie nicht wusste, ob es Gott wirklich gab. Meistens umarmte sie Saras einziges Kuscheltier, den Elefanten Bully, der aus Scham immer am Kopfende ihres Bettes versteckt worden war. Lilly war nicht der Meinung gewesen, dass man sich für den Besitz eines Stofftieres schämen musste. Aber Bully wurde ausnahmslos im Dunkeln aus seinem Versteck geholt. Lilly sprach mit dem hellgrauen Plüschtier im Flüsterton. So leise, wie sie mit ihrer Schwester nachts gesprochen hatte. Und dann weinte sie. So lange, bis sie vor Erschöpfung einschlief.

In der Nacht, in der sich alles noch einmal verändert hatte – denn wenn wir glauben, es könne nicht schlimmer kommen, werden die Karten neu gemischt – war sie auf dem tränennassen Kopfkissen aufgewacht. Im Garten hatte sie ein Geräusch gehört und sofort an Sara gedacht. Schlaftrunken schlich sie die Treppe hinunter. Die Pflastersteine waren kalt unter ihren nackten Füßen. Im Schuppen sah sie Licht. Sie rannte durch das feuchte Gras und rüttelte an dem Holzverschlag. Der Schuppen war von innen verriegelt. Das einzige Fenster des kleinen Holzbaus zeigte zur hinteren Seite des Grundstücks und war zur Hälfte von den Regenfässern verstellt. Lilly schlich um die Hütte herum und lauschte auf jedes Geräusch. Eingefasst von Metallstreben, hatten die Fässer in der frühen Kindheit ein ganz passables, wenn auch verbotenes Klettergerüst abgegeben. Die Sechzehnjährige verließ sich darauf, dass sie der Metallkäfig immer noch aushalten würde und klammerte sich an den kalten Stahl. Mit drei geübten Schritten war sie oben. Lilly drehte den Kopf am obersten Rand des Fasses vorbei und schaute durch die stark verschmutzte Glasschreibe ins Innere der Hütte. Direkt in die hervortretenden Augen ihres Vaters. Japsend sog sie die Luft ein. Ein leises Quietschen war alles, was ihre Stimmbänder hervorbrachten, als sie in sein blaues Gesicht blickte. Seine Wangen waren aufgedunsen, als hätte ihr Vater seit dem gemeinsamen Abendessen fünfzehn Kilo zugenommen. Ein Strick schnürte seinen Hals zusammen und er schwang nur ganz leicht hin und her. Mit dem ersten Schrei, der ihr nach einigem Wimmern endlich gelang, fiel sie rückwärts von der Regentonne.

Jetzt stand die erwachsene Liane mit unbewegter Miene an genau dieser Stelle. Sie berührte das verwitterte Gerüst und schaute ihre nackten, nun ebenfalls zerkratzten Füße an. Sie hatte keinen Schimmer, warum sie Schuhe und Socken ausgezogen hatte. Trotzdem war sie zufrieden mit sich. Sie hatte es getan. Sie hatte sich die Vergangenheit wiedergeholt. Vielleicht würden Haus und Schuppen irgendwann abgerissen werden und mit ihnen der Tod von diesem Ort verschwinden.

***

Im Auto klappte sie die Sonnenblende herunter und schaute sich im Spiegel den Kratzer auf ihrer rechten Wange an. Er war glücklicherweise nicht tief und hatte nicht einmal geblutet. Die feine rote Linie würde schon in ein paar Stunden nicht mehr zu sehen sein. Mit ihrem Unterarm standen die Dinge anders. Auf dem Weg zum Wagen hatte sie den tiefen Kratzer bereits mit einem Papiertaschentuch abgetupft, doch er wollte einfach nicht aufhören zu bluten. Schnaubend öffnete Liane das Handschuhfach und fand ein Paket feuchter Auto-Reinigungstücher. Mit einem davon rieb sie über ihren Handrücken und biss die Zähne zusammen, weil der Alkohol brannte. Dann tupfte sie am Unterarm noch einmal das Blut weg. Sich den Details ihrer Erinnerung zu stellen und sich alles noch einmal genau vor Augen zu rufen, hatte ihre Motivation zusätzlich angetrieben. Nur hatte sie den Zeitpunkt für diesen Ausflug nicht sonderlich klug gewählt.

Liane schaute zu, wie neue Blutstropfen aus der Wunde quollen. So konnte sie sich jedenfalls nirgendwo sehen lassen. Im Fußraum der Beifahrerseite angelte sie nach der übergroßen Handtasche und zog eine schwarze Strickjacke heraus, die sie eigentlich für den Abend eingepackt hatte. Tagsüber lagen die Temperaturen wieder bei 20 Grad, wie die letzten Tage schon. Naserümpfend steckte sie die Arme in das Kleidungsstück und zog den Ärmel weit über den zerschundenen Arm. Sollte er doch weiter bluten, schließlich war der Stoff dunkel. Liane richtete sich in ihrem Sitz auf und holte tief Luft. Ihr Blick fiel auf den Beifahrersitz. Dort lag der Briefumschlag, den sie am Morgen aus ihrem Briefkasten gefischt hatte. Sie drehte den Zündschlüssel um, schaute auf die Zeitanzeige am Radio, legte den ersten Gang ein und fuhr los.

Obwohl sie Alice seit fünf Jahren kannte und beinahe wöchentlich traf, hatte sie die Wohnung ihrer Freundin erst wenige Male betreten. Zu Hause war Alice am liebsten allein. Sie brauchte diesen Rückzugsort, der nur ihr gehörte. Privatsphäre war ihr äußerst wichtig, obwohl sie sich mit ihrer Geschichte beinahe täglich fremden Leuten offenbarte. In ihrer Rolle für die Selbsthilfegruppe für intersexuelle Menschen ging sie aufgeschlossen und vorbehaltlos auf alle Menschen zu, wofür ihr Liane den größten Respekt zollte. Nur wurden diese Menschen äußerst selten zu engen Freunden und ihre Wohnung war nun einmal ihre Bastion.

Liane hatte gerade den obersten Treppenabsatz erreicht, als Alice die Tür öffnete. Ihre dunkelbraunen Haare umrahmten das herzförmige Gesicht und fielen glatt bis zu ihren schmalen Hüften. Sie trug ein dunkles Oberteil und schwarze Wollstrumpfhosen, wodurch ihr buntgefilzter Rock der Blickfang des Outfits war.

„Mein Gott, waren das beim letzten Mal auch schon so viele Stufen?"

„Ja, die Dachgeschosswohnung stellt in der Regel das obere Ende des Hauses dar", kicherte Alice.

Liane stellte ihre Schuhe neben dem Eingang ab. Der Flurbereich war in ein zartes Gelb getaucht. Obwohl der Pastellton schlicht war, wirkte der schmale Gang wie der Zugang zu einer Hippiehöhle, dekoriert mit regenbogenfarbenen Bildern von Buddha und der zweigeschlechtlichen Gottheit Ardhanari.

In der geräumigen Wohnküche stand ein großer Pappkarton auf dem naturbelassenen Holztisch. Liane stellte ihre Handtasche auf einen Stuhl und lugte neugierig in den offenstehenden Karton.

„Das sind unsere neuen Broschüren." Alice schob die Kiste ein Stück zur Seite und Liane nahm am Tisch Platz. „Wir haben sie etwas farbenfroher gestaltet. Aber dieses Mal auch etwas direkter.

Es wird endlich Zeit, dass die Leute Intersex nicht mehr mit Transsexualität verwechseln. Die Flyer werden beim CSD in der Stadt verteilt. Aber die ersten nehme ich mit zur Konferenz."

Liane hatte eine der Faltbroschüren aus der Box genommen und klappte sie gerade auf.

„Welche Konferenz?"

„Ich dachte, das hätte ich dir erzählt. Die Intersex-Konferenz in Hamburg fängt am Montag an."

Alices petrolfarbene Augen leuchteten immer, wenn sie über ihre Arbeit sprach, doch am stärksten war ihre Energie spürbar, wenn sie sich für einen Vortrag vorbereitete. Liane erinnerte sich, dass es vor ein paar Jahren noch schwierig für sie war, vor vielen Menschen zu sprechen. Doch sie war stolz darauf, in einer Position zu sein, öffentlich zu sagen, dass Intersex kein Krankheitsbild war. Auch nach Jahren fiel es ihr schwer, über ihre Vergangenheit zu sprechen. Liane fand es unglaublich mutig, dass ihre Freundin trotzdem regelmäßig am Beispiel ihrer Lebensgeschichte erklärte, dass Menschen ohne eigene Zustimmung umoperiert wurden.

Alice schaltete den Wasserkocher ein, öffnete einen Hochschrank und begann, alle Teesorten, die sie im Haus hatte, herunterzubeten. Schon bei der dritten unaussprechlichen Sorte hatte Liane den Überblick verloren und das Zuhören schließlich aufgegeben. Mit dem letzten Angebot wurde es eine ayurvedische Kräuterteemischung mit Rosenblüten, Hibiskus und Lavendel.

„Danke, dass du dir direkt Zeit genommen hast. Ich bin zwar kein Arzt, aber als ich das heute Morgen gelesen habe, ist mir die Luft weggeblieben. Ich glaube, die Laborergebnisse sind eindeutig."

Alice brachte ein kleines Tablett mit zwei Tassen und einem Töpfchen Honig zum Tisch und setzte sich ebenfalls.

„Klar, das ist doch selbstverständlich."

Liane zog das Papier aus dem Umschlag, faltete es auseinander und breitete die beiden Seiten vor Alice auf dem Tisch aus.

Wie jedes Mal, wenn Liane mit Alice zusammen war, musste sie aufpassen, ihre Freundin nicht zu lange anzustarren. Alices Augen waren auf die Laborergebnisse gerichtet und Liane bewunderte den kurvigen Schwung ihrer Augenbrauen und die ineinanderfließenden Braun- und Goldtöne auf ihren Lidern, die in lange dunkle Wimpern übergingen. Ihre Lippen sahen seidig weich aus und selbst wenn sie sich, wie jetzt, konzentrierte, liefen ihre Mundwinkel leicht nach oben aus, sodass sie immer freundlich wirkte. Über das kantige Kinn führte die feine Linie ihrer Wangenknochen Lianes Blick zu den petrolfarbenen Ohrringen, die leicht hin und her schwangen. Petrol. Die Farbe ihrer Augen, die Liane nun direkt anschauten.

„Das ist ja schrecklich", entfuhr es Alice.

„Wie alt, hast du gesagt, war das Mädchen?"

„Fünf Jahre und drei Monate."

„Das arme Kind ist mit Östrogen hemmungslos zugeballert worden. Hormontherapien werden in der Regel mit einsetzender Pubertät begonnen. So etwas habe ich noch nie gesehen. Selbst wenn alles verrücktspielt, kann kein menschlicher Körper so viel davon produzieren. Ich würde mich nicht wundern, wenn sie in den letzten Wochen keinen geraden Schritt mehr gehen konnte. Der Kerl hat völlig den Verstand verloren."

„Und der Herzinfarkt? Meinst du auch, dass er eine Folge davon gewesen sein könnte?"

„Könnte?" Alice lachte auf. „Hör mal, selbst wenn Frauen in den Wechseljahren mit Östrogen behandelt werden, werden sie bezüglich des Thromboseriskios beraten. Bei so einer Östrogen-Dominanz neigt das Blut dazu, in den Gefäßen zu verklumpen. Wir müssen zur Polizei gehen. Das muss sofort unterbunden werden. Das war ein kleines Kind!"

So laut hatte sie die Freundin noch nie sprechen hören. Alice war komplett außer sich. Sie packte Lianes Hand und drückte fest zu. Doch ihr Blick war stärker und entschlossener, als es eine Berührung je hätte sein können.

„Ich arbeite daran. Aber mit diesen Ergebnissen kann ich nichts anfangen. Wenn herauskommt, dass ich die Probe entnommen und auf eigene Faust eingeschickt habe, bin ich meinen Job los. Und dann erreiche ich dort gar nichts mehr. Das weißt du!"

Enttäuschung legte sich auf Alices Gesichtszüge und es war gut, dass sie den Kopf senkte. Mit dem Honiglöffel rührte sie im Tee. Ihre Stirn lag in Falten, als sie wieder das Papier anstarrte. Die

Seidenlippen zusammengepresst, kamen kleine Grübchen an ihren Wangen zum Vorschein.

„Vielleicht sollten wir mit den Eltern sprechen. Wir brauchen handfeste Beweise. Vor allem welche, die auch legal sind. Ich konnte mir die Akte des Mädchens nicht ansehen. Aber ich bin sicher, dass er sie von Anfang an behandelt hat."

Alice hob den Kopf. Ihre Petrolaugen hatten sich zu kleinen Schlitzen zusammengezogen. In ihrem Blick lag plötzlich der Schmerz ihres ganzen Lebens.

„Behandelt? Verstümmelt meinst du wohl eher."

# Kapitel 8

Obwohl Alice fest entschlossen war, dass sofort gehandelt werden musste, hatte auch sie keinen guten Plan parat. Nur mit viel Mühe war es Liane gelungen, ihrer Freundin klar zu machen, dass außerordentliches Fingerspitzengefühl geboten war. An diesen Job zu kommen, hatte sie viel Kraft, Disziplin und einige Jahre ihres Lebens gekostet, jetzt durfte sie ihre Position nicht kopflos gefährden. Stundenlang hatten die Freundinnen noch am Tisch gesessen, einen Tee nach dem anderen getrunken und sich endlos den Kopf zerbrochen.

Erst nach zehn Uhr war Liane völlig erschöpft zu Hause angekommen. Sie hatte sich nicht einmal die Mühe gemacht, ihre Jeans auszuziehen, bevor sie sich rücklings auf das Bett legte und sofort in einen tiefen Schlaf fiel.

Ihr knurrender Magen war es, der sie schließlich weckte. Sie drehte den Kopf in Richtung des Radioweckers. Vollkommen perplex starrte sie auf die Digitalanzeige. Das Gerät zeigte 8:17 Uhr an. Sie rollte sich auf den Rücken und blickte an die helle Zimmerdecke. Die Stippvisite in der Vergangenheit und das Gespräch mit Alice hatten an ihren Kräften gezehrt. Trotzdem konnte sie es kaum glauben, über zehn Stunden geschlafen zu haben. Mehr als ihr Körper hatte wohl ihr Geist eine Auszeit gebraucht. Abstand von den Gedanken, die jetzt schon wieder fleißig in ihrem Kopf umhersausten. Alice hatte recht. Sie musste möglichst schnell herausfinden, wie es zu dem Hormonüberschuss bei Analina gekommen war, und noch wichtiger, wie sie beweisen konnten, dass Professor Gelders etwas mit dem Tod des Mädchens zu tun hatte. Das Wochenende hatte sie noch frei, doch in zwei Tagen war ihr Urlaub vorbei und sie würde wieder in der Klinik sein und vielleicht mehr erfahren. Sie nahm sich vor, ihre Zeit zu nutzen.

Mit einer Schale Knuspermüsli setzte sie sich an ihren Computer. Während sie das Honig-Nuss-Müsli löffelte, las sie die Nachrichten, warf endlich mal wieder einen Blick auf ihr Konto und schaute in ihr Mail-Postfach, in dem sich hauptsächlich Werbemails befanden. Als sie auch noch den längst überfälligen Wohnungsputz erledigt hatte, war es bereits Mittag. Doch die Gedanken an die kleine Analina ließen sie immer noch nicht los. Alices Argumente, die Bilder von dem toten Mädchen und die Ergebnisse aus dem Labor drehten unablässig Runden in ihrem Kopf. Ohne Lösungsmöglichkeiten kamen sie aber immer wieder am Ausgangspunkt heraus. Liane hatte schon Kopfschmerzen vom Grübeln und beschloss, dass Sauerstoff und Bewegung helfen würden.

Die Laufschuhe an ihren Füßen berührten gerade den Asphalt vor der Haustüre, als es zu regnen begann. Schnaubend machte sie auf den Fersen kehrt und beschloss, ihre Vorsätze nicht von dem Wetter zerschlagen zu lassen. Für einen klaren Kopf war hirnloses Gewichtestemmen vor dem Fernsehgerät nicht genug. Um sich richtig auszupowern und endlich einmal wieder alles zu geben, gab es für sie ohnehin nur eins. Entschlossen stapfte sie die Treppe hinauf und packte mit einigen Handgriffen ihre Sporttasche für das Krav Maga Zentrum. Dort hatte sie sich schon viel zu lange nicht mehr blicken lassen. Kurz nach der Trennung von Michael hatte sie sich im Zentrum angemeldet. In seinem Studio konnte sie natürlich nicht mehr trainieren und es schien ihr nie wichtiger, eine möglichst effektive Selbstverteidigungstechnik zu erlernen. Wenn sie dort regelmäßiger trainiert hätte, wäre es für sie inzwischen ein Leichtes, einen Angreifer abzuwehren. Doch um die Techniken anzuwenden, fehlte ihr wohl die Routine.

In der Tiefgarage erinnerte sie der leere Parkplatz daran, dass sie den Peugeot seit Tagen auf der Straße parkte, und sie drehte wieder um. Sie musste durch den Regen, die Sporthose klebte unangenehm feucht an ihren Oberschenkeln, als sie sich endlich hinter das Lenkrad setzte. Sie drehte den Zündschlüssel, stellte den Scheibenwischer an und sofort wieder aus. Laut fluchend stieg sie aus dem Wagen und versuchte, das Stück Papier, das unter dem Wischer klebte, mit glitschigen Fingern herauszubekommen.

*Nicht schon wieder!*

Auch dieses Ding fühlte sich nicht wie die für Werbung üblichen Hochglanzzettel an. Aufgequollen wie es war, hatte es eher die Konsistenz von nassem Toilettenpapier. Zurück im Trockenen faltete sie das Papier vorsichtig auseinander. Es war an beiden Seiten eingerissen. Sie legte es flach auf ihren Oberschenkel, um es etwas zusammenzuhalten. Die leicht zerlaufene Schrift war noch relativ gut lesbar. *Ein Königreich für drei Worte von dir oder zumindest ein offenes Ohr. Bitte Liane, ich muss unbedingt mit dir sprechen. C.*

Entschlossen, die Nachricht zu ignorieren, knüllte sie die feuchten Überreste zu einer triefenden Kugel zusammen und warf sie auf die Rückbank. Kurz darauf war sie bereits auf der A5 in Richtung Süden. An einem Samstagvormittag würde sie keine halbe Stunde nach Offenbach brauchen. Ihre Vorfreude mischte sich mit einer merkwürdigen Nervosität, sie konnte das Adrenalin beinahe schmecken.

***

Im Training gab es zum Aufwärmen einige Crossfit-Übungen, bevor es zum Tritt- und Schlagtraining an die Boxsäcke ging. Als der Instructor schließlich zum Sparring lud und sich die Trainingskollegen paarweise zusammenfanden, lief ein warmes Kribbeln durch Lianes Körper. Sie würde ihr Bestes geben. Doch sie würde auch in Bedrängnis geraten, vielleicht sogar Angst bekommen und sich vorstellen, dass sie um ihr Leben kämpfte. Sobald es losging, waren alle Gedanken vertrieben. Verbissen versuchte Liane, die antrainierte Kraft einzusetzen und erinnerte sich dabei kaum an irgendwelche erlernten Techniken. Sie verpasste ihrem Gegner einen unnötigen Schlag ins Gesicht und beendete damit den Kampf. Mit einer Verwarnung vom Instructor war ihr Training für den Tag vorbei.

Auf dem Nachhauseweg taten ihr die Rippen weh. Ihr Sparringsgegner hatte sie doch ziemlich in die Mangel genommen. Aber zumindest ihre Gedanken hatten für ein paar Minuten Ruhe gegeben, und das war es wert gewesen.

In Rödelheim fuhr sie von der Autobahn ab und rollte direkt auf den Parkplatz des großen REWE. Ihre Arme und Beine fühlten sich schwer an, als sie mit einem roten Tragekorb durch den Supermarkt ging. Sie kaufte ein Körbchen Kirschtomaten, zwei Salatherzen, schwarze Oliven und ein Stück Parmesan. Dazu suchte sie sich eine Flasche Rotwein aus und nahm beim Bäcker am Ausgang ein frisches Weißbrot mit.

Der Schauer vom Mittag war zu einem ausgewachsenen Unwetter geworden. Das Wasser stand auf den Straßen und floss seitlich in die Rinnsteine. Obwohl es in Strömen regnete und entsprechend kalt geworden war, zog sie einen Parkplatz in der Seitenstraße erneut dem Tiefgaragenplatz vor. Sie hielt den Kragen ihrer Jacke mit der Hand zusammen, als sie in den kalten Regen trat. Mit der freien Hand griff sie sich die Sporttasche, in der sie auch die Einkäufe verstaut hatte und rannte los. Direkt vor ihrer Haustür blieb sie im Sturzbach der Wolken stehen und starrte ihn an. Tropfen fielen von seiner Nasenspitze, als er zu ihr aufsah. Sie fragte sich, wie lange Christian schon auf der Stufe zu ihrem Hauseingang gesessen hatte. Wie lange war sie weg gewesen? Als sie den Zettel gefunden hatte, war ihr nicht einmal in den Sinn gekommen, dass er noch in der Nähe sein konnte.

„Hast du neben deinem Hund auch noch eine Katze?", fragte sie, ohne ihn zu begrüßen, und ging mitsamt ihrem Gepäck an ihm vorbei.

„Wie bitte?"

Sie suchte den richtigen Schlüssel und hielt ihm wie selbstverständlich die Tür auf.

„Als ich klein war, hatten wir für kurze Zeit eine Katze. Meine Schwester, meine Mutter und ich, wir haben sie geliebt. Wollten immer mit ihr schmusen und sie streicheln, doch sie hat sich nie anfassen lassen. Nur mein Vater wollte nichts mit dem Tier zu tun haben. Seine Allergie war auch der Grund, dass wir sie weggeben mussten."

Christian wiegte den Kopf von einer Seite zur anderen, während er ihr nach oben folgte.

„Wieso erzählst du mir das?"

„Also einerseits, weil du etwas über mich erfahren wolltest. Aber hauptsächlich", jetzt konnte sie ein Grinsen nicht mehr unterdrücken, „weil du mich an die Katze erinnerst."

„Ich erinnere dich an die Katze?"

„Kaum hatte sie mitbekommen, dass mein Vater sie wegschubste, wenn sie ihm zu nahekam, gab sie alles, um von ihm gestreichelt zu werden. Sie hat ihn regelrecht verfolgt. Das Tier entwickelte sich zu seinem Schatten, wann immer er das Haus betrat. Sie schmiegte ihren Kopf bei jeder Gelegenheit an ihn und gab nicht auf. Von uns ließ sie sich weiterhin nicht anfassen. Sie mochte nur ihn, weil er sie ablehnte."

Er sagte nichts, hatte den Vergleich aber offenbar verstanden. Sie spürte seine Anwesenheit in ihrem Nacken, als sie die Einkäufe auf dem Küchentisch abstellte. Irgendetwas hatte sie daran gehindert, ihn sofort nach Hause zu schicken. Doch warum sie ihn tatsächlich in ihre Wohnung gelassen hatte, wusste sie jetzt schon nicht mehr. Fest entschlossen, einen kühlen Kopf zu bewahren, fuhr sie herum und stieß beinahe mit ihrer Nasenspitze gegen seine. Von seinen Wimpern tropfte noch immer Regenwasser. Seine Lippen hatten einen leicht bläulichen Ton und sie kamen noch näher. Ihr stockte der Atem, sie schluckte trocken und hatte vergessen, was sie sagen wollte. Dabei war Sprechen doch so viel besser als unangenehme Stille. Sie spürte seinen Atem auf ihrer Wange, machte einen Schritt nach hinten und stieß gegen den Tisch.

Räuspernd richtete sie sich gerade auf. „Warum bist du hier?"

Jetzt starrte Christian den Boden vor seinen Füßen an. „Weil ich nicht einfach so aufgeben kann. Und weil ich nachgedacht habe." Er kratzte sich am Nacken und es dauerte einen Moment, bis er sie wieder anschaute. „Aus Mitleid bei meiner Frau zu bleiben, ist falsch. Ich habe es ihr gesagt."

Liane war sprachlos. Es war vollkommen bedeutungslos, wie er zu seiner Frau stand. Die ganze Geschichte brachte sie nicht weiter, und würde sie im Gegenteil sogar noch ablenken. Doch jetzt war kein guter Zeitpunkt, all das zu sagen. Schließlich war Christian nicht irgendein Kollege, sondern ein Vorgesetzter und mit denen verscherzte man es sich besser nicht, wenn einem etwas an seinem Job lag. Oder redete sie sich das möglicherweise nur ein? War es in Wirklichkeit eine Ausrede dafür, ihn nicht einfach so abservieren zu können?

„Liane, alles in Ordnung?"

Sie hatte viel zu lange ins Leere gestarrt. „Möchtest du mit mir essen?“, war alles, was sie hervorbrachte. Dabei stellte sie die Frage im Grunde genommen nicht nur ihm. Gleichzeitig fragte sie sich selbst, ob das eine gute Idee sein konnte.

„Gerne.“

Sie deutete zu dem kleinen Sofa hinüber. „Setz dich, ich hol dir ein Handtuch.“

Christian nickte stumm und wollte sich gerade umdrehen, als sie seinen Arm berührte. Er blieb stehen und schaute sie fragend an.

„Quatsch. Du bist total unterkühlt. Du brauchst eine heiße Dusche.“

Ein schelmisches Grinsen trat auf sein Gesicht und er wollte sie gerade zu sich ziehen, als sie ihn mit beiden Armen auf Abstand hielt.

„Allein!“

Er ließ die Arme sinken und nickte erneut.

Sie schob sich an ihm vorbei und wies ihn mit einem Kopfnicken an, ihr zu folgen. „Sag mal, wie lange hast du denn da draußen gesessen?“

„Vielleicht drei Stunden.“

„Und warum hast du nicht wenigstens in deinem Auto gewartet?“

„Es gibt keinen Parkplatz, von dem aus man deinen Hauseingang sehen kann und ich wollte dich nicht verpassen.“

Im Badezimmer angekommen, zog sich Christian, schneller als sie wegschauen konnte, den Pullover über den Kopf. Ein Kribbeln stieg in ihr auf. Aber sie musste vernünftig sein. Liane drehte ihm den Rücken zu und war mit einem Schritt aus dem Badezimmer verschwunden.

„Leg mir deine Sachen vor die Tür, ich stecke sie kurz in den Wäschetrockner im Keller. Ich glaube kaum, dass ich etwas zum Anziehen habe, was dir passt.“

Im Schlafzimmer holte sie ein Badetuch und streckte es ihm durch den Türspalt entgegen.

Kurz darauf machte sie sich mit einem Bündel seiner Kleidung auf den Weg zu dem Waschraum im Keller. Auch nach zwanzig Minuten im Trockner waren die Sachen noch klamm. Doch der

Gedanke, ihn nackt in ihrem Badezimmer warten zu lassen, machte sie nervös. Sie schüttelte die warme Jeans fest aus, faltete sie zusammen und legte die Boxershorts hinein. Den Pullover legte sie über ihren Arm und machte sich mit einem elektrisierten Gefühl auf den Weg in ihre Wohnung. Er musste gehört haben, wie sie den Schlüssel im Schloss drehte und stand mitten im Flur.

Seine Kleider an ihren Oberkörper gepresst, drückte sie die Tür mit dem Rücken zu. Ihr Blick flitzte von seinem Gesicht über den nackten Brustkorb zu dem Handtuch um seine Hüften und zurück zu seinen nassen Haaren. Bewegungslos starrte sie schließlich in seine grünen Augen. Sie funkelten wie Kristalle.

„Nicht ganz trocken, aber okay“, sagte sie.

Er kam einen Schritt näher und nahm ihr die Sachen aus der Hand. Sein Blick hielt ihren fest, wie es schon einmal beim Abendessen geschehen war.

„Danke“, flüsterte er so nahe an ihrem Gesicht, dass es ihr nicht mehr möglich war, zu denken.

Sie presste ihren Rücken fester gegen die Tür, als er noch näher kam. Ihre Augen ließen nur von seinen ab, weil sie sich wie von selbst schlossen. Seine Lippen waren warm und weich. Sie entgegnete den Druck zuerst zaghaft, doch ihre Bewegungen folgten seinen und wurden ebenfalls gieriger und schließlich war alles egal. Es kam nicht darauf an, wessen Sohn er war oder weshalb sie sich kennengelernt hatten. Seine Hand streifte ihre Hüfte, fuhr zu ihrer Taille und folgte ihren Kurven. Ihre Hände hatten wie von allein den Weg zu seinem Nacken gefunden. Von allem Menschsein und der Realität waren bloß zwei Körper übrig, die sich gefunden hatten. Das Handtuch war von seiner Hüfte gerutscht, als sich die beiden langsam, Schritt für Schritt, ineinander verschlungen, auf die Schlafzimmertür zubewegten.

***

In seinen Armen war sie eingeschlafen und wurde schließlich von ihrem Hungergefühl geweckt.

„Möchtest du mit mir zu Abend essen?“

Er öffnete die Augen.

„Wie viel Uhr ist es?“

Seine Stimme hörte sich verschlafen rau an und Liane bemerkte, dass sie ihr gefiel. Es war kurz nach acht. Doch bevor sie das sagen konnte, hatte auch er den Kopf zur Digitalanzeige des Weckers gedreht und schnellte hoch.

„Oh nein, ich muss los."

Mit einem Satz war er vom Bett aufgesprungen und in den kleinen Flur gestolpert. Dort steckte er bereits mit einem Bein in seiner Jeans, als Liane ein ungutes Gefühl überkam.

„Deine Frau?", fragte sie leise und hoffte bereits, dass es sich bei ihrem Gefühl nicht um Eifersucht handelte. Auch wenn sich etwas zwischen ihnen geändert haben mochte, durfte sie sich emotional auf nichts einlassen.

„Nein, ich habe eine Audienz bei meinem heiligen Vater. Ich war eigentlich zum Abendessen geladen. Für gewöhnlich muss ich nur zu Geburtstagen und an Weihnachten einen standesgemäßen Pflichtbesuch abstatten. Ich weiß nicht genau, was er von mir will. Vielleicht hat er von irgendeinem Durchbruch in seinen Forschungsprojekten zu berichten, das sollte der Sohn dann nicht zuletzt erfahren." Christian machte eine ausholende Handbewegung. „Oder er hat irgendwelche Gerüchte gehört und will mich ausfragen, ob der Stationsfunk in der Klinik ordentlich funktioniert." Er zwinkerte ihr verschmitzt zu. „Allerdings wäre das nicht die angenehmste Sache. Schließlich hätte sein verheirateter Sohn mit einer Krankenhausaffäre Schande über die Familie gebracht. Da passt es, dass ich jetzt auch noch zu spät bin."

Liane war nicht sicher, ob sie beunruhigt oder eher neugierig war.

*Jetzt bloß keinen Fehler machen.*

„Welche Art von Forschungsprojekt?"

„Hormonforschung. Er möchte mit einer Art Forschungszentrum sein ‚Lebenswerk' vollenden. Aber er hält das alles noch ziemlich geheim. Meine Mutter hat jedenfalls mal erwähnt, dass er sich deshalb weigert, endlich in den Ruhestand zu gehen."

Christian hatte gerade den Pullover über den Kopf gezogen und die Arme hineingesteckt, als er mit beiden Händen bei dem Wort „Lebenswerk" Anführungszeichen in die Luft malte.

In Lianes Brust flatterte etwas. Sie glaubte, es war Hoffnung. Die Verbindung zu Christian konnte am Ende doch ihren Nutzen haben. Weshalb es durchaus legitim war, sie nicht zu beenden.

„Davon abgesehen glaube ich nicht, dass mein Vater jemals freiwillig seine Arbeit aufgeben würde. Und ehrlich gesagt auch nicht, dass es meine Mutter auch nur zwei Wochen mit ihm aushalten würde, wenn er die Arbeit nicht hätte."

Liane kaute auf ihrer Unterlippe. Sie war auch aufgestanden, zog noch einmal das weiße Trägershirt herunter und ging an ihm vorbei, um ihren Morgenmantel vom Haken hinter der Tür zu nehmen. Wieder hatte sie es geschafft, die Narbe vor ihm zu verbergen. Fast hätte er darauf bestanden, dass sie das Shirt auszog und einmal wäre seine Hand beinahe an der falschen Stelle darunter geglitten, doch wenn man eine solche Narbe verstecken wollte, entwickelte man Tricks und Kniffe.

Sie stand neben ihm und knotete das seidene Band des Mantels vor ihrem Bauch zusammen.

„Ein Forschungszentrum?", murmelte sie in Gedanken.

Nickend nahm er ihren Kopf zwischen beide Hände und kam ihrem Gesicht wieder ganz nahe. Bevor er sie küsste, flüsterte er: „Ich würde so gerne bei dir bleiben."

***

Als er gegangen war, tigerte sie geschlagene zwei Stunden durch ihre Wohnung. Der Hunger war ihr vergangen. Immer wieder blätterte sie nervös durch das gelbe Notizbuch. Sie klappte es zu, verstaute es in ihrer Handtasche, ging ins Wohnzimmer, kam wieder zurück und holte es noch einmal heraus. Als sie endlich einen Entschluss gefasst hatte, ging alles ganz schnell. Sie zog sich Straßenkleidung an, schnappte sich einen Apfel aus dem Korb in der Küche und hechtete mit der Handtasche über der Schulter zu ihrem Auto.

Zwanzig Minuten später betrat sie die Klinik durch den Seiteneingang für Mitarbeiter. Der schmale Gang führte an den Ruhe- und Spindräumen vorbei zu einem dezentralen Aufzug, der um diese Uhrzeit höchstens vom Schichtpersonal genutzt wurde. Kollegen und Ärzte, die sich jetzt noch in der Klinik aufhielten, waren zumeist mit Patienten beschäftigt oder gingen dem Versuch nach, ihr Schlafdefizit auszugleichen. Ein helles Geräusch kündigte den Personenaufzug an, bevor sich die Tür aufschob. Obwohl sie sicher war, allein zu sein, schaute Liane rechts und links über ihre Schultern, als sie die Kabine betrat. Sie drückte den obersten Knopf und die Zahl 12 leuchtete rot auf. Die Augen fest auf die Digitalanzeige über der Tür gerichtet, hoffte sie inständig, dass ihre Fahrt nicht unterbrochen wurde, und wenn doch, dann zumindest von niemandem, den sie kannte. Am vorletzten Urlaubstag mitten in der Nacht in die Klinik zu kommen und dazu in Straßenbekleidung auf dem Weg ins oberste Stockwerk zu sein, wäre nur schwer erklärbar gewesen.

Mit jeder vorbeifliegenden Ziffer schlug ihr rechter Fuß auf dem Boden einen schnelleren Takt an. Liane war sicher, dass die Anzeige bei der *8* einen Moment zu lange angehalten hatte und schnappte nach Luft. Sie wartete darauf, dass sich die Tür öffnete und überlegte krampfhaft, was sie sagen würde. Als die Kabine am neunten Stock vorbeifuhr, stieß sie die Luft zwar aus, atmete aber nicht wieder ein, bis aus der *10* die *11* wurde, und sich im zwölften Stock, von dem hellen Geräusch angekündigt, die Tür aufschob. Schnell ging sie auf den Eingang des Bürotrakts zu. Sie zog die Zugangskarte durch den Leser und atmete auf, als sich die milchige Glastür öffnete. Fast erwartete sie, dass der Schatten aus Gelders' Büro wie beim letzten Mal auf sie zusteuern würde. Doch alles blieb dunkel. Als sich die Tür hinter ihrem Rücken geschlossen hatte, schob sie die Hand in die tiefe Tasche ihres dunklen Parkas. Sie zog die dünnen Handschuhe über und tastete nach dem länglichen Gegenstand in der Seitentasche. Die kleine Stabtaschenlampe, bedruckt mit dem Logo eines Herstellers für Nahrungsergänzungsmittel, war eines der wenigen Überbleibsel ihrer kurzen Ehe. Michael hatte ständig alle möglichen Werbeartikel aus dem Fitnessstudio angeschleppt. Sie drückte den Gummiknopf durch und ein metallisches Klickgeräusch war zu hören, als der Gang vor ihr sichtbar wurde. Der schmale Lichtkegel flog über die schwungvollen Lettern seines Namens an der nächsten Glastür.

*Prof. Dr. Gelders*
*Facharzt für Kinderchirurgie und Psychotherapie*

Mit langen Schritten durchquerte sie den Vorraum, ging am Schreibtisch seiner Assistentin vorbei und betrat sein Büro. Aus dem Kittel, der am Haken neben der Tür hing, nahm sie sich den Schlüssel und trat, ohne sich weiter umzusehen, an den brusthohen Hängeregisterschrank. Die Inhalte der unteren beiden Schubfächer interessierten sie zunächst nicht, die kannte sie schon. Liane war wegen der aktuelleren Akten hier. Sie zog die oberste Schublade auf. Ihre Augen folgten dem Lichtstrahl. Ihr Blick flog über die Buchstabenetiketten und blieb bei dem mit *K* beschrifteten Register stehen. Zügig blätterte sie durch eine Handvoll Mappen und fand die Akte von Analina Kramer. Eilig überflog sie die Berichte und zog das Smartphone aus der Innentasche ihres Parkas. Der Blitz der integrierten Kamera erleuchtete den Raum, einem heftigen Gewitter gleich, und für einen Moment hatte sie Angst, entdeckt zu werden. Sie schob die Mappe zurück an ihren Platz und blätterte, auf der Suche nach irgendeiner Besonderheit, durch das gesamte Alphabet. Hinter der letzten Patientenakte entdeckte sie eine besonders dicke Hängemappe, deren Etikett nicht beschriftet war. Vorsichtig hob sie den großen Packen Papier heraus und legte die aufgeblähte Papptasche auf den Schreibtisch. Abgelenkt von einem roten Blinken auf der Telefonanlage, wahrscheinlich eine Sprachnachricht, leuchtete sie die andere Seite des Tisches an. Der Lichtkegel fuhr über eine einzelne Mappe, die dem Aussehen nach ebenfalls in den Hängeregisterschrank gehörte. Auf dem ansonsten vollständig aufgeräumten Schreibtisch war kein Stift und kein Stück Papier zu sehen, wodurch die Akte fremdartig vergessen wirkte. Liane freute sich einmal mehr darüber, dass der Arzt, altmodisch wie er war, seine Berichte händisch schrieb. Sie war sicher, dass sich in keinem anderen Büro der Klinik so viele Dokumente finden würden.

Mit einer Hand leuchtete sie, mit der anderen klappte sie den Karton auf. Sie erkannte den Namen der Patientin sofort. Weshalb hatte Carolin Michaelis die Praxis des Arztes erneut aufgesucht? Der Behandlungsbericht war auf den 17. März datiert, zwei Tage, nachdem Liane den Brief verfasst hatte. Sie zuckte zusammen, als sie die Worte „Suizidgefahr“ und „Kandidatin für Projekt“ las. Sie legte die beiden Seiten ordentlich nebeneinander, steckte die Lampe erneut zwischen die Zähne und fotografierte den Bericht, um die Mappe gleich darauf wieder zusammenzulegen. Die Notizen des Arztes würde sie später lesen.

Liane wendete sich wieder der namenlosen Akte zu und zog den gesamten Inhalt aus seinem Umschlag, darauf bedacht, nichts durcheinanderzubringen. Zuoberst lag eine Art Architektenzeichnung. Mit krauser Stirn und zusammengekniffenen Augen faltete sie den dicken Bauplan langsam auseinander. Mit ausgebreiteten Armen ging sie um den Tisch herum und legte den Plan auf dem Boden aus. Wieder der helle Blitz. Ihr Kiefer spannte sich an, dass es beinahe schmerzte. Ihre Lippen schlossen sich fester um die Taschenlampe, während sie versuchte, den Plan an den richtigen Kanten zusammenzufalten. Sie legte ihn seitlich ab und ging die weiteren Papiere des Stapels durch. Neben Rechnungen und Kostenvoranschlägen stieß sie auf eine Art Businessplan.

*–Gelders-Forschungszentrum für pädiatrische Endokrinologie–*

Beim Lesen der Überschrift stockte ihr der Atem. Noch einmal holte sie das Telefon hervor und fotografierte das Deckblatt und einige darauffolgende Seiten. Sie schob die Unterlagen in die Mappe, steckte den Ordner an seinen Platz zurück und verschloss den Aktenschrank. Zurück an seinem Schreibtisch zog sie die erste Schublade auf. In einer schmalen Holzkiste lagen etliche Bleistifte von Faber-Castell. Die mit den schwarzen Punkten an den Seiten für den richtigen „Grip“ und einem Radiergummi am hinteren Ende. Einige davon kurz mit abgenutzten Gummienden, andere völlig unbenutzt. So einen Haufen gleicher Stifte fand man wohl sonst nur in Schreibwarenläden. Daneben stand ein großer Anspitzer aus Aluminium, ebenfalls von Faber-Castell. Mit dem Loch an der einen und einer Kurbel an der anderen Seite wirkte das Gerät, als habe es Altertumswert. Sie fischte nach dem Rezeptblock im hinteren Teil des Fachs und riss drei der unterschriebenen Blankoformulare ab. Auch diese Dinger wirkten beinahe nostalgisch, waren aber immer noch nutzbar. Kopfschüttelnd schob sie das Fach zu, ging in die Knie und öffnete die unterste Schublade. Der Lichtkegel fiel auf eine grüne Geldkassette. Ein klirrendes Geräusch war zu hören, als Liane die metallene Kassette anhob und sie auf einer Hand balancierte, während die andere nach dem kleinen silbernen Schlüssel tastete, der direkt darunter versteckt war. Seit sie sein Versteck gefunden hatte, war alles so einfach. Sie steckte den Schlüssel ins Schloss und hatte kurz darauf eines der kleinen Glasfläschchen zwischen den behandschuhten Fingern. *Propofol 10 mg/ml.*

Ihre Hand glitt gerade in die Jackentasche und tastete nach dem anderen Medikament, als sie ein Geräusch hörte. Sie musste sich beeilen. Die Angst, erwischt zu werden, trieb sie an. In Situationen, in denen andere Menschen in Panik gerieten, wurde sie vollkommen ruhig. Brenzlige Situationen lösten bei ihr die Fähigkeit zu ungewöhnlich schnellem Handeln aus. Mit geübten Handgriffen öffnete sie vorsichtig den Deckel und spritzte das Medikament in die milchige Flüssigkeit. Gleich darauf stand alles wieder an seinem Platz. Durch die Milchglastür sah sie außerhalb des Büros Licht. Man hatte sie entdeckt. Auf der Suche nach einem geeigneten Versteck schaute sie sich um. Stoßweise sog sie Luft in ihre Lungen, als sei sie gerade 200 Meter gesprintet. Doch wo versteckte man sich in einem ganz normalen Büro? Die Tür zum Vorzimmer wurde geöffnet und Liane schaltete die Taschenlampe aus. Wie in einem schlechten Film, tauchte sie einfach unter den Tisch. Die Knie dicht an den Oberkörper gezogen, kniff sie die Augen zu. Als es hell wurde, zwang sie sich, die Augen wieder zu öffnen. Die Deckenlampe im Vorraum war angeschaltet worden. Sie hatte sich bereits so sehr an die Dunkelheit gewöhnt, dass es sich anfühlte, als sei auch das Büro, in dem sie saß, hell erleuchtet.

Einige Pulsschläge später ging das Licht wieder aus, die Tür wurde geschlossen und Liane schnappte nach Luft.

Mit schlotternden Knien saß sie noch einige Minuten auf dem Boden, bevor sie sich traute, das Büro zu verlassen. Der gesamte Trakt war wieder dunkel. Möglicherweise hatte der Wachdienst bloß seinen regulären Rundgang unternommen. Trotzdem verlangsamte sich ihr Puls erst, als sie endlich ihren Wagen erreicht hatte.

***

Zurück in ihrer Wohnung machte sich Liane sofort daran, die Fotos auf ihren Computer zu ziehen. Die meisten druckte sie sich aus und breitete alles auf dem kleinen Schreibtisch aus. Eine Weile versuchte sie, ihre Emotionen zusammen mit den fotografierten Dokumenten zu sortieren. Doch irgendwann wurde es einfach zu viel.

„Ich bin's."

Das Telefon in ihrer Hand fühlte sich feucht an. Ihr war schrecklich kalt. Sie brauchte eine warme Dusche. Doch bevor sie sich aufwärmen konnte, musste sie ruhiger werden. Ihre Knie waren immer noch ganz weich. Auf ihrer Stirn stand kalter Schweiß und ihre Zähne klapperten.

„Liane? Ist alles in Ordnung?"

„Es tut mir leid, dass ich so spät anrufe, aber ich muss mit jemandem reden. Ich drehe sonst durch."

Sie fragte sich, ob Alice in der Lage war, zu ihrer Beruhigung beizutragen. Die Chancen standen gut, dass die Intersexaktivistin statt beruhigender Worte eher einen Wutausbruch hervorbrachte.

„Hör zu, ich kann dir nicht sagen wie und wo. Aber ich habe etwas gefunden."

Liane kaute auf ihrer Unterlippe. Vielleicht war es eine schlechte Idee gewesen, Alice anzurufen. Was hatte sie sich von dem Gespräch erhofft und wie viel konnte sie ihrer Freundin überhaupt erzählen?

„Jetzt erzähl schon!", drängelte die verschlafene Stimme am anderen Ende der Leitung.

„Er hat Analina Kramer vor drei Jahren operiert. Du hattest recht. Seither hat sie immer stärkere Medikamente bekommen. Das stimmt auch."

„Bist du jetzt endlich soweit, dass wir die Eltern des Mädchens kontaktieren können? Wenn das Kind begraben ist, ist es zu spät, Liane."

„Ich denke auch, dass wir mit den Eltern sprechen müssen. Aber wir können die Laborergebnisse nicht als Anlass nehmen. Und sie sollten auch besser nicht erfahren, wer ich bin."

Sie schob die obersten beiden Ausdrucke der Fotografien beiseite, nahm die restlichen Papiere aus dem Drucker und breitete diese ebenfalls vor sich aus. Ihre Augen lasen erneut den Titel des Plans.

*–Gelders-Forschungszentrum für pädiatrische Endokrinologie–*

„Es gibt noch mehr. Er plant ein Forschungszentrum. Für Hormonforschung", ihre Stimme brach ab. Liane räusperte sich und setzte nach: „Hormonforschung an Kindern!"

„Woher weißt du das?", platzte Alice heraus.

Liane war nicht sicher, ob die Stimme ihrer Freundin belegt klang, weil sie mit den Tränen kämpfte, oder weil sie mit aller Macht versuchte, ihre Wut unter Kontrolle zu bringen.

„Das kann ich dir nicht sagen, und ich kann auch nichts davon öffentlich machen."

Liane hätte sich ohrfeigen können für diesen Anruf. Sie hatte Alice mitten in der Nacht aus dem Bett geklingelt, um ihr zu berichten, dass eine Art feindliches System kleine Menschen in seine Maschinerie zog und dass sie nichts dagegen unternehmen konnten. Als hätte sie ihre Gedanken laut ausgesprochen, erklang im gleichen Moment die zornige Stimme am anderen Ende.

„Wieso zum Teufel rufst du mich dann an?"

Tränen lösten sich aus Lianes Augen. Ihre Zähne hatten aufgehört zu klappern und schmerzten jetzt, weil sie sie fest zusammenbiss.

„Es tut mir leid. Eigentlich wollte ich dich fragen, ob du mit mir zu den Eltern des Mädchens fährst. Morgen. Also genau genommen heute, es ist ja schon nach Mitternacht." Als keine Antwort kam, sprach sie weiter. „Ich kann nicht sagen, dass ich in der Klinik arbeite. Wir könnten sie von der Selbsthilfegruppe aus besuchen. Erklären, dass wir vom Tod ihres Kindes erfahren haben, unser Beileid bekunden und sie vielleicht ein bisschen ausfragen. Wir müssen ihnen irgendwie nahelegen, dass eine Obduktion gemacht werden muss. Unbedingt."

„Von der Selbsthilfegruppe aus? Du meinst, weil wir versuchen Betroffenen zu helfen, können wir einfach an Haustüren klingeln und trauernde Familien ausfragen?"

„Alice, ich kann meinen Job dafür echt nicht aufs Spiel setzen. Wenn ich nicht mehr in der Klinik arbeite, kann ich nichts mehr tun."

Eine ganze Weile war die Leitung wieder still. Doch bevor sich Liane ernsthaft fragen konnte, ob Alice einfach aufgelegt hatte, hörte sie noch einmal ihre Stimme.

„Es ist scheiße, aber irgendwas müssen wir machen. Wenn man unangekündigt bei trauernden Eltern auftaucht, tut es wohl nichts zur Sache, ob es auch noch an einem Sonntag ist. Ich hole dich gegen vier ab."

Es klickte, und die Leitung war tot.

# Kapitel 9

Als Liane die Beifahrertür des weißen Mini Coopers zuschlug, wehte ihr ein kühler Wind über den Nacken. Fröstelnd schlug sie den Kragen ihres Parkas hoch und drehte sich zum Grundstück mit der Hausnummer fünf um. Eine Gänsehaut bedeckte ihren ganzen Körper, als ihr Blick über die hüfthohe Lorbeerhecke hinweg den kleinen Vorgarten streifte. Auf dem gelblich-grünen Rasen stand ein abgedeckter Sandkasten. Am kräftigsten Ast des Apfelbaums hing eine Kinderschaukel, deren weiß lackierte Sitzfläche mit Blumenaufklebern verziert war.

Das gusseiserne Gartentor quietschte, als Alice es aufschob.

Mit gesenktem Blick schlichen die beiden, Seite an Seite wie Sargträger bei einem Begräbnis, über den gepflasterten Weg zur Haustüre. Lianes Zeigefinger zitterte, als sie die Klingel mit dem Namen Kramer berührte.

Hinter der dunkelblauen Holztür waren Schritte zu hören. Liane schluckte trocken, als sie geöffnet wurde. Der unrasierte Mann mit dem gräulich bleichen Gesicht und den rotunterlaufenen Augen sagte kein Wort.

„Guten Tag Herr Kramer, mein Name ist Alice Steiner. Ich bin von der Beratungsinitiative für intersexuelle Menschen. Wir möchten Ihnen unser Beileid aussprechen. Der Tod Ihrer Tochter hat uns zutiefst bestürzt."

Die glasigen Augen des großen blonden Mannes zogen sich in ihren geschwollenen Lidern zu kleinen Schlitzen zusammen. Den Kopf leicht von einer zur anderen Seite wiegend, musterte er Alice. Als sein Blick zu Liane wanderte, glaubte sie, er würde ihnen die Tür vor der Nase zuschlagen. Und wer konnte es ihm verdenken?

„Wir haben ein paar Fragen zu der Behandlung Ihrer Tochter. Das könnte für anderen Patienten lebenswichtig sein. Wir haben gehofft, dass Sie uns helfen."

Die Lippen fest zusammengepresst, pulsierte sein Kiefer in einem merkwürdigen Takt. Es sah aus, als würde er auf seiner eigenen Zunge kauen. Seine rechte Hand umklammerte das Türblatt so fest, dass seine Fingerspitzen weiß waren. Keiner sagte ein Wort, bis er plötzlich einen Schritt zur Seite machte und die Tür etwas weiter aufschob.

„Sie müssen mit mir allein vorliebnehmen. Meine Frau bekam eine schwere Migräne, nachdem wir gestern beim Beerdigungsinstitut waren. Sie hütet das Bett."

In der schmalen Diele nahm er den beiden die Jacken ab. Er hängte sie an eine hölzerne Garderobe, unter der eine niedrige Sitzbank mit Kinderschuhen stand. Dann betraten sie zusammen die geräumige Küche.

„Kann ich Ihnen einen Kaffee anbieten?"

Alice schaute Liane an. Natürlich hatte ihre Freundin erwartet, dass sie das Angebot sofort annahm. Und sie hatte tatsächlich erst eine Tasse Kaffee getrunken, was bei ihrem Koffeinbedarf einem kalten Entzug gleichkam. Trotzdem schüttelte Liane lieber den Kopf. Sie war so nervös, dass sie einen Baldriantee vorgezogen hätte.

„Vielleicht Traubensaft oder Wasser?", fragte der Mann leise, als habe er Angst, die alles einnehmende Stille im Haus zu brechen.

Am Küchentisch sitzend hatten alle schließlich ein Glas Mineralwasser in der Hand, als Alice zu sprechen begann.

„Darf ich fragen, ob Analina seit ihrer Geburt bei Professor Gelders in Behandlung war?"

Der Vater nickte. „Man hatte ihn uns in der Geburtsklinik empfohlen. Woher wissen Sie, dass Analina intersexuell war? Wir haben das niemandem gesagt."

Alice drehte sich zu Liane um. Ihr Blick hatte nur einen Moment lang einen fragenden Ausdruck und wurde gleich darauf fest und entschlossen. Sie zuckte mit den Schultern und drehte sich zu ihrem Gastgeber um.

„Sagen wir, jemand, den wir gut kennen, arbeitet in der Klinik. Wir haben herausgefunden, dass Analina einer starken Hormontherapie ausgesetzt wurde. Ist das richtig?"

Die Finger seiner linken Hand drehten den Ehering an der rechten. Seine Hautfarbe wirkte noch grauer, als sich seine Züge verzerrten. Die blinzelnden Augen auf den Ring gerichtet, versuchte er, die Tränen zurückzuhalten. Er zog die Nase hoch und atmete laut ein und aus.

„Ja, Professor Gelders hat uns versprochen, dass mit dieser Therapie alles in Ordnung kommt. So wie es sich gehört."

Alices Hände ballten sich zu Fäusten und Liane konnte die Anspannung im Körper der Freundin spüren.

„Herr Kramer, ist Ihnen bewusst, dass eine Überdosierung von Östrogen sehr gefährlich sein kann? Es kann zur erhöhten Blutgerinnung kommen. Das Verklumpen des Blutes führt zu einer Thrombose und die kann beispielsweise einen Herzinfarkt auslösen."

Die Totenstille war zurück. Mit ihr schien es auf einen Schlag fünf Grad kälter geworden zu sein. Doch gleichzeitig geschah etwas anderes. Die eben noch schmerzverzerrten Gesichtszüge des jungen Vaters lockerten sich. Seine Augen waren jetzt weit geöffnet und er starrte Alice mit offenem Mund an.

„Aber, aber ... Professor Gelders würde doch nichts tun, was Analina schadet. Er kennt sie doch praktisch ihr ganzes Leben lang. Er hat uns immer geholfen." Verzweifelt schaute er zwischen den beiden hin und her. „Wollen Sie sagen, er hat gewusst, dass die Therapie gefährlich war?"

Er wirkte wie jemand, der nach jahrelangem Kopfzerbrechen ein großes Rätsel gelöst hat.

„Meinen Sie, Analina kann daran gestorben sein?"

Jetzt füllten sich seine Augen wieder mit Tränen. Doch dieses Mal versuchte er gar nicht erst, sie zurückzuhalten.

„Wir hätten sie doch niemals von ihm behandeln lassen, wenn wir gewusst hätten, dass es so gefährlich ist."

Alice nickte verständnisvoll. „Dafür sind wir ja eigentlich da. Es tut mir so leid, dass Sie niemand nach der Geburt Ihres Kindes beraten und aufgeklärt hat. Wir hätten Sie über so vieles aufklären können. Aber für andere Patienten ist es ganz wichtig, dass geklärt wird, woran Analina wirklich gestorben ist."

Die Informationen schienen seinen Kopf schier zu sprengen. Vollkommen desorientiert kam er auf die Beine und stolperte ein paar Schritte auf die Küchenzeile zu. An der Arbeitsplatte krallte er sich fest und sein Oberkörper sackte förmlich in sich zusammen. Die Ellbogen vor sich abgestützt, vergrub er seinen

Kopf in den Armen. Von dem großen Mann war nur noch ein bebender Berg aus rundem Rücken zu sehen. Vornübergebeugt klang sein Schluchzen erstickt.

„Sie meinen, wir sollen eine Obduktion veranlassen?"

Seine Stimme war nur gedämpft zu hören und hinter dem Weinen schlecht zu verstehen.

„Wir sollen unser totes Mädchen aufschneiden lassen?"

Lianes Hals war wie zugeschnürt. Sie konnte kaum atmen. Ihre rechte Hand umklammerte längst die Armbanduhr, doch sie hatte noch keinen Blick darauf geworfen. Auch hier schien die Zeit gerade still zu stehen. Wie sie in der Uhr still stand, seit dem Tod ihrer Mutter. Liane trank einen Schluck Wasser und hatte das Gefühl, nicht einmal die Flüssigkeit würde einen Weg durch die verschlossene Kehle finden. Alice hatte sich ebenfalls erhoben, war zu dem Vater hinübergegangen und legte eine Hand auf seinen Rücken.

„Ja, Sie müssen wissen, woran Ihre Tochter gestorben ist. Und wenn es wirklich die Schuld dieses Arztes war, dann muss er zur Rechenschaft gezogen werden. Er darf so etwas nicht noch einmal tun. Am besten schalten Sie einen Anwalt ein."

Ein Geräusch im oberen Teil des Hauses riss den Mann aus seiner Verzweiflung. Urplötzlich stand er kerzengerade in der Küche. Er überragte Alice um einen ganzen Kopf, was merkwürdig wirkte, weil er gerade noch so klein gewesen war, kaum sichtbar.

„Das ist meine Frau. Sie muss aufgewacht sein." Auf der Treppe waren Schritte zu hören. „Sie sollten jetzt besser gehen. Ich werde darüber nachdenken und ich muss mit meiner Frau sprechen. Auch wenn ich keine Ahnung habe, wie ich ihr das erklären soll, ohne dass sie einen weiteren Nervenzusammenbruch erleidet."

Während er sprach, hatten sie sich bereits in die Diele begeben und nahmen stillschweigend ihre Jacken entgegen.

„Es tut uns sehr leid", brachte Liane mit erstickter Stimme hervor, bevor sich die blaue Tür öffnete und sofort wieder hinter ihnen schloss.

Sie fühlte sich wie gelähmt. Die Tür noch im Rücken, schnappte sie nach Luft und wäre fast über ihre eigenen Füße gestolpert, weil Alice an ihrem Arm zog. Mit festem Griff hatte sie Lianes Handgelenk gepackt und zog sie schnellen Schrittes hinter sich her. Die Freundin öffnete die Beifahrertür des Mini Cooper, ließ Liane davor stehen und ging um den Wagen herum. Als Liane endlich eingestiegen war und die Tür zugezogen hatte, drehte sich Alice zu ihr um.

„Das war ein absoluter Albtraum."

Liane nickte, als Alice den Blinker setzte und aus der Parklücke herausfuhr.

„Und für ihn war es noch viel schlimmer."

Auf dem Weg zur Autobahn bog der Wagen in eine kurze Allee ein. Liane starrte aus dem Fenster. Sie fühlte sich leer, fand keine Worte, um ihrer Freundin zu danken. Dafür, dass sie das gesamte Gespräch übernommen und all das hervorgebracht hatte, was Liane in ihrem Kopf nicht einmal zu sortieren vermocht hatte. Sie schwieg und hörte sich Alices Monolog an.

„Ich habe ihm meine Karte gegeben. Ich hoffe, er meldet sich, wenn er Hilfe braucht. Hoffentlich schafft er es, mit seiner Frau zu sprechen. Selbst wenn sie sich dazu durchringen, bin ich gar nicht sicher, ob sie eine Obduktion durchbekommen. Aber sie müssen es zumindest versuchen."

Alice sprach, während sich Liane weiter in sich selbst zurückzog. Ihre Gedanken waren bei dem blonden Mann. Bei der zerbrochenen Familie. Sie dachte an die Schuldgefühle, die sie gerade in ihm ausgelöst hatten. Das durfte einfach nicht umsonst geschehen sein. Doch so wie sie Gelders kannte, würde es ein äußerst schwieriges Unterfangen werden, eine Obduktion durchzusetzen. Selbst wenn es eine Untersuchung geben würde, hatte Liane starke Zweifel daran, dass man dem Klinikchef eine Schuld nachweisen konnte.

Erst als Alice den Wagen vor ihrem Haus anhielt, kam Liane mit ihren Gedanken wieder bei ihrer Freundin an. Es war bereits dunkel und sie hatte ein schlechtes Gewissen, während der ganzen Fahrt geschwiegen zu haben.

„Danke, dass du alles in die Hand genommen hast. Ich hoffe, wir haben etwas erreicht."

Alice schien ihre letzten Worte ebenfalls verbraucht zu haben. Sie küsste ihre Fingerspitzen und berührte damit Lianes Wange, die Petrolaugen funkelten wie das tiefe Meer. Liane zwang sich zu einem Lächeln.

„Ich muss dich noch etwas fragen."

Das petrolfarbene Meer verdunkelte sich.

„Er hat womöglich schon ein neues Versuchskaninchen an der Angel."

Alice blinzelte nicht, sie schien nicht einmal zu atmen, bis Liane weitersprach.

„Ich habe mich in etwas eingemischt, das mich nichts angeht. Ich habe einen anonymen Brief geschrieben, um eine seiner ehemaligen Patientinnen aufzuklären und sie ist wieder in seiner Praxis gelandet."

Alice schüttelte fassungslos den Kopf, sagte aber immer noch kein Wort.

„Er möchte sie in das Hormonprogramm aufnehmen und ich weiß nicht, wie ich an sie herankomme, ohne noch mehr kaputt zu machen."

Liane zog das gelbe Notizbuch aus der Tasche und riss den Eintrag mit Carolins Adresse heraus. Mit flehendem Ausdruck schaute sie in die dunklen Meeresaugen und streckte ihrer Freundin den Zettel entgegen.

„Du gehst wirklich zu weit, Liane. Ich weiß nicht, wie du es machst, aber ich bin sehr sicher, dass das alles nicht legal ist. Außerdem ist dir nicht klar, wie gefährlich diese Sache ist."

Mit zusammengepressten Lippen löste sie den Blick von Lianes Gesicht und schnappte sich mit einer schnellen Bewegung den Zettel.

„Lass mich raten, Carolin darf nicht erfahren, woher ich weiß, dass sie bei Gelders in Behandlung ist."

Liane nickte. „Danke, Alice. Du bist die Einzige, die das vielleicht in Ordnung bringen kann."

„Aber das ist das letzte Mal! Ich kann mich in solche Geschichten nicht reinziehen lassen."

Lianes Hand umschloss die mit dem Zettel und drückte sie zärtlich.

„Danke", sagte sie noch einmal leise und stieg dann aus dem Wagen. Als sie die Hand hob, fuhr ihre einzige Freundin davon.

***

Im Hausflur überkam Liane wieder das eigenartige Kribbeln im Nacken. Sie drückte auf den ersten Lichtschalter an der Wand, doch es tat sich nichts. Natürlich war die Treppenhausbeleuchtung auch in dieser Woche nicht repariert worden. Mit der Hand auf dem Geländer stieg sie, im schummrigen Licht der Notbeleuchtung, Schritt für Schritt die Treppe hinauf. Sie lauschte auf jedes Geräusch. Das Haus kam ihr für einen Sonntagabend ungewöhnlich still vor. Sie steckte den Schlüssel ins Schloss, doch die Tür war nicht abgeschlossen und sprang sofort auf. Der Puls rauschte in Lianes Ohren. Den Türknauf fest umklammert, schob sie sich langsam in die Wohnung. Es war immer noch kein Geräusch zu hören. Sie betätigte den Lichtschalter und das Chaos schlug ihr entgegen. Bücher lagen zusammen mit Lebensmittelvorräten und dem Inhalt ausgeleerter Schubladen auf dem Wohnzimmerboden. Alle Schubfächer waren aus dem kniehohen Regal neben der Küchentür herausgezogen. Die Tür zum Schlafzimmer stand offen, und sie konnte sehen, dass auch dieser Raum verwüstet war. Wie bei einem Hindernislauf kletterte sie zum Schuhschrank und griff nach dem tragbaren Telefon, das scheinbar unberührt in seiner Station stand. Sie wählte die 110 und hörte das Freizeichen, während sie ins Wohnzimmer stolperte und ihr Blick auf den Couchtisch fiel. Im Gegensatz zu dem Schlachtfeld rund herum stand auf der freigeräumten Tischplatte lediglich ein halbgefülltes Wasserglas, in dem eine Handvoll Gänseblümchen schwammen.

Liane schnappte nach Luft, beendete den Anruf und schmetterte das Telefon auf das Sofa. Langsam drehte sie sich einmal um die eigene Achse. Das Ausmaß dieser Katastrophe nahm ihr jegliche Kraft, das Blut floss scheinbar langsamer durch ihre Adern. Arme und Beine wurden schwer, die Knie weich. Wie von selbst wanderte sie, einem Schlafwandler gleich, durch ihr zerwühltes Zuhause.

Im Schlafzimmer sank sie vor der ausgeleerten Schmuckschatulle ihrer Mutter auf die Knie und schnappte nach Luft. Sie drehte die mit schwarzem Leder bezogene Kiste vorsichtig um, hob eines der flachen Schubfächer vom Boden auf und strich mit den Fingerspitzen über den dunkelroten Samt der Innenseite. Sie umklammerte den silbernen Knopf an der Vorderseite und schob das Fach langsam in die Schatulle zurück. Zwischen herumliegenden Kleiderstücken, Handtüchern und dem gesamten Inhalt ihres Nachtschranks wühlte Liane nach dem zweiten Fach. Unter dem Bett bekam ihre Hand etwas zu fassen. Natürlich war auch die zweite Schublade leer. Alle Ringe, Ketten und Armbänder ihrer Mutter waren weg. Lianes Finger berührten die Uhr an ihrem Handgelenk und ihr Herz machte einen kleinen Sprung. Das wichtigste Stück hatte sie noch. Sie hielt das silberne Uhrenband so fest umklammert, dass sich die schmalen, eckigen Glieder in ihre Haut bohrten. Das Zifferblatt verschwamm hinter ihren Tränen.

*Der große Zeiger auf der Zehn, der kleine Zeiger auf der Fünf.*

Eine Träne lief über ihr Gesicht. An einem Mittwochmorgen vor fünf Jahren hatte sie die Armbanduhr vom starren Handgelenk ihrer Mutter gelöst. Es war abergläubisch, zu denken, dass die Uhr zusammen mit ihrem Herzen um zehn vor fünf stehengeblieben war, doch Liane würde immer auf diesen Moment in der Zeit blicken, wenn sie an ihre Mutter dachte. Ihr Tod war der Höhepunkt und gleichzeitig das Ende der Familientragödie gewesen. Begleitet von tiefen Schluchzern wurde ihr mit jeder weiteren Träne bewusst, wie sehr ihr ihre Mutter fehlte. Es waren nicht die üblichen Schuldgefühle, die in ihr hochkamen wie ein modriger Geruch aus einem feuchten Kellerraum, jetzt fühlte sie sich eher wie ein kleines Kind. Ein Kind, das Sehnsucht nach seiner Mutter hatte. Nicht nach dem Geschöpf, das sie jahrelang hatte waschen und füttern müssen. Nicht nach dem Menschen, den sie liebte und gleichzeitig zu verachten gelernt hatte. Nein. Sie sehnte sich nach der Mutter, die sie tröstete, als sie sich vor der Blinddarmoperation fürchtete und die an jedem Geburtstag Erdbeerkuchen mit Sahne auftischte. Sie brauchte die Mutter, in deren warmes Bett sie vor Albträumen flüchten konnte. Immer noch in Straßenkleidung kroch Liane unter die Bettdecke. Sie schlang die Arme um ihren Oberkörper und erinnerte sich mit bebenden Schultern an die warme Hand, die ihr das Haar aus dem Gesicht strich und an die Lippen, die ihre Stirn küssten. Als ihr Atem endlich ruhiger wurde, bugsierte sie ein Tagtraum in die Vergangenheit.

*Die Finger ihrer linken Hand umschlossen die Schachtel immer fester. Ein kühles Kribbeln wanderte von ihrem Haaransatz über den Nacken und die Schultern herunter bis zum Steiß. Die Tür am Ende des Korridors im Blick, trugen sie schwerfällige Schritte vorwärts. Nach einem kurzen Moment der Ruhe war es wieder zu hören, das gequälte Stöhnen, das in unregelmäßigen Abständen seit Stunden an ihrem Nervenkostüm nagte. Die Pflegerin war am Morgen da gewesen. Es wurde bereits gelüftet, doch sie wusste, dass sich der Geruch längst wieder angestaut hatte. Mit zusammengekniffenen Lippen legte sie die Hand auf die Türklinke, atmete ein letztes Mal durch die Nase ein und schob sich in das Zimmer. Selbst in der kleinen Menge Atemluft, die sie in kurzen Zügen durch die halbgeöffneten Lippen einsog, war der beißende Geruch vorhanden. Sie glaubte nicht, dass er in den letzten beiden Jahren, in denen ihre Mutter dieses Zimmer nicht einmal mehr für Toilettengänge verließ, stärker geworden war. Doch für Liane war er inzwischen unerträglich. Der ammoniakhaltige Dunst hing schwer im Halbdunkel des engen Raums. Mit einem beherzten Ruck zog sie den Vorhang zurück und öffnete das gekippte Fenster ganz, ehe sie sich zum alten Holzbett ihrer Eltern umdrehte. Die abgemagerte Gestalt, deren lichte Haare in weißen Strähnen über die eingefallenen Wangen fielen, hatte nicht mehr viel mit ihrer Mutter gemein. Zögernd setzte sie sich auf die Bettkante, friemelte eines der feuchten Tücher aus der Packung auf dem Nachttisch und tupfte ihrer Mutter damit über die Stirn. Sie musterte das Holztablett, das scheinbar unberührt auf der freien Bettseite stand. Die Pfannkuchen hatten ihren butterigen Glanz längst verloren und selbst die Tasse mit dem Minztee war noch voll bis zum Rand.*

*„Mama, du hast ja wieder nichts gegessen. Soll ich dir etwas anderes bringen?“, fragte sie ohne Hoffnung darauf, eine Antwort zu bekommen.*

*Von der vertrauten Stimme aus dem Dämmerzustand geholt, öffnete Gabriele die tiefliegenden Augen. Obwohl nur ein Krächzen zu hören war, formten ihre Lippen ein Wort und die Mundwinkel zogen sich ein wenig nach oben. Als Liane in den Bewegungen ihren Namen erkannte, täuschte auch ihr Mund ein Lächeln an. Sie war endlich bereit, ihrer Mutter den größten Wunsch zu erfüllen. Ihre Augen begannen zu brennen und sie blinzelte die Tränen weg.*

*„Ich habe dir etwas mitgebracht, Mama.“ Ihre Stimme brach ab.*

*Nach einem kurzen Räuspern konnte sie weitersprechen. Sie hob die zitternde Hand und hielt ihrer Mutter die Medikamentenschachtel vor die Nase.*

*„Das hier sind starke Schlafmittel. Wenn du nicht einschlafen kannst, darfst du eine davon nehmen."*

*Einen Moment lang atmete sie nicht. Sie versuchte noch einmal, die Tränen wegzublinzeln. Als sie sich zwang, wieder einzuatmen, sprach sie weiter.*

*„Ich meine es ernst, Mama, es ist ganz wichtig, dass du mich verstehst."*

*Mit festem Blick schaute sie direkt in die trüben Augen.*

*„Nur eine darfst du nehmen, die ganze Packung auf einmal könnte dich umbringen. Hast du das verstanden?"*

*Nun wurden auch die trüben Augen feucht. Doch Liane löste ihren festen Blick erst, als das Kopfnicken ihrer Mutter eindeutig war.*

*Geräuschvoll zog sie die Nase hoch, wobei sie der Gestank fast zum Würgen brachte. Sie nickte ebenfalls und legte die Schachtel auf den Nachttisch. Dann beugte sie sich ein letztes Mal über ihre Mutter und küsste sie auf die feuchte Stirn, bevor sie leise den Raum verließ.*

*Im Flur angelangt, kostete es sie enorme Kraft, dem Drang zu widerstehen, in das Zimmer zurückzugehen, um die Tabletten wieder mitzunehmen. Der schmale Korridor verschwamm vor ihren Augen und zog in Zeitlupe an ihr vorbei. Als sie das leise Weinen der zerfallenen Gestalt im Schlafzimmer ihrer Eltern hörte, liefen die Tränen in dünnen Rinnsalen über ihre heißen Wangen. Wie betäubt stolperte sie die Treppe hinunter. Mit mechanischen Bewegungen griff sie nach ihrer Jacke, nahm ihre Handtasche von der Ablage neben der Tür und verließ das Haus.*

*Es war Zeit, zur Arbeit zu fahren.*

Ein schrilles Klingeln holte Liane in die Gegenwart zurück. Benommen tastete sie nach ihrer Hosentasche und zog das vibrierende Gerät aus ihrer Jeans. Sie wischte hektisch über das Display. „Was ist passiert?"

Ihr Atem ging schnell und sie schnappte nach Luft.

„Liane, ist alles in Ordnung? Du hörst dich panisch an."

Alices Stimme klang ruhig und wach. Liane fragte sich, wie lange sie vor sich hingeträumt hatte und schaute auf das Display des Mobiltelefons in ihrer Hand. Es war erst 21 Uhr. Alice hatte sie vor nicht einmal zwei Stunden vor ihrer Wohnungstür abgesetzt.

„Ist etwas passiert, Alice?"

„Nein, also ja. Ich wollte dir bloß sagen, dass Herr Kramer mich schon angerufen hat. Er wollte, dass ich dabei bin, wenn sie sich mit ihrem Anwalt treffen. Ich bin ja in den nächsten Tagen in Hamburg, also machen wir das dann telefonisch."

„Das ist großartig. Ich hoffe, die beiden können das alles irgendwie verarbeiten."

Liane bemerkte selbst, dass ihre Stimme bebte. Sie wischte sich mit dem Handrücken über die nasskalte Stirn.

„Liane, sag schon. Was ist los mit dir? Du klingst nicht gut."

Sie schüttelte den Kopf. „Ich habe an meine Mutter gedacht."

# Kapitel 10

Gelders klappte die Schaubilder zusammen und verstaute sie in der Schublade seines Schreibtischs. Die Eltern des kleinen Patienten schauten ihn mit großen Augen an. Sie wirkten verunsichert. Dabei hatten sie anstandslos akzeptiert, dass zuerst das Hodengewebe im Bauchraum entfernt werden musste, um sicherzustellen, dass dieses nicht wucherte. Auch als er erklärte, dass die ästhetische Chirurgie zur äußeren Geschlechtsangleichung eine einfache Routineoperation für ihn darstelle, waren sie noch einverstanden gewesen. Erst beim Thema Neovagina waren sie nervös geworden. Mit der Bildung einer solchen, hatte er ausgeführt, würde man noch einige Jahre warten, da zur Dehnung eine regelmäßige Therapieform notwendig war, die man ganz kleinen Kindern nicht zumuten würde.

Jetzt war der verhasste Zeitpunkt unendlicher unqualifizierter Fragen gekommen, dabei wollte er die beiden einfach nur loswerden. Die Übelkeit, die inzwischen sein ständiger Begleiter war, drückte sein Frühstück nach oben. Der Kaffee, den er vor einigen Minuten getrunken hatte, kroch seine Speiseröhre hinauf. Er wollte sein Büro endlich für sich haben. Doch er war auf ihre Zustimmung angewiesen. Die jungen Eltern mussten überzeugt werden und das bedeutete, dass er sich ihren Fragen stellen musste, egal, was sein Magen davon hielt.

„Kommen diese, wie soll ich sagen … Veränderungen oft vor? Werden solche Operationen oft durchgeführt?“

Die Stimme des dunkelhaarigen Mannes auf dem Besuchersessel klang belegt. Mit seinen breiten Schultern und den kräftigen Armen sah Boris Hartmann sportlich aus, hatte aber die typischen dicklichen Wangen eines frischgebackenen Vaters, der während der Schwangerschaft ebenfalls zugelegt hatte.

„Viel häufiger, als Sie wahrscheinlich denken. Ungefähr bei jeder zweitausendsten Geburt. Es werden schätzungsweise so viele Kinder mit uneindeutigen Genitalien geboren, wie es rothaarige Kinder gibt.“

Victoria Hartmann schnäuzte sich in ein Papiertaschentuch. Die junge Mutter hatte bisher kaum ein Wort gesagt und schien jetzt mit einem lauten Räuspern ihren ganzen Mut zusammen zu nehmen.

„Woher wissen wir, ob sich unser Kind später wirklich als Mädchen fühlt?"

Seine Finger wurden zu steifen Krallen, die versuchten, den Montblanc, mit dem er sich eifrig Notizen machte, zu verbiegen. Wieder schmeckte er die brennende Säure des Kaffees. Er schluckte fest. Jetzt war der wichtigste Moment des Gespräches gekommen. Es war an der Zeit, seine Überzeugung als Wahrheit zu verkaufen.

„Unsere Geschlechtsidentität ist anerzogen. Wir werden zu Jungen und Mädchen, zu Männern und Frauen gemacht. Schon früh lernen wir, dass Rosa für Mädchen und Blau für Jungs ist. Jungen spielen mit Autos, Bällen und Actionfiguren, während Mädchen Puppen und Stofftiere lieben, weil es sich eben so gehört. So lange Ihr Kind weiß, was es ist, wird es genau das auch sein. Um diesen Ablauf zusätzlich unterstützen zu können, habe ich ein Hormonprojekt ins Leben gerufen. Wir sorgen dafür, dass Ihr Kind einen ordentlichen Hormonhaushalt hat und machen natürlich regelmäßige Kontrolltermine aus."

„Das heißt, unser Kind muss immer Hormone einnehmen?"

Die zerbrechlich wirkende Blondine hielt sich hilfesuchend am Knie ihres Mannes fest. Gelders drohte, die Geduld zu verlieren. Er musste sich zusammenreißen, schließlich ging es um die Zukunft seines Lebenswerkes.

„Andere Kinder nehmen auch täglich eine Vitamintablette. Ihr Kind wird nicht anders aussehen als andere Kinder und es wird sich auch nicht ausgegrenzt fühlen. Dafür machen wir diese Behandlung schließlich. Damit es von Anfang an ein ganz normales Mädchen sein darf. Es wird Sie kein Babysitter und auch kein Erzieher im Kindergarten darauf ansprechen."

Victoria Hartmann blickte ihren Mann fragend an und bekam von ihm ein aufmunterndes Nicken. Zumindest einer der beiden schien überzeugt. Damit war der Arzt zufrieden, ein Elternteil war in der Regel genug. Die restliche Überzeugungsarbeit würde der Vater selbst übernehmen.

„Wir haben ja bereits über die Harnleiterverengung gesprochen. Ich möchte Sie wirklich nicht unter Druck setzen, aber den Harnleiter müssen wir schnellstmöglich operieren. Ein Nierenstau kann lebensgefährlich sein. Trotzdem ist es so, dass wir die ersten Schritte der Geschlechtsangleichung in diesem Zuge mitmachen sollten, um dem Säugling eine weitere Operation zu ersparen."

Herr Hartmann hatte die Hand seiner Frau ergriffen und nickte dem Arzt zu.

„Wie lange haben wir Zeit, eine Entscheidung zu treffen?"

„Wenn Sie einverstanden sind, dann lege ich den Operationstermin auf die nächste Woche. Dann wird der Eingriff nicht länger verzögert, wenn Sie sich entschieden haben. So lange ist Ihr Kind bei uns in besten Händen und steht unter ständiger Beobachtung. Sie haben nichts zu befürchten."

Boris Hartmann war auf die Füße gekommen und streckte Gelders seine Hand entgegen. „Einverstanden. Wir melden uns bei Ihnen. Danke, Herr Professor."

Wie in Zeitlupe erhob sich auch die schlanke Frau aus dem Sessel. Ihre steinerne Miene blieb vollkommen unbewegt und ihr Blick fiel ins Leere, als sie von ihrem Mann aus dem Büro geführt wurde.

Als die Tür geschlossen war, schob Gelders seinen Stuhl zurück und griff sich den Mülleimer unter dem Tisch. In einem großen Schwall landete sein Müsli im Eimer und sein krampfender Rumpf entspannte sich. Er richtete sich auf, klappte die Akte zu, schob sie zur Seite und sackte ein wenig in sich zusammen. Seine Hand flog wie von selbst zu der Keramikschale neben seinem Bildschirm. Die Finger gruben sich in die Nussmischung und er schob sich eine ordentliche Portion des Studentenfutters in den Mund. Obwohl ihm immer übel war, konnte er ständig essen. Was seine stete Gewichtszunahme zumindest teilweise erklärte. Er fühlte sich elend und auch wenn er die Blüte seines Lebens längst hinter sich hatte, hatte er sich niemals zuvor so unattraktiv gefühlt. Seit Tagen hatte er nicht mehr richtig geschlafen. Die Antriebslosigkeit durfte nicht überhandnehmen, sonst würde sie seine Arbeit vergiften. Er brauchte das Goldene Buch. Das Buch über das Menschsein und seine Richtigkeit. Sein Buch. Das

Einzige, was ihn zu sich selbst bringen und beruhigen konnte, war jetzt das Schreiben. Ein kurzer Blick auf die goldene Daytona an seinem Handgelenk verriet ihm, dass er nicht viel Zeit hatte. Noch eine Handvoll Nüsse, und er zog kauend die oberste Schublade an seinem Schreibtisch auf. Er hob den schweren Anspitzer heraus und stellte ihn vor sich auf die freie Fläche. Aus der Holzkiste nahm er sich einen unbenutzten Faber-Castell Grip, steckte ihn in das Gerät und bekam gleichzeitig die Kurbel auf der anderen Seite zu fassen. Ein warmes Kribbeln lief durch seinen Körper. Wie in Trance drehte er an dem schmalen Griff und lauschte dem schabenden, scharfen Geräusch. Er zog den Stift aus dem Anspitzer, hielt ihn dicht vor seine Augen und pustete unsichtbare Holzspäne weg. Den Stift schob er wie ein Handwerker hinter sein linkes Ohr und stellte den Anspitzer zurück an seinen Platz. Nun rollte er den hochlehnigen Stuhl ein Stück zurück, um sich besser bücken zu können. Unter dem Tisch zog er seine lederne Aktentasche hervor und fischte darin nach dem Buch. Zärtlich strich er über den goldenen Buchdeckel und kam sich merkwürdig nostalgisch vor. Wie lange war dies schon sein Ritual? Wie lange mochte er den dicken Band schon mit sich herumtragen? Er konnte sich nicht einmal mehr an eine Zeit ohne seinen ständigen Begleiter erinnern. Er brauchte das Schreiben. Sollten doch alle anderen einen noch so großen Wert auf Computer und allen möglichen elektronischen Schnickschnack legen. Für ihn galt nur das händisch geschriebene Wort. Das war echt, das war wahr und greifbar und auf diese Art und Weise würde er arbeiten und leben, bis zu seinem Ende. Mit dem Gefühl tiefster Zufriedenheit schlug er das Buch auf, blätterte zur ersten unbeschriebenen Seite und griff nach dem Bleistift hinter seinem Ohr.

*Kapitel 12*
*Die hormonelle Beeinflussbarkeit der psychisch-seelischen Entwicklung im Kleinkindalter.*

*Neben der chirurgischen Korrektur des uneindeutigen Genitals stellt die frühzeitige Hormonbehandlung als komplementäre Therapieform einen essentiellen Stützpfeiler der Behandlung von Störungen der Geschlechtsent-*

*wicklung dar. Ich möchte diesem Kapitel jedoch gleich zu Anfang vorwegnehmen, dass ich die Wichtigkeit einer geschlechtsorientierten Erziehung sowie des eindeutigen kulturellen Einflusses keineswegs in Frage stelle. Dennoch gilt es, einer möglichen Fehlentwicklung des Nervensystems im Kleinkindalter adäquat vorzubeugen.*
*Aktuelle Forschungsergebnisse haben gezeigt, dass sich die Projektpatienten wesentlich stärker mit der gewünschten Geschlechterrolle identifizierten als die Vergleichspatienten, deren geringdosierte Hormontherapie erst mit der Pubertät begonnen hat. Ich bin überzeugt, dass die geplanten Langzeitstudien diese Ergebnisse verifizieren.*

Er griff nach dem mit dem Buchrücken verbundenen Lesebändchen und schlug das hintere Drittel des Buches auf. Hier war bereits eine Art Tabellensystem eingezeichnet. In der oberen Zeile war Platz für den Namen des Patienten. Baby Hartmann. In das Feld, das mit dem Wort „Alter" beschriftet war, schrieb er ‚*Drei Monate*'. Die nächste Zeile war für den ‚Tag 1' des Experiments bestimmt. Dort trug er das aktuelle Datum ein. Nach einem tiefen Atemzug stieß er ein zufriedenes Seufzen aus und klappte das Buch zu. Seine Arbeit war richtig. Was er tat, war wichtig. Und um voranzukommen, galt es, keine Zeit zu verlieren. Er zog den Schlüsselbund aus der Kitteltasche und ging an den Besuchersesseln vorbei auf die Schiebetür am gegenüberliegenden Ende seines Büros zu. Mit einem leisen Rauschen der Kugellager schob er die Milchglastür in ihrer Schiene zur Seite. Als er eintrat, ging die Deckenbeleuchtung an und Gelders fragte sich erneut, ob sich die Elektriker hier einen Scherz erlaubt hatten oder ob einfach kein normaler Schalter mehr übrig gewesen war. Soweit er wusste, war dies der einzige Raum im obersten Stockwerk, der über einen Bewegungsmelder verfügte. Zielsicher steuerte er auf die Medikamentenvitrine zu und steckte den Schlüssel in das silberne Schloss an der Glastür. Sein Blick flog über die Verpackungen. Einen Moment später hielt er die richtige in der Hand. Mit routinierten Handgriffen zog er eine kleine Spritze auf und ließ sie zusammen mit einem eingeschweißten Desinfektionstupfer in seiner Kitteltasche verschwinden. Er verschloss den Medikamentenschrank und zog beim Hinausgehen die Schiebetür hinter sich zu. Schnellen Schrittes marschierte er durch das Vorzimmer und passierte Manuelas Schreibtisch. Er warf noch einen Blick auf die Daytona und wurde langsamer.

„Manuela, ich brauche noch einen Moment. Wenn Familie Freileben auftaucht, machen Sie ihnen bitte einen Kaffee. Ich bin spätestens in fünfzehn Minuten wieder da." Kurz vor dem Ausgang hielt er noch einmal inne. „Und reservieren Sie für das Hartmann-Kind einen OP in der nächsten Woche. Für, sagen wir, sechs Stunden. Die Details besprechen wir später."

Ohne eine Antwort abzuwarten, war er aus dem Raum verschwunden. Einen Moment später stand er bereits im Aufzug und drückte den Knopf mit der Nummer drei. Im dritten Stock ging er über den Verbindungsgang ins Nebengebäude und wurde erst langsamer, als sich die Tür zur Station öffnete. Der süßlich blumige Geruch erinnerte ihn sofort an die ersten Tage mit Christian. Ihm war plötzlich, als könne er die Spieluhr im Kinderzimmer hören. Vor sich sah er die rotwangige Ina mit dem Baby an der Brust in ihrem Schaukelstuhl sitzen. Sie war so aufgeladen mit Energie und Leben, so wunderschön.

Im Türrahmen zum Schwesternzimmer blieb er stehen.

„Guten Tag", brummte er und der Kopf der jungen Pflegerin schnellte zu ihm herum. Zwischen den Bettchen stehend, hielt die junge Frau ein kleines Bündel im Arm.

„Herr Professor", flüsterte sie etwas überrascht.

„Ich wollte bloß kurz nach dem Hartmann-Baby schauen. Ich habe gerade mit seinen Eltern gesprochen, was die weitere Behandlung betrifft."

Sie pustete eine blonde Haarsträhne aus ihrer Stirn. „Machen Sie das nur."

Mit einer Kopfbewegung deutete sie in Richtung Fenster. Dort standen zwar mehrere Bettchen, doch Gelders wusste, welches sie meinte.

„Das Baby ist gerade ganz zufrieden. Satt und frisch gewickelt. Mama und Papa waren ja auch gerade erst da."

Sie machte eine kurze Pause, als sei es ihr unangenehm, mit dem Klinikchef über ihre Arbeit zu sprechen.

„Ich wollte gerade mit dieser kleinen Maus hier zum Frischmachen gehen."

„Gehen Sie nur. Ich komme zurecht", schossen die Worte geradezu aus ihm heraus.

Als die Schwester endlich verschwunden war, kontrollierte Gelders das Namensbändchen am speckigen Handgelenk des Kindes.

„Na, du siehst ja wirklich sehr munter aus."

Aus seiner Kitteltasche holte er das notwendige Zubehör und drehte das Baby vorsichtig auf die Seite.

„Wir werden von Anfang an dafür sorgen, dass alles richtig wird. Nur ein kleiner Pieks."

Am Oberschenkel des Kindes schob er die Windel hoch und desinfizierte eine kleine Stelle. Dann setzte er die Spritze. Das Baby fing an zu schreien. Sein Daumen fuhr mit etwas Druck über die Einstichstelle, bevor er ein winziges Pflaster darauf klebte. Er streichelte dem weinenden Kind über den Bauch und drehte sich schließlich zu den anderen Bettchen im Raum um.

Weil die Schwester noch nicht zurück war, konnte er dem Drang nicht widerstehen und sah sich zwischen den anderen Babys etwas genauer um. Drei von fünf waren Mädchen. Er stellte sich vor das Bettchen eines kleinen Jungen und schaute das Kind eindringlich an. Jetzt wünschte er, zwei sterile Tupfer mitgebracht zu haben, um wenigstens im Mund der Kinder einen schnellen Schleimhautabstrich nehmen zu können. Wer weiß, vielleicht hatte eines die Chromosomen des anderen Geschlechts und er würde ihm ebenfalls zu einer besseren Zukunft verhelfen können.

Er hatte den Gedanken gerade beendet, als die blonde Schwester hinter ihm den Raum betrat. Natürlich hörte auch sie das anklagende Weinen des Hartmann-Babys, weswegen er ja eigentlich hier war. Mit hochgezogenen Augenbrauen legte sie das Kind in ihrem Arm in sein Bettchen und nahm sich stattdessen dem weinenden Baby an.

Ohne ein weiteres Wort verschwand Gelders von der Station.

# Kapitel 11

Um ihre Wohnung nicht im absoluten Chaos verlassen zu müssen, hatte Liane die halbe Nacht mit Aufräumen verbracht. Ausgerechnet am ersten Arbeitstag nach ihrem Urlaub fühlte sie sich, als hätte sie drei Nächte durchgemacht. Beim Zähneputzen fiel es ihr schwer, die Augen offen zu halten. Sie hoffte inständig, mit genügend Koffein gegen den Schlafentzug anzukommen, und leerte ihre dritte Tasse Kaffee in zwei großen Schlucken, bevor sie ihre Handtasche schulterte.

Liane zog die Wohnungstür hinter sich zu, schloss ab und wollte gerade die ersten Stufen hinuntergehen, als er direkt vor ihren Füßen saß.

„Hallo Schatz."

Mit einer Hand am Geländer erhob er sich und drehte sich zu ihr herum.

Ihr stockte der Atem.

„Um Himmels willen, wie bist du hier reingekommen?"

Michael Kowalski, der Mann, dem sie ihren Nachnamen und ihre Sportlichkeit verdankte, grinste schief. „Ach komm schon, Blümchen. Jetzt reg dich nicht so auf!"

Sie zog die Schulterblätter zusammen, richtete sich auf und atmete gleichmäßig ein und aus, doch ihre Fingernägel bohrten sich in ihre Handflächen. „Ich habe dir schon tausendmal gesagt, dass du mich nicht so nennen sollst." Ein tiefer Atemzug. Sie hoffte, einigermaßen ruhig zu wirken. „Also! Wie bist du ins Treppenhaus gekommen?"

„Ich bin einem deiner Nachbarn beim Reingehen gefolgt. Der junge Mann hat mich ganz vorbildlich gefragt, wer ich bin. Habe ihm sogar meinen Ausweis gezeigt, um zu beweisen, dass ich dein Ehemann bin, da hat er mir erlaubt, im Treppenhaus auf dich zu warten."

Liane stand der Mund offen. „Auf mich zu warten?"

„Ich konnte ihm ja nicht sagen, dass ich erst gar nicht geklingelt habe, also habe ich behauptet, du seist nicht zu Hause und ich habe meinen Wohnungsschlüssel vergessen."

Die Gedanken galoppierten wie junge Wildpferde durch ihren Kopf. Nur langsam gelang es ihr, sie etwas zu zähmen. „Was willst du?"

„Na mit dir reden. Das will ich schon seit Monaten."

Eine passende Antwort hatte sie genauso wenig griffbereit wie eine schnelle Lösung dieser Situation. Schnaubend schob sie die Trageriemen der Handtasche auf ihrer Schulter zurecht.

„Hör zu, ich wollte eigentlich ein bisschen eher zur Arbeit fahren, weil ich noch etwas besorgen muss. Aber das kann ich auch nach Dienstschluss machen. Was hältst du davon, wenn wir spazieren gehen?"

Mit seinem Lächeln bildete sich auf der rechten Seite seines kantigen Kinns das Grübchen, das sie einmal unglaublich anziehend fand. Er war keiner dieser Typen, die ständig strahlten und überall ihren Charme verteilten, doch wenn er lächelte, hatte es eine besondere Wirkung.

„Klar."

Schweigend verließen sie das Haus, gingen um den Wohnkomplex herum und gelangten gleich darauf in den Solmspark, der, dicht mit hohen Buchen bewachsen, an diesem sonnigen Morgen eher dunkel wirkte.

„Es tut mir leid, dass ich dir so vehement aus dem Weg gegangen bin. Ich weiß aber zurzeit einfach nicht, wie ich mit dir umgehen soll."

Ihre Gedanken schlugen immer noch Purzelbäume. Schuldgefühle krochen in ihr hoch, während sie gleichzeitig einen Weg finden musste, diesen Mann loszuwerden. Es gab keinen Platz und auch keinen sinnvollen Zweck mehr für ihn in ihrem Leben. Unsicher schaute sie zur Seite. Michaels Blick klebte auf seinen ausgetretenen Chucks, die offenbar aus seiner Studentenzeit übriggeblieben waren.

„Ich schau mich im Studio immer noch ständig nach dir um. Du fehlst!"

„Du bist nicht mehr mein Mann und du kannst unmöglich weiterhin mein Trainer sein."

Das hatte gesessen. Sie konnte sich seinen verletzten Gesichtsausdruck nur zu gut vorstellen und wagte es nicht, ihn anzusehen. Am Rande des Baches kamen sie an einer Parkbank vorbei, auf der zwei Frauen saßen. In ein Gespräch vertieft, wackelten beide an ihren Kinderwägen, aus denen abwechselnd freundliches Gurgeln und stotterndes Gemecker zu hören war. Auch jetzt musste Liane nicht in sein Gesicht sehen, um zu wissen, dass er beim Vorbeigehen die Kinderwägen anschaute. Sie selbst musste sich anstrengen, es nicht ebenfalls zu tun.

„Meinst du, wir hätten es schaffen können? Vielleicht, wenn du nicht schwanger geworden wärst?"

Ihr Unterbauch wurde warm, wärmer und schließlich heiß. Der brennende Schmerz, der von der Narbe ausging, verwandelte sich in den Mädchennamen in ihrem Ohr.

*Lydia.*

„Weiß nicht. Aber ich glaube nicht."

Wieder eine Lüge. Wie alles eine Lüge gewesen war. Sie wusste es. Und die Antwort lautete *Nein*! Ihre Ehe hatte niemals eine Chance gehabt. Und ihr Kind schon gar nicht. Jetzt presste die Schuld alle Luft aus ihren Lungen. Ihre Finger waren eisig und hatten sich haltsuchend in die Ärmel des Parkas gekrallt wie Krähenfüße an einen Ast. Doch es gab keinen Halt.

„Ich kann nie wieder gutmachen, was ich dir angetan habe. Ich denke jeden Tag daran und das wird immer meine Strafe sein."

Ihre Stimme klang leblos.

Er blieb stehen, packte sie an den Schultern und drehte sie zu sich um. Zum ersten Mal seit langer Zeit musste sie dem Mann, dessen ungeborenes Kind sie aus verzweifelter Angst getötet hatte, in die feuchten Augen sehen.

„Liane, wir brauchen kein Kind, um zusammen zu sein. Ich weiß, dass es dich genauso quält wie mich. Wahrscheinlich mehr. Aber ich bin hier."

Seine Worte, so eindringlich ausgesprochen, waren fast schmerzhaft. Lianes Kopf bewegte sich von einer Seite zur anderen, als sie die Augen niederschlug und einen Schritt von ihm zurücktrat.

„Weißt du, ich bin immer noch unendlich froh, dich rechtzeitig gefunden zu haben", sprach er weiter, obwohl seine Hände sie loslassen mussten.

Ein kalter Schauder peitschte über ihren Rücken.

Die gleichen Tabletten, die ihre Mutter genommen hatte. Sie schmeckte wieder den Rotwein, mit dem sie eine Handvoll davon heruntergespült hatte. Gleich darauf die nächste Ladung. Dann der Schnitt. Das warme Blut, das über ihre Finger lief. Der schreiende Schmerz und die erlösende Ohnmacht. Doch die schlimmste aller Erinnerungen war das Gesicht des Sanitäters, der sich über sie gebeugt hatte. Der Mann, dem es gelungen war, sie zurückzuholen. Sie herauszureißen aus der unendlichen Sicherheit des dunklen Nichts, gerade als das Ziel erreicht war.

Nach allem, was sie gesehen und erfahren hatte, war ihre Entscheidung, keine Kinder in diese Welt zu setzen, lange vorher gefallen. Als sie erfahren hatte, dass sie schwanger war, war ihre Welt zusammengebrochen. Es war für sie selbst unerklärlich, dass sie nach den Tabletten und dem Wein die Nerven verloren, und das Messer dann nicht einmal zu ihren Pulsadern geführt hatte. Sie wollte damals nicht weiterleben, und musste es am Ende doch.

Drei Monate war sie anschließend in Krankenstand gewesen, von denen sie einen beachtlichen Teil in der Psychiatrie verbracht hatte. Eine halbe Ewigkeit, in der sie an den meisten Tagen entschlossen war, es endgültig zu beenden. Immer wenn sie sich vorgenommen hatte, doch weiterzumachen, um sich für Gerechtigkeit und das Leben anderer einzusetzen, schien die Zeit noch langsamer zu vergehen. Endlose Wochen, in denen sie hoffte und bangte, dass ihr damaliger Arbeitgeber nicht erfahren würde, weshalb sie so lange ausfiel. Als sie endlich gesund war, konnte sie es selbst kaum glauben, wieder in der Klinik arbeiten zu dürfen. Fachkräftemangel und die Tendenz alles unter den Teppich zu kehren, um den intakten Schein zu wahren, hatten es möglich gemacht. Sie hatte ihren alten Job zurückbekommen und arbeitete danach noch zwei Jahre in dem Krankenhaus, in dem sie ausgebildet worden war.

Jetzt brodelte wieder tiefer Hass auf ihr eigenes Überleben in ihr. Die Finger ihrer rechten Hand bohrten sich in den Unterbauch. So fest, dass der Schmerz endlich nicht mehr bloß eine Erinnerung war. Wenigstens hatte sie das. Ihre Strafe. Die Narbe würde sie immer an ihre grausame Tat und an ihr ungeborenes Kind erinnern.

*Lydia,* wisperte es wieder in ihrem Ohr.

Darauf folgte ein anderes Geräusch. Eine tiefere Stimme aus einer anderen Welt. Als Michael ihre Schulter erneut berührte, zuckte sie zusammen.

„Liane, geht es dir gut? Es tut mir leid, dass ich dich daran erinnert habe."

Ihre Hand löste sich von ihrem Bauch. Mit zwei tiefen Zügen atmete sie den Schmerz weg und versuchte, zum Gespräch zurückzufinden.

„Tut mir leid. Ich kann und ich will nicht mehr mit dir zusammen sein. Bitte sieh das ein und leb dein Leben! Du hast es nicht verdient, dich so zu quälen."

„Ich glaube nicht, dass ich das kann. Ich will es dir aber auch nicht unnötig schwer machen. Vielleicht können wir einfach ab und zu telefonieren. Das muss nicht oft sein. Nur, damit ich weiß, dass es dir gut geht."

Sein flehender Blick brach ihr beinahe das Herz. Sie konnte ihm nichts verwehren. Schon gar nicht eine solche Kleinigkeit. Schließlich trug sie weiterhin seinen Namen. Nutzte ihn in ihrem Beruf, so wie sie diesen Mann benutzt und sein Leben damit aus der Bahn geworfen hatte.

„Okay. Das machen wir so. Gib mir dein Handy."

Sie griff nach dem Telefon, das er ihr erwartungsvoll entgegenstreckte und tippte ihre Nummer ein.

„Aber du musst mir versprechen, dass du dir keine Hoffnungen mehr machst, dass du nach vorne schaust und dein Leben lebst."

Wieder hatte sie ihn zum Lächeln gebracht und wieder kamen diese Grübchen zum Vorschein.

„Und keine unangekündigten Besuche mehr. Einverstanden?"

Mit einem Nicken beugte er sich ein wenig vor und küsste ihre Wange.

***

Nach dem Umziehen in der Klinik hatte sie es eilig, den OP-Plan zu öffnen. Glücklicherweise war sie allein. Der Frühdienst assistierte gerade im ersten Operationssaal und Liane konnte sich ungestört an den Rechner setzen. Sie begann nicht wie sonst beim aktuellen Datum, sondern scrollte stattdessen zwei Wochen in die Vergangenheit und startete mit dem Tag, an dem ihr Urlaub begonnen hatte. Sie fand keine außergewöhnlichen Eingriffe und Gelders' Name tauchte nur zweimal im Plan auf. Routineoperationen. Wahrscheinlich an Kindern von Prominenten oder Selbstzahlern, die eine Chefarztbehandlung bekamen. Beim aktuellen Datum las sie erneut seinen Namen. Der letzte geplante Operationstermin für diesen Tag war von seiner Assistentin kurzfristig um zwei Stunden verschoben worden. Eine Appendektomie, und die Chefarztbehandlung hatte sicherlich ebenfalls mit dem sozialen Stand des jungen Patienten oder vielmehr dessen Eltern zu tun. Obwohl die Blinddarmoperation nicht in ihrem Bereich, sondern ein Stockwerk höher durchgeführt wurde, bekam Liane ein merkwürdiges Gefühl in der Magengegend. Er war hier und er operierte. Die Möglichkeit, ihm über den Weg zu laufen, war gegeben. Ihr Zeigefinger berührte das Mausrad und sie scrollte weiter zum nächsten Tag, dann zum Übernächsten. Am Donnerstag hielt sie inne. Ihr Blick blieb auf dem Namen Hartmann stehen, wie eingefroren. Kein Vorname! Ihre Augen wurden groß und der Unterkiefer klappte auf. Keine Sekunde zweifelte sie daran, dass es sich bei dem „geschlechtsangleichenden" Eingriff um den Säugling von der Babystation handelte. Darum stand auf seinem Schild kein Vorname. Die Eltern waren überzeugt worden, sich zuerst auf ein Geschlecht festlegen zu müssen. Wieso war sie darauf nur nicht früher gekommen? Gelders' Assistentin hatte keine Details zum Eingriff eingetragen. Bisher war nur der Operationssaal für einen Zeitraum von sechs Stunden blockiert. Als sich Liane aus ihrer Starre befreien konnte, schnappte sie sich einen Stift, den Notizblock neben dem Telefon und riss das oberste Blatt ab. Sie notierte Namen und Anschrift der Familie sowie das Datum und die genaue Uhrzeit des geplanten Eingriffs.

„Na, das ist aber nicht der Plan von heute."

Die Stimme war direkt hinter ihr und ließ das Blut in ihren Adern gefrieren.

„Was schreibst du denn da?"

Panik trieb ihre Reaktionsfähigkeit an. Bevor Olaf seinen Kopf über ihre Schulter hängte, war der Zettel in der Seitentasche ihres Kasacks verschwunden und der Plan zeigte wieder das aktuelle Datum an.

„Ich wüsste nicht, was dich das anginge. Wieso schleichst du dich eigentlich von hinten an wie ein Dieb?"

Wut stieg in ihr auf.

„Übrigens: Guten Tag!"

Die streng betonten Worte einer Vorgesetzten.

Sie stand von ihrem Platz auf, warf noch einen Seitenblick auf Olafs offenstehenden Mund und ließ ihn im Büro zurück. Sie war überzeugt, dass seine Aufdringlichkeit der verunglückte Versuch einer kumpelhaften Art war. Dem unermüdlichen Streben nach persönlichem Kontakt lag wahrscheinlich ein ausgeprägtes Außenseitertum zu Grunde. Das mochte nicht ausschließlich an seiner großen Nase, den buschigen Augenbrauen und den dicken Brillengläsern liegen. Seine Technikaffinität und die häufige Erwähnung seiner Mutter machten ihn in seinem Umfeld sicher auch nicht sonderlich beliebt. Obwohl es ungerecht war, musste sie bei dem Gedanken schmunzeln und ihre Wut ließ sogleich nach.

Im Aufenthaltsraum löffelte sie Kaffeepulver in den Filter. Inzwischen glaubte sie, auf diesem Stockwerk als einzige regelmäßig Kaffee zu kochen.

*Das Baby ohne Vornamen.*

Sie löffelte und löffelte, ohne zu zählen. Mist! Sie schaute in den Papierfilter und versuchte, die Pulvermenge abzuschätzen, schob ihn dann einfach zu, füllte Wasser in den Tank und schaltete das Gerät ein.

Sie setzte sich an den Holztisch, stützte das Gesicht in die Hände und hing, begleitet vom Gluckern und Zischen der Maschine, ihren Gedanken nach. Liane nahm sich vor, sich bei Alice nach Carolin zu erkundigen. Vielleicht hatte sie ja auch während ihrer Konferenz Zeit gefunden, Gelders' Patientin zu kontaktieren. Außerdem würde sie nachfragen müssen, wann der Anwaltstermin mit Analinas Eltern stattfinden würde. Schließlich musste das Mädchen, wenn keine Obduktion veranlasst wurde, bald beerdigt werden. Und jetzt auch noch das Hartmann-Baby. Wenn Gelders die Operation in drei Tagen geplant hatte, waren die Würfel längst gefallen. Der Arzt war ihr immer einen Schritt voraus. Sie fühlte sich wie ein Schwimmer auf offener See. Während sie verzweifelt gegen die Wellen ankämpfte, bäumte sich der Ozean erneut auf, sobald sie glaubte, Land zu sehen. Die übermächtige Gewalt, die sie umgab, schlug mit erbarmungslosen Kräften zu. Sie verlor die Orientierung. Vielleicht hatte sie sich nur eingebildet, etwas tun zu können. Möglicherweise war das alles eine Nummer zu groß für sie. Was hatte sie sich nur dabei gedacht, Urlaub zu nehmen? Vielleicht hätte sie viel früher von dem Hartmann-Baby erfahren, wenn sie nur hier gewesen wäre.

Erst als Marlene in der Tür stand und sich mit vor der Brust verschränkten Armen lautstark räusperte, schaffte es Liane, von ihren Gedanken abzulassen.

„Erde an Liane."

„Hallo. Tschuldigung, war in Gedanken."

„Hab ich gemerkt", säuselte die pummelige Frau, die aufgrund ihrer geringen Körpergröße etwas Kindliches an sich hatte.

Marlene nahm zwei Kaffeebecher aus dem Hängeschrank, wobei sie sich auf die Zehenspitzen stellen musste. Mit flinken Bewegungen zog sie die Glaskanne aus der Maschine und hielt einen der Becher unter den Filter, damit nichts auf die Wärmeplatte tropfte. Sie machte zuerst den einen, dann den anderen Becher voll und stellte die Kanne wieder an ihren Platz.

„Milch und Zucker?"

„Ich trinke meinen schwarz."

Marlene schob sich auf die schmale Eckbank und platzierte einen Becher vor Liane.

„Danke."

Während ihr Marlene zuzwinkerte, pustete sie in die große Tasse. Ihre Kollegin hatte dunkle Ränder unter den Augen und den Kaffee scheinbar ebenfalls nötig.

„Ich dachte, du bist momentan oben eingeteilt. Ist bei uns jemand ausgefallen?"

Marlene nahm noch einen Schluck und schüttelte dabei den Kopf.

„Nein, ich habe nur während der Pause ausgeholfen. Wir haben ja überall Engpässe." Mit hochgezogenen Schultern trank sie weiter.

„Viele Überstunden?"

Marlene lachte auf. „Das kannst du aber laut sagen. Mein Sohn hat heute ein Fußballspiel. Ich kann mich nicht mal mehr erinnern, wann ich ihn zum letzten Mal habe spielen sehen."

Plötzlich ging Liane ein Licht auf. Ohne genau zu wissen, was sie sich davon versprach, roch sie eine Gelegenheit, dem Arzt näher zu kommen.

„Ich habe gesehen, dass Professor Gelders die letzte OP mal wieder nach hinten geschoben hat. Wenn du magst, kann ich die für dich übernehmen, dann kommst du wenigstens pünktlich raus. Bis halb drei sollten wir hier unten soweit durch sein. OP-Bereich drei, richtig?"

Freudig grinsend strich sich Marlene eine Strähne ihres kinnlangen Haars hinter das Ohr und nickte. „Das würdest du echt machen?"

„Klar. Wir müssen nur jemanden dazu bewegen, hier unten ein bisschen länger zu machen. Aber ich bin sicher, Olaf macht das gerne."

***

Olaf klatschte mit stolzgeschwellter Brust in die Hände, als er erfuhr, kurzfristig das Regiment über den OP-Bereich der zweiten Etage übernehmen zu dürfen. Natürlich brauchte Liane im Grunde nur jemanden, der im Falle eines Notfalls vor Ort war, um andere Assistenten zu benachrichtigen, aber das war für Olaf ein unwichtiges Detail. Er blieb gerne länger, als Liane um 14 Uhr in den dritten Stock fuhr.

Um kurz nach halb vier war alles vorbereitet. Fünfzehn Minuten später wartete der Anästhesie-Assistent mit dem im Dämmerschlaf befindlichen Patienten im Vorraum zum Operationssaal. Im Saal selbst trat sein Vorgesetzter, der Anästhesiearzt, von einem Fuß auf den anderen. Er hielt die gefalteten, behandschuhten Hände auf Bauchhöhe und sah dabei aus wie ein Betender, der obendrein dringend zur Toilette musste. An seiner Seite stand ein OP-Assistent, den Liane nur flüchtig kannte. Nur der Professor selbst war bisher nicht aufgetaucht. Mit einer Blinddarmentzündung auf den Chefarzt warten zu müssen, war dem Narkosearzt sichtbar zuwider. Vor fünf Minuten hatte er Liane aus dem Saal geschickt. Sie sollte Gelders' Assistentin anrufen, die ihr berichtete, der Professor habe seinen Spindchip für den Umkleidebereich nicht gefunden, sei aber inzwischen auf dem Weg in den Operationsbereich 3.

Liane durchquerte gerade den Vorraum zwischen dem kleinen Büro und den OP-Sälen, als sie ihn durch die breite Patientenschleuse kommen sah. Ihr schneller werdender Atem fing sich in dem Mundschutz und sie besann sich darauf, Ruhe zu bewahren. Es reichte, dass sie sich vor dem Betreten des Saals erneut steril machen musste. Wenn der Mundschutz durchgeweicht war, würde sie auch diesen noch einmal wechseln müssen. Den Blick weiterhin auf die Schleuse gerichtet, beobachtete sie, wie er in grüner OP-Montur und weißem Kittel darüber die Herrenumkleide betrat. Als er am anderen Ende der Umkleide auf ihrer Seite herauskam, trug er Kopfbedeckung und Mundschutz, hatte den Kittel, der im sauberen Bereich hinter der Schleuse nichts zu suchen hatte, aber immer noch an. Erst jetzt bemerkte sie, dass sie noch auf demselben Fleck stand. Liane schaute zu, wie der Arzt an ihr vorbei in den Aufenthaltsraum stürmte, den Kittel über einen Stuhl warf und zurückkam.

„Saal sieben?", raunte er ihr mit erhobenen Brauen zu und rauschte zu den Waschbecken.

Sie nickte. „Ja." Noch einmal drehte sich Liane zum Aufenthaltsraum um. Sie erinnerte sich daran, dass er den Spindschlüssel verloren hatte, und zwang sich, zu akzeptieren, dass der Chef sich so etwas erlauben konnte. Doch sein Kittel war vom Stuhl gerutscht und lag am Boden. Sie warf noch einen schnellen Blick zu den Waschbecken, ging zurück in den kleinen Raum und hob den Kittel vom Boden auf. Mit krauser Stirn stellte sie fest, wie schwer er war. In der Seitentasche sah sie ein braunes Lederportemonnaie, einen Kugelschreiber und ein Mobiltelefon, wodurch er so viel wog wie eine durchschnittliche Damenhandtasche. Sie hängte den Kittel ordentlich über die Lehne und ging gleich darauf zum Waschbecken.

Der Professor wirkte unkonzentriert. Seine Bewegungen stockten. Unvermittelt machte er Pausen, in denen er sich scheinbar neu besann, was als Nächstes zu tun war. Obwohl er angeschlagen wirkte, quälte es Liane, seine Stimme zu hören und seine Anweisungen zu befolgen. Unter der Kopfbedeckung klebten ihre feuchten Haare an ihrem Schädel. Den nassen Mundschutz hätte sie längst wechseln müssen. Es fühlte sich an, als stünde Schwitzwasser in den Handschuhen und sie war sicher, dass die Schweißperlen auf ihrer Stirn gut sichtbar waren. Sie fühlte sich nackt und klein und bloßgestellt, obwohl ihr der Chefarzt keinerlei Beachtung schenkte.

Die Operation dauerte nicht einmal 35 Minuten und Gelders war danach schneller verschwunden, als er vorher aufgetaucht war. Trotzdem brauchte Liane lange, ihre Fassung zurückzuerlangen. Als Kind musste sie auch seine Anweisungen befolgen. Es hatte jedes Mal Wochen gedauert, bis sie nachts nicht mehr von ihm geträumt hatte. Und jetzt, nach so vielen Jahren, raubte ihr der kurze Eingriff mit ihm alle Kraft für den restlichen Tag.

***

Nach Dienstschluss setzte sich Liane hinter das Lenkrad ihres Wagens und wählte Alices Nummer.

„Hi, ich bin's. Ich habe Neuigkeiten. Am Donnerstag operiert er ein Baby. Es ist noch ein Säugling. Ich habe es auf der Babystation gesehen. Die Eltern haben ihrem Kind noch keinen Vornamen gegeben. Wir müssen irgendwas machen, Alice. Das ist schon in ein paar Tagen."

Außer einem *Hallo* beim Annehmen des Anrufs hatte Alice noch kein Wort gesagt, und sie blieb weiterhin stumm.

„Alice, bist du noch dran?"

Liane schaute kurz auf das Display ihres Mobiltelefons. Die Verbindung war intakt.

„Bin dran. Aber ich habe auch Neuigkeiten. Das Treffen mit dem Anwalt war schon heute Mittag. Ich habe kurz mit den Kramers telefoniert und konnte auch mit dem Anwalt sprechen.

Er stellt sofort den Antrag, macht uns aber wenig Hoffnung. Die Staatsanwaltschaft muss sofort entscheiden, weil die Beerdigung schon morgen stattfinden soll. Wenn der Antrag abgeschmettert wird, findet die Beerdigung planmäßig statt. Es wird wahrscheinlich keine Obduktion geben."

Jetzt war es an Liane, zu schweigen.

„Ich habe außerdem versucht, mit Carolin zu sprechen. Aber ich bin nur bis zu ihrer Mutter durchgekommen."

Mit vorgeschobener Unterlippe sah Liane aus wie ein trotziges Mädchen, als sie mit dem Handrücken die einsame Träne von ihrer Wange wischte.

„Liane?"

„Ja, ja. Um Carolin kümmern wir uns später. Das Baby hat nur noch ein paar Tage."

Liane hörte Alice schnauben und zog die Augenbrauen zusammen.

„Ehrlich gesagt zauberst du sogar für meinen Geschmack gerade zu viele neue Fälle aus dem Hut. Versteh mich nicht falsch, ich finde es toll, was du für diese Kleinen aufs Spiel setzt. Aber wir sind doch keine Privatdetektive. Wir können doch nicht ständig ungefragt in das Leben anderer reinplatzen."

Zum ersten Mal, seit sie Alice kannte, war Liane stinksauer auf ihre Freundin. „Nicht mal drei Tage, Alice! Wir wissen doch, was die Operationen mit dir gemacht haben. Dieser kleine, perfekte Mensch wird in einigen Tagen genauso verstümmelt. Ich kann da nicht einfach wegsehen. Und du darfst es auch nicht!"

Mit dem Jackenärmel wischte Liane das inzwischen nassgeweinte Gesicht ab. Wie sie es hasste, dass ihr die Tränen kamen, wenn sie zornig war. Ihr verschleierter Blick lag seit einer Weile auf der Armbanduhr.

*Der große Zeiger auf der Zehn, der kleine Zeiger auf der Fünf.*

Der Tod ihrer Mutter war ihr ganz persönliches Opfer gewesen. Sie hatte ihn in Kauf genommen, um sich auf ihre Arbeit zu konzentrieren. Damit wollte sie auch anderen Familien helfen. Familien, für die es noch nicht zu spät war. Sie wollte endlich etwas unternehmen. Wegschauen kam jetzt nicht mehr in Frage.

„Natürlich", flüsterte Alice. Auch ihre Stimme klang belegt. „Aber ich habe mich bisher einfach auf andere Art für das

Persönlichkeitsrecht anderer Menschen stark gemacht." Nach einer weiteren Pause schnaubte sie erneut. „Hör zu. Ich bin die ganze Woche auf der Konferenz. Ich kann hier nicht weg, Liane. Das ist mein Job. Gib den Eltern meine Nummer, wenn du mit ihnen sprichst. Falls sie Fragen haben, telefoniere ich gerne von hier aus mit ihnen. Ich tue, was ich kann."

Nach dem Gespräch brauchte Liane eine Weile, bis sie wieder klar denken konnte. Sie wischte die letzten Tränen aus ihren Augen und zog geräuschvoll die Nase hoch. Sie dachte an Sara und an ihre Mutter. Es dämmerte längst, als sie bereit für den nächsten Schritt war.

# Kapitel 12

Gelders hatte noch den sauren Geschmack des Erbrochenen im Mund und überlegte, für die Mundspülung in das kleine Badezimmer zurückzugehen. Doch zuerst setzte er sich auf das Bett und tastete zum zweiten Mal die Hose ab, die er tagsüber getragen hatte. In der Gesäßtasche bewahrte er schließlich immer sein Portemonnaie auf. Die Hose war neu und die Taschen kleiner, als er es gewohnt war. Schon als Ina sie vor zwei Wochen von einem Shoppingtrip mitgebracht hatte, hatte er die kleinen Taschen bemängelt.

„Ich habe dir angeboten, selbst mitzukommen", hatte sie gesagt.

Als er daraufhin immer noch schmollte, hatte sie wirklich seine Gefühle verletzt.

„Du brauchst nun mal jetzt sofort eine größere. Vielleicht passen dir deine alten Hosen bald wieder, wenn du nur endlich das Studentenfutter weglässt und dich nicht jeden Abend an deiner Whiskysammlung bedienst."

Das waren ihre Worte gewesen. Früher wäre eine solche Kritik einfach an ihm abgeprallt. Besonders was sein Aussehen anging, war er nie empfindlich gewesen. Doch Inas Worte, mit denen sie ihm diese hässliche Hose vor die Nase hielt, hatten ihn traurig gemacht.

Jetzt streiften seine Finger noch einmal den Bund des grässlichen Teils und fuhren über den dünnen Stoff. Vielleicht hatte er seine Brieftasche herausgenommen, weil sie beim Sitzen störte. Oder sie war herausgefallen? Nein, das konnte nicht sein. Wieso nur hatte er in letzter Zeit ein so schlechtes Gedächtnis? Er konnte sich beim besten Willen nicht erinnern, wann er die Geldbörse zuletzt gesehen hatte. Bisher hatte er sich nicht einmal getraut, es seiner Frau zu sagen, weshalb er sich nun noch mehr wie ein kleines Kind fühlte. Mit der Brieftasche war schließlich auch der Wohnungsschlüssel weg. Tausendmal hatte sie behauptet, es sei eine schlechte Idee, den Schlüssel für die Eingangstür an der kleinen Lasche in der Brieftasche zu befestigen. Immer wieder hatte er erklären müssen, dass er nicht auch noch einen Schlüsselbund mit sich herumtragen wollte und dass er auch gar keinen brauchte. In der Klinik gab es Zugangskarten und für sein Haus nutzte er immer den Garagenöffner. Der Schlüssel steckte nur für Notfälle im Portemonnaie. Und doch hatte sie darauf bestanden, dass Geldbörsen eben ab und an gestohlen wurden, und dass sie, wenn seine weg war, auch noch das Schloss würden austauschen müssen. Ein *Ich hab's dir ja gesagt* war das Letzte, das er in seinem Zustand gebrauchen konnte. Schnaubend setzte er sich auf das Bett und fuhr sich, ohne nachzudenken, durch die Haare. Mit einem Blick auf seine Finger und die Haarbüschel dazwischen stockte ihm der Atem. Wenn die ihm weiter so ausgingen, war er bald kahl. Er war den Tränen nahe – auch das war keine Seltenheit mehr – als er das Glockenspiel der Haustürklingel hörte. Ina sprach mit jemandem. Er entschied, nachzusehen, wer es war, obwohl er bereits den seidenen Hausanzug trug, dessen Bund, nebenbei gesagt, ebenfalls spannte. Auf der Treppe hörte er eine Frauenstimme. Doch erst als er näherkam, konnte er verstehen, was sie sagte.

„... leid, dass ich sie störe, aber ich habe die Brieftasche von Professor Gelders im Aufenthaltsraum gefunden. Ich weiß, wie ärgerlich so etwas ist. Erst vor Kurzem musste ich selbst all meine Karten sperren lassen. Darum habe ich gedacht, ich bringe sie lieber sofort vorbei."

Die aufgeregte Frau ließ Ina gar nicht zu Wort kommen. Sie holte erst Luft, als er die lange Treppe hinter sich gelassen hatte und ebenfalls in der Eingangshalle stand.

Ihr Gesicht kam ihm vage bekannt vor. Er konnte sich durchaus vorstellen, dass sie in der Klinik arbeitete. Dass er aber alle seine Mitarbeiter kannte, wäre nun wirklich zu viel verlangt gewesen.

„Das ist sehr lieb von Ihnen. Vielen Dank", fuhr er dazwischen, bevor seine Frau etwas sagen konnte. Ina nickte stumm und wollte sich gerade zum Gehen umdrehen, als die Frau weitersprach.

„Es ist mir sehr unangenehm, Herr Professor. Aber... könnte ich vielleicht kurz Ihre Toilette benutzen? Bis nach Hause schaffe ich es nicht mehr."

Jetzt war es Ina, die ihm zuvorkam, als er gerade zu einer Antwort ansetzte. „Natürlich dürfen Sie das. Kommen Sie nur rein."

Ina schob ihn ein wenig zur Seite, um die Tür weiter zu öffnen. Mit einem strafenden Blick drückte sie ihm die Brieftasche in die Hand. Ehe er ein Wort sagen konnte, war Ina mit der jungen Frau im hinteren Teil des Hauses verschwunden, um ihr das Gästebad zu zeigen.

Schnaubend schlurfte er mit schwerfälligen Schritten ins Wohnzimmer, nahm sich einen Whiskytumbler aus der Vitrine und goss einen großen Schluck des Macallan hinein. Er hatte gerade auf dem alten Ohrensessel am Kamin Platz genommen und schaute in das lodernde Feuer, als Ina den Raum betrat.

„Du hättest ruhig ein wenig freundlicher sein können", maßregelte sie ihn, schaute missbilligend auf das Glas in seiner Hand und setzte sich ihm gegenüber auf das cremefarbene Ecksofa.

„Du hast mich ja gar nicht zu Wort kommen lassen", rechtfertigte er sich. Seine Stimme klang selbst in den eigenen Ohren wie die eines eingeschnappten Mädchens. Doch Inas Nase steckte schon wieder in einem dieser Sparks-Romane. Die immer gleichen Titelbilder, auf denen lange Sandstrände oder verliebte Paare prangten, waren dem Professor regelrecht peinlich. Um etwas Abwechslung hineinzubringen, zeigte dieses Cover ein eng umschlungenes Paar am Strand. Inas Gesicht wurde weicher und ihr schwärmerischer Ausdruck zeigte, dass sie längst wieder in diesen *Schund* vertieft war. Obwohl er ihre Lektüre keinesfalls ernst nahm, fragte er sich doch, ob sie sich nach einer derartigen Liebesgeschichte sehnte. Vielleicht konnte er seiner viel zu schönen, jung gebliebenen Ehefrau nicht mehr geben, was sie brauchte. Möglicherweise war er zu alt, zu eingerostet für sie. Mit geballter Faust und zusammengebissenen Zähnen ertrug er diese Gedanken und fragte sich gleichzeitig, wo diese abartig verweichlichten Ängste herkamen. Ständig war ihm zum Heulen zu Mute. Vielleicht wurde er depressiv. Jedenfalls brauchte er dringend eine Pause, die er sich aber erst gönnen konnte, wenn

Ina zu ihrem Yogaunterricht aufbrach. Bis dahin sollte er zumindest versuchen, Nähe herzustellen. Auf der Suche nach einem geeigneten Gesprächsanfang, der interessanter sein musste als ihre Lektüre, verloren sich seine Augen erneut in den Flammen hinter dem Kaminglas.

„Oh, jetzt muss ich aber doch nochmal nach deiner Mitarbeiterin sehen. Sie braucht lange. Vielleicht geht es ihr nicht gut?"

Sein Blick flog von einer Seite zur anderen, während sein Gehirn versuchte, die wenigen Informationen, die es gerade erhalten hatte, zu verarbeiten.

„Wie ... wo?", stotterte er und kam wie ein Betrunkener auf die Beine. „Ich dachte, du hättest sie längst zur Tür gebracht."

Im runden Türbogen, der zur Eingangshalle führte, blieb Ina stehen und drehte sich mit strengem Blick zu ihm herum. „Ich werde bestimmt nicht vor der Toilette stehen, bis sie fertig ist. Der armen Frau war es schon unangenehm genug, darum bitten zu müssen. Außerdem hat sie dir die Brieftasche zurückgebracht. Du solltest dankbar sein."

Schnaubend ließ er sich in den Sessel zurückfallen und trank den Tumbler in einem Zug leer. Es war ihm nie angenehm, wenn sich fremde Leute im Haus aufhielten. Die Putzfrau hatte er zähneknirschend akzeptieren müssen. Schließlich war es Ina nicht zuzumuten, eine knapp 300 Quadratmeter große Villa sauberzuhalten. Sie war schließlich selbst berufstätig. Obwohl sie, wenn es nach ihm gegangen wäre, nie hätte arbeiten müssen. An Jolanda, eine südländische, dickliche Frau mittleren Alters, die schon seit 15 Jahren bei ihnen putzte, hatte er sich gewöhnt. Doch wenn Besucher kamen, war ihm immer unwohl zumute, sobald sie aus seinem unmittelbaren Blickfeld verschwanden. Was ihm an Gastfreundlichkeit fehlte, hatte Ina doppelt und dreifach in die Ehe gebracht, weshalb sie regelmäßig, für seinen Geschmack zu häufig, Gäste hatten. Ina zuliebe benahm er sich bei diesen Dinnerpartys umgänglich, teilweise zurvorkommend. Soweit er wusste, hatte sich noch niemand beschwert. Dass er jetzt aber noch akzeptieren sollte, dass wildfremde Leute in seinem Haus umhergeisterten, ging ihm wirklich gegen den Strich. Er musste sich zwingen, nicht aus der Haut zu fahren. Mit zusammengebissenen Zähnen erhob er sich aus seinem Sessel, öffnete die unterste Schublade seines antiken Sekretärs und nahm sich eine Tüte Studentenfutter heraus. Die erste Ladung schüttete er sich aus der Verpackung in den Mund und kaute eifrig. Als das erste Verlangen gestillt war, kippte er sich ein paar Nüsse in die Hand, die gleich darauf auch zerkaut wurden. Eine Handvoll nahm er sich noch, bevor er die halbleere Tüte zurücklegte und die Schublade schloss. Er drehte sich zu dem Korb neben dem Kamin um und nahm mit der freien Hand ein Holzscheit heraus. Die Nussmischung in der anderen wanderte flink zwischen die Zähne, bevor er die warme Glasscheibe öffnete. Er legte den Klotz mit einer schnellen Bewegung ins Feuer, als er Inas gedämpfte Stimme aus der Halle hörte. Er fühlte sich ertappt wie ein Kind mit verbotenen Süßigkeiten. Die Nüsse schluckte er schnell hinunter und nahm im gleichen Moment wahr, dass die schwere Haustür endlich ins Schloss fiel.

# Kapitel 13

Erst nach neun Uhr betrat Liane ihre Wohnung. Die Zeit schien ihr unaufhaltsam durch die Finger zu gleiten und sie fühlte sich unglaublich allein. Sie hängte ihre Jacke an den Haken in der schmalen Diele und blieb am Schreibtisch stehen. Vielleicht war es doch wieder an der Zeit, einen Blick in das Familienalbum zu werfen. In einer fließenden Bewegung zog sie den hölzernen Hocker unter dem Tisch hervor und öffnete die Schublade, während sie sich setzte. Das Album lag zuoberst, was Liane erst nicht verstand. Mit krausgezogener Stirn hob sie es heraus und ihr Mund klappte auf. Einen Moment lang konnte sie nicht atmen. Statt der ordentlich sortierten Kopien, Fotografien und Notizen sah sie nur Chaos. Der Inhalt des Schubfaches war weniger geworden, und die Reste waren vollkommen durchwühlt. Zerfledderte, halb eingerissene Dokumente begruben einzelne Fotos, unter denen wiederum handschriftliche Notizen hervorlugten.

In der vergangenen Nacht hatte sie zwar stundenlang herumgeräumt, aber keinen Gedanken an ihren Schreibtisch verschwendet. Im Traum wäre sie nicht darauf gekommen, dass er, auf der Suche nach Geld oder Dingen, die er zu Geld machen konnte, ihre Recherche durcheinanderbringen würde. Wieder schossen ihr wütende Tränen in die Augen und sie schob die Schublade mit einem lauten Knall zu. Warum hatte sie Lutz überhaupt einen Wohnungsschlüssel gegeben? Sie hätte sich dafür ohrfeigen können.

Zumindest war ihr das Gefühl von Einsamkeit vergangen. Auf so eine Familie konnte sie getrost verzichten. An die Stelle von Selbstmitleid trat schlagartig wieder Tatendrang und sie war bereit, sich mit ihrem eigentlichen Plan zu befassen. Sie fischte das gelbe Notizbuch aus ihrer Handtasche. Da sie das Buch immer bei sich trug, hatte sie zumindest noch ihre wichtigsten Notizen. Sie zog ein gefaltetes Blatt Papier heraus und breitete es vor sich auf dem Tisch aus. Ihr Blick flog über die Namen aller

Kollegen des OP-Bereiches. Die Notfallliste mit privaten Telefonnummern hätte eigentlich nach ganz anderen Kriterien als dem Alphabet sortiert werden müssen, denn ihre Augen blieben wie immer bei Tanja stehen. Wen sonst sollte man fragen, wenn man dringend eine Vertretung brauchte? Es war schon spät, aber Tanjas Feierabend konnte noch nicht lange her sein und die Kollegin hatte ihr erst am Nachmittag erzählt, wie sehr sie sich auf ihren freien Tag freute. Alle Gewissensbisse beiseiteschiebend, tippte Liane die Nummer in das Telefon ein.

„Hallo Tanja, es tut mir wirklich leid, dass ich dich störe", sagte sie mit leiser Stimme. „Ich habe gerade einen Anruf aus Mannheim vom Pflegeheim bekommen. Meiner Großmutter geht es sehr schlecht. Du weißt ja, ich habe sonst keine Familie und ich muss morgen früh unbedingt da hinfahren. Könntest du vielleicht für mich einspringen?"

Liane hatte ihre Großmutter niemals kennengelernt. Mit einem schuldbewussten Blick nach oben hoffte sie, dass ihr die Notlüge nicht allzu übelgenommen wurde.

Die Kollegin antwortete nicht sofort und Liane befürchtete, den Bogen nun endgültig überspannt zu haben. Angestrengt versuchte sie sich an den Dienstplan zu erinnern, und entschied kurzerhand, einfach ihr Glück zu versuchen.

„Ich übernehme dafür dann auch gerne am Wochenende einen deiner Dienste."

„Alles klar. Das passt mir gut, dann kann ich am Samstag endlich mal wieder was mit dem Kleinen unternehmen. Samstag passt dir doch, oder? Ich habe den 24-Stunden-Dienst."

Diese Antwort war ohne Zögern und wie einstudiert aus ihr herausgeschossen. Kaum zu glauben, dass auch die, die immer einspringen, irgendwann etwas dazulernten und aus ihrer Opferrolle herausschlüpften.

„Ja", antwortete Liane im Wissen, dass es sich um einen schlechten Tausch gegen ihren Tagdienst handelte. Sie bedankte sich, beendete das Telefonat und schaltete den Computer an. Auf Google Maps öffnete sie den Routenplaner und schrieb die Zieladresse aus ihrem gelben Notizbuch ab. Familie Hartmann wohnte tatsächlich in Mannheim, womit zumindest nicht alles gelogen gewesen war. Sie würde am nächsten Morgen nach

Mannheim fahren, nur eben nicht zu ihrer Großmutter. Die Worte von Alice klangen noch in ihren Ohren nach. Natürlich hatte sie Zweifel, unangemeldet in eine weitere Privatsphäre einzugreifen. Es war aber unmöglich, sich telefonisch anzumelden, geschweige denn, ein solches Gespräch am Telefon zu führen. Auch in der Klinik konnte sie nicht mit den Eltern des namenlosen Babys sprechen. Sie musste einfach hoffen, die beiden früh morgens zu Hause anzutreffen. Lianes Augen folgten der blauen Linie auf dem Bildschirm, die von der A5 in die A67 überging. Wenn sie möglichst früh losfuhr, würde die Fahrt nur eine gute Stunde dauern.

Immer noch vom Tatendrang aufgeladen und etwas nervös, was den geplanten Besuch anging, entschied sie sich für ein Workout.

Eine halbe Stunde später lag sie noch rücklings auf der Bank und war gerade im Begriff, die Stange von sich wegzudrücken, als ihr Smartphone auf dem Wohnzimmertisch vibrierte. Sofort dachte sie an Christian und eine kribbelnde Vorfreude stieg in ihr auf. Ihr gemeinsamer Abend war zwei Tage her. Seitdem hatte sie nichts von ihm gehört. Schnaubend zwang sie sich zu einem Durchgang Bankdrücken, für das sie sich danach mit einem Blick auf ihr Telefon belohnte. *Muss ich mich eigentlich immer wie ein Straßenhund vor deiner Tür nassregnen und dann mit einer Katze vergleichen lassen, oder gibt es einen anderen Weg, dich wiederzusehen?*

Ein Schmunzeln umspielte ihre Mundwinkel. Noch bevor sie antworten konnte, kam eine weitere Nachricht.

*Ich würde das auch öfter machen. Aber bis zum nächsten Regen zu warten, das halte ich nicht aus. Zumal ich keine Vorstellung habe, wie wir das dann im Hochsommer machen.*

WhatsApp zeigte an, dass er noch immer schrieb.

*Regentänze vor deinem Haus?*

Sie lachte laut auf und tippte ebenfalls eine Nachricht in das Feld.

*Fände ich toll, aber meine Nachbarn halten dich dann für verrückt.*

Die Antwort kam sofort. Das Gerät vibrierte jetzt mehrfach hintereinander in ihrer Hand.

*Damit könnte ich leben.*

*Moment.*

*Ich werde mal googeln, wie so ein professioneller Regentanz gemacht wird.*
*Aber du musst mir noch sagen, wann es dir zeitlich passt, damit du das Spektakel nicht verpasst.*
*Damit ich mich nicht umsonst zum Affen mache. ;-)*
Nach kurzer Überlegung schüttelte sie alle Zweifel ab und tippte erneut eine Nachricht.
*Übermorgen? Nach dem Tagdienst. Vielleicht so gegen sieben?*
Er schrieb offenbar schneller als sie.
*Gut. Bis dahin hab ich das mit dem Tanz drauf. Und wenn es keine außergewöhnlich peinliche Garderobe erfordert, könnte ich dich danach zum Essen ausführen. Oder ins Kino?*
Ihr Magen flatterte, was sowohl an Christian, als auch an ihrem Hunger liegen konnte. Schließlich hatte sie seit der Mittagspause nichts gegessen und der graugrüne Suppeneintopf aus der Kanntine war zur Hälfte zurückgegangen.
*Das können wir dann spontan sehen. Je nachdem, ob der Regentanz überhaupt funktioniert. Vielleicht solltest du dir Wechselkleidung mitbringen. :-)*
*Bis dann. Ich freu mich.*
Nach einer heißen Dusche schaltete sie den Nachrichtensender ein und gönnte sich ein Omelett mit gebratenen Zwiebeln und Kirschtomaten. Als sie danach immer noch hungrig war, trank sie einen Proteinshake und fiel kurz vor Mitternacht mit schweren, nacharbeitenden Muskeln ins Bett.

***

Mannheim-Lindenhof lag direkt am Rhein und schien, mit einem Mehrfamilienhaus neben dem anderen, eine sehr beliebte Wohngegend zu sein. Als ihr die metallische Stimme mitteilte, sie habe ihr Ziel erreicht, genügte es, das Bremspedal anzutippen, um gänzlich zum Stehen zu kommen. Sie parkte auf der gegenüberliegenden Straßenseite. Von der hufeisenförmig angeordneten Häuserzeile umrandet, lag in der Mitte eine weitläufige Rasenfläche, auf der eine alte Linde stand. Auch im spärlichen Licht der Straßenlaternen konnte Liane erkennen, dass jedes Häuschen seine eigene Fassadenfarbe hatte. Mit einer Auswahl von saftigem Grün, zitronengelb, gedecktem Rot und hellem

Blau, wirkte dieser Bereich wesentlich freundlicher als alle Häuser, die Liane auf ihrem Weg gesehen hatte. Trotz der farblichen Unterschiede bildete die Häuserreihe mit den hellen, verzierten Rundbögen über den Eingangstüren und den weißlackierten Lamellenläden an den Fenstern eine Einheit. Neben den meisten Türen standen schmale Holzbänke, die an sonnigen Tagen sicher zu einem Plausch mit den Nachbarn einluden. In großen Kübeln waren bei den Eingängen Büsche oder kleine Bäume gepflanzt worden. Fast wünschte sich Liane, selbst in einer heimeligen Umgebung, wie dieser, aufgewachsen zu sein. Doch sie hatte den Gedanken kaum zu Ende gedacht, als die Erinnerung an den Umzug ihrer Kindheit zurückkam.

Sara und sie waren noch sehr klein gewesen, als ihre Familie auf der Suche nach Anonymität alle Zelte abgebrochen hatte. Lilly war von einem Moment zum anderen, weil sich für Kinder alles noch plötzlicher anfühlt, aus ihrem Umfeld gerissen worden. Im neuen Kindergarten gab es keine Tiere. Daran konnte sie sich genau erinnern, denn sie hatte die Katze von der alten Frau Spieker, die über dem ersten Kindergarten wohnte, unsäglich vermisst.

In einer Nachbarschaft wie dieser hier, mit einheitlichen Fensterläden und einer ordentlich gepflegten Rasenfläche vor der Tür, gehörte man zweifelsohne zu einer Gemeinschaft. Hier wurde aufeinander geachtet und miteinander geredet. Hier gab es keine Anonymität. Hier kannte jeder jeden und Liane war sicher, dass alle Nachbarn nach der Geburt des Kindes die Frage der Fragen gestellt hatten.

*Ist es ein Mädchen oder ein Junge?*

Zumindest jene, die nicht schon vorher gefragt hatten: *Wisst ihr schon, was es wird?*

Wie waren die Hartmanns wohl mit dieser Frage umgegangen? Wie hatten sie erklärt, dass sie ihrem Kind bisher keinen Vornamen gegeben hatten? Lianes Herz war voller Mitgefühl. Diese Situation war für keinen Menschen leicht. Liane hatte gelernt, was Geheimnisse und Lügen anrichten können.

Sara war zwar nicht intersexuell gewesen, doch ihre Eltern hatten den Rat der Ärzte befolgt und ein riesiges Netz aus Lügen um sie gesponnen. Sie hatten ihr eigenes Kind zu einem

Geheimnis gemacht. Die wahre Identität hielten sie jahrelang nicht nur vor der ganzen Welt, sondern auch vor Sara selbst geheim. Ihrem Gewissen hatte Liebe als Ausrede gereicht. Doch in Wahrheit hatten sie nur aus Angst gehandelt. Lügen hatten ihre Familie in den Abgrund gerissen.

Auf der Anzeige am Radio stand, dass es kurz nach sechs Uhr war, als Liane ausstieg und auf den Hauseingang mit der Nummer sieben zusteuerte. Ein schneller Blick auf das Klingelschild des grünen Hauses und sie wusste, dass sie richtig war. Zurück im Auto kurbelte sie die Lehne ihres Sitzes ein wenig nach hinten, schaltete das Radio wieder an und legte ihren Kopf auf der Stütze ab. Nur gedämpft hörte sie Hoziers Song „Take me to church" und sein Angebot, seine Sünden zu beichten. Obwohl das Lied leise aus den Lautsprechern drang, konnte sie die geschärften Klingen, von denen im Song die Rede war, vor sich sehen. Ihr Blick war starr auf die Fenster des grünen Hauses gerichtet. Wenn das Licht angeschaltet würde, oder sie eine Bewegung hinter den Gardinen sah, würde sie sich noch ein wenig Zeit lassen und dann an der Haustür klingeln. Schließlich musste sie das Paar nicht auch noch aufwecken, wenn sie schon unangemeldet auftauchte.

Gegen sieben Uhr tat sich endlich etwas. Im oberen Stockwerk zog jemand den Rollladen hoch und öffnete das Fenster. Kurz danach ging das Licht im Erdgeschoss an. Liane wartete noch zwanzig Minuten, ehe sie aus dem Auto stieg. Bevor sie den Eingang der Hartmanns erreicht hatte, öffnete sich die Haustür des roten Hauses an der Ecke. Heraus kam ein kleiner Mann im Anzug mit einer Aktentasche unter dem Arm, der sie argwöhnisch musterte. Fehlte nur noch die neugierige Oma, die hinter ihren Gardinen alles beobachtete, um Lianes Eindruck dieser Nachbarschaft zu vervollständigen.

Liane atmete tief ein und ging noch einmal die ersten Worte durch, die sie sagen wollte. Dann drückte sie auf den Klingelknopf.

Der Mann, der ihr öffnete, sah müde aus. Seine dunklen Haare waren vom Schlafen zerwühlt. Er trug Jeans und ein weißes T-Shirt. Mit gehobenen Augenbrauen und in Falten gelegter Stirn schaute er sie an, sagte aber kein Wort.

„Guten Morgen, Herr Hartmann. Es tut mir leid, dass ich Sie so früh störe. Ich hatte gehofft, mit Ihnen und Ihrer Frau sprechen zu können."

Er schüttelte den Kopf und schob die Tür zu, während er eine knappe Antwort murmelte. „Wir haben keine Zeit, wir sind gerade auf dem Sprung."

Die Worte sprudelten aus Liane heraus, wie das Wasser aus einem Gartenschlauch mit Überdruck. „Ich bin in der Dionysos-Klinik angestellt. Ich bin hier wegen Ihres Kindes. Es ist wichtig. Hier, Sie können meinen Mitarbeiterausweis sehen."

Sie schob die Mitarbeiterkarte mit ihrem Foto, ihrem Namen und ihrem Jobtitel durch den Spalt, bevor sich die Tür ganz schloss.

Jetzt wussten diese Leute alles von ihr und konnten damit noch am selben Tag zu Gelders gehen, um sich über die Belästigung durch seine Mitarbeiter zu beschweren. Wenn sich diese Tür nicht sofort wieder öffnete, war sie in echten Schwierigkeiten. Sie wandte das Gesicht nicht von der geschlossenen Tür ab, ihr Puls beschleunigte sich. Sie schnappte nach Luft.

Was hatte sie sich nur dabei gedacht?

Vertrauen konnte man nicht erzwingen. Genau genommen war es kein sonderlich guter Versuch, vertrauenswürdig zu wirken, wenn man einer Familie in den frühen Morgenstunden vor ihrem Haus auflauerte. Den eigenen Ausweis in den Türspalt zu werfen, damit die bedrängten Personen direkt ihre Personalien hatten, war der Höhepunkt des Himmelfahrtskommandos.

Liane drehte sich um und setzte sich auf die Holzbank neben dem Eingang. Sie versuchte tief ein- und auszuatmen und zählte ihre Atemzüge, als sie im blauen Haus auf der anderen Seite eine Bewegung hinter der Gardine sah. Tatsächlich! Bestimmt die Nachbarschaftswache am Küchenfenster, die, ähnlich dem Flurfunk im Büro, für die Verbreitung von Neuigkeiten zuständig war. Liane schloss die Augen und zählte weiter. Möglicherweise telefonierten sie schon mit der Klinik. Vielleicht hatten sie sogar Gelders selbst am Apparat. Oder sie hatten die Polizei gerufen. Viel schlimmer konnte es kaum werden. Sobald sie sich beruhigt hatte, würde sie noch einmal klingeln. Oder sollte sie warten, bis die Hartmanns zum Auto gingen und sie wie Paparazzi bis zu ihrem Wagen verfolgen?

Sie hatte zwölf Atemzüge gezählt, als sich die Haustüre wieder öffnete.

„Frau Kowalski?“

Liane sprang auf, sodass ihr von der schnellen Bewegung etwas schwindelig wurde.

„Kommen Sie bitte rein. Hier draußen können Sie nicht sitzen bleiben“, sagte die zierliche blonde Frau, die ebenfalls eine Jeans anhatte, obenrum aber einen grauen Wollpullover trug.

Liane nickte. Es war zwar nicht unbedingt ideal, nur eingelassen zu werden, weil man vor den nachbarschaftlichen Blicken ferngehalten werden musste, aber wie sagte man so schön? *Auch ein Arschtritt ist ein Schritt in die richtige Richtung.* Die Gründe waren erst einmal egal, zumindest bekam sie die Chance auf ein Gespräch.

Frau Hartmann deutete auf einen Durchgang und Liane betrat schweigend die kleine Wohnküche. Der dunkelhaarige Mann saß mit angespannter Kiefermuskulatur am Küchentisch. Seine feinen Gesichtszüge standen in starkem Kontrast zu den grob wirkenden Bartstoppeln und dem düsteren Blick. Vor ihm stand ein Teller mit einer Scheibe Graubrot. Das Brot war bereits mit Butter bestrichen. In seiner geschlossenen Faust hielt er ein Messer, das senkrecht nach oben zeigte.

„Hören Sie, ich bin wirklich nur hier, weil ich Ihnen helfen möchte.“ Liane hob beschwichtigend die Hände.

„Setzen Sie sich“, flüsterte Frau Hartmann und nahm gleichzeitig neben ihrem Mann Platz.

Liane setzte sich ihnen gegenüber auf die helle Eckbank im Landhausstil. Die ganze Küche wirkte hell und freundlich, was man von ihren Besitzern momentan nicht behaupten konnte.

„Vorstellen muss ich mich wohl nicht. Meinen Namen kennen Sie ja schon.“

Sie deutete auf den Mitarbeiterausweis, der auf dem Tisch zwischen ihnen lag. Die Spannung im Raum war deutlich fühlbar.

„Ich arbeite im OP. Daher habe ich von der geplanten Operation erfahren. Ich bin nur hier, weil ich Erfahrungen mit dieser Art von Operationen habe.“

Wenigstens die Gesichtszüge von Frau Hartmann entspannten sich ein wenig und sie griff nach der Hand mit dem Messer, das kurz darauf endlich auf dem Tisch abgelegt wurde. Auch wenn seine Kieferknochen weiterhin störrisch pumpten, schien Herr Hartmann jetzt ebenfalls zuzuhören. Mit möglichst ruhiger Stimme sprach Liane weiter.

„Ich möchte nicht in Frage stellen, dass Sie sich bereits bestens informiert haben. Und ich riskiere meinen Job, indem ich Professor Gelders unterstelle, Sie einseitig informiert zu haben."

Liane blickte ihre eigenen Hände an, die einander knetend auf der Tischplatte vor ihr lagen. Sie fühlte sich immer noch wie ein auf frischer Tat ertappter Bankräuber, der sich bereits in der Tresorkammer dem ersten Verhör stellen musste. Sie nahm ihren Mut zusammen, hob den Kopf und schaute die Eltern des Kindes, das sie retten wollte, mit festem Blick an.

„Ich möchte Ihnen bloß anbieten, eine zweite Meinung einzuholen. Beziehungsweise mit jemandem zu sprechen, der diese Sache selbst durchgemacht hat."

Beide hoben die Augenbrauen. Mit dem gleichen, verwunderten und trotzdem neugierigen Gesichtsausdruck, sahen sie beinahe aus wie Geschwister. Es war erstaunlich, wie sich langjährige, vertraute Beziehungen sogar auf die Mimik der Menschen auswirkten.

Liane dachte noch einmal über ihre Möglichkeiten nach, ihnen schnellstens klarzumachen, dass sie auf ihrer Seite war. Eines war klar: Wenn sie jetzt nicht überzeugen konnte, würde es kein zweites Gespräch geben; weder mit ihr noch mit Alice. Sie dachte an Analina Kramer. Sicherlich wäre es ein Totschlagargument, von einer Patientin zu erzählen, die in den nächsten Stunden nicht einmal 90 Kilometer entfernt von hier beerdigt werden würde. Doch das war nicht nur riskant, es fühlte sich auch falsch an, das Schicksal eines kleinen Mädchens als Argumentationsgrundlage zu nutzen. Trotzdem musste Liane etwas vorbringen, das diese Menschen zum Nachdenken brachte. Sie mussten noch mehr nachdenken als ohnehin schon.

Mit einem tiefen Atemzug begann sie: „Meine beste Freundin wurde kurz nach ihrer Geburt vor 26 Jahren einer ganz ähnlichen Operation unterzogen."

Liane konnte selbst kaum glauben, dass sie mit Alices Geschichte argumentierte. Ihrer Freundin allein stand es zu, Details über ihr persönliches Schicksal und ihren Leidenskampf preiszugeben. Wenn Alice ihre Geschichte mit anderen Menschen teilte, dann war das tapfer und selbstlos. Wenn Liane ihre Geschichte teilte, grenzte es an Verrat. Das schlechte Gewissen drückte ihr förmlich die Organe zusammen. Doch Alice war nicht hier und es ging um das Wohl eines unschuldigen Kindes.

„Sie war drei Monate alt, als man bestimmte, dass sie ein Mädchen sei und sie kurz darauf entsprechend operierte. Als sie mit zwölf Jahren der finalen Operation unterzogen werden sollte, stellten Ärzte weitere, sogenannte ‚Abnormitäten' an ihr fest."

Mit den Zeigefingern malte Liane Anführungszeichen in die Luft und bemerkte, dass ihre Augen in Tränen schwammen. Sie schluckte fest und sprach weiter.

„Schließlich wurde entschieden, dass sie auch kein richtiges Mädchen sei, und man entnahm ihr die inneren, hauptsächlich weiblich geprägten Geschlechtsorgane ebenfalls. Vielleicht würde man das heute nicht mehr machen. Aber Alice hatte nie selbst eine Wahl. Alles wurde für sie entschieden und vor ihr geheim gehalten. Erst als sie sechzehn war, hat sie erfahren, dass die Vitamintabletten, die sie täglich einnehmen sollte, Hormone waren. Hormone, die sie ohne die Operationen möglicherweise niemals gebraucht hätte. Heute fühlt sie sich, als habe man sie um ihr Menschsein gebracht. Es ist eine Frage des Persönlichkeitsrechts. Sollte es den Menschen nicht selbst zustehen, zu entscheiden, ob sie eins von beidem sein wollen? Oder vielleicht auch irgendwie beides, weil sie das nun mal sind?"

Liane hatte kaum Luft geholt. Sie hatte so schnell gesprochen, wie sie nur konnte, um sicher zu sein, dass das Paar sie anhörte. Frau Hartmann hatte ihr Gesicht in den Handflächen begraben. Die Hand ihres Mannes lag auf ihren bebenden Schultern. Auch er hatte den Blick gesenkt.

„Ich möchte nur sagen, dass Alice, wie viele andere intersexuelle Menschen, schrecklich unter den Folgen dieser Operationen gelitten hat. Sicher gilt das nicht für alle. Manchen mag es damit auch gut gehen. Aber Alice setzt sich für diese Menschen ein und versucht, Aufklärungsarbeit zu leisten. Ich möchte Ihnen nur anbieten, mit ihr zu sprechen. Um eine zweite Meinung einzuholen, bevor Sie eine Entscheidung treffen."

Hartmanns Hand knallte plötzlich auf den Tisch und die beiden Frauen schreckten gleichermaßen zusammen.

„Das reicht."

Seine Stimme war laut und aggressiv. Liane befürchtete, mit physischer Gewalt hinausgeworfen zu werden.

„Wir haben bereits eine Entscheidung getroffen und das ist uns bei Gott nicht leichtgefallen. Man hat uns zu Professor Gelders nach Frankfurt geschickt, weil er der fachkundigste Arzt auf diesem Gebiet ist. Meinen Sie nicht, dass wir für unser Kind nur das Beste wollen? Wir haben wirklich gekämpft und dann kreuzen Sie hier ungefragt auf und predigen ..."

Die Finger seiner Frau gruben sich jetzt in seinen Unterarm. „Halt Boris, hör bitte auf!" Ihr Mann schnappte nach Luft, blieb aber ruhig. „Wenn ich ehrlich bin, habe ich auf so etwas gewartet. Ich habe mir gewünscht, dass man uns noch einen anderen Weg zeigt. Und ich finde, wir sollten uns das ganz genau anhören. Auch wenn es heißt, dass wir uns weiterhin die Köpfe zerbrechen müssen."

Der Kopf des Mannes schwang leicht von einer Seite zur anderen, als sei er bereits kurz vor dem Zerbrechen. Doch seine Züge wirkten entspannter und sein Blick lag zärtlich auf dem verweinten Gesicht seiner Frau.

Liane nahm ihre Handtasche auf den Schoß, zog eine Visitenkarte aus der Seitentasche heraus und schob sie über die Tischplatte. In derselben Bewegung griff sie nach ihrem Ausweis und steckte ihn zurück in die Tasche. Das Paar wechselte noch einen kurzen Blick, woraufhin Boris Hartmann, der nur zögerlich die Verantwortung zu übernehmen schien, nickte und nach der Karte griff.

Mit einem aufmunternden Lächeln stand Liane langsam auf. „Alice hat sicher Antworten auf viele Ihrer Fragen. Rufen Sie einfach an und sprechen Sie mit ihr." In der Küchentür drehte sie sich noch einmal zu ihnen um. „Ich möchte Sie nur um eines bitten. Wenn es Ihnen irgendwie möglich ist, erwähnen Sie meinen Besuch nicht bei dem Professor. Ich war mir sicher, das Richtige für Ihr Kind zu tun. Eine zweite Meinung ist immer wichtig und Aufklärung liegt mir ganz besonders am Herzen. Aber ich möchte ungern, dass mein Vorgesetzter denkt, ich spiele in einem anderen Team. Ich hoffe, Sie verstehen, was ich meine."

Nun war es Frau Hartmann, die nickte. Mit dem Handrücken wischte sie sich über die feuchten Augen und kam ebenfalls zum Stehen.

„Vielen Dank, Frau Kowalski. Wir verraten nichts und wir werden mit Frau ..." Sie drehte die Hand ihres Mannes und schaute auf die Karte. „... mit Frau Steiner sprechen."

Boris Hartmann schien weitaus weniger überzeugt. An der Tür schüttelte Liane die Hand der jungen Mutter und wünschte ihr alles Gute für ihr Kind. Die Hand ihres Mannes hielt sie etwas länger fest, während sie seinen Blick suchte. Erst als er ihr endlich in die Augen sah, begann sie zu sprechen.

„Alice wird nicht versuchen, Sie in irgendeine Richtung zu drängen. Sie möchte nur aufklären. Es ist und bleibt Ihre Entscheidung."

# Kapitel 14

Die Bank unter seinem Hintern wurde langsam kalt und Lutz überlegte, die Zeitungen aus dem Reiserucksack zu nehmen, um sie unterzulegen. Doch mit Zeitungen auf einer Parkbank würde er aussehen wie ein Penner. Das kam gar nicht in Frage. Im Rucksack waren nicht nur seine ganzen Sachen, das Teil war auch eine beschissen gute Tarnung. Seit er ihn hatte, war er kein Penner mehr. Er war Reisender. Am Frankfurter Flughafen war das gar kein Problem. Zusammen mit dem Deo, der Haarbürste und dem Einwegrasierer war seine Ausbeute schon perfekt gewesen. Dann hatte er sogar noch eine eingeschweißte Zahnbürste in Lillys Badezimmerschrank gefunden. Die Nachkriegsgewohnheit, alles auf Vorrat einzukaufen, hatte seine Schwester wohl von der Mutter geerbt. Mit einem prustenden Laut stieß er Rauch aus Mund und Nase aus. Er hätte nicht gedacht, dass ihm irgendeine bekloppte Angewohnheit seiner Erzeuger doch einmal etwas nutzen würde.

Schon eine ganze Weile saß er auf dieser Bank neben dem Kelsterbacher Schwimmbad. Er konnte sich nicht erklären, weshalb er sich auf dem Weg zu dem kleinen Waldstück hierher gesetzt hatte. Vielleicht, weil Lilly hier früher ihren Schwimmkurs gehabt hatte oder weil er doch einen Rückzieher machen und dafür etwas Zeit totschlagen wollte. Er hatte noch keinen anständigen Plan und alles, was er bisher unternommen hatte, war nicht nur riskant, sondern auch dumm gewesen. Jedenfalls hatte er im Vorbeigehen einige Eltern mit ihren Kindern gesehen, die auf den Eingang des Kelsterbacher Schwimmbads zusteuerten. Unvermittelt war er stehengeblieben, hatte sich schließlich gesetzt und schaute dem bunten Treiben zu. Soweit er wusste, waren gerade Osterferien und er fragte sich, ob überhaupt Schwimmkurse stattfanden. Wahrscheinlich nicht. Zurück in seine Kindheit versetzt, erinnerte er sich, dass er mit seinen Eltern nie im Schwimmbad gewesen war. Seine Ferien waren fast jedes Mal für Arzttermine oder Heilungsprozesse draufgegangen.

Er fand es erbärmlich, mit seinen 25 Jahren noch immer nicht anständig schwimmen zu können. Wenn er aber genau überlegte, hätte er sich so halbnackt sowieso nicht zeigen wollen. Für ihn war Wasser eben ein natürlicher Feind. Er erinnerte sich nur zu gut an Saras gescheiterten Selbstmordversuch. Das dumme Ding hatte wirklich geglaubt, aus eigener Kraft in der Badewanne ertrinken zu können.

Wie auch immer. Für ihn war das Schwimmbad kein fröhlicher Ort. Seit drei Kippenlängen – ohne Armbanduhr machte man daran ganz gut die Zeit fest – war hier kein Mensch mehr vorbeigekommen. Lutz starrte auf das kurze Rasenstück hinter dem Weg. Die Gänseblümchen darauf schrien ihn förmlich an. Lilly abgezogen zu haben, statt endlich mit ihr zu sprechen, stellte den Höhepunkt seiner Feigheit dar. Er musste grinsen. Aus dem Grinsen entwickelte sich ein lautes Lachen, was schließlich zu schallendem Gelächter heranwuchs. Er hatte einfach nicht die Eier, endlich mit ihr zu sprechen.

Als er wieder zu Atem kam, hatte ihn das schlechte Gewissen eingeholt. Lilly hatte ihn immer unterstützt, wenn auch auf ihre oberlehrerhafte Art. Sie hatte ihn zu einem halbwegs echten Menschen gemacht, hatte ihm einen Ausweis besorgt und dafür gesorgt, dass er eine Sozialversicherungsnummer hatte. Lilly hatte ihn bei den Ämtern gemeldet und ihm seinen ersten Entzug ermöglicht. Und als Dankeschön wird sie vom Brüderchen abgezogen. Seine gelben Fingerspitzen führten die bis zum Filter heruntergebrannte Kippe noch einmal zum Mund. Er nahm einen tiefen Zug, behielt die Luft in seinen Lungen und sah kleine Sternchen, als er das Ding unter der Schuhsohle zermalmte. Während der Rauch in zwei grauen Strängen aus seiner Nase stob, kam die Wut zurück.

Seit dem letzten Streit hatte er nicht mehr mit ihr gesprochen. Das musste etwas über ein Jahr her gewesen sein. Vielleicht hatte sie ihm damals erklären wollen, warum sie ausgerechnet in dieser verkackten Klinik arbeitete. Ausgerechnet dort, wo dieses Ungeheuer seine Kinderfolter betrieb. Doch er hatte ihr keine Chance gegeben, sich zu erklären. Ihre Gründe waren ihm scheißegal gewesen. Für den modernen Dr. Frankenstein zu arbeiten, ging einfach gar nicht. Dafür gab es keine Rechtfertigung. Er erinnerte sich genau an den Tag, an dem seine Schwester für ihn gestorben war. Den Entzug hatte er damals gerade erst geschmissen und sein letzter Druck war über 48 Stunden her gewesen. Die vergangene Nacht, in der er am Hauptbahnhof Platte gemacht hatte, war nicht nur kalt, sondern auch verdammt brutal gewesen. Er war mit drei anderen, deren Sprache er nicht einmal verstand, aneinandergeraten. Die drei waren nach dem ersten Fausthieb plötzlich zu zehnt gewesen und er hatte nicht nur sein Zeug, sondern auch das letzte Kleingeld an diese feigen Wichser verloren. Seine Wut war stärker als jemals zuvor. Die Gedärme schienen förmlich überzukochen. Zum ersten Mal war er fest entschlossen, etwas zu unternehmen. Die Alten, seine Erzeuger, waren längst verreckt. Doch es gab noch jemanden, der mindestens genauso viel Schuld an der ganzen Scheiße hatte, und den würde er finden. Stundenlang war er am nächsten Tag herumgeirrt. Schnorren und betteln hatte mit der zerschlagenen Fresse keinen Sinn gehabt, weshalb er sich etwas dichter unter das Volk mischen musste. Nach drei fehlgeschlagenen Versuchen war es ihm endlich gelungen, eine aufgemöbelte Tussi vor der Parfümerie abzuziehen. Im Nachhinein war er schon ein wenig stolz, trotz seines damaligen Zustands die einzig ehrenhafte Straßenregel beachtet zu haben. Es wurden keine Kinder und keine alten Leute verarscht. Daran hatte er sich gehalten. Den Moment, in dem er die gemusterte Schicksen-Brieftasche geöffnet hatte, würde er nie vergessen. Da waren gerade mal zehn Piepen drin gewesen. Entweder hatte die Alte vorher ihre ganze Kohle verbraten oder sie gehörte zu denen, die ständig das Plastikgeld zückten und nicht einmal wissen wollten, wie viel sie verschleuderten. Obwohl der Turkey kaum auszuhalten war und er sich um mehr Kohle kümmern musste, kaufte er einen Flachmann, den er in die Jacke steckte und legte das restliche Geld in einem Internetcafé auf den Tresen. Er hockte sich an einen dieser abgerockten Computer vor die gelbliche Tastatur und hatte den Arzt kurz darauf gefunden. Auf einem Bild vom Klinikpersonal suchte er anschließend nach weiteren bekannten Fratzen, als er ausgerechnet Lillys Gesicht sah.

Bei der Erinnerung sah er schon wieder rot, dachte dann aber an die Notizen und die Fotos, die er in ihrem Schreibtisch gefunden hatte. Noch einmal holte er den Packen Papier aus dem Rucksack. Die Kopie einer Geburtsurkunde eines Luka Michaelis, die andere von einer Analina Kramer und dazu eine Todesanzeige. Das Mädchen war keine sechs Jahre alt geworden. Dazu Bilder von Grabsteinen und einen Gebäudeplan für irgendein Forschungszentrum dieses Hurensohns. Ohne zu wissen, was Lilly mit dem Kram vorhatte, war er im ersten Moment überzeugt gewesen, dass ihm die Unterlagen helfen konnten, Frankenstein zu erledigen.

Den Mann, der vor ihm stand, bemerkte Lutz erst, als der sich übertrieben laut räusperte.

„Entschuldigen Sie, aber Sie saßen schon vor einer Stunde hier. Ist bei Ihnen alles in Ordnung?"

Ein blondes Mädchen versteckte sich hinter dem Oberschenkel ihres Vaters. Das Versteck war eigentlich keines, denn ihr orangefarbenes Kleid und die geringelte Strumpfhose waren bestens zu sehen. Nur den Kopf verbarg sie hinter ihrem Beschützer und schielte ganz vorsichtig zu Lutz herüber.

„Wieso? Man darf doch hier sitzen, oder?"

Der Mann sah unglücklich aus. Er überlegte offenbar, wie er sein Anliegen in Worte fassen sollte.

„Es ist nur", fing er dann an.

„... einige Mütter hatten ein komisches Gefühl. Sie meinten, Sie haben die Kinder angeschaut."

Lutz versuchte, die aufkeimende Wut herunterzuschlucken. Dieser Kerl dachte vielleicht nicht, dass er ein Penner war, doch für pädophil gehalten zu werden, stellte einen ganz neuen Abgrund dar. Lutz war es endgültig leid, ausgegrenzt zu werden. Wieder fühlte er sich wie der letzte Abschaum. Er wagte es nicht, dem Mann ins Gesicht zu sehen. Schließlich konnte er keinen Stunk gebrauchen. Nickend verpackte er seine Sachen und stand auf.

„Ich verstehe", sagte er an den Mann gewandt und zwang sich zu einem schmalen Lächeln. Dann ging er auf das Waldstück zu, in dem er das Klappergerüst von Fahrrad zwei Tage zuvor abgestellt hatte.

Am ersten Nadelbaum mit einer gelben Markierung verließ er den Weg und ging ein paar Schritte durch das größtenteils blattlose Unterholz. Zögerlich sprossen die ersten Blätter an Büschen und Sträuchern, von denen über den Winter nur nacktes, verwuchertes Geäst übriggeblieben war. Hinter einem moosbewachsenen Baumstumpf wurde alles noch dichter.

Lutz blieb stehen und schaute sich zweifelnd um. Dann schlug er sich den Weg durch weiteres Gestrüpp und kämpfte sich ein Stück in die entgegengesetzte Richtung durch. Dort sah er hinter einem anderen Stumpf nach und kam kurz darauf zur ersten Stelle zurück. Er war sicher, dass er es genau hier abgestellt hatte. Niemals hätte er geglaubt, dass jemand diese Rostlaube mitnehmen würde. Wahrscheinlich war das Waldstück doch kein geeignetes Versteck für ein Fahrrad gewesen. Bestimmt war es von einem Umweltschützer oder Förster entsorgt worden. Er schlug sich mit der Faust gegen die Stirn. Wie konnte er nur so dumm gewesen sein? Ohne den abgerockten Drahtesel würde er es vor Einbruch der Dunkelheit weder zur Klinik noch zu Lillys Wohnung schaffen. Im selben Moment machte sich eine gewisse Erleichterung in ihm breit. Schließlich wusste er immer noch nicht, was er ihr hätte sagen können.

Mit hängendem Kopf stapfte er zurück zur Straße und machte sich auf den Weg zu dem großen Aldi am anderen Ende von Kelsterbach. Von dort aus war es zwar ein ordentlicher Fußmarsch zum Flughafen zurück, doch den würde er mit einer Flasche Pennerglück vom Discounter begießen.

Erst zwei Stunden später hatte er das Terminal erreicht. Der Alkohol hatte seinen Körper aufgewärmt. Irgendetwas trieb ihn dazu, der S-Bahn-Beschilderung zu folgen, sodass er sich kurz darauf am Bahnsteig wiederfand. Der Schweiß lief ihm über die Schläfen und er hatte eine Gänsehaut an den Armen. Nervös nestelte er das Bündel Geldscheine aus seiner Hosentasche. Seit dem Bruch vor zwei Tagen war er nicht mehr am Hauptbahnhof gewesen. Für ein paar Tage würde er sich mit der Kohle noch eindecken können. Doch wollte er jetzt wirklich in die Innenstadt fahren, um sich mit einem Druck die Lichter auszuschießen und womöglich bis zum Abend nicht mehr zurückzukommen? Mit dem Rucksack und seinen ganzen Sachen wäre eine Nacht am Bahnhof viel zu riskant. Was, wenn man ihn im Schlaf abzog? Schnell steckte er das Geld wieder ein. Seine Gedärme zogen sich zusammen. Ihm kam der Gedanke, es ganz zu lassen. Ein kalter Entzug war hart, aber möglich. Sein Kopf schwirrte, während seine Arme zu zittern begannen.

*Denk nach! Sei vernünftig. Du weißt, wie es läuft. Du musst nur die Nerven behalten. Dann schaffst du das.*

Zumindest war er am Flughafen sicher. Er durfte sich nur nichts anmerken lassen, denn einen Junkie auf Turkey würde man im Terminal nicht dulden. Solange er sich wie ein normaler Reisender verhielt, war er hier auch einer. Und bis er endlich wusste, was als Nächstes zu tun war, würde er hier zumindest nicht abgezogen werden.

Auf seinem Weg zurück in das Terminal zermalmten seine Backenzähne wieder das Fleisch der Wange. Die Angst vor den kommenden Tagen schnürte ihm die Kehle zu. Doch im Grunde genommen war er sicher, dass er von dem harten Zeug wegkommen musste, wenn er echte Vergeltung wollte. Um endlich eine gewisse Macht zu haben, würde er Selbstdisziplin aufbringen müssen. An einem der länglichen Mülleimer aus gebürstetem Stahl verlangsamte er seine Schritte, schaute sich um und nahm im Vorbeigehen zwei kleine Plastikflaschen heraus. Er setzte sich auf die nächste Bank und steckte die Flaschen in seinen Rucksack. Dort blieb er einen Moment sitzen, bevor er diese Routine an drei weiteren Abfallbehältern vollzog. Nicht aufzufallen, war äußerst mühsam. Man musste Geduld aufbringen und lange Wege in Kauf nehmen, aber ansonsten war seine Vorgehensweise absolut wasserdicht.

Am Abend ging er in den kleinen Supermarkt, tauschte sein Leergut in einige Cents um und kaufte sich drei Brötchen und eine Packung Scheibenkäse. Nach dem Essen verschwand er, wie an jedem Abend, in einem der Waschräume, wo er seine tägliche Hygiene vollzog. Als er zu einer der Sitzgruppen schlenderte, war es nach Mitternacht. Auf den unbequemen Bänken kampierten längst andere Reisende. Er setzte sich neben einen Kerl im Holzfällerhemd. Der Schnauzbart des Typen sah merkwürdig verzerrt aus, wie er dasaß, den Kopf in den Nacken gelegt, den Mund leicht geöffnet und seine dunkelbraune Ledertasche mit beiden Armen umklammerte.

Aus seinem Rucksack holte Lutz erneut die geklauten Notizen und Fotografien. Er musste sie noch einmal studieren, um ihn endlich fertigmachen zu können. Irgendetwas sagte ihm, dass darin eine Grundlage für sein Vorhaben steckte.

# Kapitel 15

Die Haustüre der Hartmanns war kaum hinter Liane ins Schloss gefallen, als sie das Telefon aus der Tasche zog und Alices Nummer wählte. Nach dem dritten Freizeichen nahm die Freundin ab.

„Ich kann nicht reden, der nächste Vortrag geht gleich los", zischte ihre Stimme leise.

„Sorry, aber ich war gerade bei den Hartmanns. Ich habe versucht, ihnen alles zu erklären. Sie wissen nichts von dem Forschungsprojekt, aber ich habe ihnen deine Nummer gegeben und hoffe, dass sie sich bei dir melden."

„Gut."

„Alice, ich weiß nicht, ob …"

„Die fangen vorne gleich mit der Präsentation an. Ich muss das Telefon jetzt ausschalten."

Ihr Flüsterton klang herausgepresst und angestrengt.

„Versprich mir aber bitte, dass du mir sofort Bescheid gibst, wenn sie sich gemeldet haben!"

„Mach ich."

„Bitte unbedingt, sofort …"

Es klickte in der Leitung.

***

Unmittelbar hinter der Autobahnauffahrt begann der Stau. Das schleichende Vorankommen fühlte sich für Liane an wie der Stau des Jahrhunderts. Statt weiter auf der A5 zu parken, entschied sie, an der nächsten Raststätte abzufahren.

Der Tankwart blinzelte ihr verschmitzt zu, als er den Kirschplunder auf einen Pappteller legte. Ohne ihr Telefon auch nur eine Sekunde aus den Augen zu lassen, trank sie einen schalen Kaffee aus einem nach Pappe schmeckenden Becher und verschlang das süße Blätterteigteilchen. Zurück auf der Autobahn kamen ihr die Automassen nur um wenige Stotterzüge schneller vor und sie fuhr am nächsten Autohof noch einmal ab. Zum nächsten Kaffee gab es ein Duplo und einen weiteren Kaffee zum Mitnehmen. Im Radio hatte sie zwar von einem schrägstehenden LKW gehört, der die Fahrbahn blockierte, doch sie hatte verpasst, an welcher Stelle der Unfall passiert war.

Als sie drei Stunden später den LKW, dessen Frontseite noch immer in der Leitplanke steckte, endlich in Schrittgeschwindigkeit passierte, konnte sie die Messeausfahrt bereits sehen. Mit einem Seitenblick auf ihr Smartphone versicherte sie sich, dass sie noch immer keinen Anruf bekommen hatte. Sie wechselte auf die A648, fuhr in Rödelheim ab und bog in die Einfahrt des Supermarkts auf der Hauptstraße ein. Dort kaufte sie lediglich eine große Packung Ben & Jerry's und parkte den Peugeot keine zehn Minuten später in der Seitenstraße ihres Wohnviertels. Die Handtasche über der Schulter, hatte es Liane mit Haustürschlüssel und Telefon in der einen und dem Eisbecher in der anderen Hand eilig, die Treppen hinauf zu kommen. Sie war noch nicht ganz durch die Tür getreten, als sie schon den Papierdeckel abriss. In der Küche holte sie sich direkt einen Suppenlöffel. Gierig löffelte sie die sahnig-kalte Masse und ließ die Schokostücke darin auf ihrer Zunge zergehen, noch während sie Jacke und Schuhe auszog.

Wenig später saß sie auf dem Sofa und starrte den leeren Eisbecher schuldbewusst an. Wieder schaute sie auf das Display ihres Telefons. Sie hatte immer noch keinen Anruf, sah dabei aber unweigerlich die Uhrzeit. Ein halber Liter Eis in weniger als 20 Minuten. Es war gerade erst Mittag und sie hatte schon Kalorien verschlungen, die sogar einem Spitzensportler für drei Tage reichten. Das war beinahe schlimmer, als auf Prüfungsergebnisse zu warten. Sie brauchte Zucker. Nach ihrer Ausbildungsprüfung hatte sie in vier Wochen Wartezeit beinahe vier Kilo zugelegt. Knapp ein Kilo pro Woche. Wenn sie nervös war, aß sie. Sie musste also dringend auf andere Gedanken kommen. Plötzlich schossen ihr die Kopien und Fotos in den Kopf, die Lutz mitgenommen hatte. Wut war eine großartige Ablenkung. Bis zum Abend war es noch lang und sie war plötzlich fest entschlossen, ihn zu finden. Auch wenn sie keine Ahnung hatte, wie sein Leben im Kölner Raum außerhalb der Klinik verlief, so hatte sie ihn in Frankfurt als Jugendliche einige Male aufgespürt. Wenn er tatsächlich in der Stadt war, was sie kaum mehr bezweifelte, gab es ein paar Orte, an denen er sich aufhalten würde. Liane warf sich ihre Jacke über und wollte gerade ihre Handtasche schultern, als ihr einfiel, dass es keine gute Idee war, unnötig viele Sachen mit sich herumzuschleppen. Sie kippte den gesamten Inhalt der Handtasche auf den Küchentisch, während ihre Gedanken unwillkürlich zu dem Tag zurückkehrten, an dem sie diese Lektion gelernt hatte. Vollkommen ahnungslos war sie damals an Orte gegangen, an die man besser keine Wertgegenstände mitnahm. Die Quittung für ihre Unvernunft hatte sie sofort bekommen.

Es war irgendwann im späten Herbst gewesen, zwei Jahre nachdem Sara aus ihrer aller Leben verschwunden war. Der Aushilfsjob in der Bäckerei, die Schule, aber ganz besonders der Ärger mit ihrer Mutter wuchsen Liane über den Kopf. Nach dem Unterricht hatte sie einige Lebensmittel eingekauft und schon beim Betreten der Wohnung das merkwürdige Kribbeln im Nacken gespürt. Sie wusste, dass etwas nicht stimmte, schon bevor sie das Wohnzimmer betrat und den bewusstlosen Körper ihrer Mutter auf dem braunen Cordsofa fand. Wie beim ersten Mal sah sie gleich darauf die Tabletten auf dem Beistelltisch und daneben, auf dem mausgrauen Teppich, eine gelblich breiige Lache aus Erbrochenem. Doch sie hatte dazugelernt. Beim ersten Mal hatte man ihr im Krankenhaus nicht einmal den Magen ausgepumpt, weil sie sich vorher schon mehrfach übergeben hatte. Aber noch etwas Wichtigeres hatte Liane dabei gelernt. Würde sich ein solches Ereignis wiederholen, wäre sie zwar augenblicklich die Verantwortung für ihre Mutter losgewesen, aber gleichzeitig auch die für ihr eigenes Leben. Das Jugendamt stellte seit dem ersten Mal eine ständige Bedrohung dar. Ein Notruf hätte möglicherweise bedeutet, dass sie ihr letztes Jahr bis zur Volljährigkeit in einem Jugendheim hätte verbringen müssen.

Liane rückte den Couchtisch zur Seite, nahm all ihre Kräfte zusammen und zog ihre Mutter vom Sofa auf den Boden. Sie winkelte ihr Knie an und drehte den leblosen Körper auf die Seite. Mit überstrecktem Kopf und geöffnetem Mund ließ sie die plötzlich fremd wirkende Frau auf dem Boden liegen. In der

Küche verstaute sie die Paprika und Zucchini, aus denen sie am Abend einen Auflauf hatte machen wollen. Das Hackfleisch kam in die Tiefkühltruhe und das Lieblingsjoghurt ihrer Mutter in den Kühlschrank. Als sie anschließend die Fantadose aus der Einkaufstasche nahm, stieg in ihr die Erinnerung an die endlosen Debatten auf, die in ihrer Familie wegen des immensen Limonadenkonsums der Mutter geführt worden waren. Mindestens zwei Dosen – denn das Zeug schmeckte nur aus der Dose richtig gut – hatte sie täglich davon getrunken. Für die Kinder war es unverständlich, dass man ihnen bloß einmal pro Woche eine Limopause gönnte. Der Zucker sei nicht gut für die Zähne, war die Erklärung der Eltern gewesen, wobei Mama doch auch welche im Mund hatte.

Dann kam Liane eine der schönsten Erinnerungen an ihre Familie in den Kopf: die an ihre letzte gemeinsame Limopause. Sie musste dreizehn oder vierzehn Jahre alt gewesen sein. Sie saßen zu dritt auf dem flauschigen Hochflorteppich im Wohnzimmer. In Lillys Dose steckte ein Strohhalm, genau wie in der ihrer Mutter. Gleichzeitig nahmen sie einen tiefen Zug und ließen einen Seufzer hören, als das kühle Prickeln ihre Hälse herunterlief. Auf allen Gesichtern stand ein Lächeln, das schlagartig verschwand, als sich Sara wortlos erhob. Sie ging durch die Wohnzimmertür und war erst einmal verschwunden. Doch schon einen Moment später war sie mit ihrem Kofferradio unter dem Arm wieder aufgetaucht. Sie nahm noch einen Schluck Fanta, stellte die Getränkedose auf der Kommode ab und das Radiogerät mit Kassettendeck auf den Boden. Dann schaltete sie das Gerät ein und Adam Duritz klagte ihnen sein Leid: *„Why am I so alone? I can't go outside, I'm scared I might not make it home."* Sara begann sofort, zu den Counting Crows zu tanzen. Lilly und ihre Mutter tauschten verdutzte Blicke. *„Cause I've been there before and I deserve a little more."* Keine zehn Sekunden später waren sie ebenfalls auf den Füßen und alle tanzten im Wohnzimmer zu *„Rain King"*. *„August and Everything After"* war zu ihrem Album geworden.

An besagtem Nachmittag, drei Jahre nach dem gemeinsamen Tanz auf dem Hochflorteppich und zehn Jahre bevor ihre Mutter sterben sollte, starrte Liane die Getränkedose in ihrer Hand an.

Mit der bewusstlosen Mutter nebenan fühlte sie sich so einsam wie niemals zuvor. Sie legte die Fanta in den Kühlschrank, ging in ihr Zimmer und schaltete den Computer ein. Über die Sinnhaftigkeit ihres Vorhabens dachte sie nicht nach, als sie den USB-Stecker des kleinen MP3-Players in das Gerät schob, um *„August and Everything After“* aus ihrer Datenbank auf den Player zu ziehen. Damals war sie noch einmal ins Wohnzimmer gegangen und hatte die Atmung ihrer Mutter kontrolliert, bevor sie den Player und ein Paar Kopfhörer in ihre Handtasche geworfen und diese geschultert hatte. Überfallartig hatte sie dann die Wohnung verlassen. Sie war genauso entschlossen gewesen wie jetzt, Lutz in den Straßen Frankfurts zu finden. Sie musste ihrem Bruder das Album bringen. An jenem Abend hatte ihre Entschlossenheit lediglich bis zu dem Moment gereicht, in dem sie von einem Typen gerammt und an der Längsseite des Hauptbahnhofs zu Boden gerissen wurde. Der Kerl war natürlich mitsamt ihrer Tasche geflohen und ihren Bruder hatte sie an diesem Tag nicht einmal mehr gesucht.

Beide Erinnerungen versuchte Liane jetzt abzuschütteln. Sie fuhr sich mit den Handflächen über das müde Gesicht und nahm einen tiefen Atemzug. Als sie endlich bereit war, steckte sie ihr Smartphone in die Seitentasche ihres Parkas. Aus dem Portemonnaie nahm sie ihren Ausweis heraus. Der kam zusammen mit Kleingeld für die Bahn in die andere Tasche. Im großen Fach ihrer Brieftasche befand sich lediglich ein einsamer Zehneuroschein. Falls sie wirklich Geld brauchte, würde sie mit dem nicht sonderlich weit kommen. Ohne nachzudenken, steuerte sie das Bücherregal in der hintersten Ecke des Wohnzimmers an. Sie wollte gerade nach ‚Gottes Werk und Teufels Beitrag‘ greifen, als sie sich an das Bücherchaos nach dem Einbruch erinnerte. Natürlich hatte er ihr Bargeldversteck gefunden. Zugegebenermaßen war es nicht sehr originell. Doch wer rechnete schon mit einem Einbruch in den eigenen vier Wänden? Trotzdem würde sie das blöde Buchgeldversteck durch einen besseren Ort ersetzen. Zu ihrem Personalausweis in der Innentasche der Jacke steckte sie ihre Bankkarte. In der Stadt gab es genügend Geldautomaten.

Schon ein paar Minuten später stellte sie den gelben Peugeot in einer Seitenstraße ab. Sie überquerte die Straße und stieg am Rödelheimer Bahnhof die steilen Treppenstufen hinunter, die in ihrer kreisrunden Anordnung an die Stufen eines Amphitheaters erinnerten. Als das Smartphone in der Tasche ihres Parkas zu vibrieren begann, dachte sie zuerst an Alice. Die zittrigen Finger bekamen nur die oberste Kante des Telefons zu fassen, als sie es aus der Seitentasche zog. Das Gerät rutschte aus dem knappen Griff und drehte sich einmal in der Luft, sodass sie es gerade noch mit der anderen Hand zu fassen bekam. Liane drehte das Display zu sich herum und sah auf der oben angezeigten Vorschau, dass es eine Textnachricht von Christian war. Es rumpelte über ihrem Kopf. Als sie realisierte, dass es die einfahrende S-Bahn war, umschloss sie das Telefon mit der ganzen Hand und sprintete die Stufen zum Bahnsteig hinauf. Die Bahn war so weit vorgefahren, dass Liane den letzten Waggon gerade noch erreichte, bevor sich die Tür zischend schloss. Im Türbereich versuchte sie, wieder zu Atem zu kommen, wobei ihr eine ältere Dame mit einem Hut auffiel. Die Frau erinnerte Liane an ihre Großtante Ute. Die Tante, die in Lianes Erinnerung immer einen dunkelblauen Filzhut mit weißer Blume auf dem Kopf und einen langstieligen Regenschirm in der Hand trug, war nach dem Umzug ein paar Mal zu Besuch gekommen. Als einzige Verwandte im neuen Leben der Familie, nach Saras Operationen. Noch bevor sie in die vierte Klasse kam, war die Tante gestorben und Liane hatte seither kaum an sie gedacht. Die Frau in der Bahn schaute von ihrem Taschenroman auf. Womöglich hatte sie gespürt, dass sie angestarrt wurde. Schnell fixierte Liane einen Punkt im vorderen Bereich des Abteils und ging mit erhobenem Kopf an ihr vorbei. Sie passierte die nächste Tür und setzte sich dort auf einen freien Sitz. Erst jetzt wagte sie es, die Nachricht zu öffnen. *Hallo schöne Frau mit Herz für nasse Katzen und ungewöhnliche Tanzstile. Die Wettervorhersage für morgen behauptet, es bliebe den ganzen Tag trocken, bei mindestens 15 Grad.*

*Denen werde ich's zeigen. Ich hab schon geübt.*

Obwohl sie sehen konnte, dass er schon wieder etwas schrieb, tippte sie schnell.

*Hallo! Ich bin gespannt auf deine Performance.*

Das Telefon vibrierte.

*Ich hoffe, du zweifelst nicht an meinen Fähigkeiten als Rainman.*

Jetzt war sie schnell:

*Zweifelst du denn?*

Das Telefon summte fast pausenlos in ihrer Hand.

*Ähm....*

*Du hast mir auch noch nicht verraten, was wir machen, wenn ich meine trockenen Wechselklamotten angezogen habe und der ganze Zauber überstanden ist.*

Sie atmete schwer auf. In ihrem Hinterkopf war ihr Gewissen ununterbrochen damit beschäftigt, ihr in die Suppe zu spucken. Diese starrsinnige Anziehungskraft würde ihr früher oder später in einem großen Chaos um die Ohren fliegen. Doch sie konnte einfach nicht widerstehen. Mit schiefgezogenem Mund tippte sie noch eine Nachricht und nahm sich vor, es dabei zu belassen.

*Zuerst der Regentanz! Ich freue mich auf morgen.*

Als sie von dem Display aufsah, erblickte sie den Bahnsteig des Hauptbahnhofs und sprang auf. Sie hatte die Tür gerade erreicht, als sich diese, von dem schrillen Piepen angekündigt, schloss. Der Bahnsteig zog langsam an ihr vorbei und Liane änderte spontan ihre Pläne. Sie würde noch zwei Stationen weiterfahren, dann über die Hauptwache zur Neuen Kräme laufen und zuerst dem stadtbekannten Eisenbahn-Reiner einen Besuch abstatten. Der kleine Platz zwischen der Liebfrauenkirche und dem Schuhgeschäft war schon seit mehr als elf Jahren Reiners Zuhause. Als junger Kerl hatte sich Lutz ab und an für ein paar Stündchen zu ihm gesetzt und seiner batteriebetriebenen Eisenbahn zugeschaut, die unentwegt durch die bunte Spielzeuglandschaft tuckerte. Das war zwar schon Jahre her, aber Reiner kannte Lutz. Vielleicht hatte er ihn gesehen. An der belebten Hauptwache huschte sie zuerst in die Sparkassenfiliale, schob ihre Bankkarte in den Automaten und holte sich etwas Bargeld. Von hier kam man durch den schmalen Gang zwischen den E-Kinos und der Drogerie direkt auf die Neue Kräme und Liane stand kurz darauf vor Reiners Spielzeugarsenal. Grinsend schaute sie sich die bunte Spielzeuglandschaft an, als er, wie immer einen Kaffeebecher in der Hand, näherkam.

„Hallo Reiner, kennst du mich noch?“

Seine Schultern hoben sich zu den Ohren und hinter seinem Vollbart bewegten sich die Lippen kaum merklich, als ein leises „Joa“ zu hören war.

Einen kurzen Moment überlegte Liane, ob sie ihn testen sollte, entschied sich dann aber gleich dagegen. Zusammen mit einem Fünfeuroschein holte sie ihr Mobiltelefon aus der Jacke und hielt dem Mann ein Foto von Lutz unter die Nase.

„An meinen Bruder Lutz kannst du dich doch sicher auch erinnern. Hast du ihn in den letzten Tagen gesehen?“

Sie hob fragend die Brauen und stellte noch einmal sicher, dass Reiner den Geldschein sah. Liane fühlte sich schlecht, ausgerechnet Reiner bestechen zu wollen, der weder bettelte noch schnorrte und nie jemandem zu nahe kam. Genau wie sie befürchtet hatte, schüttelte der Mann nachdenklich den Kopf. Ohne sie anzusehen, nippte er an seinem Kaffee, drehte sich um und ging ein paar Schritte in die andere Richtung. Fehlanzeige. Bei ihm hatte sie also keine Chance.

Mit der nächsten S-Bahn fuhr sie die beiden Stationen zurück zum Hauptbahnhof und lief dort das gesamte Gebäude von außen ab. Zurück am Haupteingang ging sie über die breite Treppe in die Einkaufspassage hinunter. Sie wusste, dass ihre auffälligen Blicke, mit denen sie jede zwiespältige Gestalt präzise musterte, in der B-Ebene ein gewisses Risiko bargen. Doch darauf konnte sie keine Rücksicht nehmen. Angetrieben von einer hoffnungsvollen Angst, in einer der Gestalten ihren Bruder zu erkennen, schaute sie sich ganz genau um. Sie suchte auch nach diesem Glatzkopf, Eg nannte er sich. Obwohl man ihn hier unten ganz sicher kannte, traute sich Liane nicht, nach ihm zu fragen. Sie hatte keine Angst, für einen Junkie gehalten zu werden. Gefährlicher wäre es, wenn man sie für eine Polizistin hielt. Vielleicht saß dieser Eg längst im Gefängnis oder war seinem eigenen Lebensstil zum Opfer gefallen und schaute sich inzwischen die Gänseblümchen von unten an.

Gänseblümchen!

Während sich in ihren Gedanken die zarten weißen Blütenblätter mit Bildern aus ihrer Kindheit mischten, lief sie zum hinteren Ende der Passage. An einer Spielhalle und einigen geschlossenen Ladengeschäften vorbei ging es über Treppenverbindungen zu den U-Bahnschächten. Über eine Steintreppe begab sie sich nun noch tiefer in den Untergrund der Stadt. Am Fuße der Treppe konnte sie den Bahnsteig schon sehen, als sie auf dem breiten Absatz zum Stehen kam und in den schmalen Gang seitlich der Treppe einbog. Am Ende des Durchgangs, in dem sie nun stand, führten Stufen zu einem weiteren Bahnsteig. Liane zuckte zusammen, als sie aus den Augenwinkeln ein Paar Füße unter der Treppe herauslugen sah. Sie beugte den Oberkörper nach unten und ihr Blick blieb eine Sekunde lang an der leblosen Hand hängen, neben deren gelblichem Zeigefinger eine Spritze auf dem Betonboden lag. Lianes Aufmerksamkeit schnellte über die anderen Utensilien und nur kurz zu dem Gesicht, den geschlossenen Lidern und dem geöffneten Mund der Frau, bevor ihre überlaufenden Augen den Kugelbauch unter dem Wollpullover musterten. Eine Hand auf die Narbe an ihrem eigenen Bauch gepresst, tastete sie mit der anderen nach dem Telefon in ihrer Jackentasche. Kaum hatte sie es zu fassen bekommen, umfasste eine Männerhand die ihrige mitsamt dem Handy.

Liane fuhr herum. Sie hatte ihn nicht kommen hören.

# Kapitel 16

Vor ihr stand Eg, der Glatzkopf, nach dem sie eben noch gesucht hatte. Er war weder tot noch im Gefängnis und immerhin stark genug, ihr das Smartphone aus der Hand zu nehmen, als hätten ihre verkrampften Finger es ihm freiwillig hingehalten. Sie wollte gerade protestieren, als er sie wortlos beiseiteschob und mit eingezogenem Kopf auf die bewusstlose Frau zuging. Er steckte Lianes Telefon in die hintere Tasche seiner Jeans, beugte sich zu der Schwangeren herunter und fühlte ihren Puls. Dann hielt er seine Finger für einen Moment ganz ruhig vor ihren Mund und steckte sie gleich darauf hinein. Es sah aus, als würde er nach etwas tasten. Als Liane verstand, dass er Erbrochenes herausholen wollte, drehte er die Frau auch schon auf die Seite und überstreckte ihren Hals. Er wirkte wie ein geübter Ersthelfer und nicht wie der todbringende Dealer, der er in Wirklichkeit war. Als er sich aus der Hocke aufrichtete, schaute er Liane zum ersten Mal direkt ins Gesicht. Seine Hände wischte er an den Oberschenkeln der Jeans ab und stand dann kerzengerade vor ihr.

„Dir ist schon klar, dass du jetzt keinen Notarzt holen kannst, oder?“

Liane schnappte nach Luft.

„Und von den Bullen würde ich dir auch abraten.“

Sie sagte noch immer kein Wort, bis er sie schließlich am Oberarm packte und ein paar Schritte von der Frau weg in Richtung der hinteren Treppe zog.

Ein piepsiges „Hey“ kroch aus ihrer Kehle, während sie seinen groben Griff abzuschütteln versuchte. An ihre Krav Maga-Praktiken war gar nicht zu denken. Schließlich sollte er ihr helfen, Lutz zu finden.

„Hör zu“, sagte er in einem ruhigen, aber bestimmten Tonfall. Er sah aus, als spräche er mit seiner kleinen Tochter, wobei Liane nur hoffen konnte, dass er keine Kinder hatte. „Wenn ich dir sage, dass sie in Ordnung ist, musst du mir das glauben. Und wenn ich dir glauben kann, dass du nix Unüberlegtes machst, bekommst du dein Handy zurück."

Er starrte ihr fest in die Augen.

Statt zu antworten, sagte sie: „Ich suche meinen Bruder. Ich muss dringend mit ihm sprechen und ich bin sicher, dass du ihn gesehen hast."

Ihr eigener Blick war jetzt mindestens genauso fest und sicher. Zwar hatte sie den Versuch aufgegeben, ihren Arm aus seinem Griff zu befreien, spannte aber stattdessen jeden Muskel an und stand mit geradem Rücken vor dem Glatzkopf.

Egs Gesichtsausdruck veränderte sich. Seine Finger ließen ihren Arm los. Er blickte zur Seite, dann wieder zu ihr.

„Ich bin sicher, dass er dich finden würde, wenn er es wollte."

Jetzt sah der Kerl beinahe etwas traurig aus.

„Du hast ihn aber gesehen, richtig?" Keine Antwort. „Komm schon, es ist wirklich wichtig. Außerdem bist doch du dafür verantwortlich, dass er sich hier herumtreibt."

Liane hatte keine Chance zu reagieren, als sich seine Finger in ihre Haare bohrten und ihr Gesicht nur noch Zentimeter von seinem entfernt war.

„Was sagst du da? Ich? Verantwortlich? Meine Güte! Du weißt ja gar nicht, was du da sagst. Das perfekte Püppchen aus der abgerockten Psychofamilie, und du willst mir die Schuld geben? Du hast sie ja nicht alle." Mit einem Ruck riss er erneut an ihren Haaren und zog ihr Gesicht damit wieder von seinem weg.

Liane stolperte ein paar Schritte rückwärts und prallte gegen den harten Beton der Wand.

„Ich werde ihm sagen, dass du ihn sprechen musst. Wenn ich ihn sehe. Mehr aber auch nicht. Und ich rate dir, dass du dich jetzt von hier verpisst, und zwar schnellstens."

Als ekelte ihn der Gedanke, sie eines weiteren Blickes zu würdigen, drehte er ihr den Rücken zu, zog das Smartphone aus der Hosentasche und legte es im Gehen auf einer der Treppenstufen ab.

Es war, als drücke ihr eine unsichtbare Hand die Kehle zusammen. Sie hechtete ihm zwei Stufen hinterher, schnappte sich das Handy und drehte wieder um. Vorbei an den Füßen der Schwangeren stolperte Liane durch den Gang zurück in die

Richtung, aus der sie gekommen war, machte kurz vor dem Bahnsteig eine Kehrtwende und rannte die Steintreppe hinauf. Zurück in der Bahnhofspassage kam ihr die Luft immer noch zu dick zum Atmen vor. Ihre Schritte wurden schneller und sie verfiel in einen Laufschritt. Immer wieder rempelte sie andere Leute an, bis sie es endlich zur Rolltreppe auf der anderen Seite geschafft hatte. Hinter einer alten Frau, die ihren Rollator gerade mit großer Mühe auf der Treppe geparkt hatte, blieb Liane stehen. Zuerst wollte sie sich an der Frau vorbeidrängeln, merkte dann aber, dass sie die Treppe hätte nehmen können. Nicht jeder konnte die Rolltreppe hochlaufen, um noch schneller ins Freie zu kommen. Sie legte den Kopf in den Nacken und konnte schließlich den Himmel sehen. Über die Augen war der Impuls vom Hirn endlich in ihren Lungen angekommen und sie konnte wieder atmen. Ihr Puls beruhigte sich. Oben angekommen, tappte sie zur nächsten Parkbank. Sie setzte sich und versuchte, ihre Gedanken zu sortieren. Als sie ein wenig zu Atem gekommen war, nahm sie ihr Telefon heraus. Alice hatte immer noch nicht angerufen und es war gerade erst Nachmittag. Mit dem Blick auf die Datumsanzeige kam ihr plötzlich ein ganz neuer Gedanke. Das gelbe Notizbuch hatte sie zu Hause gelassen, aber der 28. März sagte ihr etwas. Auf dem Smartphone öffnete sie die Webseite der Goethe Universität und stellte fest, dass sie richtig lag. Wenn sie schon in der Stadt war, war es wenigstens einen Versuch wert.

***

Die dunkelgrauen Wolken hingen so dicht über dem mit gelbem Kalkstein verkleideten Gebäude, dass der langgezogene Komplex wie ein großes Geisterschloss wirkte. Die Vorhersage von Christians Wetterbericht war wohl nicht ganz so akkurat gewesen. Liane hatte gerade die großen Eisentore erreicht, als es zum ersten Mal hinter dem dunklen Wolkenvorhang am Himmel rumpelte. Mit einer Hand hielt sie den Kragen ihres Parkas am Hals zusammen, während sie schnellen Schrittes den Hügel zum I.G.-Farben-Haus hinaufmarschierte. Sie stieg die Stufen zu den prunkvollen Säulen hoch und zog nacheinander die beiden

Glastüren auf, um einzutreten. In der hohen Halle kam Liane das Gebäude vor wie ein verlassenes Schloss. Die beiden geschwungenen Flügeltreppen rechts und links führten ins Obergeschoss, doch sie hielt geradeaus auf die wenigen Stufen ins Hochparterre zu. Auf der Webseite hatte sie sich den Campusplan genau angesehen. Die Tür zu der kreisförmigen Cafeteria stand offen, obwohl das Café der Eisenhower-Rotunde während der vorlesungsfreien Zeit geschlossen hatte. Liane durchquerte die Rotunde mit ihren gläsernen Seitenwänden und ging durch eine weitere schwere Glastür wieder ins Freie. Sie lief an dem quadratischen Brunnen vorbei, an dessen Ende eine Nymphenskulptur mit türkis-grünlicher Patina den kleinen Wasserfall bewachte. Liane stieg die Treppen zur rechten Seite des Beckens hinauf und beobachtete dabei, wie die Wasserwand die grünliche Wasseroberfläche zerschlug. Vor dem nächsten Gebäude aus gelbem Kalkstein blieb sie stehen. Das musste das Casino sein. Auf einem Schild wurde der Vortrag und die Podiumsdiskussion zum Aktionstag für Entgeltgleichheit zwischen Frauen und Männern angekündigt. Liane schaute auf die Uhr. Die Veranstaltung sollte bald zu Ende sein. Auch wenn die Ankündigung auf Facebook nicht garantierte, dass Carolin wirklich hier war, wurde Liane mit jeder Minute nervöser.

Das Poltern von oben nahm an Lautstärke zu und dann fielen auch schon die ersten Tropfen.

Liane betrat das Gebäude. In dem Moment öffnete sich die Tür des großen Saals und die ersten Menschen traten in den Vorraum. Sie blieb in der Nähe des Ausgangs stehen und musterte jeden, der an ihr vorbeiging. In einer kleinen Menschentraube schob sich Carolin durch die Türen. Sie hielt kurz inne und zog kopfschüttelnd die Kapuze ihres dunklen Sweatshirts über das fest zurückgebundene Haar, bevor sie in den Regen trat. Liane stürzte hinter ihr her, lief um sie herum und stellte sich ihr in den Weg.

„Carolin, ich bin Liane. Ich würde gerne mit dir reden."

Etliche Fragen standen ihr ins Gesicht geschrieben, doch nur eine schaffte es aus Carolins Mund. „Woher kennen Sie meinen Namen?"

„Ich arbeite in der Dionysos-Klinik."

In diesem Augenblick drehte sich Carolin an ihr vorbei und lief auf den Brunnen zu. Liane fuhr herum und hechtete ihr abermals hinterher. Auf der zweiten Treppenstufe packte sie Carolins Oberarm.

„Lassen Sie mich los! Ich will nichts mehr mit diesem Laden zu tun haben, und schon gar nicht mit Gelders!"

Ihre Stimme hatte sich beinahe überschlagen.

„Das beruhigt mich! Ich bin nicht von ihm geschickt worden. Ganz im Gegenteil."

Als Carolin wieder zu ihr aufblickte, hatten sich ihre honigbraunen Augen in lodernde Flammen verwandelt.

Liane lockerte ihren Griff, kam ihr aber etwas näher, um nicht so laut sprechen zu müssen.

„Ich habe den Brief an dich verschickt. Ich weiß, dass es feige war, und das tut mir leid, aber ich glaube, wir müssen reden."

Carolin drehte sich zur Nymphenskulptur um und befreite damit ihren Arm. Sie schien zu überlegen. Als Liane gerade noch einmal ansetzen wollte, schaute sie wieder zu ihr auf. „Sie haben recht. Das war unglaublich feige."

Liane musste sich anstrengen, dem lodernden Blick standzuhalten. Beide starrten einander durch den Regen hinweg an und Liane nickte.

Dann fragte Carolin: „Wo gehen wir hin?"

Mit diesen vier Worten fiel eine gewaltige Last von Liane ab. Mit einem breiten Grinsen zog sie die Schultern zu den Ohren.

„Vielleicht weiß ich, wo wir uns hinsetzen können", sagte Carolin und deutete mit dem Kopf an, dass sie ihr folgen sollte. Mit langen Schritten gingen sie zurück zu dem Gebäude und durchquerten den Vorraum. Dort zog Carolin eine schwere Holztür auf. Ein Grinsen umspielte ihre Mundwinkel, wohl weil sie sich freute, dass die Tür nicht verriegelt war. Nacheinander schlüpften sie durch den Spalt. Die Mensa wirkte wie eine verlassene Bahnhofshalle, nur dass sie mit langen Tischen und unendlich vielen Stühlen bestückt war.

Zielsicher steuerte Carolin auf einen der Tische am Ende des Raumes zu. Sie schob einen Stuhl zurück, setzte sich, schlug die Beine übereinander und verschränkte die Arme vor der Brust. Die Flammen in ihren Augen loderten immer noch.

„Jetzt bin ich gespannt“, sagte sie mit vorgestrecktem Kinn.

„Also, ich weiß gar nicht, wo ich anfangen soll.“

Obwohl Liane in der letzten Stunde pausenlos gegrübelt hatte, was sie Carolin sagen würde, fühlte sie sich unvorbereitet. Sie atmete tief ein und aus, bevor sie begann.

„Ich arbeite zwar in der Klinik, aber man könnte sagen, dass ich kein großer Fan von Gelders Arbeit bin.“

„Wieso haben Sie den Brief geschrieben?“

Lianes Hals war wie zugeschnürt. Plötzlich wünschte sie sich, dass die Mensa geöffnet sei. Sie hätte unglaublich gern ein Getränk gehabt.

„Du kannst mich natürlich duzen.“

Unbewusst starrte sie die Tischplatte vor sich an. Ihr Blick hatte den Flammen dieser Augen längst nicht mehr standhalten können. Während sie versuchte, weiter zu atmen, fuhren ihre Gedanken zusammen mit ihren Emotionen Karussell. Sie hielt es für unklug, hob aber trotzdem den Kopf und nahm all ihren Mut zusammen.

„Wäre es dir lieber, wenn du die Wahrheit nicht erfahren hättest?“

Die Feueraugen füllten sich mit Tränen, aber das Kinn blieb in seiner angriffslustigen Position.

„Natürlich nicht. Das können *Sie* sich sicher denken.“ Mit einer kleinen Pause bekräftigte Carolin, das angebotene Du abgelehnt zu haben. „Ich war unglücklich. Ich wusste immer, dass ich anders bin und ich habe angefangen, meine Mutter zu hassen, weil ich die Vermutung hatte, dass sie wusste, was an mir falsch ist, ohne es mir zu sagen.“

Liane atmete scharf ein. „An dir ist nichts falsch. Und an dir war auch nie etwas falsch. Darum wollte ich doch, dass du die Wahrheit weißt und damit umgehen kannst.“

Carolin schnaubte. „Mein ganzes Leben ist ein Geheimnis. Meine eigene Mutter hat vor mir verheimlicht, was ich bin. Natürlich ist etwas falsch mit mir. Ich bin ein verdammter Freak.“

„Das ist nicht wahr. Ich bin sicher, du hast selbst längst recherchiert. Ich glaube nicht, dass ich dir jetzt einen Vortrag darüber halten muss, dass in etwa so viele intersexuelle Menschen geboren werden, wie es Rothaarige gibt. Jedenfalls gibt es sehr, sehr viele, die so sind wie du. Eine davon ist meine beste Freundin.“ Liane überlegte kurz und erlaubte sich dann eine Notlüge. „Das ist auch der Grund, weshalb ich etwas gegen die Operationen habe, die Gelders durchführt. Die meisten der Kinder, die er behandelt, sind vollkommen gesund. Diese Operationen werden meiner Meinung nach nur durchgeführt, um die Kinder für die gesellschaftliche Norm passend zu machen. Ohne diese Norm, diese beschränkte Weltsicht, wäre das gar nicht notwendig. Aber deiner Mutter solltest du wirklich keine Vorwürfe machen.“

„Ich weiß, dass sie gefragt worden ist, ob sie möchte, dass mich die Ärzte von innen aushöhlen wie einen Kürbis an Halloween. Meine Mutter musste zustimmen.“ Eine dicke Träne kullerte über ihre Wange und sie beugte sich etwas näher zu Liane herüber. Ihre Stimme wurde leiser. „Die haben mich quasi von innen kastriert, um mir dann mein Leben lang vorzulügen, dass ich Vitamintabletten nehmen muss. Weil mein Körper in Wirklichkeit keine eigenen Hormone mehr produziert. Sowas kann doch nicht erlaubt sein.“

„Ich hoffe, dass diese Operationen bald nicht mehr erlaubt sind. Leider dauert es viel zu lange, bis Gesetze geändert werden. Aber es gibt Menschen, die dafür kämpfen. Eine davon ist meine Freundin.“

Carolin wollte gerade zu einer Antwort ansetzen, als Liane weitersprach.

„Ich riskiere hier gerade meinen Job, darum weißt du sicher, dass ich wirklich auf deiner Seite bin. Aber hast du dir mal überlegt, wie sich deine Mutter gefühlt haben mag?“

„Oh, die Arme!“

Der Gesichtsausdruck der jungen Frau strotzte vor Hass.

„Ja, die Arme! Wenn du ein Kind ausgetragen hast, es monatelang in dir gespürt und alles dafür getan hast, dass es ihm gut geht, dann liebst du es über alles.“ Unter dem Tisch drückte Lianes Hand auf die brennende Narbe an ihrem Bauch. „Stell dir vor, du hast es unter unvorstellbaren Schmerzen zur Welt gebracht und die Ärzte sagen dir, sie wissen nicht genau, ob es ein Junge oder ein Mädchen ist. Sie sagen dir, dass so etwas öfter vorkommt und mit einer einfachen Routineoperation zu richten sei. Sie führen dir vor Augen, dass du deinem Kind einen Namen geben musst, dass jeder in deiner Umgebung fragen wird, ob es ein Mädchen oder ein Junge ist. Sie werden dich fragen, wie es im Kindergarten oder in der Schule damit umgehen soll, anders zu sein. Sie werden dir sagen, dass dein Kind, so wie es geboren wurde, einem lebenslangen Leidensdruck ausgesetzt sein wird."

Aus der einsamen Träne waren viele geworden, die sich in dünnen Rinnsalen einen Weg über Carolins Wangen bahnten. Liane fühlte sich schuldig und konnte nur mit Mühe dem Drang widerstehen, sie einfach in den Arm zu nehmen.

„Bist du sicher, dass du anders entschieden hättest als deine Mutter?"

Ihr Kopf schnellte hoch und sie blickte Liane direkt in die Augen. Die Flammen tobten hinter einem dichten Tränenfilm.

„Ich hätte es nachgelesen. Ich hätte mich schlau gemacht, und andere Betroffene gefunden."

„Du hast recht. Aber das ist jetzt leichter und liegt näher, als es noch vor neunzehn Jahren war, und das weißt du."

Liane holte den Kugelschreiber heraus, den sie immer in der Innentasche ihres Parkas hatte. In den Seitentaschen suchte sie nach etwas Beschreibbarem, schaute sich unschlüssig um und griff dann nach einer unbenutzten Papierserviette, die jemand auf dem Tisch liegengelassen hatte. Darauf schrieb sie Alices Namen und ihre Telefonnummer, direkt darunter ihre eigene.

„Ich glaube, dass es dir helfen könnte, mit meiner Freundin Alice zu sprechen. Und mich kannst du auch jederzeit anrufen."

Liane schob die Serviette über den Tisch und Carolins Hand schnellte nach vorne. Das Feuer in ihren Augen geriet außer Kontrolle und sie schloss die Faust um das Stück Papier, das sie gleich darauf demonstrativ nach oben hielt.

„Sie meinen also, wenn ich darüber spreche, kommt alles wieder in Ordnung?"

Jeder Muskel in ihrem Gesicht war angespannt. Sie beherrschte sich gerade ungemein. Liane wusste nicht, ob sie es tat, um die Tränen zurückzuhalten, oder ob sie ihr ansonsten ins Gesicht geschlagen hätte. Abgehackt spuckte Carolin die Worte einzeln heraus. „Das kann nicht wieder in Ordnung kommen. Aber jetzt habe ich es wenigstens selbst in der Hand. Mein Leben gehört jetzt mir allein."

Mit einem lauten Knarzen hatte sie ihren Stuhl zurückgeschoben und war mitten im Satz auf die Füße gekommen. Sie beugte sich etwas näher an Lianes Gesicht und Liane war einen Moment lang sicher, dass ihr doch gleich ein Schlag in selbiges drohte. Stattdessen hörte sie nur die kratzige, aber merkwürdig ruhige Stimme an ihrem Ohr.

„Was ich mit meinem Leben anfange oder nicht, liegt allein an mir."

# Kapitel 17

Wie jeden Morgen verfolgte Gelders den Sekundenzeiger seines Weckers auf der unabwendbaren Reise in die Zukunft, bis der schrille Ton endlich den Beginn des neuen Tages verkündete. Er hörte, wie sich Ina hinter ihm räkelte und schaltete das Gerät aus.

„Guten Morgen", murmelte er und schwang die Beine aus dem Bett. Sobald er gerade saß, machte sich sein Kreislauf bemerkbar und Gelders hielt sich am schwankenden Bettrahmen fest.

Ina hatte nicht geantwortet, obwohl sie sonst immer die ersten Worte des Tages fand. Konzentriert kam er, ohne zu schwanken, auf die Füße und drehte sich zu ihr um. Zu seiner Übelkeit gesellte sich ein ungutes Gefühl, das ihm einen Schauder über den Rücken jagte. Seine Frau starrte ihn unverhohlen an. In ihrem Blick lag etwas Feindseliges.

„Hast du nicht gut geschlafen?", brachte er etwas nervös hervor.

„Ich konnte nicht einschlafen und habe mir aus deiner Bibliothek einen neuen Roman geholt. Dein Computer war noch eingeschaltet."

Ihre Stimme klang herausfordernd und vorwurfsvoll zugleich. Er wusste nicht, was das Ganze zu bedeuten hatte. Inas Gesichtsausdruck sagte ihm, dass sie streiten wollte. Sie verfügte über Munition für eine ordentliche Debatte und Gelders merkte, wie die Wut in ihm aufstieg. Sie wusste genau, dass er morgens nicht sonderlich redselig war und erst recht keine Kraft und Konzentration für Diskussionen aufbrachte. Außerdem hatte sie längst gemerkt, dass er in den letzten Wochen gesundheitlich abbaute. Welchen Grund sollte sie also haben, ihn früh am Morgen anzufeinden? Jedenfalls würde er sich um diese Uhrzeit ganz sicher nicht darauf einlassen.

„Ich kann mich nicht erinnern, ihn überhaupt eingeschaltet zu haben", war seine knappe Antwort, bevor er sich achselzuckend um das Ehebett schleppte und im angrenzenden Badezimmer verschwand. Als er die Tür hinter sich zuzog, blickte er in den

Spiegel. Ein großer Fehler. Seine Gesichtsfarbe hatte einen hellen Graustich, wobei die Ränder unter den Augen dunkler waren und bläulich schimmerten. Die kreisrunden Büschel, in denen sich das, was von seinen Haaren übriggeblieben war, auf dem kahlen Schädel verteilte, wurden weniger. Die Übelkeit drückte sich tief aus seinem Magen hoch. Er begann zu würgen, fuhr zur Toilette herum, hob den Deckel und übergab sich. Vielleicht war das alles doch zu viel für ihn. Ina gegenüber würde er es zwar niemals zugeben, aber die Situation belastete ihn durchaus. Es ging aber um bedeutend wichtigere Dinge als seinen Stolz oder ihre Vorliebe dafür, recht zu behalten. Sein Zentrum würde gebaut werden. Ob er sich danach geschlagen geben und tatsächlich seinen Ruhestand beginnen würde, würde man sehen. Alles Schritt für Schritt. Wenigstens war Dienstag, der Tag, an dem Ina ihren Yogakurs besuchte. Mit einer Ladung Propofol würde sein Körper am Abend eine anständige Ruhepause bekommen, die sein Geist gleichermaßen brauchte. Mit neuer Energie würde die Welt wieder ganz anders aussehen. Doch jetzt musste sich an seinem Anblick schnellstmöglich etwas ändern. In ein paar Stunden musste er vorzeigbar aussehen. Das war also für den Moment das Ziel, das es zu fokussieren galt. Mit der Zahnbürste im Mund öffnete er einen Schrank nach dem anderen und fand schließlich im hinteren Teil des Waschbeckenunterschranks, wonach er suchte. Er zog das dunkelblaue Pyjamaoberteil aus Seide über den Kopf, hob den Blick und erstarrte. Seinem Spiegelbild klappte der Mund auf. Die schwammigen Hüften, die sich über dem Bund der Hose in alle Richtungen ausbreiteten, hatte er längst bemerkt. Auch der fleischige, sich stetig ausdehnende Bauch war nicht neu. Was ihm für einen Moment die Luft zum Atmen nahm, waren seine Brustwarzen. Sie zeigten nicht mehr geradeaus, sondern neigten sich über den auffallenden Wölbungen nach unten. Er bekam fette, weibliche Männerbrüste. Schon wieder wurden seine Augen feucht und das dunkle Loch, das er inzwischen ab und zu mit stimmungsaufhellenden Medikamenten verdrängte, drohte, ihn zu verschlucken. Doch dafür war jetzt keine Zeit. Er beschloss, für den Moment alles zu ignorieren, was unterhalb seines Kinns lag, welches auch schon konturenstärkere Zeiten gehabt hatte. Er schloss das Kabel des

Haarschneidegerätes an und führte das surrende Gerät zu seinem Kopf. Eines nach dem anderen fielen die feinen Haarbällchen ins Waschbecken. Anschließend drehte er sich und erspähte einen Restflaum hinter dem linken Ohr. Er fuhr mit den Fingerspitzen über Hinterkopf und Nacken, konnte sich der Sauberkeit seiner Arbeit aber nicht sicher sein. Mit zusammengepressten Zähnen stützte er sich auf dem Waschbecken ab und starrte sein Spiegelbild an. *Verdammt.* Er schlug mit der flachen Hand auf das weiße Porzellan, atmete tief ein und öffnete die Badezimmertür.

„Ina, Schatz? Würdest du mir kurz bei etwas helfen?"

Seine Stimme klang beinahe wie die eines unsicheren Jungen im Stimmbruch. Was war bloß mit ihm los?

Keine Minute später stand Ina in ihrem grün schimmernden Morgenmantel in der Tür. Der seidene Umhang schmiegte sich an ihre schmalen Hüften. Mit den leicht geröteten Wangen sah sie beinahe jugendlich aus, obwohl sie erst vor einigen Wochen ihren einundfünfzigsten Geburtstag gefeiert hatte. Ihr Blick war zwar immer noch düster, doch äußerlich war sie das blühende Leben, was seine Situation noch schlimmer machte. Den Mund halb geöffnet, sagte sie kein Wort. Er konnte nur hoffen, dass auch sie sich an seine innere Abmachung hielt und ihn maximal bis zum Kinn musterte.

„Die mussten jetzt einfach mal ab", sagte er und hielt die Schneidemaschine hoch. „Aber ich kann es hinten nicht so ordentlich machen."

Jetzt lag in ihrem Blick eine Art Verachtung. Doch sie sagte immer noch kein Wort.

„Würdest du mir helfen, Schatz?"

Mit dem Hundeblick, den er jetzt zustande brachte, war seine Scham perfekt.

Ihre Mundwinkel zogen sich weiter nach unten, ihr Gesicht sah jetzt richtig verbittert aus. „Vielleicht fragst du einfach mal Natascha, ob sie dir hilft?"

Sie hatte ihm die Worte entgegengespuckt, war herumgefahren und hatte die Tür hinter sich zugeschlagen, ehe er zu einer Reaktion im Stande gewesen war.

Vollkommen vor den Kopf gestoßen schaute er das Gerät in seiner Hand an. Wer zur Hölle war Natascha? Vielleicht war das alles nur ein böser Traum und er würde gleich noch einmal in seinem Bett aufwachen. Dann würde ihn seine Frau wie jeden Morgen liebevoll begrüßen und sich besorgt nach seinem Gesundheitszustand erkundigen. Bis dahin würde er aber weitermachen müssen, nur um sicher zu gehen, falls es doch kein Traum war. Er zog den Stecker, wickelte das Kabel um die Schneidemaschine und verstaute sie wieder im Schrank. Im Ankleidezimmer zwängte er sich in die schwarze Anzughose, zog sich ein Unterhemd über den Kopf und hoffte, dass die Knöpfe des weißen Hemdes auch über seinen Brüsten zugingen. Als er die Küche betrat, war niemand mehr da. Ina hatte das Haus verlassen, ohne sich zu verabschieden. Er hängte das dunkle Sakko über die Stuhllehne und machte sich eine Schüssel Müsli zurecht. Schon beim ersten Löffel wurde ihm bewusst, dass Ina sein honiggeröstetes Frühstück zweifellos durch eine Art Bio-Vogelfutter ersetzt hatte. Nachdem sie sich im Badezimmer seine Rubenskurven hatte anschauen müssen, nahm er sich vor, diese Änderung nicht zu kommentieren.

Als er zum dritten Mal die Schlagzeile der FAZ, *May unterzeichnet Brexit-Antrag*, gelesen hatte und deren Bedeutung immer noch nicht ganz zu ihm durchgedrungen war, gab er seine Morgenlektüre auf. Er konnte sich einfach nicht konzentrieren. Das merkwürdige Verhalten seiner Frau und der schwere Gang, der ihm jetzt bevorstand, ließen ihn nicht los. Der Gedanke, bei der Beerdigung aufzutauchen, machte ihn nervös, seit er vom anwaltlichen Antrag der Familie gehört hatte. Sie hatten in letzter Sekunde versucht, eine Obduktion zu erwirken, waren damit aber nicht durchgekommen. Er befürchtete, dass die Eltern ihm die Schuld am Tod der kleinen Analina gaben. Trotzdem konnte er sich vor dem Begräbnis nicht drücken. Schließlich hatte er das Mädchen ihr ganzes Leben lang behandelt. Und im Grunde genommen ging niemand mit einem guten Gefühl zur Beerdigung eines Kindes.

Vor dem goldgefassten Flurspiegel brauchte er vier Anläufe, bis er die Krawatte gebunden hatte. Er war wirklich angewiesen auf die Hilfe seiner Frau. Ina stand ihm ähnlich zur Seite, wie sie die Alten im Pflegeheim unterstützte. Bei dem Gedanken, wie sich seine Frau dabei fühlen mochte, wurde ihm wieder schlecht und er schaffte es gerade noch zur Gästetoilette, um das Müsli wieder loszuwerden.

Kurz darauf jagte er in seinem Porsche über die A66. Am Krifteler Dreieck wechselte er auf die Bundesstraße und bog von der Hoechster-Farben-Straße aus nach Sindlingen ab. Er musste den Friedhof noch einmal umrunden, um zum Haupteingang zu gelangen, als ihm die Übelkeit das Atmen schwer machte. An der nächsten Kreuzung klammerten sich seine Finger fest um das Lenkrad und er versuchte, die aufsteigende Magensäure zurückzudrängen. Als er in weiter Entfernung zwei dunkel gekleidete Gestalten am Fußgängerüberweg sah, drosselte er die Geschwindigkeit. Die beiden Damen waren auf der Mitte der Straße angelangt, als sein Wagen blubbernd zum Stehen kam. Erschrocken drehte sich die Alte zu ihm um. Sie stützte sich auf einen Gehstock und wurde zur anderen Seite von der jüngeren Frau geführt. Gelders spürte, wie ihm das Blut in den Kopf schoss. Vielleicht war er doch zu alt für den Porsche, oder der Porsche war einfach zu laut für ihn. Als die Fußgänger die andere Seite erreicht hatten, hätte er mit dem Anfahren am liebsten gewartet, bis sie außer Hörweite waren, doch das konnte dauern und hinter ihm wollte ein weiteres Auto in das Friedhofsgelände einbiegen. So sachte er konnte, ließ er die Kupplung kommen und tippte das Gas kaum merklich an, als der Motor röhrte und die Alte erneut zusammenfuhr.

Er bog auf das Gelände ab, parkte in der hintersten Reihe und blieb noch eine Weile im Auto sitzen. Im Rückspiegel sah er die Trauergesellschaft, die sich vor der kleinen Kapelle eingefunden hatte. Er schluckte trocken, richtete seinen braunen Filzhut, den er dummerweise gleich abnehmen musste, und stieg viel zu steif aus dem niedrigen Wagen. Als er näherkam, erkannte er die Kramers. Einen Arm um die Schulter seiner Frau gelegt, begrüßte Analinas Vater die Gäste, während seine Frau unablässig in ein Taschentuch schnäuzte und ihre roten Wangen abwischte. Herr Kramer schüttelte einem grauhaarigen Herrn mit Vollbart die Hand, bevor er den Arzt entdeckte. Seine Frau schwankte ein wenig haltlos von einem Fuß auf den anderen, als er seinen Arm von ihrer Schulter nahm.

Alles ging ganz schnell.

Die Hand, die eben noch andere Hände gedrückt hatte, war nun zur Faust geballt. Mit drei langen Schritten war er da. Ein ordentlicher Schwung aus dem breiten Oberkörper, und die Faust prallte gegen Gelders Jochbein, der wie ein übergroßer Mehlsack nach hinten umfiel.

„Was fällt Ihnen ein, hier aufzutauchen?"

Kramer spie die Worte aus wie giftige Pfeile. Hinter dem rot pulsierenden Schmerz sah Gelders, dass der Mann von zwei anderen an beiden Armen zurückgehalten wurde. Er war nicht sicher, ob er kurz vor einer Ohnmacht stand, wollte aber versuchen, sich aufzurichten.

„Verschwinden Sie sofort von hier. Dass Sie sich nicht schämen!"

Ein Stimmengewirr surrte in verschiedenen Lautstärken durch Gelders' Kopf, als er sich aufsetzte. Die beiden Helfer hatten Kramer von ihm weggezerrt und redeten beharrlich auf ihn ein.

Gelders schaute sich um und realisierte, dass keiner der Gäste zu ihm gekommen war. Niemand machte Anstalten, ihm aufzuhelfen oder sich nach seinem Befinden zu erkundigen. Er konnte spüren, wie die Schwellung sein linkes Auge zudrückte. Betreten schaute er sich nach allen Seiten um. Kleine Grüppchen von jeweils drei bis vier Menschen hatten sich gebildet. Alle mindestens vier Meter von ihm entfernt. Doch alle starrten ihn an. Er wischte seine schmutzige Hand an der Anzughose ab und führte sie zu seinem Auge, das nunmehr gänzlich zugeschwollen war. Mit der anderen Hand stützte er sich am Boden ab und kam schließlich umständlich auf die Beine. Er überlegte, ob er es wagen konnte, einen Schritt auf die trauernde Mutter zuzugehen, um wenigstens ihr sein Beileid auszusprechen, entschied sich aber dagegen und schleppte sich etwas ungelenk zu seinem Wagen zurück. Seine Glieder fühlten sich vom Sturz gestaucht an und durch seinen Rücken fuhr bei jedem Schritt ein gleißender Blitz. Die Hand an der Lendenwirbelsäule, fragte er sich, ob er sich ernsthaft verletzt haben mochte. Um nichts in der Welt würde er sich in der Orthopädie seiner eigenen Klinik untersuchen lassen. Am Ende würde er noch auf dem Operationstisch seines Sohnes landen. Das war ja lächerlich.

Gelders beschloss, dass sein Rücken vollkommen in Ordnung war. Mit zusammengebissenen Zähnen ließ er sich in den Sitz fallen. Als er den Wagen startete und der Motor röhrte, musste er sich zwingen, nicht in den Rückspiegel zu sehen. Mit Sicherheit verfolgten die Trauernden seinen lautstarken Abgang.

***

In der Klinik ließ er sich in der Notaufnahme zwei Aspirin und ein Kühlkissen für sein zugeschwollenes Auge geben. Es kostete ihn einige Mühe, eine Menge Geduld und einen großen Batzen Selbstbeherrschung, die besorgte Schwester, die ihn mit Engelszungen zu einer Untersuchung überreden wollte, loszuwerden.

Auf dem Weg in den Bürotrakt versteckte er sein Gesicht der Einfachheit halber hinter dem Kühlkissen. So blieb er auf seinem Weg durch die Klinik zwar nicht vor neugierigen Blicken, aber wenigstens von gut gemeinten Ratschlägen verschont. Manuela kam aus dem Stottern nicht mehr heraus, als er das Kissen vom Gesicht nahm und ihr vom physischen Zusammenstoß mit Analinas Vater berichtete. Sie hätte sein Veilchen früher oder später sowieso in voller Blüte gesehen, darum sprach nichts dagegen, sofort mit der Geschichte auszupacken.

„Er gibt mir die Schuld am Tod seiner Tochter", hatte er gesagt und ihr Stottern mehrfach unterbrochen, um sie letztlich zu überzeugen, dass sie nicht die Polizei rief, weil er auf eine Anzeige verzichten wollte.

Er bat sie, seine Termine für den Tag abzusagen und schickte sie frühzeitig in den Feierabend. Als Manuela protestieren wollte, setzte er hinterher: „Machen Sie sich keine Sorgen, morgen bin ich wieder auf dem Damm."

Wie immer, wenn er sein Büro betrat, nahm er automatisch den Kittel vom Haken neben der Tür und zog ihn über sein Hemd. Das viel zu enge Jackett war er bereits im Auto losgeworden. Er stellte die Aktentasche auf dem Schreibtisch ab, öffnete sie und zog das Goldene Buch heraus. Als er es auf dem Tisch abgelegt hatte, bereute er es, diesen Gegenstand so unbewusst und schroff behandelt zu haben. Dies war seine Arbeit, sein Leben, sein Projekt und sein Ritual. Mit einer Hand griff er in die Keramikschale neben dem Bildschirm und warf gleich darauf eine ordentliche Menge Studentenfutter in seinen Mund. Er schob die Tasche unter den Tisch, öffnete die oberste Schublade des Schreibtischs und hob den schweren Anspitzer heraus. Aus der Holzkiste nahm er einen neuen Faber-Castell Bleistift, steckte ihn in den Anspitzer und kurbelte zweimal mit der anderen Hand. Er sah sich die Spitze des Stiftes an, pustete einmal kräftig und steckte ihn hinter das linke Ohr. Als der Anspitzer weggeräumt war, fuhr er mit der rechten Hand zärtlich über den goldenen Buchdeckel. Seine andere Hand hatte wieder den Weg zur Nussschale gefunden. Kauend griff er nach dem Lesebändchen und öffnete das Buch im hinteren Drittel. Bei ‚Tag 4' trug er in das Tabellensystem das aktuelle Datum ein. Im nächsten Feld ergänzte er: *Zweite Gabe Östrogen/erste Blutkontrolle.*

Im Vorzimmer hörte er, wie Manuela die Glastür hinter sich zuzog. Er klappte das Buch zu und legte den Bleistift zurück an seinen Platz. Die letzten Nüsse schüttete er sich direkt aus der Keramikschale in den Mund, bevor er aufstand und zum anderen Ende seines Büros ging. Dort schob er die Schiebetür zur Seite, trat ein und hielt einen kurzen Moment inne, als der Bewegungsmelder das Licht aktivierte. Er ging auf die Medikamentenvitrine zu, fuhr mit der Hand in die Tasche seines Kittels und blieb stehen. Der Schlüssel fehlte. Mit krausgezogener Stirn machte er auf dem Absatz kehrt und marschierte zurück zu seinem Schreibtisch. Gleichzeitig verfluchte er sich selbst dafür, Manuela in den Feierabend geschickt zu haben. Wenn er seinen Schlüssel für die Medikamentenvitrine nicht fand, hätte seine Assistentin wenigstens ersatzweise mit ihrem Schlüssel aushelfen können. Hektisch riss er die unterste Schublade des Schreibtischs auf, hob die grüne Kassette heraus und atmete auf. Darunter lagen nicht nur einer, sondern zwei Schlüssel. Er griff sich beide, ließ den für die Kassette neben ihr auf dem Tisch liegen und ging mit dem zweiten zurück zum Medikamentenschrank. Als er die Vitrine geöffnet hatte, stellte er zufrieden fest, dass Manuela anstandslos alle Vorräte aufgefüllt hatte. Die anfänglichen Probleme mit seiner Assistentin gehörten seit dem Mitarbeitergespräch der Vergangenheit an. Ihre penible Genauigkeit und den ständigen Drang zur ordentlichen Dokumentation hatte er ihr ein für alle Mal ausgetrieben. Inzwischen füllte sie anstandslos und verlässlich wie ein Schweizer Uhrwerk alle Medikamente in seinem Schrank auf. Mit flinken Handgriffen packte er alles, was er brauchte, in seine Kitteltaschen und verschloss die Vitrine. Bevor er sein Büro verließ, holte er sich aus der grünen Kassette noch zwei Glasfläschchen, die er zusammen mit seinem heiligen Goldenen Buch in der Aktentasche verstaute. Er brauchte eine Pause und musste nur noch eine Sache erledigen, bevor er nach Hause fuhr.

Auf dem Weg zum dritten Stock versteckte er sein Auge hinter dem längst warm gewordenen Kühlkissen. Erst im Verbindungsgang zum Nebengebäude verlangsamte er seine Schritte. Die automatische Tür zur Station fuhr vor ihm auf und seine Schritte wurden noch langsamer. Wie ein Einbrecher schlich er zum Schwesternzimmer und hoffte inständig, dass der Platz, der eigentlich rund um die Uhr besetzt sein musste, ausnahmsweise leer war. Auf der Neugeborenenstation hätte er äußerst ungern erklärt, wie er zu seinem Veilchen kam, das immer noch stark pochte.

Sein Kopf fuhr um die Ecke und er lugte ins Zimmer. Natürlich stand auch jetzt eine junge Krankenschwester bei den Kinderbettchen. Es blieb ihm also nicht erspart. Gelders räusperte sich, worauf die Schwester zusammenzuckte.

„Hallo, ich wollte Sie nicht erschrecken. Ich müsste bloß kurz zu meinem kleinen Patienten hier."

Mit diesen Worten war er auch schon an ihr vorbei, versuchte ihren offenstehenden Mund und den schockierten Gesichtsausdruck zu ignorieren und machte den Oberschenkel des Hartmann-Babys frei. Dazu hatte er natürlich das Kühlkissen ablegen müssen. Er drehte sich noch weiter von der Schwester weg und war selbst gespannt, was als Nächstes geschehen würde.

„Na, mein Kleines", nuschelte er, um nicht noch auffälliger zu wirken, als ohnehin schon. Eigentlich sollte niemand beobachten, wie er dem Baby eine Hormonspritze setzte. Doch manche Dinge waren einfach nicht zu vermeiden. Außerdem glaubte er, dass sich die Schwester momentan mehr über sein Veilchen, als über die Medikamente wunderte, die er dem Kind verabreichte.

„Ohjee, Herr Professor, was ist denn mit Ihrem Auge passiert?"

Die Schwester war einen Schritt nähergekommen und Gelders musste beinahe grinsen, weil sie sich wirklich nicht für die Spritze interessierte. Trotzdem bemerkte er, wie eine innerliche Wut in ihm aufstieg. Sollte sie sich doch um ihre eigenen Angelegenheiten kümmern. Die Blutkontrolle konnte er für heute vergessen. Er würde den Eintrag im Goldenen Buch verändern müssen und alles nur, weil ihm diese Kuh hier auf die Pelle rückte. Jeder Muskel in seinem Körper war angespannt und er musste sich sehr um einen freundlichen Tonfall bemühen.

„Halb so wild. Ich habe mich gestoßen."

Die Spritze war längst wieder in seiner Kitteltasche verschwunden und Gelders nahm das weinende Baby aus seinem Bettchen und legte es in den Arm der Schwester.

„Ich werde mich jetzt ein bisschen hinlegen, dann bin ich morgen wieder fit."

Er versuchte sich an einem Lächeln, drehte sich um und verließ ohne ein weiteres Wort die Station.

***

Das Gefühl eines ausgewachsenen Ganzkörpermuskelkaters verstärkte sich auf der Fahrt nach Hause. Den Wagen stellte er in der Einfahrt ab, hievte sich stöhnend aus dem Sitz und schleppte sich zur Eingangstür. Als er den Haustürschlüssel endlich im Schloss herumdrehte, glaubte er, seine Oberarmmuskulatur würde zerplatzen. Vielleicht kam das alles nicht einmal nur von dem Sturz, der auf den heftigen Schlag ins Gesicht folgte. Vielleicht brütete er einfach eine Grippe aus. Einen nach dem anderen setzte er die bleischweren Füße auf die Treppenstufen und zog sich gleichzeitig am polierten Messinghandlauf nach oben. In der freien Hand trug er die Aktentasche. Allein der Gedanke an die Glasampullen aus seinem Bürovorrat trieb ihn an, weiterzugehen. Er hatte gerade die Hälfte der geschwungenen Treppe hinter sich gebracht, als er ein Klappern aus der Küche hörte. Wie eingefroren blieb er auf der Stelle stehen und schaute auf die Rolex an seinem Handgelenk. Es war gerade erst früher Nachmittag. Inas Schicht im Altenheim konnte noch nicht vorbei sein. Außerdem würde sie, wie jeden Dienstag, nach der Arbeit ins

Yogazentrum fahren. Und heute war Dienstag. Plötzlich fiel es ihm ein. Dienstags war Jolanda im Haus. Er stellte seine Aktentasche auf der Treppe ab und stieg sie wieder hinunter. In der Küche begrüßte er die Haushälterin, die ihn erstaunt anblickte, aber so diskret war, zu schweigen. Er informierte sie, dass er in seiner Bibliothek war und dass sie dort nicht sauber machen müsse.

Er machte sich wieder auf den beschwerlichen Weg ins obere Stockwerk. Schnaufend schob er die Tür zu seiner Bibliothek auf, verriegelte sie hinter sich und schaltete das Licht ein. Seine Schultermuskulatur kreischte auf, als er den Arm hob und mit einer kräftigen Bewegung die schweren dunklen Vorhänge zuzog. Dieser Moment hatte nichts von der meditativen Ruhe, die ihn sonst in diesem Raum umgab. Selbst die Bücher, das geschriebene Wissen auf Papier, die Worte, die ihre Urheber überlebten und kommenden Generationen weitergegeben wurden, schenkten ihm keine Kraft. Er brauchte Schlaf und innere Ruhe, wie ein Verdurstender Wasser brauchte. Doch solange Jolanda im Haus war, konnte er sich nicht entspannen.

Aus dem Regal hinter seinem Schreibtisch nahm er das broschierte Buch von John Money zur Entstehung der Geschlechtsunterschiede. Er setzte sich und wollte gerade zu lesen beginnen, als sein Blick auf die blinkende Lampe an seinem Computer fiel. Er hatte Inas Gerede am Morgen gar nicht ernst genommen. Doch sie hatte recht, der Rechner war angeschaltet, obwohl sich Gelders nicht erinnern konnte, wann er das Gerät zuletzt genutzt hatte. Wofür sollte er den Kasten zu Hause anschalten? Es reichte gerade, dass er diesen Elektroschrott in der Klinik nutzen musste. Als er die Maus bewegte, erwachte der Bildschirm aus seinem Standby-Modus. Auf dem Monitor erschien ein Nacktbild von einer ihm unbekannten Frau. Mit offenstehendem Mund klickte er das Bild weg. Ein weiteres Foto lag dahinter. Dieselbe Frau. Eine andere Pose. Dieses Mal nicht ganz nackt, sondern im Bikini. Gelders schloss auch dieses Bild. Fünf weitere Fotografien waren auf seinem Rechner geöffnet worden. Alle im Vollbildmodus und alle von dieser unbekannten Frau. Als alle Bilder geschlossen waren, erschien dahinter sein E-Mail-Postfach mit einer ebenfalls geöffneten E-Mail von einer gewissen Natascha, die sich auf das nächste Treffen freute. Gelders schnappte nach Luft. Hier hatte sich jemand einen ganz üblen Spaß erlaubt. Sobald Ina zurück war, musste er mit ihr sprechen. Ohne weiter nachzudenken, löschte er die E-Mail mit allen Anhängen und schaltete den Computer aus.

Während er in seiner Lektüre blätterte, schaute er immer wieder auf die goldene Daytona. Als es endlich fünf Uhr war, lauschte er auf jedes Geräusch aus dem Erdgeschoss. Erleichtert atmete er auf, als er endlich die schwere Haustüre ins Schloss fallen hörte. Jolanda war weg. Das Money-Buch stellte er zurück an seinen Platz. Dann stieg er vor dem Regal mit den Fachlexika auf den hölzernen Tritthocker, zog die Biografie von Robert Koch heraus und legte sie in einer anderen Reihe ab. Mit beiden Händen griff er nach seiner mit Buchrücken beklebten Schatztruhe, stieg vom Hocker und stellte sie auf dem Schreibtisch ab. Er entnahm das Infusionsbesteck und eine der Infusionsflaschen, legte die Ampullen aus seiner Aktentasche in die Truhe und brachte die anderen Utensilien zusammen mit einer weiteren Ampulle zum kleinen Glastisch am Ledersofa. Er zog das Propofol in eine Spritze auf, entfernte die Abdeckung an der Infusionsflasche und sah zu, wie das eingespritzte Medikament die Kochsalzlösung milchig färbte. Er stach den Dorn des Bestecks in den Gummistopfen, klappte den Winkel im Regal hinter dem Sofa aus und hängte die Infusion auf. Kurz darauf saß er auf dem kühlen Leder des Zweisitzers, hatte den Wecker gestellt, die Stelle an seinem Unterarm desinfiziert und entnahm die Braunüle aus der sterilen Verpackung. Nachdem alles angeschlossen war, deckte er sich mit einer Wolldecke zu und streckte sich aus.

***

Es war nicht der Wecker, der ihn aus dem Schlaf riss. Er hatte ein anderes Geräusch gehört. Ein ihm unbekanntes. Doch als er die Augen öffnete, war der Gedanke an das Geräusch vergessen. Es war viel zu hell. Tageslicht blendete ihn von der Terrasse aus. Hatte er nicht die Vorhänge geschlossen? Wieder verschwammen die Bücher vor seinen Augen. Wie spät war es? Mit großer Anstrengung fixierte er den Tisch, auf dessen Oberfläche etwas lag.

Ohne der Braunüle in seinem Unterarm Aufmerksamkeit zu schenken, setzte sich Gelders auf. Sein Puls beschleunigte sich, als er die Schweinerei auf der Glasplatte sah. In großen schmierig roten Lettern war dort sein Name geschrieben.

War das Blut?

Um den Namen herum lagen ein gutes Dutzend Fotografien. Das Adrenalin rauschte in seinen Ohren. Er sah in strahlende Kindergesichter auf dem Spielplatz und mit Rollschuhen an den Füßen. Familien lächelten ihm von den Bildern zu. Zwischendrin sah er Grabsteine. Vergeblich kniff er die Augen zusammen beim Versuch, die Inschriften zu lesen. Ein Foto zeigte ein Kind im Krankenbett. Ein anderes bildete eine weinende Frau ab in einem mit Spielzeug vollgestopften Kinderzimmer.

Mit zitternden Fingern berührte Gelders den ersten blutigen Buchstaben und führte die schmierigen Fingerspitzen näher an seine Augen. Bevor er daran denken konnte, die Nadel aus seinem Arm zu ziehen, wurde ihm erneut schwarz vor Augen und er kippte auf das Sofa. Hinter ihm knarzte der Fußboden. Doch er schaffte es nicht, sich wieder aufzusetzen, um über die Sofalehne zu schauen. Er verlor das Bewusstsein.

***

Es war nicht mehr hell, als er erneut erwachte. Aber es war unglaublich kalt. Die Vorhänge waren nicht ganz geschlossen und er konnte die Terrassentür sehen. Die Tür stand offen. Gelders' Hand flog zu seinem Kopf und er richtete sich langsam auf. Der Glastisch vor ihm war leer, die Fotografien verschwunden. Der Wecker lag flach auf dem Tisch und die Batterien daneben. Er fuhr herum. Hinter dem Sofa war nichts, sogar die Infusion war nirgendwo zu sehen. Der kleine Winkel, der ihm als Haken diente, war ins Regal eingeklappt und in seinem Unterarm war lediglich die Einstichstelle zu sehen. Er wischte sich ein wenig getrockneten Speichel von der Wange und drückte mit dem Handballen gegen seine pochende Schläfe. Unsicher kam er auf die Füße und schleppte sich zum Schreibtisch. Die Kiste mit den Buchrücken war offen. Mehrere Packungen Infusionsbesteck waren ordentlich neben zwei vollen Infusionsflaschen verstaut.

Auch die Ampullen waren vollzählig, seine Sachen in gewohnter Ordnung eingeräumt. Es war alles da, bis auf die genutzten Utensilien. Plötzlich hörte er Inas Stimme: „Johannes, bist du da?“

Mit beiden Händen hob er die Kiste und stieg, noch etwas unsicher auf den Beinen, die Trittleiter hinauf. In die Lücke neben der Kiste schob er den Robert Koch und der Tritt kam neben den Schreibtisch. Er schloss die Balkontür, krempelte seinen Hemdsärmel herunter und machte sich auf den Weg ins Erdgeschoss. Übelkeit stieg in ihm auf. Auch ohne Ina mitzuteilen, dass jemand in ihr Haus eingebrochen war, hatte er mit seinem geschwollenen Gesicht und den Nacktfotos genug Klärungsbedarf.

Aus der Küche hörte er das Klacken ihrer Absätze auf dem Fliesenboden, während er die Stufen hinunterschlich. Er durchquerte den weitläufigen Eingangsbereich und spürte, dass sein Mut mit jedem Schritt schwand. Seine Finger kratzten an der Stelle hinter dem Ohr. Auf dem Weg in den Westflügel des Hauses traf sein Blick den goldgerahmten Flurspiegel. Er zuckte zusammen und schaute lieber wieder auf seine Füße herab. Der große Rundbogen zur offenen Küche kam immer näher. Ina räumte gerade die Geschirrspülmaschine aus. Die Stelle hinter seinem Ohr, an der er immer noch kratzte, brannte inzwischen höllisch. Als er ihre Schritte näherkommen hörte, machte er auf dem Absatz kehrt, schlich zurück in die Eingangshalle und betrat das Kaminzimmer. Dort steuerte er den antiken Sekretär an und öffnete die unterste Schublade. Wie besessen stopfte er sich das Studentenfutter in den Mund und begann, gierig zu kauen. Er nahm sich eine weitere Handvoll, schloss die Schublade, ging zur Kaminseite des Raumes und öffnete die Hausbar. Der Macallan floss in den Tumbler wie flüssiges Gold. Allein das Geräusch beruhigte seine Nerven. Den ersten Schluck behielt er lange im Mund, schmeckte die Aromen und genoss seine Wärme. Er kaute bereits die restlichen Nüsse, als er ihre Schritte hinter sich wahrnahm.

„Findest du nicht, dass du wenigstens mit mir reden solltest?“

Ihr weiter den Rücken zugekehrt, sagte er leise: „Analinas Vater gibt mir die Schuld am Tod seiner Tochter.“

Sein Nacken sank ein Stück in seinen Rumpf, wie der einer Schildkröte. Nur, dass er keinen schützenden Panzer bei sich trug, der ihm als Versteck dienen konnte. Er drehte sich langsam zu ihr herum, doch seine Augen, oder vielmehr das eine, nicht zugeschwollene, fokussierte ihre dunkelroten Pumps.

Ina sog Luft durch die Zähne, kam aber gleich auf ihr eigentliches Anliegen zurück.

„Was immer passiert sein mag, zuerst will ich hören, wer diese Natascha ist!"

Schnaubend ging er einen Schritt auf sie zu, wobei sie sofort rückwärts auswich.

„Verdammt nochmal! Ich kenne keine Natascha!" Er kratzte schon wieder an der Stelle hinter dem Ohr. Mit aller Kraft versuchte er, seine Wut zurückzuhalten. „Ich habe die Bilder gesehen. Da muss sich jemand einen bitterbösen Scherz erlaubt haben. Ich kenne diese Frau nicht. Und ehrlich gesagt kann ich kaum glauben, dass du wirklich denkst, ich könnte dich so hintergehen."

In ihren Augen lag immer noch Verachtung. Aus der zärtlichen Ehefrau war eine steinerne Kriegerin geworden. Ihr Mund zog sich zu einer schmalen Linie zusammen. Von oben bis unten musterte sie ihren Ehemann. Gelders glaubte zu wissen, was sie dachte. Sie war zwar nicht überzeugt, dass er diese Natascha nicht kannte, gleichzeitig wunderte sie sich aber, wer ihm in seinem erbärmlichen Zustand überhaupt Beachtung schenken mochte.

„Hast du es gekühlt?", fragte sie kalt.

Er nickte.

„Da muss mehr Eis drauf."

Mit beiden Händen fasste sie ihn bei den Schultern, schob ihn zur langen Seite des cremefarbenen Ecksofas, auf dem sie sonst immer saß, und drückte ihn nach unten. Er fühlte sich unwohl. Das war nicht sein Platz. Sein schwammiger Hintern gehörte doch auf den protzigen Ohrensessel am Kamin. Sie schob ihre Unterarme in seine Kniekehlen und mit einem Ruck hatte sie ihn auf dem Sofa zum Liegen gebracht. Sie behandelte ihn kühl und mit Abstand, wie einen Patienten. Zum ersten Mal konnte er sich vorstellen, wie sich seine schmale, puppenähnliche Frau täglich um altersschwache Menschen kümmerte. Er hatte ihr immer wieder vorgeschlagen, mit dieser Knochenarbeit aufzuhören. Jetzt wusste er, weshalb sie immer arbeiten wollte. Sie hatte sich eine gewisse Selbstständigkeit bewahrt, die ihr ermöglichte, ihn jederzeit sitzen zu lassen. Ina war bereits aus dem Zimmer verschwunden, als ihm das alles bewusst wurde. Ihn überfiel eine tiefsitzende Angst, die es für einen Moment schaffte, seinen Stolz außer Kraft zu setzen. Verlassen wie ein kleiner verletzter Junge lag er auf dem Sofa und seine Augen füllten sich mit Tränen, als Ina mit einem Beutel Eis in der Hand neben ihm auftauchte. Sie wickelte ein Küchentuch darum und legte das Ganze auf sein Auge. Dann war sie wieder aus seinem Blickwinkel verschwunden. Er drehte den Kopf und sah sie in seinem Ohrensessel sitzen. Sie sah aus wie eine verbitterte Königin, die von oben auf ihr Volk herabschaut.

„Bist du schuld an ihrem Tod?"

Sein gesundes Auge wurde groß und durch das geschwollene zuckte ein stechender Schmerz.

„Bist du schuld am Tod des Mädchens? Du hast gesagt, die Eltern gäben dir die Schuld."

Auch sein Mund stand jetzt offen. Die linke Hand flog zum Ohr und er kratzte. Seine Fingerspitze wurde warm und feucht. Er hatte sich blutig gekratzt.

„Du weißt, dass ich alles, was ich tue, für meine Patienten tue."

„Das beantwortet nicht meine Frage. Könnte die Hormontherapie mit dem Herzinfarkt des Mädchens zu tun haben?"

Ihr Blick fixierte sein müdes, aber weit geöffnetes Auge. Er kannte ihn, diesen Blick. Sie würde nicht nachgeben, ehe sie eine zufriedenstellende Antwort bekam.

„Natürlich haben Östrogene Nebenwirkungen. Wie alle anderen Medikamente auch. Aber du benimmst dich ja geradezu wie dein Sohn. Reicht es nicht, dass sich Christian immer wieder gegen meine Arbeit ausspricht? Ist es wirklich zu viel verlangt, dass mir wenigstens meine Frau den Rücken stärkt?"

Inas Mund verzog sich zu einem skurrilen Grinsen. Nur ganz kurz. Bis ihre Gesichtszüge wieder einfroren und ihr Blick starr wurde.

„Ja! Das ist zu viel verlangt."

Sie kam auf die Beine und bewegte sich langsam aus dem Zimmer. Am Durchgang blieb sie stehen und sprach noch einmal zu ihm. Dieses Mal lauter und mit einer Entschlossenheit, die ihm eine Gänsehaut über die Unterarme jagte.

„So wichtig können dir deine Studien und deine Forschung wirklich nicht sein. Du solltest endlich aufhören, ehe du noch mehr Menschen gefährdest und am Ende als verrückter Professor im Knast landest."

Sein Stolz war zurück und er war soeben verletzt worden. Ina war noch nicht ganz aus dem Raum, als er mit zorngerötetem Gesicht seinen nächsten Satz ausspie.

„Kannst du wenigstens den Anstand besitzen, dich zu mir umzudrehen und mir deine hochgeschätzte Meinung ins Gesicht zu sagen?"

Er konnte sie zwar nicht mehr sehen, aber ihre Stimme hörte er noch.

„So kannst du dich schon mal daran gewöhnen, mich von hinten zu sehen. Schließlich wird es das Letzte von mir sein, was du siehst, wenn es so weitergeht."

# Kapitel 18

Wie der gesamte OP-Bereich, war auch das kleine Büro hell erleuchtet, als Liane es betrat. Am Monitor hing ein gelber Klebezettel, der mit roter Schrift beschrieben und mit einem Ausrufezeichen versehen war. Sie nahm den Zettel ab und las: *Guten Morgen Liane, der Professor hat für dich angerufen. Du sollst bitte, sobald du da bist, in sein Büro kommen! Liebe Grüße, Olaf.*

Sie knüllte den Zettel zu einer kleinen Kugel zusammen, warf ihn in den Mülleimer und machte sich auf den Weg zurück in die Schleuse. Was würde Gelders von ihr wollen? Im Aufzug trieb ihr die Aufregung den letzten Kaffee zurück in die Speiseröhre.

Die ersten sechs Stockwerke flogen so schnell an ihr vorbei, dass die Acht die erste Ziffer war, die sie auf der Digitalanzeige über der Tür sah. Die nächsten drei Etagen schienen weiter auseinander zu liegen. Nur langsam wechselten sich die Zahlen auf der Anzeige ab und Liane zuckte zusammen, als sich die Tür im zwölften Stock aufschob. Der Aufzugsvorraum kam ihr dunkel vor, als sie sich langsam auf die erste Milchglastür zubewegte. Liane drückte auf den obersten Knopf der Sprechanlage, woraufhin ein leises Summen zu hören war. Gleich darauf meldete sich eine metallisch klingende Frauenstimme.

„Büro, Professor Gelders!“

„Hier ist …“

Lianes Stimme hörte sich in ihren eigenen Ohren genauso unecht an wie die Stimme aus dem Lautsprecher. Sie räusperte sich und beugte sich etwas näher an das Mikrofon.

„Hier ist Liane Kowalski, der Professor wollte mich sprechen.“

Anstelle einer Antwort war ein weiteres Summen zu hören und die Tür öffnete sich.

Mit weichen Knien betrat sie den Flur und blieb vor der ersten Bürotür auf der linken Seite stehen. Sie erlaubte ihren Augen nur kurz, über die geschwungenen Buchstaben seines Namens zu gleiten. Die Berufsbezeichnung las sie schon nicht mehr und öffnete stattdessen die Tür. Sie ging auf den Schreibtisch seiner

Assistentin zu und wollte sich gerade noch einmal vorstellen, als sich die kleine Person mit den roten Locken auch schon erhob und mit ausgestrecktem Arm auf die nächste Tür zeigte.

„Der Professor erwartet Sie. Sie können direkt durchgehen."

„Danke."

Als sie mit der feuchten Hand die kalte Türklinke berührte, sah sie, dass sie zitterte. Ihr Körper schien innerlich zu kochen und sie war sicher, dass sich bald große Schweißflecken auf dem blauen Kasack abzeichneten. Alle Luft strömte aus ihren Lungen, als sie ihn hinter dem Trumm aus Mahagoni sitzen sah.

„Setzen Sie sich."

Er deutete auf einen der mit hellem Leder bezogenen Sessel auf der anderen Seite des Tisches und Liane nahm Platz.

„Ich gehe davon aus, dass Ihnen bewusst ist, weshalb ich Sie zu mir gebeten habe."

Er hatte den Stift aus der Hand gelegt und schaute sie nun direkt an. Liane schüttelte den Kopf.

„In Ordnung. Wenn Sie es so haben wollen, werde ich es für Sie ausführen. In erster Linie geht es darum, dass Sie Patienten dieser Klinik im privaten Umfeld auflauern und von meinen Behandlungsmethoden abraten."

Liane konnte seinem Blick nicht mehr standhalten. Ihre Augen fixierten die Nussschale neben seinem Bildschirm, während er weitersprach.

„Sie werden unverzüglich Ihren Spind räumen. Natürlich in Begleitung. Sie wissen hoffentlich, dass Ihr Verhalten außerdem weitreichende Konsequenzen haben wird. Das ist Verleumdung."

Liane nickte. Sie erhob sich und drehte ihm den Rücken zu, ohne ihn ein weiteres Mal anzusehen. Als sie die Hand auf die Türklinke legte, hörte sie noch einmal seine Stimme.

„Ich weiß, wer du bist ... Lilly!"

Etwas vibrierte in ihrer Hand. Sie zuckte zusammen und hörte den melancholischen Klang, zu dem das Echo von Phil Collins' Stimme einsetzte. Noch bevor er den Satz „I can feel it coming in the air tonight" beenden konnte, hatte sie bereits auf das grüne Symbol zum Annehmen des Anrufs gedrückt.

„Hallo?"

„Guten Morgen, hier ist Olaf. Es ist sieben Uhr fünfundvierzig. Ist alles in Ordnung bei dir?“

Sie war gerade erst aufgewacht.

„Ich bin gleich da! Kannst du dich solange schon um alles kümmern?“

„Klar. Kein Problem. Bin schon dabei.“ Liane hörte den Stolz in seiner Stimme.

Dann erinnerte sie sich wieder an ihren Traum. Verdammt! Was war das gewesen?

Mit der Zahnbürste im Mund stand sie kurz darauf in der Küche und schaltete die Kaffeemaschine ein. Sie stellte den Isolierbecher unter den Auslauf und war schon wieder auf dem Weg ins Badezimmer, als der Vollautomat die Bohnen mahlte. Ohne sich die Haare zu bürsten, band sie ihre Mähne mit einem Gummi im Nacken zusammen und stürzte gleich darauf mit dem Kaffeebecher in der Hand durch das Treppenhaus in die Tiefgarage. Kurz bereute sie es, ihr Auto hier abgestellt zu haben. Doch als das Licht anging, war alles in Ordnung und sie rannte zu dem gelben Peugeot. Durch das Parken im Haus hatte sie letztlich sogar Zeit gespart.

In der Klinik zog sie sich in Windeseile um und stand um acht Uhr fünfzehn, keine Stunde nach ihrem eigentlichen Dienstbeginn, im Vorraum zu den Operationssälen. Es war das erste Mal, dass sie verschlafen hatte. Olaf hatte alles ordnungsgemäß vorbereitet und Liane freute sich über seine Motivation. Er schien sich sogar noch mehr beeilt zu haben als gewöhnlich. So konnte Liane, um die gewohnte Routine zumindest teilweise wiederherzustellen, den obligatorischen Kaffee aufsetzen, bevor sie in das kleine Büro ging, um sich den Operationsplan anzusehen.

Obwohl sie noch keinen Überblick über den tagesaktuellen Plan hatte, scrollte sie zum nächsten Tag weiter. Etwas in ihr weigerte sich, den nächsten Atemzug zu machen, während sie auf die Buchstaben in dem engen Raster vor ihren Augen stierte. Sie las den Namen Hartmann wieder und wieder. Sprang zurück zu Gelders' Namen, zum reservierten Operationssaal und anschließend zur Art des Eingriffs. Ihr Körper, den sie kaum mehr spürte, der ihr auf unangenehme Weise fremdgeworden war, schnappte nach Luft. Die Art der geplanten Operation war verändert worden. Neben dem zuvor angekündigten geschlechtsangleichenden Eingriff war jetzt auch noch eine akute Harnleiterverengung angegeben. Davon hatte Liane beim ersten Mal nichts gelesen. Wenn das stimmte, musste das Baby sofort operiert werden. Sie fragte sich, ob es dem Arzt wirklich zuzutrauen war, eine solche Operation hinauszuzögern, nur um sie mit einem geschlechtsangleichenden Eingriff verbinden zu können, für den ihm noch die Zustimmung der Eltern fehlte.

Natürlich stand das gesundheitliche Problem der Harnleiterverengung an erster Stelle. Trotzdem konnte Liane nicht glauben, dass sich die Eltern doch nicht gegen die geschlechtsverändernde Operation entschieden hatten. Sie war sich so sicher gewesen, das Paar überzeugt zu haben. Zumindest die Mutter wollte ihr Kind selbst über sein Leben entscheiden lassen. Und jetzt durfte Gelders doch einfach ein Mädchen daraus machen, ohne zu wissen, wie sich das Kind in der Pubertät entwickeln, geschweige denn fühlen würde.

Liane versuchte, tief durchzuatmen. Ihr Verstand zwang den Zeigefinger, zum aktuellen Tag auf dem Operationsplan zu scrollen, während sie die Tränen in ihren Augen wegblinzelte. Nachdem sie sich einen Überblick über das Tagesprogramm verschafft hatte, ging sie zum dritten OP-Saal, in dem Olaf gerade das erste Besteck zurechtlegte.

„Ich habe Kaffee gekocht. Du hast ja hier alles im Griff. Ich muss noch einmal schnell telefonieren und bin gleich wieder da."

Olaf nickte. Über dem Mundschutz konnte sie seine Augen hinter den dicken Brillengläsern nur schemenhaft erkennen. Trotzdem glaubte sie, dass er lächelte.

„Danke, dass du alles so gut vorbereitet hast. Auf dich ist Verlass."

Immerhin war so wenigstens einer mit seiner Arbeit zufrieden.

In der Schleuse schlüpfte sie wieder in die blaue Klinikkleidung, steckte ihr Mobiltelefon in die Seitentasche des Oberteils und eilte zum nächstgelegenen Aufzug.

Im Erdgeschoss marschierte sie an den Besuchertoiletten vorbei und gelangte durch einen Seiteneingang ins Freie.

Nicht einmal die Raucher benutzten diesen Ausgang. Für die standen Raucherräume zur Verfügung und das graue Wetter lockte heute garantiert niemanden vor die Tür. So würde sie weder dabei ertappt werden, das Gebäude in der blauen Kluft verlassen zu haben, noch würde sie jemand beim Telefonieren stören.

Als die schwere Brandschutztür hinter ihr ins Schloss gefallen war, hatte sie bereits das Telefon am Ohr.

Alice hob schon nach dem ersten Klingeln ab.

„Ich wollte dich auch gerade anrufen. Carolins Mutter hat mich kontaktiert. Was ich ziemlich erstaunlich finde, wenn man bedenkt, dass sie mich beim ersten Kontakt wortwörtlich zum Teufel geschickt hat. Es ist ..."

„Das Hartmann-Baby wird morgen operiert", fiel ihr Liane ins Wort. „Wir müssen das irgendwie verhindern. Aber nicht die ganze Operation, weil das Kind wirklich krank ist. Gelders hat eine Harnleiterverengung anstehen lassen, um sie zusammen mit seinem Eingriff zu beheben. Wir müssen also irgendwie dafür sorgen, dass er die eine Operation macht, die andere aber auf keinen Fall. Alice, ich weiß nicht, was ich machen soll." Die Leitung war still. „Alice? Bist du noch dran?"

Liane nahm das Handy vom Ohr und schaute gerade auf das Display, als sie die Stimme ihrer Freundin hörte. „Ich versuche gerade mit aller Kraft, nicht einfach aufzulegen."

„Aber ... was?"

„Manchmal bist du wirklich eine ganz egozentrische Kuh. Hast du mir eigentlich zugehört? Du hast mich ja nicht einmal aussprechen lassen! Carolin! Das Mädchen, dessen Leben *du* aus der Bahn geworfen hast. Sie ist abgehauen. *Du* bist verantwortlich und *du* solltest dir dringend etwas einfallen lassen."

Liane wollte widersprechen. Am liebsten hätte sie noch einmal wiederholt, dass das Hartmann-Kind morgen operiert werden würde. Alice musste sie nicht richtig verstanden haben. Was auch immer gerade mit Carolin passierte, war sicherlich nicht so dringend wie die Operation, die in weniger als vierundzwanzig Stunden durchgeführt würde und nicht revidierbar wäre.

„Kann ich jetzt aussprechen?"

Liane nickte. Obwohl ihre Freundin diese Geste nicht sehen konnte, nahm sie ihr Schweigen als Zustimmung hin. „Also nochmal! Carolins Mutter hat mich gerade angerufen. Sie ist absolut außer sich. Carolin hat sich gestern Abend sozusagen mit ihr ausgesprochen. Sie hat ihr gesagt, dass sie einsieht, dass ihre Mutter nur ihr Bestes wollte, als sie der Operation zustimmte. Sie wollte versuchen, ihr zu verzeihen, dass sie die Wahrheit verschwiegen hat."

„Aber das ist doch großartig!"

„Du machst es schon wieder. Ich kann das echt nicht fassen. Beim nächsten Mal leg ich auf!"

„Okay."

„In der Nacht hat Carolin dann mit einer großen Reisetasche die Wohnung verlassen. Frau Michaelis ist wohl wachgeworden und hat versucht, sie aufzuhalten. Carolin hat gesagt, dass ihre Mutter akzeptieren müsse, dass ihr Leben jetzt vollständig ihr gehöre. Wenn sie wolle, dass es endete, endete es und wenn sie es anders versauen wolle, könne sie auch das machen. Natürlich hat die Mutter jetzt Angst, dass sie sich etwas antut. Die Polizei kann noch nichts machen. Ach, und bevor sie gegangen ist, hat sie noch etwas gesagt, aus dem Frau Michaelis einfach nicht schlau wird. Und ich ehrlich gesagt auch nicht so ganz. Sie meinte wohl, sie wäre nicht so feige wie andere und sie würde das jetzt in die Hand nehmen."

Wieder nickte Liane stumm.

„Liane, bist du noch dran?"

„Ja, bin ich."

„Dir ist klar, dass dich diese Frau in Stücke reißt, wenn sich ihre Tochter umbringt?"

„Das macht sie nicht. Sonst hätte sie doch keine Reisetasche mitgenommen. Sie will nicht sich etwas antun!"

„Wem denn sonst?"

„Gelders."

Alice schnappte nach Luft. „Auch wenn du recht hast, wir müssen das Mädchen finden. Die meint vielleicht, dass ihr Leben ihr selbst gehört. Aber die hat ja keine Ahnung, wie viele andere Leben sie zerstört, wenn sie das eine an die Wand fährt."

Jetzt zuckte Liane mit den Schultern. Wenn sie für jemanden Verständnis aufbrachte, dann war es wohl Carolin. Sie hatte verstanden, um was es ging und Liane war froh, mit ihr gesprochen zu haben.

Trotzdem wusste ein anderer Teil von ihr, dass Alices Bedenken berechtigt waren. Wenn sie ohne Emotionen und mit klarem Verstand an die Sache heranging, war ihr durchaus klar, dass sie Carolin schnellstmöglich finden mussten.

„Liane?"

„Ja, schon klar! Wir müssen sie finden. Aber ganz ehrlich, hast du mir denn zugehört, als ich vom Hartmann-Baby gesprochen habe? Die OP ist morgen. Ich habe echt keine Ahnung, was ich machen soll."

„Mensch Liane, ich will auch nicht, dass diese Operationen gemacht werden. Aber du hast es doch versucht. Die Entscheidung liegt bei den Eltern."

Mit zusammengepressten Lippen schüttelte Liane den Kopf.

„Manchmal reicht es einfach nicht. Wir können nur unser Bestes geben. Das hast du doch gemacht. Du musst das jetzt gehen lassen, Liane. Wenn du so weitermachst, bekommst du noch echte Schwi ..."

Mitten im Satz drückte Liane den roten Knopf und beendete damit das Gespräch. Sie ballte die freie Hand zur Faust und schlug in einer Drehbewegung gegen die massive Tür. Mit der Stirn an das kalte Metall gelehnt, spürte sie der Einsamkeit nach, die durch ihren Körper kroch und ihr die Luft zum Atmen nahm. Sie konnte sich nicht einmal vorstellen, wie sie einen ganz normalen Arbeitstag bewältigen sollte. Wie sollte sie sich in diesem Zustand auch noch um zwei auf der Kippe stehende Menschenleben kümmern? Die halbe Nacht hatte sie mit dem Smartphone in der Hand Wache gehalten. Doch die Hartmanns hatten nicht angerufen. Immer wieder war sie kurz eingenickt und gegen Morgen dann dieser Albtraum mit Gelders. Er hatte sogar ihren Spitznamen aus der Kindheit benutzt und sie Lilly genannt. So wie es alle gemacht hatten, als sie noch ein kleines Mädchen war.

***

Den gesamten Vormittag konnte Liane keinen klaren Gedanken fassen. Natürlich fragte sie sich, was Carolin vorhaben mochte. Was sie aber viel mehr umtrieb, war die Sorge um das Baby.

Während eines endoskopischen Eingriffs an einer älteren Frau reagierte sie nicht einmal, als der operierende Arzt um das nächste Instrument bat. Sie stand nur da und realisierte erst, dass man sie angesprochen hatte, als Olaf sie zur Seite schob und ihren Posten übernahm. Als es Zeit für ihre Mittagspause war, hatte sie nur noch ein Ziel im Kopf.

Um möglichst vielen Kollegen aus dem Weg zu gehen, entschied sich Liane für das Treppenhaus und rannte, so schnell sie konnte, ins nächsthöhere Stockwerk, durch den Verbindungsgang ins Nebengebäude und blieb erst vor der Glastür mit der Aufschrift „Kinder- und Neugeborenenstation“ stehen. Leise hörte sie Stimmen und Babyschreie aus der Station und fühlte, wie ihr Körper plötzlich zu Stein wurde. Eben noch auf ihr Ziel zugerannt, brachte sie es jetzt nicht über sich, die Station zu betreten. Sie drehte sich um, ging langsam auf die kleine Sitzecke mit dem Kaffeeautomaten zu und sank auf einen der schmalen Sessel. Im Grunde genommen war ihr klar, dass das Baby nicht wissen würde, weshalb sie es besuchen kam. Trotzdem fühlte es sich an, als müsse sie den Hinterbliebenen eines Patienten die schlechte Nachricht überbringen. Sie fühlte sich schuldig, machtlos und gleichzeitig verzweifelt. Nach einer Weile schaffte es Liane wieder auf die Füße. Sie ging auf die automatische Tür zu und wartete, bis diese ganz geöffnet war. Im Flur lauschte sie den Kinderstimmen und sog den süßlichen Duft tief ein. An den bemalten Wänden vorbei bog sie in das Schwesternzimmer ein und hoffte inständig, dass es entweder leer war oder wenigstens Elena gerade Dienst hatte. Nichts von beidem war der Fall. Stattdessen glotzte sie eine dickliche, dunkelhaarige Krankenschwester durch kreisrunde Brillengläser an.

„Kann ich Ihnen helfen?“

Liane zog kurz in Betracht, auf dem Absatz kehrtzumachen, doch dann räusperte sie sich und richtete sich etwas gerader auf.

„Ich arbeite im OP3 und an verrückten Tagen wie heute komme ich manchmal hierher, um die Ruhe oder zumindest einen anderen Lärm zu genießen.“

Sie hoffte darauf, dass ihre Erklärung die krausgezogene Stirn der Kollegin glättete. Doch die Frau schien nicht gerade in bester Stimmung zu sein und starrte sie weiter an.

„Ist Elena da? Wir kennen uns von der Ausbildung."

Die Stirn der Frau entspannte sich ein wenig, als sie Lianes Ausweis bemerkte, der an die Seitentasche des Kasacks gesteckt war.

„Nein, leider nicht. Sie hat sich die ganze Woche krankgemeldet und wir haben echten Personalmangel. Also, falls Sie im OP nicht gebraucht werden ..."

Sie schmunzelte über ihren eigenen Scherz. Für einen Moment glaubte Liane, dass eine andere Person vor ihr säße. Trotzdem wollte sie ihr Glück nicht überstrapazieren und trat einen Schritt zurück, jedoch nicht ohne einen Blick zur Glasscheibe zu werfen, hinter der die Bettchen standen.

„Ich habe bei uns unten eigentlich gerade das gleiche Problem. Ist wohl auf jeder Station so. Dann gehe ich besser wieder. Ich will Sie ja nicht bei der Arbeit stören."

Die Dunkelhaarige war etwas schwankend auf die überraschend kurzen Beine gekommen und ging auf Liane zu, während sie noch einen Blick auf ihre Ausweiskarte warf. Dann schüttelte sie entschlossen den Kopf.

„Sie können ruhig einen Moment reingehen, wenn Sie möchten. Es ist ja momentan ruhig und ich würde gern kurz auf's Klo."

Jetzt schauten beide zur Glasscheibe und Liane nickte zufrieden.

„Klar, kein Problem. Ich bleibe hier."

Sie ging durch die Tür zu den Bettchen und schaute noch einmal über die Schulter. „Vielen Dank."

Die kleine Tagschwester kicherte leise. „Ich bedanke mich. Bin gleich wieder da."

Das Bettchen des Hartmann-Babys stand noch an der gleichen Stelle und Lianes Augen füllten sich mit Tränen, als sie näherkam. Eine Hand gegen ihren Unterleib gepresst, versuchte sie, den reißenden Schmerz um die Narbe herum zu verdrängen, während sie wispernd den Mädchennamen ihrer ungeborenen Tochter aussprach. *Lydia.* Sie hatte es gerade ausgesprochen, da wurde der Schmerz zu einem Brennen und war plötzlich leichter zu ertragen. Liane blieb stehen. Für einen Moment atmete sie nicht. Es war, als habe sie einen Weg gefunden, mit ihrer Vergangenheit zu kommunizieren. Vielleicht gab der Schmerz tatsächlich nach, sobald sie klarstellte, Lydia nicht vergessen zu haben. Kopfschüttelnd machte sie einen weiteren Schritt auf das kleine Bettchen zu. Das Baby schlief.

„Hallo Kleines", flüsterte sie und umfasste eines der Füßchen mit der Hand, die eben noch auf ihrem Bauch gelegen hatte. „Ich bin hier, um mich zu entschuldigen."

Das Baby trug einen grünen Strampler und eine Träne fiel auf den Teddystoff, in dem das Beinchen steckte.

„Ich habe wirklich versucht, ihnen alles zu erklären. Aber sie sehen das wohl anders als ich."

Noch eine Träne fiel. Liane hob den Kopf und versuchte mit zur Decke gerichtetem Blick, die Tränen wegzublinzeln.

„Vielleicht fällt mir noch etwas ein. Es wird schon alles gut werden."

„Ist hier alles in Ordnung?"

Liane fuhr herum, als wäre sie gerade bei einem Kaufhausdiebstahl erwischt worden. Sie hatte die Kinderkrankenschwester nicht kommen hören und spürte, wie ihr Gesicht heiß wurde. Der Puls klopfte in ihren Ohren.

„Ja, ja natürlich. Alles gut."

Sie konnte nur hoffen, dass die Schwester nicht ihren gesamten Monolog mit angehört hatte.

„Ich gehe dann wohl mal wieder runter. Meine Mittagspause müsste auch gleich vorbei sein."

Gerne hätte sie einen letzten Blick auf das Baby geworfen, doch sie wagte es nicht. Stattdessen drehte sie sich zur Tür, nickte der misstrauisch wirkenden Schwester zu und verließ den Raum. Sie ging, so schnell es ohne zu rennen möglich war, durch den bemalten Flur und schlupfte durch einen Spalt in der Tür, als die Automatik sie ein Stück aufgeschoben hatte. Draußen hörte sie das helle Geräusch des Aufzugs. Die Kabinentür schob sich auf und von allen Menschen, denen sie in diesem Moment hätte begegnen können, kam ausgerechnet jener heraus, den sie am wenigsten sehen mochte: Gelders!

Lianes Hände verkrampften sich in einer grotesken Haltung, ihr Blick sauste von ihren Füßen zu dem Professor, zur Aufzugstür und wieder zurück. Ihr Gesicht fühlte sich immer noch heiß an und der Puls in ihren Ohren war jetzt so laut, dass sie sicher war, nichts anderes hören zu können. Mit viel Kraft konnte sie ihre Augen zwingen, ihn direkt anzusehen. Sobald ihr Körper bereit war, sich in Bewegung zu setzen, eilte sie auf die offene Aufzugstür zu. Sie wunderte sich, weshalb der Arzt ein Kühlpad vor sein Auge hielt, war aber erleichtert, dass er sie keines Blickes würdigte und sie ihn somit nicht einmal grüßen musste. Die Aufzugstüren schoben sich zu und Liane drücke, ohne nachzudenken, auf die Taste für das Erdgeschoss. Ihre Knie drohten nachzugeben und sie klammerte sich am Handlauf fest, um nicht zu Boden zu gehen.

Im Erdgeschoss angekommen, stürmte sie zum nächstgelegenen Ausgang, rannte einen schmalen Fußweg entlang und setzte sich auf eine Parkbank. Das Gesicht in den Handflächen vergraben, schloss sie die Augen. Hinter ihren geschlossenen Lidern tauchte Saras Gesicht auf, gleich darauf sah sie ihre abgemagerte Mutter vor sich und dann Lutz, wie er ihr sagte, dass sie nichts in seinem Leben verloren hatte. Liane hob den Kopf und entließ ihr nassgeweintes Gesicht aus den Händen. Mit gestrecktem Rücken zog sie die Schulterblätter zusammen und versuchte, ihre Atmung zu beruhigen. Sie hatte weder Zeit noch Raum für diese Bilder. Es ging hier gerade nicht um ihre eigene Familie. Jetzt waren die Hartmanns wichtig. Und Carolin. Geräuschvoll zog sie die Nase hoch. Erst jetzt bemerkte sie, dass sie die blaue Klinikkleidung trug. Ihr Kopf flog nach links und rechts, als sie nach Kollegen Ausschau hielt, die sie möglicherweise hier draußen gesehen hatten. Dann stand sie auf und ging schnell zurück ins Gebäude.

Liane platzte gerade rechtzeitig zur nächsten Operation in den Saal, worauf sie der Arzt mit einem strafenden Blick rügte.

„Jetzt, wo Frau Kowalski auch da ist, kann Herr Tetznar seine neue Hüfte ja bekommen."

Liane atmete auf, als der Chirurg von ihr abließ und stattdessen beim Team-Time-Out in gewohnter Routine zusammenfasste, was zu tun war. Sie war ausgesprochen froh, dass nicht Christian, sondern einer seiner Kollegen aus der Orthopädie operierte. Doch der Gedanke an Christian erinnerte sie an die Verabredung am Nachmittag. Ein warmes, flatterndes Gefühl breitete sich von ihrem Magen bis in ihre Knie aus und sie musste aufpassen, dass sie sich einigermaßen auf Tetznars Hüfte konzentrieren konnte.

***

Nach dem zweistündigen Eingriff gönnte sich Liane einen Kaffee und studierte noch einmal den Operationsplan. Auch während der beiden letzten Operationen für den Tag – kurze Routineeingriffe, eine Oberschenkelfraktur und eine minimalinvasive Entfernung der Gallenblase – war Liane kaum bei der Sache. Zum Feierabend kreisten ihre Gedanken wieder um das Baby. Da Gelders zur Mittagszeit in der Klinik gewesen war und er die Operation für den nächsten Morgen angesetzt hatte, würde er nicht allzu lange im Büro sein. Bis dahin konnte sie nach Carolin Ausschau halten. Vielleicht ließ das Mädchen ja doch noch mit sich reden. Der einzig mögliche Ort, an dem sie nach ihr suchen konnte, trieb Liane eine Gänsehaut über den Rücken.

Eine halbe Stunde später parkte Liane am Hauptfriedhof. Als sie ausgestiegen war, hielt sie den Türgriff ihres Peugeots nach oben und drückte die Autotür mit übertriebener Achtsamkeit leise ins Schloss. Sie schlich vom Parkplatz auf das Tor zu und blieb neben dem Haupteingang stehen. Der dicke Stamm des Spitzahorns verdeckte sie perfekt. Doch der schattige Platz mit den beiden Parkbänken, auf denen sie Carolin mit ihren trinkenden Freunden vor langer Zeit fotografiert hatte, war leer. Auch an der U-Bahn-Haltestelle gegenüber war niemand zu sehen. Enttäuscht, sich ganz umsonst durch den Stadtverkehr gequält zu haben, drehte sie sich um und passierte in Gedanken versunken die breite Toranlage zum Friedhof. Über den asphaltierten Weg betrat Liane die parkähnliche Anlage und bog wie selbstverständlich rechts ab. Sie war vielleicht zwei oder drei Mal in ihrem Leben hier gewesen. Doch richtig erinnern konnte sie sich nur an einen Besuch. Tante Ute hatte sie damals unbedingt auf eine heiße Schokolade in ihr Lieblingscafé einladen wollen. Die schicke Dame mit Hut hatte wie ein gemaltes Bild in das urige Innenstadtcafé gepasst und Liane erinnerte sich noch genau, wie sie den Sahneberg von der Schokolade löffelte. Ute hatte ihr vom Grab des Zappel-Phillip auf dem Hauptfriedhof erzählt, der aus dem Struwwelpeter-Märchen von Heinrich Hoffmann.

„Nie und nimmer! Die heißen doch nur im Märchen so!", hatte Lilly damals ausgerufen und darauf bestanden, dass Ute ihre unglaubliche Geschichte bewies.

So waren sie nach ihrer Schokolade ebendiesen Weg entlang gegangen. Die metallene Schirmspitze von Utes Regenschirm hatte bei jedem Schritt ein lautes Geräusch auf dem Boden gemacht.

Jetzt kam es Liane vor, als könne sie das Klackern des Schirms wieder hören. Auch wenn sie nicht mehr mit großen Augen und offenem Mund vor dem weißen Steinkreuz von Dr. med. Philipp Julius Fabricius stand, kam es ihr immer noch unwirklich vor. Wie Liane gelesen hatte, war die Echtheit dieser Geschichte inzwischen sogar vom Struwwelpeter-Museum bestätigt worden. Sie hatte den Weg wie selbstverständlich gefunden und stand nun vor dem Grab des menschlichen Vorbilds vom Zappel-Philipp. Manche Märchenfiguren überlebten uns wohl alle. Liane war vor dem Grab in die Knie gegangen und zupfte gerade verwelkte Blätter von der Umrandung, als sie ein für Friedhofverhältnisse lautes Stimmengewirr hörte. Sie richtete sich wieder auf und folgte den Geräuschen. Als sie die Gruppe Jugendlicher sah, duckte sich Liane wie ein Soldat im Gefecht hinter eine buschige Zypresse. Sie war nahe genug herangekommen, um die halbgefüllte Glasflasche in Carolins Hand zu sehen. Das Mädchen hielt die Flasche mit der klaren Flüssigkeit einer anderen jungen Frau hin, die etwas aus einer schmalen Dose hineinfüllte. Liane fragte sich gerade, ob die Jugendlichen heutzutage immer noch Alkoholika mit irgendwelchen Energydrinks mischten, als es in ihrer Tasche vibrierte. Gleichzeitig war wieder die Stimme von Collins zu hören und sie wünschte sich, das Lied nicht zurechtgeschnitten zu haben. Das eigentliche Intro von „In the Air Tonight" war schließlich so lang, dass die düsteren Töne am Anfang kaum zu hören waren. Hektisch nestelte sie an ihrer Jackentasche herum, verhakte das Handy darin und bekam es endlich heraus, um den Anruf mit dem roten Button abzuweisen. Sie hob den Kopf, um zu prüfen, ob sie bemerkt worden war, doch Carolin stand bereits vor ihr.

„Was machen Sie denn hier?"
Liane holte tief Luft.
„Verfolgen Sie mich etwa?"
Noch einmal wollte Liane ansetzen und kam wieder nicht zu Wort.
„Muss ich die Polizei rufen und Sie anzeigen, damit Sie mich endlich in Ruhe lassen?"
Liane schüttelte den Kopf. „Deine Mutter hat Alice angerufen. Sie macht sich Sorgen."
Erst als sie den fragenden Gesichtsausdruck sah, wurde Liane klar, dass Carolin nichts von Alices Kontaktversuch wusste. Doch dazu sagte Carolin nichts. Sie schluckte fest und ihr Blick wurde wieder entschlossen.
„Was will sie denn noch? Ich habe gemacht, was Sie gesagt haben. Ich habe ihr sogar gesagt, dass ich sie vielleicht ein bisschen verstehen kann."
Wieder konnte Liane nichts erwidern.
„Das hier sind die Leute, die mir jetzt helfen können." Carolin hob den Arm und zeigte auf die kleine Gruppe. Jedes der fünf Gesichter war auf Liane gerichtet. „Meine Mutter hat gegen Gelders sicher keine Chance."
Plötzlich hatte es Liane eilig, zu antworten. Dabei war es ihr vollkommen egal, dass ihre Worte stotternd herauskamen. „Aber ... was ... was hast du denn jetzt vor?"
Carolin hatte sich zu ihren Freunden umgedreht und war bereits einige Schritte entfernt. „Das werd ich Ihnen ganz bestimmt nicht verraten! Ich werd Sie ja so schon nicht mehr los."
Schon wieder die Vibration in ihrer Hand, der anschwellende Synthesizer-Klang. Jeder in der Gruppe hatte die Arme vor der Brust verschränkt, die ernsten Gesichter starrten Liane weiterhin an.
„Außerdem waren wir längst beim Du!", rief sie Carolin hinterher und drückte schnell auf das Display, um Collins' Gesang abzuwürgen. Jetzt, wo sie weder einen Anruf von den Hartmanns noch von Carolin erwartete, war es höchste Zeit, den Klingelton wieder abzuschalten. Sonst war ihr Telefon schließlich auch immer lautlos geschaltet. Als sie auf das Display schaute, sah

sie Christians Namen und schlug sich mit der flachen Hand an die Stirn. In der Hektik hatte sie den Anruf bereits angenommen.

„Hallo?“

„Ich stehe vor deinem Haus und habe wie abgemacht geklingelt, bevor ich anfange zu tanzen.“

„Oh Gott, es tut mir so leid.“

Sie schaute auf die Zeitanzeige des Smartphones.

„Ich bin in zwanzig Minuten da.“ Keine Antwort. „Wenn du nicht warten magst, kann ich das natürlich verstehen. Ich habe es verbockt.“

Obwohl es Liane einen Stich versetzte, tat es ihrem Gewissen gut, dass nichts zu hören war. Das Problem Liebschaft hatte sich gerade von selbst aufgelöst. Mit hängenden Schultern und auf den Boden gerichteten Blick tappte Liane den Weg entlang, den sie gekommen war. Sie wollte noch zwei Atemzüge nehmen, ehe sie sich mit einem Blick auf das Telefon vergewisserte, dass Christian längst aufgelegt hatte. Doch als sie zum zweiten Mal luftholte, hörte sie seine Stimme.

„Beeil dich bitte. Die Leute werden sich bald wundern, warum ich vor deinem Hauseingang herumlungere. Dann brauche ich nicht mal zu tanzen, um blöd angeschaut zu werden.“

Liane blies die Luft aus ihren Lungen. Sie musste laut lachen und ging vom Laufschritt ins Joggen über.

***

Als der quietschgelbe Peugeot über die Nidda und am Solmspark vorbeisauste, hatte sich der Himmel bereits zugezogen. Glücklicherweise entdeckte Liane einen freien Parkplatz an der Straße. Sie schnappte ihre Handtasche vom Beifahrersitz, knallte die Wagentür zu und rannte zum Eingang. Auf der Stufe vor der Tür sah sie ihn sitzen. Christian kam auf die Füße und wie auf Kommando fielen die ersten Regentropfen vom Himmel. Langsam kam er auf sie zu und hob strahlend die Arme.

Liane musste laut lachen. „Jetzt glaub ich dir alles. Habe ich den Tanz verpasst?“

Er legte seine Hände auf ihre Hüfte. „Ich wollte gerade anfangen, aber scheinbar reichen meine mentalen Kräfte aus.“

Sein Gesicht kam ihrem näher, als sie plötzlich den Kopf einzog und die Nase rümpfte, weil es zu schütten begann.

Grinsend küsste er ihre Nasenspitze. „Gehen wir rein?"

Sie griff nach seiner Hand und zog ihn hinter sich her. „Schon okay, dass du ohne Tanz davonkommst. Schließlich habe ich dich warten lassen."

Er stand ganz dicht neben ihr und sie konnte die Wärme seines Körpers spüren, als sie die Haustüre aufschloss.

„Hast du das Unwetter gestern mitbekommen? Da habe ich gehofft, dass du mir auch ohne tanzen eine Chance geben musst."

Liane nickte und dachte dabei an das Gespräch auf dem Campus und an Carolins Worte auf dem Friedhof. Sie fragte sich, was Carolin vorhaben mochte und spürte kaum noch Christians Anwesenheit, obwohl er direkt hinter ihr die Treppe hochstieg.

„Der Wetterbericht von dieser Woche war außergewöhnlich schlecht. Zum Glück."

Liane versuchte, die Gedanken beiseitezuschieben. Nachdem sie ihn um ein Haar versetzt hatte, war es wirklich nicht fair, ihn jetzt kaum zu beachten. Trotzdem wusste sie, dass es gerade wichtigere Dinge gab, um die sie sich hätte kümmern müssen. In ihrem Leben gab es keinen Platz für Christian. Das schlechte Gewissen drückte auf ihr Gemüt.

„Wie wär's mit einer heißen Schokolade mit Sahne? Ich hab zwar nicht mal Kakaopulver da und erstrecht keine Sahne, aber mit ein wenig Backkakao, H-Milch und Zucker würde ich etwas hinbekommen. Hast du Lust?"

„Klar."

Sie hängte ihre Jacken an die Garderobenhaken im Flur und schaute ihm hinterher. Wie ein Kunstkritiker schlenderte er durch das kleine Wohnzimmer, als sei es eine Galerie. Wortlos huschte sie an ihm vorbei und verschwand in der Küche.

Als die Trinkschokoladen fertig waren, saßen sie einander auf dem Sofa gegenüber. Beide im Schneidersitz hielten sie sich wie Kinder an ihren Tassen fest. Schon nach dem ersten Schluck hatte Christian einen braunen Milchbart. Ohne ihn darauf anzusprechen, schaute sie ihn unentwegt an. Sie war froh, dass er seinem Vater nicht ähnelte. Auch wenn er ihn nicht besonders zu mögen schien, war er immer noch sein Sohn. Schon wieder schob sich ihr schlechtes Gewissen in den Vordergrund. Sie konnte doch unmöglich Gefühle für einen Gelders haben.

„Trainierst du etwa?"

Sie folgte seinem Blick, der auf den Gewichten unter der Heizung lag.

„Ein bisschen. Früher habe ich mehr gemacht. Meinem Ex gehört ein Fitnessstudio."

Christian hatte seine Tasse abgestellt und schaute sich ihre Sammlung etwas genauer an.

„Da sind ja richtig schwere dabei. Benutzt du die alle?"

Liane nickte und steckte ihre Nase gleich darauf wieder in den Keramikbecher.

„Wow, du musst ja richtig Kraft haben."

Er war zum Sofa zurückgekommen und setzte sich etwas näher an sie heran.

„Du brauchst aber keine Angst zu haben. Ich tu dir nichts, solange du dich benimmst."

Sein Grinsen kam ihrem jetzt gefährlich nahe und seine Augen hatten wieder diesen Blick, in dem sie sich verlieren konnte.

„Wie geht es eigentlich Bruce?"

Die Frage war nicht nur eine Oktave zu hoch aus ihr herausgeschossen, sie hatte sie auch etwas zu laut gestellt, sodass sein Gesicht ihrem plötzlich nicht mehr ganz so nahe war.

„Gut. Nachdem wir telefoniert hatten, bin ich noch eine kleine Runde mit ihm gegangen, jetzt ist er zufrieden und schläft."

Lianes setzte sich gerade auf. „Was? Bruce ist im Auto?" Obwohl sie in Christians Augen Fragezeichen förmlich sehen konnte, nickte er. „Du musst ihn sofort holen. Der arme Hund muss doch nicht im Auto sitzen, während es so regnet. Und wir haben es hier gemütlich und trinken Kakao."

Mit hochgezogenen Augenbrauen starrte er sie an. „Ehrlich?"

„Klar! Jetzt geh schon!"

Als Christian die Wohnung verließ, ging sie in den Flur und nahm ihr Smartphone aus der Jackentasche. Eine Resthoffnung auf einen Anruf von den Hartmanns oder zumindest eine Nachricht von Alice oder Carolin war geblieben. Tatsächlich wurde ihr eine neue Nachricht angezeigt. Doch sie kam von

Michael. Während ihr Blick über den Text glitt, wagte Liane nicht zu atmen.

*Gestern dachte ich, dich im Studio gesehen zu haben. Als ich dich an der Schulter berührte, drehte sich natürlich eine fremde Frau zu mir um. Du hattest recht. Ich muss mit der Vergangenheit abschließen.*

Liane schnappte nach Luft.

*Ich schreibe dir nur, damit du weißt, dass ich, der Form halber, einen Anwalt eingeschaltet habe. Die Scheidung kann jetzt ihren Weg gehen.*

Obwohl ihre Augen feucht geworden waren, lächelte Liane. Zumindest ein wenig Ballast war von ihr abgefallen. Für Carolin und das Baby konnte sie im Moment nichts tun. Sie versuchte, sich selbst die Erlaubnis zu geben, den Abend zu genießen. Trotzdem prüfte sie, dass die Vibrationsfunktion eingeschaltet war und steckte das Gerät in die Gesäßtasche ihrer Jeans. Dann holte sie unter dem Bett eine alte Wolldecke hervor und breitete sie vor dem Sofa aus. Daneben stellte sie eine Schale mit Wasser, als es auch schon an der Tür klingelte.

Die Begrüßung des Labradors fiel noch überschwänglicher aus als beim ersten Mal, doch Liane blieb standfest. Schließlich wusste sie, was sie zu erwarten hatte. Ohne zu zögern, setzte sich Liane auf die Wolldecke am Boden und wartete, dass Bruce zu ihr kam. Schließlich setzte sich auch Christian zu den beiden und erzählte die Lebensgeschichte des Hundes, beginnend mit einer Spontanadoption des Welpen in Spanien.

Lianes Hände strichen über das kurze dunkelbraune Fell und streiften dabei immer wieder die von Christian. Bruce genoss jede Sekunde dieser übertriebenen Aufmerksamkeit. Doch als sich ihre Augen ineinander verhakten, niemand mehr ein Wort sprach und sich ihre Gesichter langsam näherkamen, begann der Hund zu jaulen. Bruce hörte nicht auf, als sie sich küssten und jammerte weiter, als er allein im Wohnzimmer zurückblieb. Nach einer Weile schnaubte er laut, legte den Kopf auf seine Pfote und schlief ein.

# Kapitel 19

Mit der Zahnbürste im Mund starrte Lutz in den hellbeleuchteten Spiegel und fuhr sich mit gespreizten Fingern durch die Haare. Die Mistdinger waren schon wieder so lang, dass sie sich, in hinterhältige Strähnen verbunden, zu kleinen Locken formten. Es war schon wieder mindestens zwei Monate her, dass er Schwester Julia gebeten hatte, die Maschine mit den großen Aufsätzen in die Klinik mitzubringen. Zu Hause schnitt sie damit ihrem Bruder und ihrem Alten die Haare. Sie konnte das echt ganz gut. Sein nächster Gedanke trieb ihm eine Gänsehaut über den Rücken und beide Hände, die eine mit der Zahnbürste, die andere in den Haaren, begannen zu zittern.

*In ein paar Wochen würde man ihn von hinten für ein Mädchen halten!*

Seine zuckenden Gliedmaßen gerieten außer Kontrolle und ihm stand plötzlich Schweiß auf der Stirn. Würgend spuckte er den Zahnpastaschaum in das granitgefasste Waschbecken. Das Zittern breitete sich rasend schnell in seinem ganzen Körper aus und verwandelte sich, im Magen angekommen, in fiese Krämpfe.

Widerwillig ließ er seine Sachen auf dem gesprenkelten Stein neben dem Becken liegen. Er schaffte es, seinen Rucksack in gebeugter Haltung hinter sich her zu ziehen und verschwand mit ihm in der nächsten Kabine. Gerade noch rechtzeitig bekam er die Jeans herunter, als sich seine Krämpfe auch schon ruckartig in die Kloschüssel ergossen. Dieser eine, grauenhafte Gedanke hatte ausgereicht, dass er sich wieder zu seinem Kumpel Eg an den Hauptbahnhof wünschte. Er war längst nicht über den Berg, hatte genaugenommen nicht einmal den schlimmsten Teil des Entzugs überstanden. Doch er wusste, wenn er mit Liane sprechen wollte, musste er bei klarem Verstand sein. Und wenn er wirklich angehört und sogar ernstgenommen werden wollte, musste er für das Gespräch vollkommen nüchtern sein. Da gab es keine Ausflüchte und auch keinen Mittelweg. Außerdem konnte er in diesem erbärmlichen Zustand nichts gegen *Doktor Frankenstein* unternehmen. Für solche Dinge brauchte man einen ausgeklügelten Plan, der wiederum einen klaren Verstand voraussetzte.

Von einem weiteren Krampf geplagt, hörte er, wie sich die Tür zum Männerklo öffnete. Schritte hallten auf dem glatten Steinboden. Zu wenige Schritte. Wer auch immer hereingekommen war, stand entweder am Pissoir oder war am Waschbecken stehengeblieben.

*Seine Sachen!* Er hatte nur noch seine Sachen im Kopf. Obwohl nur einige Hygieneartikel am Waschbecken lagen, würde es ihn einen ordentlichen Batzen kosten, alles neu zu kaufen. Der letzte Krampf war gerade überstanden und der Pulsschlag trommelte in seinen Ohren. Er musste zu seinen Sachen. Schritte. Er hörte schon wieder Schritte. Doch jetzt kamen sie näher. Obwohl er durch den schmalen Spalt unter der Tür keinen Schatten sehen konnte, war er sicher, dass der Kerl an seiner Kabine vorbeilief. Sekunden später schlug die Tür der benachbarten Kabine zu und wurde verriegelt. Zumindest war der Typ nicht mit seinem Zeug abgehauen. Es war natürlich lächerlich, zu befürchten, dass jemand eine gebrauchte Zahnbürste stehlen würde. Die morgendlichen Reinigungstrupps waren auch längst durch. Schließlich gab es Gründe dafür, dass er seine Morgentoilette immer auf den Mittag schob. Wenn es aber doch eine Reinigungskraft gewesen war, würde diese seinen Kram, ohne mit der Wimper zu zucken, in ihren Müllsack stopfen.

Als er sich endlich von der Kloschüssel losreißen konnte, zitterten seine Gliedmaßen immer noch, etwas vornübergebeugt waren die Krämpfe aber auszuhalten. So schlich er wie ein alter Mann mit Bandscheibenproblemen zum Waschbecken zurück. Leise atmete er auf und sammelte mit schnellen Handgriffen Einwegrasierer, Haarbürste, Zahnbürste und Zahncreme zusammen. Eilig stopfte er alles in den Rucksack, als er auch schon aus der anderen Kabine die Spülung hörte. Er ließ Wasser über seine Hände laufen und schnallte sich den Rucksack auf den Rücken. Die Kabine hinter ihm wurde entriegelt, als er aus der Tür der Herrentoilette stürzte. Schnurstracks ging er zu den Sitzbänken zwischen den bepflanzten Blumenkübeln auf der anderen Seite. Um ihn herum saßen Reisende mit ihren Kaffeetassen und Teegläsern, die sie sich an der angrenzenden Theke gekauft hatten. Ohne jemandem direkt ins Gesicht zu sehen, stellte er seinen Rucksack neben einem freien Platz ab und setzte sich. Seine Hände, die er immer noch verzweifelt zu beruhigen versuchte, rieben auf dem Jeansstoff über seine Oberschenkel. Es taugte doch alles nichts. Wenn er vorerst hierbleiben wollte, durfte er sich Ausfälle wie den eben nicht leisten. In den vergangenen Tagen hatte er sich in dem kleinen Supermarkt zu seinen Brötchen und der Packung Wurst immer einen Flachmann gekauft, um das Zittern und die Übelkeit in einem erträglichen Rahmen zu halten. Doch das hatte nie gereicht, um ihm eine echte Pause zu verschaffen. Er brauchte eine Auszeit von den Bildern, dem Hass und der Angst, die ihn ohne Stoff pausenlos überfielen. Sein Gehirn musste zumindest für einen kurzen Moment ausgeknipst werden. Sonst konnte er nicht weitermachen.

Nach kurzem Überlegen zog er sein restliches Geld aus der Hosentasche, ließ seine Augen über die beiden farbigen Scheine gleiten, machte die zweite Hand rund und ließ die Münzen in die zitternde Handfläche fallen. Für einen ordentlichen Vollrausch brauchte er mehr als einen Flachmann. Er musste zu einem Discounter, und zwar schnellstens. Ein langer Fußmarsch nach Kelsterbach war in diesem Zustand nicht möglich. Um den letzten Willen in diesem Entzugskampf zu behalten, brauchte er möglichst schnell ein Substitut. Schließlich bekam man das sogar in der Klinik, wenn auch nicht in flüssiger Form. Lutz steckte alles wieder ein, rappelte sich auf und schulterte den Rucksack. Wie zum Zeichen, dass er einen längeren Weg vor sich hatte, schloss er den Hüfgurt vor seinem Bauch. Über die nächstgelegene Rolltreppe begab er sich zum Bahnsteig. Er musste den Flughafen verlassen. Hier konnte er sich unmöglich so zulaufen lassen, wie es jetzt nötig war, um seinen Körper zusammenzuhalten. Das harte Zeug stand außer Frage. Schon eine Begegnung mit Eg würde ihn um Tage zurückwerfen. Trotzdem kam ihm nur ein Ort in den Sinn, an dem er sich besoffen einigermaßen sicher fühlen konnte, und dafür musste er in Richtung Innenstadt fahren. Er würde sich bei dem großen Lidl auf der Sachsenhäuser Seite ordentlich eindecken und für ein paar Stunden eine Parkbank am Main beziehen. Wenn alles nach Plan lief, wäre er vor Sonnenuntergang wieder am Flughafen.

Um ihn herum standen Geschäftsreisende im Anzug mit kleinen Rollkoffern und eine junge Familie mit zwei Kindern und einer Menge Gepäck. Alle stiegen mit ihm in die S-Bahn Richtung Stadtmitte. Seine Nervosität wuchs mit jeder Haltestelle. Nach zwei Stopps fuhr die Bahn in Niederrad wieder an und Lutz spürte, wie sich die nachwachsenden Kanten seiner abgefressenen Fingernägel in die Handflächen bohrten. Als nächstes kam der Hauptbahnhof. Er zog den Kopf ein, hätte sich am liebsten unsichtbar gemacht. Hier durfte er unter keinen Umständen aussteigen. Die Bahn bremste, rollte aus, kam zum Stehen, seine rechte Hand umfasste einen Haltegriff und er zog sich daran hoch. Er war von seinem Sitzplatz aufgestanden. Der Puls rauschte in seinen Ohren, sein Magen krampfte sich zusammen und jede Faser seines Körpers schrie danach, die Bahn jetzt zu verlassen. Innerhalb der nächsten Minuten konnte er Eg finden, um am Spätnachmittag mit dem richtigen Zeug in der Blutbahn endlich für eine Weile alles vergessen zu können.

Mit zusammengebissenen Zähnen schloss er die Hand so fest um den Haltegriff, dass seine Knochen schmerzten. Die Bahn hielt an, die Türen öffneten sich, Körper drängten andere Körper zu den Ausgängen. Plötzlich überkam ihn zusätzlich noch eine Art Platzangst. Er musste hier raus. Ein paar Schritte ließ er sich in Richtung der piepsenden Schiebetüren treiben. Dann bekam er eine Metallstange zu fassen, die Einfassung einer Trennscheibe zum Abteil. Er krallte sich an der Stange fest, hielt in der Bewegung inne und drückte sich gegen die Trennwand. Die letzten Leute schlängelten sich an ihm vorbei aus der Bahn. Als die Türen endlich geschlossen waren und sich der Zug wieder in Bewegung setzte, wurden seine Knie weich. Er drehte sich in die Richtung eines freigewordenen Sitzplatzes und ließ sich darauf fallen. Mit zitternden Händen wischte er sich den Schweiß von der Stirn. Ohne dass er den Blick hob, wusste er, dass er von allen Seiten angestarrt wurde. Seine Augen fixierten den Stoff seiner Jeans, während er versuchte, das Schwitzen mit reiner Willenskraft zu unterbinden. Er musste es nur bis über den Main schaffen. Auf der Sachsenhäuser Seite war er weit genug weg vom Hauptbahnhof und von Eg.

Die nächsten Haltestellen zogen an ihm vorbei wie in einem Traum. Seine Aufmerksamkeit reichte nicht einmal aus, um nach Kontrolleuren Ausschau zu halten. Als er zum nächsten Mal aufblickte, schlossen sich die Türen gerade wieder und der Schriftzug *Konstablerwache* flog an ihm vorbei. Er hatte die Innenstadt hinter sich gelassen und saß immer noch in dieser Bahn. Inzwischen war ihm bewusst geworden, wie dumm es gewesen war, ausgerechnet in die Stadt zu fahren. Er entfernte sich immer weiter vom Flughafen, zu dem er am Abend unbedingt zurückkehren wollte. Auf der Digitalanzeige über der Trennwand wurden die nächsten Haltestellen angezeigt. Die Türen öffneten und schlossen sich an der Ostendstraße und Lutz kam schließlich auf die Beine. Er stellte sich dicht an eine der Türen, drückte auf den Knopf, als dieser blinkte und stolperte auf den Bahnsteig am Mühlberg. Er atmete ein paar Mal tief ein und aus, bevor er die lange Steintreppe hochstieg. Auf der Offenbacher Landstraße angelangt, drehte er sich nach links und rechts und sah sofort sein Ziel. Schnelle Schritte trugen ihn zu dem großen Lidl vor der Unterführung, durch die er gehen musste, wenn er zum Main wollte.

Die gläserne Schiebetür schloss sich hinter ihm und seine Schritte wurden immer schneller. Kopflos war er am Brotregal vorbeigeschossen und hatte bereits eine Flasche Doppelkorn in der Hand, als ihm einfiel, dass es nicht schaden konnte, etwas Essbares im Rucksack zu haben. Wenn alles nach Plan lief, hatte er seinen baldigen Vollrausch schon in ein paar Stunden ausgeschlafen und würde eine Mahlzeit brauchen, bevor er wieder zum Flughafen fuhr. Er drehte um und griff sich eine Tüte Roggenbrotscheiben aus dem Regal. Auf dem Weg zur Kasse machte er einen großen Bogen und nahm eine Packung Salami aus dem Kühlregal. Er glaubte, dass sein Zittern wieder stärker wurde und hatte nur noch einen Gedanken.

*Nichts wie raus hier, dann geht's gleich besser!*

Doch dieser eine Gedanke wurde plötzlich in den Hintergrund gedrängt. An der Auslage für Aktionswaren in der Mitte des Ladens hielt er inne.

„Bitte Mama, ich verspreche auch, dass ich diesen Monat nichts anderes mehr haben mag!"

Die langen geflochtenen Zöpfe hingen dem Kind zu beiden Seiten über die Schultern. Zur rosafarbenen Hose hatte man ihr eine pinkfarbene Jacke mit zwei Kitschfiguren drauf angezogen, die ebenso geflochtene Zöpfe hatten. Alles schrie förmlich: *Hallo Welt, ich bin ein richtiges Mädchen. So wie es sich gehört.*

Doch in der Hand hielt die Kleine eine rechteckige Verpackung mit drei kleinen Matchboxautos. Dabei war es ihr offenbar egal, dass diese Teile schon in den späten Neunzigern nicht mehr in Mode waren.

„Jasmin! Mama hat dir gestern erst ein neues Spielzeug mitgebracht."

Lutz krampfte sich der Magen zusammen. Vor ihm stand Sara. Dass dieses Mädchen eigentlich Jasmin hieß, spielte keine Rolle. Diese Frau, die auch noch in der dritten Person von sich sprach, trieb ihm Galle in den Mund.

„Aber ich wollte doch gar keine *Made to Move Barbie.*"

Der Blick des Kindes fiel jetzt etwas beschämt auf ihre glitzernden Sneaker. Lutz wartete auf die Antwort, die nun von der ignoranten Mutter kommen musste. Die Antwort, die auch Sara immer gehört hatte. *Das ist nichts für Mädchen! Damit spielen Jungs!*

Stattdessen hatte die Frau von ihrer Tochter abgelassen und blickte ihm unverhohlen ins Gesicht. „Können wir irgendetwas für Sie tun?", fragte sie mit strenger Stimme.

Erstaunt erwiderte Lutz ihren Blick. Wenn auch nur kurz. Offenbar hatte sich seine Morgenhygiene bemerkbar gemacht und sie musste auch die Flasche Schnaps in seiner Hand übersehen haben. Denn obwohl sie sich offenbar von ihm gestört und vielleicht auch beobachtet fühlte, klang in ihrer Stimme eine Art menschlicher Respekt mit, den man im Allgemeinen nicht für Penner übrighatte.

Lutz schüttelte den Kopf und schaute, ähnlich wie das Mädchen, auf die Schuhspitzen seiner ausgelatschten Wintertreter. Bevor er zur Kasse weiterging, schnappte er sich eine der Matchboxpackungen, zwinkerte dem Mädchen zu und hoffte inständig, dass es die Mutter nicht bemerkt hatte. Er zahlte, warf noch einen Blick über die Schulter und ging dann zum Ausgang. Es kostete ihn große Überwindung, die Flasche nicht sofort anzusetzen. Auf dem Fleisch seiner Wange kauend, setzte er den Rucksack ab, schob Brot und Salami in eine Seitentasche und ließ seinen Zaubertrank im großen Fach verschwinden. Die Spielzeugautos in der zitternden Hand, setzte er sich auf den Bordstein neben den Einkaufswagen. Mit jedem Atemzug stieg seine Anspannung. Was würde er bloß sagen, wenn sie herauskämen? Er konnte selbst nicht fassen, dass er aus einer sentimentalen Erinnerung heraus 6,99 € für beschissenes Spielzeug ausgegeben hatte. Dieses Kind war nicht Sara und er war im Begriff, sich in die Scheiße anderer Leute einzumischen. Trotzdem! Der Frau da drin war es sicher nicht um die Kohle gegangen und für ihn war das nun mal verdammt viel Geld. Dieses Kind würde jetzt seine verkackten Autos bekommen. Sein Magen krampfte schon wieder und das Zittern bewegte sich wellenförmig auf seine Kehle zu. Als Mutter und Kind den Markt verließen, war er sicher, kein vernünftiges Wort herauszubekommen. Abgesehen davon hatte er immer noch keine Idee, was er der Frau sagen würde.

Auf dem Weg über den Parkplatz schaute die Mutter zu ihm herüber. Seine Hoffnung, das Mädchen würde den Einkaufswagen allein zurückbringen, schmolz langsam dahin. Sie war zwar bestimmt nicht jünger als sieben oder acht und in diesem Alter hatte er selbst schon mehr Verantwortung getragen, aber die Mutter passte gerade auf wie ein Schießhund. Als ihre Hand in der Tasche ihres braunen Ledermantels verschwand, blinkten die Rücklichter eines weißen SUV von BMW. Es kam ihm vor, als würden die beiden ihre Einkäufe in Zeitlupe verstauen. Als der Einkaufswagen endlich leer war, drehte sich das Mädchen wie ferngesteuert um, vergewisserte sich, dass von rechts und links kein Auto kam und schob das klappernde Drahtgestell in seine Richtung. Doch die Rücklichter des X6 blinkten erneut und die Mutter hechtete hinter der Kleinen her.

Lutz kam umständlich auf die Füße und stand gleich darauf direkt vor der Frau. Sie hatte die Arme in die Hüften gestemmt und schaute ihn fragend an. Weil er immer noch nicht wusste, was er sagen sollte, ohne vollkommen übergeschnappt zu klingen, sagte einen Moment lang niemand etwas. Ohne die Augen von ihm zu lösen, wies sie ihre Tochter an, den Wagen zurückzustellen.

„Vergiss nicht, die Münze herauszunehmen."

Das Kind gehorchte ohne ein Wort.

„Hören Sie", krächzte seine Stimme. Lutz räusperte sich und versuchte es erneut. „Ich musste die Autos einfach für Ihre Tochter kaufen. Ich weiß, dass es vielleicht nicht richtig ist." Er hielt ihr die zitternde Packung hin.

„Aber ... aber wieso denn?"

Mit einer Frage nach seinen Beweggründen hatte er nun wirklich nicht gerechnet. Außerdem musste er diese Situation möglichst schnell hinter sich bringen. Zusammen mit der Hoffnung, keine Probleme zu bekommen, sank auch seine Hand, die immer noch das Spielzeug festhielt. Er suchte nach Worten, nach Sätzen, nach Sprache, als etwas an seinem Ärmel zog.

„Sind die für mich?", fragte das Mädchen mit einem breiten Grinsen. Lutz nickte.

„Moment!", meldete sich die Mutter wieder. „Ich habe Sie etwas gefragt."

Lutz öffnete die Hand und überließ Jasmin die Autos. Dann hob er seinen Blick und machte sich bereit für die Auseinandersetzung.

„In meiner Familie musste auch immer mit geschlechtskonformem Spielzeug gespielt werden. Darunter leiden manche Kinder sehr."

Er konnte sehen, wie die Zornesröte in das Gesicht der Frau stieg.

„Sie glauben also besser zu wissen, welches Spielzeug mein Kind bekommen sollte?"

„Hören Sie, ich habe nur die beschissenen Autos gekauft, mehr nicht."

„Mama, darf ich die behalten?"

„Pscht!! Jetzt sei mal still!" Die Geste ihrer rechten Hand gebot der Kleinen, ruhig zu sein. „Ich will das klarstellen. Sie glauben also, ich zwinge mein Kind mit, wie haben Sie es genannt, geschlechtskonformem Spielzeug zu spielen?"

„Sehr wahrscheinlich. Sie wissen vielleicht gar nicht, was Sie ihrem Kind antun. Nur, weil Sie ein fleischgewordenes Püppchen bei sich wohnen haben wollen."

Lutz spürte, dass es gleich richtige Probleme geben würde, schulterte seinen Rucksack und drehte sich zum Gehen um.

„Stop!"

Die Frau hielt ihn am Arm fest. Jetzt musste er sich wirklich beherrschen. Scheinbar bemerkte sie es, denn als er zu ihr herumfuhr, ließ sie ihn nicht nur los, sondern trat auch instinktiv einen Schritt zurück.

„Es geht Sie zwar nichts an, aber ich möchte es trotzdem klarstellen."

Er verschränkte die Arme vor der Brust und hob wartend die Augenbrauen.

„Jasmin, sag dem Mann bitte, wer die *Made to Move Barbie* unbedingt haben wollte."

„Ich habe die mir gewünscht", murmelte das Mädchen zu ihren Schuhen.

„Und was hast du zum letzten Geburtstag bekommen?" Keine Antwort. „Na, worauf war Nikola so neidisch?"

„Ach so, ja, jetzt weiß ich's. Auf meinen elektrischen Bagger."

Lutz dämmerte langsam, worauf das Ganze hinauslief. Er schaute das Mädchen mit großen Augen an. „Du spielst also gern mit Jungsspielzeug?"

„Wieso denn Jungs? Jeder darf mit Autos spielen. Auch Prinzessinnen."

„Du bist also eine Prinzessin?"

Die Mutter lachte leise.

„Naja, nicht in echt. Aber irgendwie schon, ja."

Plötzlich war es ihm gar nicht mehr unangenehm, mit dem Mädchen zu sprechen.

„Ziehst du denn auch gerne diese rosafarbenen Sachen an?"

„Klar! Guck mal, ich seh mit meinen Zöpfen sogar aus wie Elsa."

Das Mädchen zeigte auf ihre Jacke. Als Lutz fragend die Augenbrauen hob, setzte sie hinzu:

„Kennst du etwa *Die Eiskönigin* nicht?"

Lutz richtete sich wieder gerade auf und sah die Mutter entschuldigend an.

„Jasmin, bitte bedank dich für die Autos!“

„Danke schön!“

Das Mädchen lächelte ihn an, wie ihn lange niemand angelächelt hatte und dann geschah etwas noch unwahrscheinlicheres. Von ganz allein lächelte Lutz auch das Mädchen an, vielleicht so, wie er noch nie jemanden angelächelt hatte.

***

Kaum war Lutz unter der Eisenbahnbrücke hindurchgegangen, blieb er stehen und setzte seinen Rucksack ab. Er nahm die Flasche heraus, schraubte sie auf und nahm einen ersten tiefen Zug der brennenden Flüssigkeit. Zwei-, dreimal schluckte er, bevor er die Flasche wieder zuschraubte und sie erneut im Rucksack verschwinden ließ. Seine Schritte waren jetzt leichter und der Himmel sah ein kleines Bisschen blauer aus. Die Krämpfe hatten nicht aufgehört, aber sie wurden gedämpft von der Wärme, die sich in ihm ausbreitete. Gedanken an Sara schlichen sich immer wieder in sein Bewusstsein. Zu allem, was an ihm nagte, war eine völlig neue Sichtweise hinzugekommen. Er dachte nicht über Liane nach, die für dieses Monster in der Klinik arbeitete. Er versuchte, seinen zerpflückten Körper auszublenden, und wünschte sich für einen Moment nicht einmal das Zeug, das es bei Eg zu kaufen gab. Stattdessen konzentrierte er sich auf eine Frage, die er sich im übertragenen Sinn gerade für 6,99 € bei Lidl gekauft hatte.

*Würde Saras Leben in der heutigen Gesellschaft anders verlaufen oder würde es Sara heute gar nicht geben?*

Sara begleitete ihn über die Brücke, gemeinsam blieben sie einen Moment an der Brüstung stehen und blickten ins glitzernde Wasser des Mains. Die Sonne schien vom Himmel und alles sah freundlich aus.

Auf der anderen Mainseite blickte er zu den majestätischen Säulen des Literaturhauses auf, bevor er unter der Brücke hindurch zum Mainufer marschierte. Er schlenderte am Ufer entlang, ließ sich von Joggern und Müttern mit Kinderwagen überholen und steuerte schließlich eine freie Parkbank an, die etwas abseits zwischen ein paar hohen Pappeln stand. Er steckte sich die Kopfhörer seines Abspielgerätes in die Ohren und nahm einen großen Schluck aus der Flasche, als er die ersten Takte von „Perfect Blue Buildings" hörte. Er hatte noch nicht alle Lieder des Albums durchgehört, als die Flasche leer war und er sich auf der Bank lang machte.

***

Es war dunkel, als er die Augen öffnete. Mit einem Schlag kam er in seinem frierenden Körper an.

„Hey!"

Die Stimme war nah. Seine Augen brauchten einen Moment, um die Gestalt in der Dunkelheit auszumachen. Über ihn gebeugt, vor seiner Bank, stand jemand. Als er sich etwas an die Lichtverhältnisse gewöhnt hatte, erkannte er den Kerl. Er hatte ihn schon einmal gesehen, und er wusste sogar wo.

Lutz setzte sich auf und stellte den Rucksack, auf dem er mit dem Oberkörper gelegen hatte, neben sich auf der Bank ab.

„Was willst du?", war alles, was ihm auf die Schnelle einfiel.

„Nix! Mensch, ich kenn dich. Hab dich ein paar Mal beim Altenheim in der Essensschlange gesehen. Warst aber länger nicht da. Und dann seh ich dich hier. Und weil es bald Nacht ist, dacht ich, mit so viel Gepäck solltest du nicht unbedingt hier liegen."

„Na du bist ja vielleicht lustig. Willst du mir vielleicht ein Hotelzimmer bezahlen?"

„Sehr witzig! So, wie du aussiehst, kannst du dir das selbst leisten, oder? Aber ich hab sowas Ähnliches, Mensch! Echt jetzt! Aber wenn du dich hier über mich lustig machst, zieh ich einfach ab. Mensch, für undankbare Wichser ist mir mein Leben und sogar die Nacht zu kurz."

Tatsächlich machte der Alte kehrt und bewegte sich gemächlich in eine andere Richtung. Lutz schaute sich um. Zum Flughafen würde er jetzt nicht mehr kommen. Und hier am Main sollte er mit dem Gepäck tatsächlich nicht bleiben. Er sah dem Mann nach und kam ins Grübeln. Möglicherweise war die Welt gar nicht so böse, wie er glaubte. Vielleicht täuschte er sich. Vielleicht war gerade sein antrainiertes Misstrauen dafür verantwortlich, dass ihm nicht viel Gutes passierte. Er dachte an Jasmins Lächeln und an ihre Mutter, der, obwohl sie sein Zittern bemerkt haben musste, kein abfälliges Wort über die Lippen gekommen war.

„Hey, warte mal! War nicht so gemeint. Ich bin ja gerade erst aufgewacht."

Der bärtige Kerl war stehengeblieben. Ein Atemzug später drehte er sich um, kam zurück und setzte sich neben Lutz auf die Parkbank.

„Ich wohne gerade so halbwegs und vorübergehend bei nem Kumpel. Der hat ne Bude. Nix dolles, aber direkt um die Ecke von hier. Normal darf ich niemanden mitbringen. Der würd mich nen Kopf kürzer machen, Mensch! Aber der is für ein paar Tage weggefahrn und naja, Mensch, ich dachte, du könntest ne Nacht in nem echten Bett vielleicht ganz gut gebrauchen."

Lutz lachte leise auf. Klar. Natürlich. Da war ausgerechnet einer von den ganz armen Dreckärschen auf nen Eimer Gold gestoßen und plötzlich kommt ihm die Idee, einen auf Mutter Teresa zu machen. Liebe deinen Nächsten wie dich selbst und der ganze Schrott. Das konnte ihm nun wirklich keiner erzählen. Aber der Grauhaarige sah im Vergleich zu ihrem letzten Zusammentreffen wesentlich gepflegter aus. Er wohnte wahrscheinlich wirklich irgendwo. Hatte seinen weißen Bart ordentlich gestutzt. Der Bart war auch der einzige Grund gewesen, weshalb sich Lutz an ihn erinnern konnte. Der Kerl hatte bei der Essensausgabe ausgesehen wie ein Weihnachtsmann. Ausgerechnet der Nikolaus bot ihm also gerade einen Unterschlupf für die Nacht an. Ohne jede Gegenleistung.

„Ey, hör mal! Mensch, mir wird kalt. Wenn du nicht willst, dann lass es! Mensch, Mensch, Mensch, man kann ja niemanden zu seinem Glück zwingen."

Lutz musste wieder an Jasmin und ihre Mutter denken. Plötzlich kam ihm auch noch eine andere Frau in den Sinn. Seit Jahren erinnerte er sich zum ersten Mal an Ute. Seine Großtante war nicht sehr oft zu Besuch gewesen. Aber die ältliche Dame mit dem Hut hatte jedes Mal, bevor sie sich verabschiedete, etwas zu ihm gesagt. *Verpass nicht die Chance, der Welt deine gute Seite zu zeigen. Dann zeigt sie dir auch ihre.*

Der Nikolaus war wieder aufgestanden und trat von einem Fuß auf den anderen. Lutz spürte, dass er schon wieder im Begriff war, zu gehen.

„Echt nett von dir. Ich komm gerne mit. War nur etwas überrascht. Du weißt ja selbst, dass einem sowas nicht jeden Tag angeboten wird."

Der Alte nickte und als Lutz seinen Rucksack aufgesetzt hatte, deutete er in Richtung Straße, setzte sich in Bewegung und sah sich nicht mehr nach Lutz um. Nach ein paar Schritten hatte Lutz den Alten eingeholt und ging, den Blick auf den Fußweg gerichtet, neben ihm her. Die Straßenlaternen sorgten für ausreichende Beleuchtung. Trotzdem zuckte er zusammen, als plötzlich eine Hand in seinem Blickfeld auftauchte.

„Ich bin Peter."

Im Gehen griff Lutz etwas umständlich nach der großen, sonnengegerbten Hand des Alten. Auch wenn sein Bart ordentlich gestutzt war, konnte man der Hand die Zeit auf der Straße ansehen. Sie war rau, aber warm.

„Lutz."

Peter hatte einen kräftigen Händedruck. Mit diesen Pranken hatte der Kerl früher vielleicht auf dem Bau gearbeitet.

Sie gingen an der Straße entlang und bogen an der nächsten Brücke in eine Seitenstraße ab. Hier war Lutz noch nie gewesen. Am zweiten Hauseingang des langgezogenen Wohnblocks blieb Peter stehen. Für einen kurzen Moment war Lutz sicher, dass es eine schlechte Idee gewesen war, mit dem Alten mitzugehen. Die Gewissheit, an diesem schlechtbeleuchteten Ort niedergeschlagen zu werden, lähmte ihn. Er stand so dicht hinter Peter, dass er beinahe mit ihm zusammenstieß, als sich der Alte zu ihm umdrehte. Gleichzeitig fragte sich Lutz, wieso er nicht einfach auf sein Gefühl hörte und weglief. Wie konnte er so gutgläubig und dumm sein? Doch Peter drehte sich zur Seite und hielt ihm die Tür auf. Als sich Lutz nicht in Bewegung setzte, ging Peter vor, tastete nach einem Lichtschalter und als das enge Treppenhaus flackernd beleuchtet war, trat auch Lutz ein. Hinter sich drückte er die im Licht dunkelgrün schimmernde Metalltür in die geschlossene Position zurück. Peter strahlte ihn mit einem echten Gewinnerlächeln an, als wollte er für das Öffnen der Tür und für den Zugang zu diesem großartig schäbigen Treppenhaus gelobt werden.

„Wart mal ab, Mensch, bis du die Bude siehst. Ich würd sagen, wir machen uns jetzt erst mal was Warmes."

Zum Glück hatte der Nikolaus sich längst in die andere Richtung gedreht und konnte nicht mehr sehen, wie Lutz mit den Augen rollte. Das Zimmer roch nach abgestandenem Zigarettenrauch. Als sich Peter aber voller Vorfreude die Hände rieb, fühlte sich Lutz undankbar. Der Alte stand an einer zusammengestückelten Küchenzeile, während Lutz seinen Blick über das abgenutzte Sofa zum staubigen Fenster wandern ließ.

„Da gibts noch ein kleines Schlafzimmer. Da kannst du drin schlafen. Ich schlaf wie immer auf der Couch. Da hab ich mich schon richtig dran gewöhnt, Mensch."

Peter hatte auf eine helle Tür hinter dem Sofa gedeutet. Er stellte einen handlichen Rucksack auf dem freistehenden Einbaukühlschrank ab und machte sich ans Ausräumen, während Lutz noch unschlüssig herumstand. Er hatte gar nicht bemerkt, dass sein Gastgeber einen Rucksack dabeigehabt hatte, und machte jetzt große Augen, als Peter Konservendosen, Brot und sogar eine Packung Milch daraus hervorzauberte.

„Stell ruhig schon mal deine Sachen ins Schlafzimmer. Ich koch uns einen Kaffee und dann gibts Essen. Das wird richtig lecker. Ich kann gar nicht sagen, wann ich zum letzten Mal Gäste hatte, Mensch!"

Peter strahlte immer noch bis hinter die Ohren und er rieb schon wieder die Handflächen aneinander. Es schien ihm wirklich Spaß zu machen, jemanden bewirten zu dürfen. Auch wenn das hier ganz offensichtlich nicht seine Bude war. Beim Umdrehen stieß Lutz gegen den wackeligen Couchtisch, auf dem leere Gläser und Flaschen klirrend aneinanderstießen.

„Ich räum das gleich weg." Peters Stimme klang wie die eines Vorschülers, der vergessen hatte, sein Zimmer aufzuräumen. „Ans Ordnung halten muss ich mich noch gewöhnen, Mensch! Dass ich in so ner Bude gewohnt hab, das is halt auch schon ne Weile her."

Lutz nickte und wollte sich gerade zur Schlafzimmertür drehen, als Peter die Arme ausstreckte und zwei Dosen in die Luft hielt.

„Erbsensuppe oder Linseneintopf? Da sind sogar Würstchen drin, Mensch!"

Lutz zog die Schultern zu den Ohren. „Klingt beides super."

Tatsächlich spürte er jetzt eine gewisse Vorfreude in sich aufsteigen. Auch wenn er in den zurückliegenden Tagen nicht gehungert hatte, konnte er sich an seine letzte warme Mahlzeit kaum mehr erinnern. Ein Dosengericht war zwar nicht zu vergleichen mit einem frisch gekochten Essen, doch irgendwie hatte diese Situation etwas Besonderes an sich und plötzlich konnte Lutz Peters Euphorie nachempfinden. Hier war er kein Patient in einer Entzugsklinik. Hier war er Gast. Ein freier, erwachsener, eigenständiger Mensch, der in einer Wohnung eingeladen war und etwas Warmes zu essen bekam.

Er überlegte kurz, ob er das Brot und die Salami in seinem Rucksack beisteuern sollte, entschied sich aber dagegen und betrat mit seinem Gepäck das angrenzende Zimmer. Der Raum, den Peter als Schlafzimmer bezeichnet hatte, war ähnlich karg eingerichtet wie der Rest der Wohnung. Von der Decke baumelte eine alte Glühbirne von der Sorte, die es längst nicht mehr zu kaufen gab. Das Holzfurnier des Bettgestells war an den meisten Stellen abgeblättert und auch die schwarze Kommode neben dem Bett stammte mit Sicherheit vom Sperrmüll.

Doch im Gegensatz zum Wohnzimmer lag hier nichts herum. Die leicht aufgequollene Deckplatte der Kommode war verstaubt und auch auf dem dunkelblauen Teppichboden lag nicht einmal ein vergessenes Kleidungsstück. Peters Freund besaß entweder keine Sachen oder er war sehr ordentlich, wenn auch nicht unbedingt sauber. Blieb nur zu hoffen, dass der Nikolaus bis zur Rückkehr seines Freundes auch den Rest der Bude wieder in Schuss brachte. Sonst würde sich das mit dem Dach überm Kopf für den Alten ganz schnell erledigt haben.

Lutz lehnte seinen Rucksack gegen das Bettgestell und setzte sich kurz auf die weiche Matratze. Er fuhr mit der flachen Hand über das grüne Laken und merkte, wie seine Augen ein wenig feucht wurden. Er musste an Zuhause denken und fragte sich, wo das überhaupt war. Als er sich auf den Rücken legte und die

Augen schloss, sah er für einen kurzen Moment dunkelgrüne Wände. Er sah einen Plüschelefanten und als eine Träne aus seinem Auge lief, blitzte kurz das Gesicht seiner Schwester vor seinem geistigen Auge auf. Mit dem Handrücken wischte er sich die Schläfe ab und schnellte wieder hoch. Im Mund hatte er immer noch einen schalen, abgestandenen Schnapsgeschmack. Aus der Seitentasche seines Rucksacks holte er seine Zahnbürste und die Zahncreme und ging zurück ins Wohnzimmer.

„Kann ich kurz ins Bad?"

Peter rührte mit einem viel zu großen Holzlöffel in einem kleinen Topf herum und nickte. Er streckte die Hand aus und deutete auf eine zweite Tür neben dem Schlafzimmer. „Klar, Mensch! Und dann gibt's gleich Essen."

Die Bodenfliesen sahen aus, als stammten sie aus den Sechzigern und das Klo hatte keinen Deckel, aber ansonsten war alles da, was man brauchte. Lutz drehte das Wasser auf, steckte seine Zahnbürste in den Mund und begann zu schrubben. Er schaute nur kurz in den Spiegel, bevor er die Tür des einfachen Spiegelschranks öffnete. Bis auf einen Einwegrasierer war der Schrank leer. Trotzdem würde er Peter später fragen, ob er vor dem Schlafengehen eine Dusche nehmen konnte. Ein bisschen Seife würde schon zu finden sein. Wenn nicht, hatte er selbst noch ein wenig Duschgel im Rucksack.

Nach dem Zähneputzen ließ er kaltes Wasser in seine Handflächen laufen und tauchte sein Gesicht hinein. Er fühlte sich nicht nur sauberer, sondern auch erheblich klarer im Kopf, als er zurück ins Wohnzimmer kam. Der Nikolaus hatte den Sofatisch abgeräumt. Darauf standen jetzt zwei dampfende Suppenteller. Auf dem Rand jedes Tellers lag eine dicke Scheibe Brot und an der Seite lehnte jeweils ein großer Löffel.

Peter breitete die Arme aus. „Setz dich und lass es dir mal so richtig ordentlich schmecken, Mensch!"

Zuerst aßen beide gierig und keiner sagte ein Wort. Doch als die erste Hälfte seines Eintopfs verputzt war, begann Peter wieder zu erzählen. „Ich würde dir ja ein Bier anbieten. Aber ich habe mir gerade heute wieder vorgenommen, aufzuhören."

„Schon okay. Ich will auch weniger trinken."

„Mit dem verdammten Zeuch hat's bei mir angefangen, Mensch. Das ist echt ein Dreckszeuch, kann ich dir sagen, Mensch!"

Lutz nickte.

„Das letzte Mal, als ich für jemanden Eintopf gemacht habe, das war für meine Else, weißte?"

Seine Stimme war höher geworden und hatte sich abgehackt angehört, weshalb Lutz aufhörte zu löffeln und den Mann ansah. Auch Peter hatte den Löffel beiseitegelegt. Die eine Bauarbeiterpranke war auf dem Weg zu seinem Gesicht. Mit Daumen und Zeigefinger wischte er sich über die Augen. Er schüttelte kurz den Kopf, nahm dann den Löffel und begann wieder zu essen.

„Die Else hab ich wirklich liebgehabt, weißte? Aber ich hab es echt nicht besser verdient. Die hat mir oft genug gesagt, ich soll aufhörn. Auch schon, als ich noch gearbeitet hab, weißte? Aber ich hab es einfach nicht gemacht, Mensch!"

Der Alte tat ihm jetzt wirklich leid. Doch Lutz wusste nicht, was er zu alldem sagen sollte. Er kratzte den letzten Rest der Linsen vom Teller, wischte das Porzellan mit dem Stückchen Brot aus, das er noch hatte und steckte auch das eilig in den Mund. Als er fertig gekaut hatte, schaute er den Nikolaus wieder an.

„Wenn du jetzt aufhörst und alles in den Griff bekommst, kannste das vielleicht auch wieder kitten."

Peter starrte ins Leere. „Die Else hat längst wieder geheiratet." Er zog die Schultern zu den Ohren, griff sich die beiden Teller und kam auf die Füße. Als Lutz ihm nachkam, schüttelte er den Kopf. „Ich mach das schon."

Das breite Grinsen stand wieder auf seinem Gesicht und Lutz war erleichtert, dass der emotionale Moment offenbar vorbei war.

„Du bist doch mein Gast, Mensch! Geh doch einfach schon mal duschen, wenn du willst."

Der Alte gefiel ihm in der Rolle des zufriedenen Gastgebers wesentlich besser. Lutz nahm eine lange heiße Dusche und verabschiedete sich gleich darauf ins Bett, teils aus Müdigkeit und teils aus Angst vor weiteren tragischen Lebensgeschichten. Der Abend hatte ihm genug Erinnerungen gebracht. Auch Peter hatte keinen Ort, an den er zurückgehen konnte.

Trotzdem nahm er sich vor, seine Nacht in diesem Bett nicht von unnötigen Gedanken kaputtmachen zu lassen. Zum ersten Mal seit seinem letzten Aufenthalt in der Klinik konnte er zum Einschlafen beide Kopfhörer in die Ohren stecken. Er schaltete das kleine Gerät ein und hörte, wie Adam Duritz in „Sullivan Street" ausgerechnet von seinem Weg nach Hause sang. Obwohl ihm schon wieder die Tränen kamen, brachte er es nicht über sich, auf das kleine Pfeilsymbol zu drücken, um zum nächsten Lied zu schalten. Bilder von Sara und Lilly, dem Kinderzimmer und Gelders wechselten sich ab. Seine Gefühle wurden aus den geschlossenen Lidern geschwemmt und rollten als Tränen an seinen Schläfen entlang auf das Kopfkissen. Zu „Raining in Baltimore" schlief er schließlich ein, doch ausgerechnet Gelders folgte ihm in seine Träume.

*Die gelben Riemchensandalen waren zu sehen. Nur die gelben Riemchensandalen mit den weißen Baumwollsöckchen darunter. Allein die Teile waren schon eine Zumutung gewesen. Doch zu hören war seine Stimme. Immer und immer wieder dieselbe Stimme.*

*„Komm schon! Jetzt stell dich nicht so an."*

*Gelbe Riemchensandalen.*

*„Ich sage es noch einmal. Schau endlich deine Schwester an! Los, mach schon!"*

*Mit jedem Satz wurde die Stimme lauter.*

*„Hör endlich auf, deine Füße anzustarren. Du bist doch kein kleines Kind mehr! Lilly hat schließlich auch gemacht, was man ihr sagte. Jetzt sieh sie endlich an!"*

*Riemchensandalen.*

*„Verdammt nochmal! Wir haben doch nicht den ganzen Tag Zeit!"*

*Plötzlich bewegte sich etwas. Das Bild veränderte sich. Da war Lillys rotangelaufenes Gesicht. Sie sah aus, als habe sie einige Minuten die Luft angehalten. Ihre Wangen waren feucht und ihre Augen schwammen in Tränen.*

*„Du sollst ihr doch nicht ins Gesicht sehen. Heute stellst du dich aber wirklich an. Meinst du, dafür hat sie ihr Kleid ausgezogen? Jetzt schau sie schon an. Du musst doch mal sehen, wie ein richtiges Mädchen aussieht. Dann siehst du vielleicht endlich ein, wieso wir das alles machen müssen. Los, mach schon! Willst du etwa, dass sie sich deinetwegen erkältet? Wenn das hier noch ewig dauert …"*

Als er die Augen öffnete, sah er kleine Lichtpunkte, die durch die Schlitze im Rollladen ins Zimmer fielen. Die Kopfhörer steckten noch in seinen Ohren. Doch die Musik hatte längst aufgehört. Wahrscheinlich war die Batterie leer. Er zog die Stöpsel aus den Ohren, holte das Abspielgerät unter dem Kopfkissen hervor, wickelte das Kabel darum und wischte sich mit dem Handrücken über das nasse Gesicht. Auch sein T-Shirt war vollkommen durchnässt. Er setzte sich auf und nahm sich gerade vor, seinen neuen Freund Peter zu fragen, ob es im Haus auch eine Waschmaschine gab, die er benutzen konnte, als der Gedanke in seinem Hirn stecken blieb. Der Atem stockte in seiner Kehle, seine Hände ballten sich zu Fäusten und er kam stolpernd auf die Füße. Seine Gedärme zogen sich zusammen, während sein Kopf hektisch hin und her flog. Seine Augen suchten den fleckigen Teppich nach dem Rucksack ab, doch der war nirgends zu sehen. Lutz wollte schreien. Er wollte nach Peter rufen. Doch seine Stimme versagte ihm den Dienst. Die Stimmbänder waren sich vielleicht schon einig mit seinem Verstand, der längst wusste, dass rufen keinen Sinn hatte. Vom nächsten Krampf in einen gebeugten Gang gezwungen, war er in zwei großen Schritten an der Wohnzimmertür. Von Peter war natürlich keine Spur zu sehen. Auf dem Tisch stand eine Plastiktüte. Lutz stürzte auf sie zu und schaute hinein. Doch der Inhalt war enttäuschend. Der Wichser hatte ihm lediglich die dämliche Clownsmaske, die Zahnbürste und das letzte bisschen Duschgel gelassen. Lutz' Hand tastete nach dem Lederband um seinen Hals und bekam den Schlüssel zu fassen. Wenigstens hatte er den immer bei sich. Er drehte sich einmal um sich selbst. Weder sein Rucksack noch der von dem Alten war irgendwo zu sehen. Panisch riss Lutz die wenigen Hängeschränke in der Küche auf. Aus einem kam ihm eine kleine Schar Falter entgegen, doch außer einigen Mehl- und Körnerresten waren alle Schränke leer. Laut fluchend schlug er die Schranktüren zu und ging, so schnell er konnte, ins Schlafzimmer zurück. Dort öffnete er die wenigen Schubladen der Sperrmüllkommode und starrte auch hier ins Leere. Zitternd schaute er an sich herunter. Der verfluchte Penner hatte auch noch seine Schuhe und die Jeans mitgenommen. Schlagartig fühlte er sich genauso bloßgestellt wie noch vor fünf Minuten in seinem beschissenen Traum. Von einem weiteren Krampf geschüttelt, stolperte er zur Toilette und sackte auf der Kloschüssel in sich zusammen. Tränen liefen über sein Gesicht, während er die Fäuste ballte und sich, dieses Mal ganz bewusst und absichtlich, das Gesicht des Professors vorstellte.

Rachegelüste für ein ganzes verpfuschtes Leben überkamen ihn und er hatte nichts mehr zu verlieren.

# Kapitel 20

Liane hörte ein Jaulen und riss die Augen auf. Sofort roch sie sein Rasierwasser und blickte ihm direkt in die Augen. Christian lag zu ihr gedreht auf der Seite und stützte den Kopf auf die linke Hand.

„Du schläfst wie ein Stein. Bruce führt sein Jaulkonzert schon seit einer Stunde auf."

Sein Blick wanderte an ihrem Körper hinab und sie bemerkte, dass sie nicht zugedeckt war. Ihr Shirt war hochgerutscht und ehe sie reagieren konnte, berührten seine Fingerspitzen die Narbe. In Wirklichkeit fuhr er nur leicht darüber und bestimmt war seine Stimme zärtlich, als er fragte: „Was ist denn da passiert?"

Doch Liane nahm alles ganz anders wahr. Sie sah rot. Ihre Ohren dröhnten und seine Fingerspitzen rissen einen glühend heißen Schnitt in ihre Bauchdecke. *Lydia.*

Eine Hand umklammerte sein Handgelenk, während die andere das Shirt herunterzog. Als sie ihn anblickte, schaute sie in sein verzerrtes Gesicht und lockerte ihren Griff. Ihre Narbe beruhigte sich augenblicklich und auch das dröhnende Geräusch in den Ohren war verschwunden. Christian rollte auf den Rücken und umfasste sein Handgelenk jetzt selbst.

„Tschuldigung", murmelte sie und drehte sich zu ihm. „Das war ein Reflex. Ich wollte nicht, dass du die blöde Narbe siehst."

Als Christian sie endlich wieder anschaute, hatte sich etwas in seinem Blick verändert. „Du hast wirklich Kraft."

Scheinbar war er immer noch schockiert. „Tut mir leid. Das war wirklich nicht in Ordnung."

„Sagst du mir jetzt, woher die Narbe stammt?"

Seine Augen waren wieder so tief und klar wie ein grüner Kristall. In seinem Blick lag echte Zuneigung und Liane dachte kurz darüber nach, ihm die Wahrheit zu sagen. Sie biss sich auf die Unterlippe und schüttelte den Kopf.

Christian tat es ihr nach und setzte sich im Bett auf. Dabei warf sie einen kurzen Blick auf sein Handgelenk, auf dem sich ihre

Finger abzeichneten. „Sag mal, hat das hier für dich überhaupt Zukunft?“

Sie blickte ihn verdattert an und hatte aufgehört den Kopf zu schütteln, während er schon wieder damit anfing. Christian wischte sich mit beiden Händen über das Gesicht und machte Anstalten aus dem Bett zu steigen, als Liane fragte: „Ist es nicht etwas zu früh, über die Zukunft zu reden?“

Er stand neben dem Bett und stieg in seine Jeans. Unverwandt schaute er sie an. Das Grün seiner Augen war fast transparent. *Absolute Ehrlichkeit*, dachte Liane.

„Für mich nicht. Für dich aber offenbar schon. Ich weiß nichts über dich, Liane.“

Sie hatte sich kerzengerade aufgesetzt, wobei ihr Blick auf die Digitalanzeige des Weckers gefallen war. Es war schon viel zu spät.

„Wenn du etwas über eine mögliche Zukunft mit mir wissen möchtest und gleichzeitig über die Narbe, dann kann ich dir nur verraten, dass du dir mit mir keine Kinder vorstellen darfst.“

Ihre Augen hatten sich mit Tränen gefüllt und die Narbe brannte schon wieder wie Feuer. Als die erste Träne auf die Matratze fiel, setzte sich Christian wieder zu ihr. „Tut mir leid. Vielleicht bin ich übers Ziel hinausgeschossen. Irgendwann kannst du mir vielleicht mehr erzählen.“

Er hatte einen Arm um ihre Schulter gelegt und es dauerte einen Moment, bis ihr Gesicht in die Vertiefung zwischen seinem Hals und der muskulösen Schulter sank. Ihr Blick fiel noch einmal auf den Wecker und sie löste sich aus seiner Umarmung.

„Ich glaube, du solltest jetzt gehen. Wir haben beide ein paar Dinge, über die wir nachdenken sollten.“

Wieder sah er sie entgeistert an. Erst als sie lächelte und ihm einen zärtlichen Kuss auf die Wange drückte, war er einverstanden. Nickend stand er auf und zog sein Shirt über den Kopf.

***

Als sie Bruce und Christian verabschiedet hatte, fuhr sie mit der Haarbürste zweimal über die dunkelblonde Mähne und band ihr Haar im Nacken zusammen. Etwas angewidert zog sie ihrem

Spiegelbild eine Grimasse. Diese verunglückte Frisur konnte man nicht einmal Zopf nennen. Die dicken Wollsocken, die sie beim Aufstehen vor ihrem Bett gefunden und einfach übergestreift hatte, behielt sie an und zog die dunkle Jeans über ihre Beine. Ohne sich die Mühe zu machen, einen BH anzuziehen, behielt sie auch das weiße Trägershirt, in dem sie geschlafen hatte, an und zog sich ein dunkles Sweatshirt mit einem kleinen Nike-Symbol auf der rechten Brust über. Sie steckte ihre Füße in die schwarzen Laufschuhe, zog die Mütze des Pullovers über den Kopf und drehte sich zu dem hohen Wandspiegel hinter der Tür. Sie sah aus wie ein Einbrecher und bezweifelte kurz, ob ihr Outfit wirklich unauffällig war. Liane zuckte mit den Schultern, schnappte sich an der Garderobe ihre bunte Handtasche, die sie zweifellos im Auto lassen würde und polterte kurz darauf durch das düstere Treppenhaus. Dieses Mal war sie vollkommen konzentriert und rannte nicht zuerst in die Tiefgarage. Sie wusste genau, wo sie ihren Wagen abgestellt hatte. Es galt jetzt, keine Zeit zu verlieren.

Die Anzeige am Autoradio zeigte 22.11 Uhr an, als sie den Wagen auf dem Schotterparkplatz abstellte. Neben ihrem quietschgelben Peugeot befanden sich nur noch zehn oder elf andere Autos auf dem großen Parkplatz. Auch wenn sie sich jetzt eine etwas dezentere Autofarbe wünschte, würde sie um diese Zeit niemandem auffallen.

Sie betrat das Gebäude durch den Seiteneingang, steuerte an den Ruhe- und Spindräumen vorbei auf den kleinen Aufzug zu und hatte ein Déjà-vu. Wie beim letzten Mal war ihr Blick starr auf die Stockwerksanzeige über der Aufzugstür gerichtet. Zusammen mit ihrem Pulsschlag nahm auch der Takt, den ihr Fuß auf dem Boden klopfte, an Fahrt auf.

Im zwölften Stock öffnete sich die Tür mit dem hellen Geräusch und Liane zuckte zusammen. Sie trat aus dem Aufzug und schnappte nach Luft, als sie im Vorraum niemanden sah. Erst jetzt bemerkte sie, dass sie offenbar die Luft angehalten hatte. In ihrem Mund breitete sich der schale Geschmack von Blut aus. Ihre Zunge fuhr suchend über die Unterlippe, in die sie ein kleines Loch gebissen hatte. Sie holte die zweite Zugangskarte aus der Gesäßtasche ihrer Jeans. Sobald sie den Gang betreten hatte und die erste Milchglastür hinter ihr geschlossen war, zog sie sich die Handschuhe über und schaltete die kleine Stabtaschenlampe an. Sie schlich sich am Schreibtisch seiner Assistentin vorbei, durchquerte den Vorraum und betrat sein Büro. Am Haken neben der Tür hing sein weißer Kittel. Die Taschenlampe zwischen den blutigen Lippen, tastete sie nach dem Schlüssel und verzog den Mund zu einem schiefen Grinsen, als sie ihn aus der Kitteltasche fischte. Mit langen Schritten steuerte sie auf die Schiebetür am hinteren Ende des Büros zu. Liane schob die Tür in ihrer Schiene beiseite. Das leise Rauschen der Kugellager jagte ihr eine Gänsehaut über den Rücken. Ohne zu zögern, trat sie in den Raum und aktivierte damit die Lichtschranke. Ihre Lider schlossen und öffneten sich ein paar Mal, um sich an die plötzliche Helligkeit zu gewöhnen, als sie vor die Vitrine trat. Sie drehte den Schlüssel in dem kleinen silbernen Schloss und ihr Blick wanderte sogleich über die Medikamente. Als sie gefunden hatte, wonach sie suchte, öffnete sie die Verpackung, entnahm die Ampullen und stellte die leere Packung zurück an ihren Platz. Sie schloss die Vitrine ab und schob die Tür zu. Als sie den Schlüssel zurück in die Kitteltasche steckte, war das Licht im Nebenraum wieder ausgegangen. Liane konzentrierte sich auf den Schein der kleinen Lampe zwischen ihren Lippen. Sie schloss seine Bürotür hinter sich, nahm die Lampe wieder in die Hand und drehte sich gerade um, als das Vorzimmer plötzlich hell erleuchtet war. An der gegenüberliegenden Tür stand Christian und starrte sie mit offenem Mund an.

„Du hast die Zugangskarte aus meinem Kittel genommen, als wir zum ersten Mal ..." Er stockte, als würde er an seinen Worten ersticken. „Im Ruheraum", presste er noch hervor. Die Worte und der Tonfall spiegelten seine Verwirrung wider. Ein verletzter Ausdruck lag auf seinem Gesicht.

Es kam Liane unwirklich vor, dass er hier vor ihr stand und erst recht, dass er zuerst nach der Zugangskarte zum Bürotrakt fragte. Sie sagte kein Wort. Ihr Mund stand offen, aber sie hatte vergessen, zu atmen.

„Hast du ...?" Er unterbrach sich selbst mit einem Kopfschütteln, als könne er in seinem Zustand nur eine Bewegung nach der anderen ausführen. „Hast du etwa nur deshalb mit mir geschlafen?"

Jetzt holte Liane endlich wieder Luft. Doch aus ihrem Mund kam kein Wort, sondern nur ein Laut, der sich nach einem leidenden Tier anhörte. Wenigstens schüttelte sie jetzt ebenfalls den Kopf.

„Was machst du hier? Jetzt sag doch endlich was!"

Es war vorbei. Alles war vorbei. Sie hatte es so richtig an die Wand gefahren. Lianes Gedanken überschlugen sich und waren gleichzeitig wie eingefroren, in der Bewegung erstarrt, wie ihr Körper. Sie wusste weder, was sie tun, noch, was sie sagen konnte. Die Zeit stand still. Nur der Puls hämmerte in ihren Ohren und sie hätte sich nicht gewundert, wenn ihre Blase nachgegeben hätte oder sie einfach in Ohnmacht gefallen wäre. Doch nichts dergleichen geschah. Stattdessen geschah etwas, womit nicht zu rechnen war. Etwas vollkommen Unglaubliches. Christian kam näher.

„Was hat mein Vater getan? Warum bist du hier?"

Er gab seinem Vater die Schuld und stellte sich auf ihre Seite. Das konnte nicht sein, und das war nicht nur dem vernünftigen Teil in Lianes Gehirn bewusst. Alle Alarmglocken schrillten und Liane schaffte es, ihre Verliebtheit für einen Moment beiseitezuschieben. Sie schaute ihn feindselig an und ihr Körper war bis in die Fingerspitzen angespannt, als er direkt vor ihr stehenblieb.

„Du bist mir nachgefahren", stellte sie entrüstet fest. Als wäre er derjenige, der ihr Vertrauen missbraucht hatte. Manchmal war Angriff die beste Verteidigung.

„Also wirklich! Das ist ja ... Also ..." Seine Augenbrauen nach oben gezogen, kamen die Worte stockend aus seinem Mund. „Also das ist es, was du mir jetzt sagen möchtest?"

Liane konnte ihm längst nicht mehr in die Augen sehen. Ihre rechte Hand war im Ärmel ihres Pullovers verschwunden und klammerte sich immer noch an den Ampullen fest. Sie starrte den Parkettboden an und machte instinktiv einen Schritt zur Seite.

Doch plötzlich griffen seine Hände nach ihren Schultern und er hielt sie fest. „Liane, rede mit mir! Ich möchte wirklich nicht die Polizei rufen, aber du musst mir sagen, was hier los ist. Sonst kann ich dir nicht helfen."

Verzweifelt blinzelte sie die Tränen weg, die ihr in die Augen gestiegen waren. Als sie ihn anschaute, blutete ihr Herz. Doch sie war entschieden. Es war sowieso alles zu spät, sie durfte keine Schwäche zeigen. Wahrscheinlich würde sie schon am Ende dieser Nacht in einer Zelle sitzen, aber bis dahin hatte sie etwas zu erledigen.

„Ich brauche deine Hilfe nicht. Und du würdest nicht verstehen, worum es hier geht. Wenn ich dir irgendetwas bedeute, dann lässt du mich jetzt gehen."

Er verzog das Gesicht, als hätte er große Schmerzen und biss sich auf die Unterlippe.

„Ruf die Polizei, wenn du es tun musst. Aber lass mich jetzt bitte gehen."

Es kostete sie unbändige Kraft, seinem Blick standzuhalten. Doch hier ging es nicht um sie selbst und es ging auch nicht um Christian.

# Kapitel 21

Gelders' Gesicht war warm. Helles Licht fiel durch seine geschlossenen Lider. Einen Moment lang ging ihm ein absurder Gedanke durch den Kopf. Konnte man im Schlaf von der Sonne geblendet werden? Flatternd öffneten sich seine Augen, während er vollständig zu Bewusstsein kam. Wieso war es überhaupt schon hell? Und wie kam es, dass er offenbar tief und fest geschlafen hatte? Seit Monaten war das ohne Propofol nicht mehr möglich gewesen. Das gewohnte Geräusch der flachen, regelmäßigen Atmung seiner Ehefrau war von leisem Stöhnen durchzogen. Gelders wollte sich zu Ina umdrehen, brauchte jedoch überraschend viel Kraft, um seine kribbelnden Gliedmaßen zu bewegen. Schwerfällig über seine linke Schulter zur Bettmitte gedreht, sah er zuerst ihre braunen Haare, die ihr Gesicht wie ein dichter Vorhang bedeckten. Wie in einem Albtraum gefangen, warf sie sich mit geschlossenen Augen, soweit er dies erkennen konnte, von einer Seite zur anderen. Als sie sich ihm wieder zuwandte, schaffte er es, seinen Arm zu überzeugen, dem vom Kleinhirn gesendeten Befehl Folge zu leisten. Er packte ihren linken Oberarm.

„Ina, wach auf!"

Seine kratzige Stimme, die der eines alten Mannes glich, erschreckte ihn selbst. Offenbar jedoch nicht so sehr, wie sie seine Frau erschreckte. Ihre gerade erst geöffneten Augen weit aufgerissen, stieß Ina einen schrillen Schrei aus. Mit hastigen Bewegungen rückte sie von ihm weg und kam schwankend neben dem Bett auf die Beine. Mit einer Hand hielt sie sich am Türrahmen zum angrenzenden Badezimmer fest, während die andere Hand mit ausgestrecktem Zeigefinger auf ihren Mann zeigte. „Was … was?", stammelte sie.

Gelders' Blick löste sich von seiner panischen Frau und streifte scheinbar zufällig die Digitalanzeige des Radioweckers auf Inas Nachtschrank. 11:30 Uhr!

„Welcher Tag ist heute?", entfuhr es ihm schroff.

Ohne eine Antwort abzuwarten, fuhr er ebenfalls hoch. Er drückte mit Zeigefinger und Daumen der rechten Hand seine Nasenwurzel zusammen, um dem stechenden Schmerz hinter den Augen entgegenzuwirken. Dann eilte er im Laufschritt um das Doppelbett herum, schob sich an Ina vorbei in das kleine Badezimmer und schloss die Tür hinter sich. Ausgerechnet heute! Wie hatte er nur ausgerechnet heute verschlafen können? Seine erste Operation hätte schon um acht Uhr stattfinden sollen. Das Hartmann-Kind konnte nicht mehr warten.

Hastig trampelte er die heruntergelassene Pyjamahose von seinen Fesseln und wollte gerade das Oberteil über den Kopf ziehen, als er im Spiegel des Hochschranks sein Gesicht sah. Aller Speichel war ihm mit einem Mal aus dem Mund gewichen. Gelders schluckte trocken und ging langsam auf den Spiegel zu. Mit einer Hand auf der kalten Oberfläche des Waschtisches abgestützt, beobachtete er, wie sich die andere Hand seinen rotbemalten Lippen näherte. Von dort aus bahnten sich seine Finger ihren Weg zu dem dunkelblauen Lidschatten, der seine Augen großzügig umrandete. Sein lila-blaues Veilchen verschlimmerte den Anblick zusätzlich. Aus den geöffneten Lippen drang ein zorniger Schrei. Seine Hand sauste zu seinem Kopf und riss die lange dunkelblonde Perücke herunter. Der Schrei schlug in ein schmerzerfülltes Jaulen um, das die letzte Luft aus seinem Brustkorb presste. Mit glasigen Augen kam er dem Spiegel noch etwas näher.

„Was zum Teufel?“, wimmerte er, als er den roten Streifen auf seiner Stirn sah. Dort, wo einmal sein Haaransatz gewesen war, zog sich ein blutgesprenkeltes Band aus offenem Fleisch über seine Schläfen bis hinter die Ohren.

Er biss sich auf die Unterlippe und riss die Tür des Spiegelschranks auf. Hektisch durchsuchte er jeden Winkel der schmalen Regale. Einige Tiegel, Tuben und Stifte aus Inas unerschöpflichem Make-up-Arsenal fielen scheppernd ins Waschbecken. Das war ja wieder mal typisch. Ausgerechnet im Haushalt eines Arztes war keinerlei Verbands- und Desinfektionsmaterial vorhanden. Gelders fluchte innerlich, wobei die Stimme seiner Frau, die von der anderen Seite der Badezimmertür aus schrillte, seinen Puls noch um einige Schläge weiter nach oben trieb.

„Johannes? Verdammt nochmal! Was ist hier los?“

Er dachte gar nicht daran, seiner verstörten Frau zu antworten. Stattdessen riss er ein langes Stück Toilettenpapier ab, tupfte eines der schmalen Rinnsale aus Blut, die bereits über seine Stirn liefen, ab und griff nach Inas Haarspray. Was auch immer hier vorgehen mochte, er hatte keine Zeit für weitere Verzögerungen. Die Blutung musste gestoppt werden und Sprühpflaster war nun einmal keines da. Es musste so gehen. Sobald er das Blut abgetupft hatte, bildeten sich neue Tröpfchen auf der schmalen rosaroten Fläche. Er tupfte und sprühte. Mit verkniffenem Gesicht versuchte er, den brennenden Schmerz zu ignorieren. Tränen liefen über seine Wangen. Er musste schneller sein. Wieder tupfte und sprühte er. Nach zwei, drei Wiederholungen klappte es ganz gut. Das Blut wegwischen und sofort einen brennend beißenden Schub Haarspray zum Verkleben der Wunde. Schnell hatte sich Gelders bis hinter die Ohren vorgearbeitet. Hinter seinem linken Ohr war durch die chronisch aufgekratzte Stelle nun eine große Wunde entstanden. Dort dauerte es eine ganze Weile, bis die Blutung gestoppt war. Er wischte sich die Blutspur von Hals und Nacken und betrachtete die rote Linie auf seiner Stirn. Leider waren keine Haare zum darüber Kämmen vorhanden. Er würde wieder seinen braunen Filzhut mit der breiten Krempe tragen müssen.

Als er sein Gesicht von der lächerlichen Schminke befreit hatte, was an dem verletzten Auge sehr schmerzhaft war, ging er ins Schlafzimmer zurück. Dort nahm er den Telefonhörer aus dem Bedienpanel an der Tür und wählte. Ina saß noch immer kopfschüttelnd auf der Bettkante.

„Ja Manuela, ich weiß, dass ich zu spät bin. Deshalb rufe ich an. Informieren Sie bitte sofort Trampbach. Wir müssen umplanen. Die OP an dem Hartmann-Kind muss trotzdem so schnell wie möglich durchgeführt werden. Die weiteren Eingriffe von heute verschieben Sie bitte.“

Gelders drehte sich um und warf einen Blick auf die Digitalanzeige des Weckers.

„Ich bin um halb eins da!“

Den Hörer hängte er wieder in das lackweiße Panel, von dem aus neben der Temperatur und dem Licht im ganzen Haus auch die Kamera am Eingang und der Türöffner bedient werden konnte. Mit einem tiefen Atemzug drehte er sich zu Ina um.

Ihre Stirn lag in Falten, weil ihre Augenbrauen bis zum Anschlag nach oben gezogen waren. Sie starrte ihn mit großen Augen und geöffnetem Mund an. Ihre Hände waren zu Fäusten geballt.

„Du hast doch nicht etwa vor, zur Arbeit zu fahren, bevor die Polizei da war? Es war jemand in unserem Haus und wir sind offenbar irgendwie betäubt worden“, quietschte sie.

„Muss ich aber“, fauchte er, und drehte sich zum Ankleidezimmer um.

Ina fuhr hoch und stürmte mit den Worten „Ich rufe Andy an!“ aus dem Zimmer.

Gelders rollte mit den Augen. Wenn man einen großen Bruder bei der Kripo hatte, dachte man eben nicht daran, ganz normal die 110 zu wählen. Aber vielleicht konnte ihr Bruder ja wirklich ermitteln, wer ins Haus eingebrochen war und sie betäubt hatte, um ihm mit Sekundenkleber eine Damenperücke an den Kopf zu kleben. Er hatte schon gelesen, dass LKW-Fahrer mit Gas betäubt und ausgeraubt worden waren, doch wie so etwas in seinem Schlafzimmer vonstattengegangen sein sollte, war ihm schleierhaft.

Er zog gerade den Bauch ein und versuchte den Knopf der Hose zu schließen, als ihn ein schriller Schrei zusammenzucken ließ. Mit freiem Oberkörper, wippenden Männerbrüsten und nackten Füßen hastete er über die kalte Steintreppe ins untere Stockwerk.

Zitternd streckte sie ihm ihre rotbeschmierte Hand entgegen. Ein Schreck fuhr ihm in die Glieder. Panisch schaute er sich nach einem Angreifer um. Doch da war niemand, weshalb er den Ursprung ihrer Verletzung nicht ausmachen konnte.

„Sie haben den hellen Eileen Gray-Teppich ruiniert!“, heulte seine Frau.

Nur langsam kam die Information bei ihm an. Und selbst als er ihre Worte verstanden hatte, dauerte es noch einen Moment, bis er begriff, dass Ina gar nicht verletzt war.

Sie packte ihn am Handgelenk und zog ihn hinter sich her in das Kaminzimmer.

Der flache Mahagonitisch war zur Seite geschoben worden, womit die freie Fläche vor dem Kamin noch größer wirkte. Auf den cremefarbenen Teppich war mit roter Farbe ein Gendersymbol gesprüht worden. Der Kreis war versehen mit einem Pfeil für das männliche Mars- und einem Kreuz für das weibliche Venussymbol. Jemand hatte ihm eine deutliche Nachricht hinterlassen.

Langsam schüttelte Gelders den Kopf.

„Ruf Andy an und erklär ihm, was hier passiert ist. Wenn er Fragen an mich hat, kann er später in die Klinik kommen. Manuela wird ihm sagen, wann ich verfügbar bin."

Ohne ein weiteres Wort ging er zurück ins obere Stockwerk. Ina jetzt im Stich zu lassen, würde einen weiteren Stein aus dem bröckelnden Gebilde ihrer Ehe reißen. Doch die Operation ging vor.

***

Eine Stunde später stürmte er in den Vorraum zu seinem Büro.

„Ich habe auf der Fahrt in den aktuellen Plan gesehen. Diese Smartphones sind manchmal doch ganz sinnvoll. Weiß Trampbach Bescheid, dass wir in einer halben Stunde anfangen?"

Manuela war kurz zusammengezuckt, machte sich aber nichts weiter daraus, dass er sie nicht begrüßt hatte. Mit einer Akte in der Hand war sie um ihren Tisch herumgelaufen und hielt ihm jetzt ein Blatt Papier unter die Nase.

„Trampbach weiß zwar Bescheid, aber die Hartmanns haben noch gar nicht ihr Einverständnis gegeben. Ich habe gedacht, das wäre alles geklärt."

Gelders kratzte sich hinter dem linken Ohr, wobei er die Wunde aufriss und das Gesicht verzog. Er schaute seine blutigen Fingernägel an und gleich darauf die rothaarige Assistentin.

„Ich dachte auch, sie hätten längst unterschrieben. Der Harnleiter muss unbedingt gerichtet werden. Ich habe gestern nochmal die Nierenwerte des Kindes überprüft. Langsam ist Gefahr im Verzug."

„Aber ..."

Gelders hob die Hand und brachte Manuela damit zum Schweigen.

„Wir operieren. Wir fangen ohnehin mit dem Harnleiter an. Sie bekommen schnellstmöglich die Eltern ans Telefon und dann auch bitte gleich hierher für die Unterschrift."

Manuelas Mund stand offen. Sie schob die dickrandige Brille auf dem Nasenrücken nach oben, während ihr Blick versuchte, dem von Gelders auszuweichen.

„An die Arbeit!"

Als sich Manuela nickend umdrehte, ging er in sein Büro, zog den weißen Kittel über und stellte seine Aktentasche unter den Schreibtisch. Er blickte die Tasche wehmütig an. Alles in ihm wollte das Goldene Buch aufschlagen und den Operationseintrag vorbereiten. Er hatte sich dieses Ritual fest vorgenommen für die Stunde vor dem Eingriff. Doch jetzt blieb ihm keine Zeit dafür.

Den Hut behielt er bis zur OP-Schleuse auf. Niemand sollte ihn auf die Wunde an seinem nicht mehr vorhandenen Haaransatz ansprechen. In der Schleuse öffnete er als erstes seinen Spind und nahm eine der Operationshauben heraus. Diese tauschte er flink gegen den Hut und stieg dann in die grüne Kluft. Alles war vorbereitet. Ab jetzt würde alles nach Plan laufen.

Als Gelders den Saal betrat, erfasste sein Blick nur einen mickrigen Teil des kleinen Körpers. Das Kind schrie nicht laut, aber es wimmerte, während der Anästhesieassistent im Vorraum die Kanüle setzte. In sechs Stunden würde auch dieser kleine Mensch das Schlimmste überstanden haben. Seine Eltern würden glücklich und erleichtert sein.

Die behandschuhten Finger auf Brusthöhe ineinander verschränkt, beobachtete Gelders, wie das Kind in den Saal geschoben wurde, als plötzlich jede Bewegung im Raum erstarrte.

„Moment", hatte eine der Schwestern gemurmelt, bevor sie sich räusperte und schließlich laut, mit fester Stimme wiederholte, was sie gesagt hatte. „Moment!"

Eilig ging sie zur Schleuse und drückte den Knopf der Sprechanlage.

Eine unruhige Stimmung machte sich breit. Mehrere Augenpaare wechselten über den Mundschutz hinweg verwirrte und größtenteils verärgerte Blicke. Gelders war kurz davor, lautstark zu fluchen.

Es dauerte einen Moment, bis sich die Schwester zu dem Operationsteam umdrehte. Sie schüttelte langsam den Kopf. „Die Eltern haben ihre Meinung geändert. Wir haben kein Einverständnis. Wir operieren nicht."

Gelders schnappte nach Luft. „Dieses Kind wird gerade von seinen eigenen Nieren vergiftet und wir operieren nicht? Sind die denn von allen guten Geistern verlassen?"

Sein Kollege trat einen Schritt näher. „Johannes, beruhige dich! Wir können nichts machen, wenn die Eltern ihr Einverständnis nicht gegeben haben." Trampbach legte ihm eine behandschuhte Hand auf die Schulter. „Du atmest jetzt ein paarmal tief durch, trinkst in aller Ruhe einen Kaffee oder besser noch einen Tee und dann redest du mit den Eltern."

Gelders schaute ihn durch die kleinen Schlitze, zu denen seine Augen geworden waren, an.

„Wir planen um und verschieben für ein paar Stunden. Das schafft der Kleine hier."

Jetzt wurde Gelders erneut wütend. „Es ist ein Mädchen, verdammt nochmal."

Er riss seinen Mundschutz herunter, zog schnalzend die Handschuhe von den Händen und schmiss beim Hinausstürmen alles zusammen auf den Boden. Statt an den Handwaschbecken vorbei zu gehen, stürmte er durch den schmalen Vorraum, in dem das Baby eben noch vorbereitet worden war. Er achtete gar nicht auf die Schwester, die er beinahe über den Haufen gerannt hätte.

Keine fünf Minuten später stapfte er, kein bisschen weniger aufgebracht, auf die Milchglastür zum Bürotrakt zu. Er griff nach seiner Ausweiskarte und hätte gar nicht bemerkt, dass er nicht allein war, hätte ihm Boris Hartmann nicht plötzlich den Weg versperrt. Mit vor der Brust verschränkten Armen schaute er ihn an. Trotz der angriffslustigen Körperhaltung wirkte sein Gesichtsausdruck nicht gerade entschlossen. Ganz anders als der seiner Frau. Die schmale Gestalt mit dem langen blonden Haar hatte keine Zweifel in den Augen. Dort erkannte Gelders nur Hass. Es überraschte ihn nicht, dass sie diejenige war, die zuerst das Wort ergriff.

„Wir müssen reden."

Ihre Worte klangen respektlos, was den Arzt noch wütender machte. Auch der Kaffee, den er sich gönnen wollte, um zur Ruhe zu kommen, hätte jetzt nichts mehr an seiner Stimmung geändert. Er öffnete die Tür und ließ das Ehepaar eintreten. Im Vorraum zu seinem Büro bedachte er Manuela mit einem bitterbösen Blick, woraufhin sie nur den Kopf einzog. Sie wagte es nicht einmal, irgendwelche Getränke anzubieten, was absolut nicht ihrer Art entsprach. Keiner sagte ein Wort, bis die Hartmanns auf den beiden Sesseln und Gelders auf der anderen Seite des Schreibtisches Platz genommen hatten.

Den Ellenbogen auf der Tischplatte abgestellt, stützte er seinen Kopf ab, wobei er die Lippen mit der Handfläche verdeckte. Seine Augen wanderten von Boris zu Victoria Hartmann und zurück. Als er die Hand vom Mund wegnahm, begann er so ruhig wie möglich und so nachdrücklich wie nötig zu sprechen.

„Ich glaube, Ihnen ist nicht bewusst, in welche Gefahr Sie Ihr Kind gerade bringen. Der Harnleiter muss schnellstmöglich operiert werden." Gelders holte tief Luft. Er schöpfte Kraft, um sich weiterhin zusammenzureißen. Schließlich durfte er jetzt nicht laut losschreien. „Die Verformung der Harnröhre ist an einer Stelle so eng, dass sich ein Stau bildet, weil das Kind nicht richtig Wasserlassen kann. Ein Stau in der Nebenniere kann zu akutem Nierenversagen führen. Wir müssen operieren. Ich dachte, das sei Ihnen bei unserem letzten Gespräch klar geworden."

Victoria Hartmann schnappte nach Luft, während ihr Gesicht rot anlief. „Uns sind noch ganz andere Dinge klar geworden." Die Stimme der zierlichen Frau hatte sich beinahe überschlagen. „Warum haben Sie uns nicht gesagt, dass wir andere Möglichkeiten haben als diese umstrittene Operation?"

„Woher haben Sie diese Information?"

„Das spielt keine Rolle!"

„Wenn Sie jemand über den Gesundheitszustand Ihres Kindes aufgeklärt hat, der diesen unmöglich kennen oder beurteilen kann, dann spielt das eine ziemlich ausschlaggebende Rolle, wie ich finde."

Jetzt war er wirklich kurz davor, zu explodieren.

„Nur weil das Testigewebe innenliegt und Sie nicht sagen können, oder wollen, ob unser Kind einen Micropenis oder eine vergrößerte Klitoris hat, dürfen Sie nicht einfach entscheiden, dass es ein Mädchen ist.“ Die Augen der wütenden Frau hatten sich mit Tränen gefüllt, die ihr jetzt zu beiden Seiten über die Wangen liefen.

Mit zusammengebissenen Zähnen und geballten Fäusten ergriff Boris Hartmann das Wort. „Uns ist sehr wohl bewusst, dass die Harnleiterverengung operiert werden muss. Und wir werden schnellstmöglich einen Arzt finden, dem wir unser Kind anvertrauen.“ Die Worte waren zischend durch seine Zahnreihen geschossen.

„Ich habe diese und sehr ähnliche Operationen in meiner Laufbahn bereits etliche Male durchgeführt und keiner meiner Patienten hatte im Laufe seines Lebens Schwierigkeiten mit dem Ergebnis. Sie müssen jetzt die richtige Entscheidung für Ihr Kind treffen. Weisen Sie diese Verantwortung nicht von sich. Überlassen Sie ihr Kind nicht diesem ungerechten Schicksal, an dem es möglicherweise zerbricht.“

Hartmann hatte die Hand gehoben und brachte den Arzt damit zum Schweigen. Er griff nach dem Arm seiner Frau und erhob sich von seinem Sessel. „Wir gehen jetzt. Und wir nehmen unser Kind sofort mit.“

„Das können Sie ...“

Wieder hob Hartmann die Hand. Er war gefährlich nah an den Schreibtisch gekommen und beugte sich zu Gelders herunter. Der Arzt musste unwillkürlich an sein blaues Auge denken.

„Ihr Kind liegt noch im Aufwachraum, es war ja bereits narkotisiert.“ Seine Stimme war ein Flüstern.

Die Zornesröte in Hartmanns Gesicht wirkte bedrohlich. Seine Worte, immer noch durch die Zähne gepfiffen, klangen bitter und stark. Er sprach sehr leise. „Wir gehen jetzt runter in den großen Wartebereich und Sie werden unser Kind dorthin bringen lassen. Sie möchten nicht erleben, was ich sonst mit Ihnen anstelle.“

# Kapitel 22

Nach einer langen Nacht hatte Liane zehn neue Text- und drei Sprachnachrichten von Christian auf ihrem Telefon. Er bat sie immer noch, sich zu erklären. In einigen Nachrichten versuchte er, sich möglichst verständnisvoll auszudrücken, obwohl er ja keinen Schimmer hatte, wofür er sein Verständnis heuchelte. In anderen war sein Ton eher erpresserisch. Liane war zwar noch nicht verhaftet worden, aber es würde zweifelsohne nicht mehr lange dauern, bis Christian seinen Standpunkt änderte. Sie hatte keine Ahnung, wie sie ihren Kopf aus der Schlinge ziehen konnte. Zumal ihr eigener Kopf gerade unwichtig schien. Heute ging es um das Leben des Babys.

Nur mit Mühe hatte es Liane pünktlich zum Dienst geschafft. Immer wieder hatte sie ihre Arbeit unterbrochen, um im Operationsplan nach Änderungen zu suchen. Zwischendurch war sie dreimal im dritten Stock gewesen und vor dem Operationsbereich herumgeschlichen wie eine Schaulustige. Einmal war sie auf der Babystation gewesen und konnte kurz aufatmen, als sie dort das Hartmann-Baby in seinem Bettchen schlummern sah. Erst um 11:50 Uhr wurde der Plan geändert. Die Operation war auf 12:30 Uhr verschoben worden, woraufhin Liane Olaf anbettelte, seine Pause mit ihr zu tauschen, als hinge ihr eigenes Leben davon ab.

Eine halbe Stunde lang hatte sie vor dem betreffenden Operationssaal herumgelungert. Sie war überzeugt, dass ihr jeder an der Nasenspitze ansehen musste, dass sie in diesem OP-Bereich nichts zu suchen hatte, während sie immer wieder durch die Glasscheibe in den OP lugte. Sie schaute zu, wie das Baby vorbereitet wurde. Gelders ging ganz dicht an ihr vorbei, als er an die Waschbecken trat. Sie musste sich zusammenreißen. Am liebsten hätte sie den Arzt mit Gewalt zurückgehalten. Ununterbrochen überlegte sie, ob es noch irgendeinen Ausweg gab. Eine Bombendrohung? Einen Feueralarm? Doch gerade als sie diese wahnwitzigen Spinnereien verwarf, klingelte das Telefon im

Stationsbüro. Liane konnte es zunächst nicht fassen, als die Schwester zur Sprechanlage eilte und die Operation verhinderte. Gleich darauf wurde sie beinahe von Gelders über den Haufen gerannt, wobei er sie glücklicherweise nicht einmal ansah.

Obwohl ihre Mittagspause längst vorbei war, folgte sie dem Arzt ins oberste Stockwerk. Als sich ihre Aufzugskabine öffnete, sah sie Gelders zusammen mit den Hartmanns im Bürotrakt verschwinden. Liane versteckte sich hinter der Tür zum Treppenhaus, bis die jungen Eltern wieder herauskamen. Sie musste sichergehen, dass der Arzt dem Ehepaar nicht folgte. Von ihrem Versteck aus beobachtete sie, wie die Hartmanns in den Aufzug stiegen und achtete auf die Digitalanzeige. Erst im Erdgeschoss blieb der Fahrstuhl stehen. Sicherheitshalber lief Liane über das Treppenhaus ein Stockwerk nach unten und nahm dort ebenfalls einen Aufzug.

Die Kabinentür öffnete sich im Erdgeschoss. Ihr Kopf flog erst zur einen, dann zur anderen Seite, bis sie die Familie sah. Sie sprintete los. Der Gang führte zur Notaufnahme und wurde inzwischen von den meisten Besuchern als Ausgang genutzt. Schließlich war er viel näher an den Parkplätzen, sodass der Haupteingang einen kleinen Umweg bedeutete. Auf Höhe des großen Wartebereichs hatte sie die Familie eingeholt. Zu ihrem Erstaunen wollten sie die Klinik gar nicht verlassen. Sie waren im Begriff, sich zu setzen, als eine Schwester mit ihrem weinenden Baby auf dem Arm dazukam. Victoria Hartmann zog ein Tragetuch aus ihrer Tasche und nahm der Kollegin das Kind ab. Ihr Mann half ihr und einen Moment später wurde das Baby, dicht an die Mutter gedrückt, bereits still. Erst jetzt schienen die beiden Liane zu bemerken.

Am liebsten hätte sie die jungen Eltern umarmt, als die Schwester gegangen war. Doch ihr Blick wanderte zuerst über die Gesichter im Wartebereich. Das verzweifelte Gejammer eines kleinen Mädchens, das ihr verdrehtes Handgelenk bestürzt ansah und der abwertende Blick einer älteren Dame, die sich ein Kleenex auf die Stirn presste, hinderten sie daran, ihren Gefühlen freien Lauf zu lassen. Entschlossen, hier drinnen lieber nicht offen zu sprechen, nickte sie den Hartmanns zu und folgte ihnen zum Ausgang. Dieses Mal wurde sie ganz sicher dabei beobachtet, wie sie in Stationskleidung die Klinik verließ. Dieser Regelverstoß war den neugierigen Ohren im Gebäude trotzdem vorzuziehen.

Hinter der Schiebetür strahlte die Sonne vom Himmel und Liane dachte kurz, dass sie sich nicht erinnern konnte, wann es im März zuletzt so warm gewesen war.

„Herr Hartmann?“ Ganz leicht berührte sie ihn an der Schulter.

Beide drehten sich um und Hartmann legte den Arm um seine Frau, die das Bündel vor ihrem Bauch mit beiden Armen schützte.

„Können wir uns kurz setzen?“

Liane zeigte auf eine der silbergrauen Parkbänke unweit vom Eingang und Boris Hartmann nickte, worauf sie zusammen die wenigen Schritte gingen und nacheinander Platz nahmen.

Eine Träne der Mutter tropfte auf den halb versteckten Kopf des Kindes, das plötzlich begann, in seinem Tragetuch herumzuzappeln. Lianes Narbe brannte. Sie hörte das Gurgeln des Säuglings und sah die speckigen Waden, die in grünen Wollsöckchen endeten. Wieder hörte sie den Mädchennamen. *Lydia.*

Mit zusammengepressten Lippen richtete sie sich auf und löste ihren Blick von dem Kind. „Im Grunde genommen bin ich natürlich sehr froh, dass Sie es sich noch einmal überlegt haben. Ich habe aber erst jetzt von der Harnleiterverengung ihres Kindes erfahren. Sie müssen das unbedingt sofort operieren lassen.“

Victoria Hartmann schüttelte entschlossen den Kopf. „Wir müssen zuerst einen anderen Arzt finden.“

„Die gibt es hier haufenweise. Sie könnten darauf bestehen, dass ein anderer Arzt die Operation durchführt.“ Liane zeigte zum Klinikgebäude.

Jetzt schüttelte auch Boris Hartmann den Kopf. „Unsere Entscheidung steht fest. Wir setzen keinen Fuß mehr in diese Klinik. Die hätten unser Kind fast gegen unseren Willen operiert. Ohne unsere Einverständniserklärung. Die können froh sein, wenn wir sie nicht verklagen.“ Wie auf Kommando waren beide gleichzeitig auf die Füße gekommen.

„Aber ...“ Liane stand schnell auf.

„Bei aller Liebe, Frau Kowalski. Wir sind Ihnen wirklich dankbar. Aber Sie haben sich jetzt schon genug eingemischt. Die Entscheidung liegt bei uns. Wir sind die Eltern."

Vollkommen verzweifelt schaute sie den beiden hinterher. Gelders hatte die Harnleiteroperation viel zu lange und absolut unnötig verzögert, um die Chancen für seinen geschlechtsangleichenden Eingriff zu verbessern. Sie konnte nur hoffen, dass die Eltern schnell handelten.

***

Nach Feierabend machte sich Liane auf den Weg nach Mannheim. Sie musste die Familie überzeugen, sofort eine Klinik aufzusuchen, weil das Leben ihres Kindes auf dem Spiel stand.

Im Feierabendverkehr über die A5 aus Frankfurt herauszufahren, war generell eine zweifelhafte Idee. So kam Liane erst nach achtzehn Uhr in Lindenhof an. Sie sprang sofort aus dem Wagen und hechtete zur Eingangstür der Hartmanns. Am besten würde sie die Familie sofort in eine Klinik begleiten. Den Finger auf dem Klingelknopf, schaute sie rechts und links über ihre Schultern, weil sie sich in dieser Nachbarschaft schon wieder beobachtet fühlte. Die Fenster im oberen Stockwerk waren mit Rollläden verschlossen, die im Erdgeschoss waren alle dunkel. Das war kein gutes Zeichen. Sie klingelte noch einmal und hielt den Knopf lange fest. Keine Reaktion. Zurück im Auto nahm sie ihr Telefon aus der Ablage unter dem Autoradio und wählte Alices Nummer.

„Hast du Carolin gefunden?"

„Ja doch! Es geht ihr gut. Sie drückt sich mit Freunden herum und ich habe versucht, sie zur Vernunft zu bringen. Aber sie ist nun mal erwachsen."

„Was soll das denn heißen? Ist sie zurück bei ihrer Mutter?"

„Nein."

„Die Frau macht sich Sorgen. Sie wird Carolin bei der Polizei als vermisst melden, sobald sie lange genug verschwunden ist. Du musst das in Ordnung bringen."

Liane atmete tief ein.

„Die Hartmanns haben dich kontaktiert, oder?"

„Ja."

„Wieso zur Hölle hast du mir nicht sofort Bescheid gesagt? Du hattest es versprochen!"

„Weil es dich nichts angeht! Du musst endlich mal einen Schritt zurück machen und ein wenig Abstand bekommen."

Liane kochte vor Wut. Sie war kurz davor, das Telefon aus dem Autofenster zu werfen.

„Ich weiß nicht, wieso du dich in letzter Zeit so tief in diese Sachen verrennst, aber es wird langsam zuviel. Es wächst dir über den Kopf! Ob du das nun wahrhaben möchtest oder nicht."

Lianes Zähne hatten sich ineinander verbissen. Wie bei einem Kampfhund hatte sie das Gefühl, den Kiefer nicht mehr auseinanderzubekommen. Sie atmete möglichst ruhig ein und versuchte, nicht laut zu schnauben, weil sie noch nicht wusste, was sie von Alice wissen wollte. „Haben sie dir vielleicht eine Handynummer gegeben?"

Alice hielt sich im Gegensatz zu ihrer Freundin kein bisschen zurück. Sie lachte sogar kurz auf, was Liane noch einmal in Betracht ziehen ließ, das Mobiltelefon aus dem Fenster zu werfen.

„Nein, das haben sie nicht. Aber sie haben ja deine und auch meine Nummer. Wenn sie etwas brauchen, werden sie anrufen. Die Operation wurde doch abgesagt. Was willst du denn eigentlich noch?"

Ihre Finger klammerten sich immer fester um das Gerät. „Das Kind hat eine Harnleiterverengung, es ist womöglich in Lebensgefahr und die Eltern haben das ganz offensichtlich nicht verstanden." Sie holte noch einmal Luft und versuchte dabei, ihr Telefon nicht zu zerquetschen. „Sie sind nicht zu Hause. Darum kann ich im Moment nichts weiter machen. Ich weiß, du machst nicht gerne, worum ich dich bitte. Aber, falls sie dich anrufen, sag mir dieses Mal bitte Bescheid und lass dir ihre Nummer geben."

Bevor Alice antworten konnte, hatte Liane aufgelegt und das Telefon in die Mittelkonsole geworfen. Sie würde später nachschauen, ob es noch funktionierte.

Der Radiosprecher gab die Verkehrsinformationen durch, als sie auf die Bundesstraße fuhr. Auf der Auffahrt zur Autobahn stellte sie das Radio ab. Sie musste nachdenken und zum Gedanken sortieren war eine eintönige Autobahnfahrt gut. Vor Kurzem war noch jeder ihrer Schritte durchgeplant gewesen. Jahrelang hatte sie auf alles hingearbeitet. Sie war entschlossen gewesen, sich mit jeder Handlung an ihr Vorhaben zu halten. Wie bei einer perfekten Choreografie, mit jedem Schritt ein Stück näher an ihr Ziel gelangen.

Sie war nicht einmal sicher, wann sie von ihrem Weg abgekommen war. Hatte alles mit den merkwürdigen Gefühlen für Christian begonnen? Oder war ihr erster Fehler der anonyme Brief an Carolin gewesen? Auch wenn sie unendlich wütend auf Alice war, lag ihre Freundin gar nicht so falsch. Liane war alles über den Kopf gewachsen. Sie grübelte und fischte auf der Suche nach Lösungen im Dunkeln. Von ihrem ursprünglichen Plan bekam sie nichts zu greifen. Sie fühlte sich desorientiert und hatte keine Ahnung, wie es weitergehen sollte.

***

Es war bereits dunkel, als Liane in die Tiefgarageneinfahrt einbog. Ihr Magen hatte seine lauten Protestgeräusche kurz vor Lorsch eingestellt. Sie erinnerte sich, dass ihre letzte Mahlzeit ein Apfel war, den sie im Auto auf dem Weg zum Tagdienst mitsamt dem Kerngehäuse verputzt hatte. Trotzdem hatte sie keinen Appetit und da ihr Magen inzwischen verstummt war, nahm sie sich vor, es dabei zu belassen und sich direkt ins Bett zu legen.

Durch die schwere Brandschutztür betrat sie das Treppenhaus. Den Lichtschalter schaute sie zwar kurz an, versuchte aber gar nicht erst, die Beleuchtung einzuschalten, und gab sich mit der schummrigen Notbeleuchtung zufrieden. Einen Schritt nach dem anderen stieg sie die Stufen hinauf, wie jemand, der einen Weg ging, ohne ein festes Ziel zu haben. Tatsächlich hatte sie es nicht eilig, in ihre Wohnung zu kommen, obwohl ihr ein wenig Schlaf gutgetan hätte. In ihrer Tasche angelte sie nach dem Schlüsselbund und bekam den Karabinerhaken zu greifen, an dem neben ihrem Schlüssel auch die kleine Stabtaschenlampe befestigt war. Sie zog das ganze Trum heraus und wunderte sich, dass sie bereits vor ihrer Wohnungstür angekommen war. Augenblicklich hielt sie in der Bewegung inne und starrte auf den dunklen Spalt in der Tür. Das eigenartige Kribbeln in ihrem Nacken lief kalt über den Rücken und brachte sogar ihre Knie zum Zittern. Liane ballte die Fäuste und umklammerte den Schlüsselbund so fest, dass ihr die Schlüssel in die Handfläche schnitten.

Sie klappte den Mund zu, schluckte fest und trat durch die offenstehende Tür in die Dunkelheit.

Zuerst drehte sie den Kopf in Richtung Schlafzimmer, dann zum Wohnzimmer, wo sie dank des letzten Lichts der notdürftigen Treppenhausbeleuchtung eine Bewegung wahrnahm. Im Dunkeln sah sie eine Gestalt. Mitten in ihrem Wohnzimmer. Sie tastete hektisch nach dem Lichtschalter. Endlich erwischten ihre Fingerspitzen den Schalter und das Licht ging an.

Auf ihrem Holzhocker, der in die Mitte des kleinen Zimmers gerückt worden war, saß der Clown mit den traurigen Augen und den verzerrten Mundwinkeln. Er trug keine Hose.

„Hallo Liane!"

Die Stimme klang unnatürlich verstellt. Sie war tief und kratzig und Liane zuckte unwillkürlich zusammen. Als dann ein ebenso kratziges Lachen ertönte, sprudelte die Wut in ihr über und sie kreischte lauthals: „Nimm die beschissene Maske ab, du Arschloch. Du hast mich beinahe zu Tode erschreckt. Bist du jetzt vollkommen verrückt geworden?"

Lutz lachte immer noch, jetzt aber in seiner echten, wesentlich helleren Stimme, während er das bunte Latexteil vom Kopf zog.

„Tschuldigung. Ich wollte mir ein letztes bisschen Humor bewahren."

Liane schnappte nach Luft, schob die Wohnungstür zu und warf ihre Handtasche auf den Boden. „Du denkst auch noch, das sei lustig?" Keine Antwort. „War das in der Tiefgarage vielleicht auch nur ein Witz?"

Lutz schaute auf seine Hände. Eine umklammerte die Maske, während die andere am Saum der dunkelblauen Boxershorts zupfte, als könne er sie in die Länge ziehen und damit seine nackten Oberschenkel verdecken.

Diese Geste ihres Bruders reichte aus, um etwas in ihr aufzubrechen.

Sie sah die Schamesröte in seinem Gesicht. Die Wände um sie herum kamen näher und verwandelten sich in ein Behandlungszimmer. Ein bitter schmeckender Kloß in ihrem Hals hinderte sie am Atmen und ihre Hände wurden feucht. Lilly wollte ihre eigene Nacktheit verbergen und wünschte sich gleichzeitig, dass er nicht auf den Arzt hörte. Sie wollte nicht angesehen werden und bedeckte ihre kleinen Brustansätze mit dem Arm. Die andere Hand flog in ihren Schritt, um auch hier einen Sichtschutz zu bieten. In der Erinnerung sah Liane Gelders' Gesicht. Ihre Augen brannten, ihre Wangen waren heiß.

„Lilly, bist du okay?"

Seine Stimme brachte sie zurück in die Gegenwart. Kopfschüttelnd zwang sich Liane zu einem tiefen Atemzug. Sie schaute an sich hinunter, um sich zu vergewissern, dass sie angezogen war. Die Hände wieder zu Fäusten geballt, versuchte sie, sich auf ihre Wut zu konzentrieren, um alle anderen Gefühle abzuschütteln.

„Warum hast du eigentlich keine Hose an?", brachte sie in einem möglichst gleichgültigen Ton hervor.

Lutz zog die Schultern nach oben. „Lange Geschichte. Eigentlich wollte ich mich erst in den Griff bekommen, bevor ich mit dir rede. Jetzt sieht es wohl etwas anders aus."

Ohne ein weiteres Wort ging Liane ins Schlafzimmer, schob die Tür des Kleiderschranks auf und wühlte im unteren Teil nach einer alten Jogginghose. Die Hose war ihr inzwischen viel zu groß und Lutz war sehr schmal, weshalb er ohne Zweifel hineinpassen würde. Aus dem Schuhregal im Flur nahm sie ihre alten Laufschuhe. Zum Joggen kaufte sie die Dinger immer eine Nummer zu groß. Die würden ihm auch passen. Sie ging ins Wohnzimmer und warf ihm die Baumwollhose auf den Schoß. Die Schuhe stellte sie vor ihm auf den Boden.

„Zieh das an. Willst du einen Kaffee?"

Sie hatte sich schon damit abgefunden, dass ihr Plan, direkt ins Bett zu gehen, zerschlagen worden war, brauchte jetzt aber dringend Koffein.

Lutz nickte, als sie an ihm vorbei in die Küche ging. „Ich kann es echt nicht fassen, dass dein Humor mit den Jahren noch beschissener geworden ist", prustete sie plötzlich los.

Auch Lutz musste kichern und war dankbar, dass sie die Stimmung auflockerte.

„Sag mal, woher hast du eigentlich diese bescheuerte Maske?"

„Ich hab mir beim Kölner Karneval als lebendige Litfaßsäule etwas Geld verdient."

Liane schüttelte ungläubig den Kopf.

„Und wie man Autos knackt, lernt man im Entzug?"

Es dauerte einen Moment, bis er antwortete.

„Die Karre aufzumachen, war nicht das Problem und euer Garagentor steht wirklich lange auf, wenn jemand rausfährt."

Er räusperte sich. „Was ich da gemacht habe, tut mir wirklich leid. Ich dachte…"

Wieder stockte er. „Ich hab gar nicht richtig nachgedacht. Eigentlich wollte ich einfach eine Nacht im Auto verbringen. Als du dann kamst, hab ich total überzogen reagiert. Das mit dem Messer tut mir am meisten leid. Das ist eigentlich nur zur Selbstverteidigung."

Liane erwiderte nichts. Sie mochte sich nicht einmal vorstellen, in welchem Zustand ihr Bruder gewesen war, um auf solche Ideen zu kommen.

Kurz darauf drückte sie ihm eine Tasse in die Hand, stellte ihre eigene auf dem Couchtisch ab, griff mit beiden Händen den Hocker unter seinem Hintern und drehte ihn mit einem Ruck in Richtung Sofa. Dann nahm sie sich wieder ihre Tasse, setzte sich auf das Sofa und schaute ihn fragend an. „Hast du auf mich gewartet, weil ich kein Bargeld mehr im Haus habe?"

Er starrte in seine Tasse. „Ich muss mit dir reden. Das wollte ich eigentlich schon die ganze Zeit. Darum bin ich überhaupt erst nach Frankfurt gekommen. Und dann ging alles ..."

Das schrille Lachen seiner Schwester unterbrach ihn mitten im Satz. „Du brichst in mein Auto ein, bedrohst mich mit einem Messer, räumst meine Wohnung aus und dann tauchst du hier auf und willst mit mir reden?" Liane schüttelte den Kopf. „Über was willst du mit mir reden, Lutz? Darüber, dass ich die letzten sechzehn Jahre allein war? Ich hätte in der Zeit oft einen Bruder gebrauchen können, mit dem ich reden kann. Stattdessen hatte ich einen, um den ich mir noch mehr Sorgen machen muss als um unsere kranke Mutter. Ich war allein. Weil du entschieden hast, dass du mich in deinem Leben nicht haben willst."

Lutz schüttelte jetzt ebenfalls wie wild den Kopf.

„Und jetzt kommst du hier angeschissen, bringst mein Leben noch mehr durcheinander und behauptest, dass du reden willst?" Liane kämpfte zwar mit den Tränen, war aber nicht bereit zuzulassen, dass ihre Stimme brach. „Ich wollte für dich da sein. Ich wollte, dass wir eine Familie sein können und du bist immer wieder verschwunden. Verdammt, ich hab nem Junkie meinen Wohnungsschlüssel gegeben, weil ich hoffte, dass ich dir helfen kann. Ich glaube dir nicht, dass du reden willst. Was willst du wirklich?"

„Es ist ... es ist ..."

Er fand weder die richtigen Worte noch war er in der Lage, einfach abzuhauen. Was für eine Scheiße! Was hatte er sich bloß dabei gedacht, hier aufzukreuzen? Er hätte sich irgendwo eine Hose besorgen und seinen Arsch, wie geplant, zusammenkneifen sollen. Er wusste, dass er hierfür noch nicht bereit war.

Sie sah ihn lange schweigend an. „Komm schon, raus damit!"

„Es ist ... es ist immer noch nicht in Ordnung", überwand er sich schließlich. „Ich habe Schmerzen beim Pissen. Und es sieht alles aus wie Hackfleisch. Aber ich weiß, dass ich selbst schuld bin. Ich weiß, dass du mir helfen wolltest und dass ich die Behandlungen und OP's bis zum Schluss hätte durchziehen müssen."

Er schaute seine Fingernägel an, die er schon wieder abgefressen hatte, und kam sich vor wie ein Verlierer. Nicht, dass ihm dieses Gefühl fremd gewesen wäre. Aber vor seiner Schwester zuzugeben, dass er sich selbst die Schuld für diesen Zustand gab, war schmerzhaft. Für alles in seinem Leben hatte er anderen die Schuld gegeben. Hauptsächlich seinen Eltern und Gelders. Schon ganz früh hatte man sein Leben für ihn verkackt. Doch die abgebrochene Behandlung ging allein auf seine Kappe. „Sachen bis zum Ende durchziehen, war wohl noch nie meine Stärke." Er zwinkerte Liane halbherzig zu und hoffte, die Stimmung wieder aufzulockern.

„Das wissen wir schon seit deinem ersten Entzug."

Lutz nickte, sagte aber lieber nichts.

„Ich habe nach dir gesucht. Aber du bist gar nicht so leicht zu finden", sagte sie in der Hoffnung auf ein weiterführendes Gespräch.

Wieder nickte er stumm.

Lianes Gefühle spielten verrückt. Wenn man sie zehn Minuten zuvor nach ihrem Bruder gefragt hätte, wäre Hass ihre erste Emotion gewesen. Allein die Vorstellung, ihn wiederzusehen, hatte nach einer schallenden Ohrfeige zur Begrüßung geschrien. Doch jetzt klammerte sie sich plötzlich an die Vorstellung, dass er bei ihr war. Zum ersten Mal seit Jahren war sie nicht allein. Er kannte sie. Als einziger lebender Mensch auf dieser Erde kannte er sie. Auf paradoxe Weise von ihm angewidert, hoffte sie doch, dass er blieb. Natürlich war er nur gekommen, weil er Hilfe brauchte. Doch sie war noch nicht bereit, darauf einzugehen.

Wieder schaute sie ihn lange an, ohne ein Wort zu sagen, bis sie wie aus dem Nichts fragte: „Soll ich dir die Haare schneiden?"

Und tatsächlich lächelte er sie an. Sein Lächeln erinnerte sie an ihre Kindheit. An dunkelgrün gestrichene Wände und an Bully, den Stoffelefanten. „Das wäre super."

„Aber zuerst gehst du duschen."

***

Allein im Wohnzimmer hörte sie das Wasser auf den Wannenboden plätschern und fragte sich, ob sie ihn dieses Mal würde halten können. Mit der Kaffeetasse in der Hand schlenderte sie am Badezimmer vorbei und blieb an der Eingangstür stehen. Auf der Ablage neben der Tür lag wie immer ihr Schlüsselbund und sie überlegte für einen Moment, ob sie die Tür abschließen und den Schlüssel verstecken sollte. Die Idee, mit ihm in der Wohnung eingesperrt zu sein, um ihn zu einem Entzug zu zwingen, fühlte sich schlüssig an, war jedoch Blödsinn. Er hatte ja seinen Zweitschlüssel. Doch die Idee, ihn bei sich zu behalten, bis er clean war, gefiel ihr trotzdem. Auch wenn sie wusste, dass sie ihn zu nichts zwingen konnte. Das hatte sie schon mehrfach probiert.

Aus der hintersten Ecke ihres Kleiderschranks, in dem sich alle Dinge befanden, die sie eigentlich nicht brauchte, aber dennoch nicht wegschmeißen wollte, holte sie die Haarschneidemaschine ihrer Mutter. Zärtlich fuhr sie über den mit grünem Leder bespannten Kasten und hatte direkt das Bild ihrer Eltern vor Augen. Klaus Lehnknecht war trotz seines ordentlichen Einkommens, das er als Entwickler der ersten standardmäßigen Airbags einstrich, äußerst sparsam gewesen. Der großgewachsene Mann mit den markanten Wangenknochen hatte zwar auf sein Äußeres geachtet, hätte dabei aber niemals Geld für einen Friseurbesuch ausgegeben. Obwohl ihre Mutter Gabriele handwerklich nicht gerade geschickt gewesen war, hatte sie sich angewöhnen müssen, seine Haare regelmäßig und ganz nach seinen Vorstellungen auf eine angemessene Länge zu stutzen. Liane konnte sich noch genau an die feurigen Streitgespräche erinnern, wenn der Vater die Mutter wieder einmal auf einen Zipfel, den sie ausgelassen hatte, aufmerksam machte.

Mit einem Grinsen auf dem Gesicht trug sie die alte Schneidemaschine ins Wohnzimmer. Sie konnte nur hoffen, dass Lutz das Gerät nicht ebenso schnell in die Vergangenheit katapultierte, wie es bei ihr geschehen war. Doch als er aus dem Bad kam, sich auf den Hocker setzte und sein Blick auf die grüne Lederkiste fiel, verdunkelten sich seine Augen und seine Lippen wurden zu einer schmalen Linie.

Mit dem Föhn in der Hand stand Liane hinter ihm und berührte ihn an der Schulter, was ihn zusammenzucken ließ, als habe er einen Stromschlag bekommen. In wenigen Minuten waren seine Haare trocken und sie griff nach der Maschine.

„Acht Millimeter", sagte er, als sie, ohne zu fragen, nach dem größten Aufsatz griff.

Mit hochgezogenen Augenbrauen legte sie ihn zurück und nahm stattdessen einen der kurzen Aufsätze, wobei sie sich jeglichen Kommentar dazu verkniff. Wie er herumlaufen wollte, war schließlich seine Sache. Sie schaltete das Gerät an, setzte es an seinem Nacken auf und zögerte dann doch.

„Sicher?"

„Aber klar doch. Die wachsen so schnell nach, dass ich für jeden Millimeter dankbar bin."

Wie um sich zu verabschieden, fuhr sie mit gespreizten Fingern durch die dunkelblonden Locken, wobei ihr nicht entging, dass sich sein Körper unter der Berührung anspannte. Dann setzte sie an und fuhr langsam über seinen ganzen Schädel. Ihr kam der Gedanke, dass sie sorgfältig sein musste, damit kein Zipfel zwischendrin stehen blieb.

„Das Rattern erinnert mich an früher."

Jetzt spannte sich auch Lianes Körper an. Vielleicht wäre es gut für ihn, endlich frei zu sprechen. Doch sie selbst war plötzlich nicht mehr sicher, ob sie nach all den Jahren dazu bereit war. Liane befürchtete, dass er von den Eltern anfangen würde. Von seinem Hass. Von ihren Fehlern und wie froh er war, sie beide unter der Erde zu wissen. Doch dann überraschte er sie.

„Mit dem Teil habe ich mir selbst die Haare geschnitten, als sie es mir endlich gesagt hatten."

In seiner Stimme hörte sie ein Lächeln und ihre Mundwinkel schoben sich ebenfalls nach oben. Sie lächelten zusammen und Liane wurde klar, wie sehr sie ihn vermisst hatte.

„Das ist aber nicht ganz richtig", schmunzelte sie. „Du hattest hinten die Hälfte stehen gelassen, die habe ich dir abrasiert."

Jetzt lachte er auf. „Stimmt. Und ausgerechnet in dem Moment ist *er* reingekommen und wir haben beide einen ordentlichen Anschiss kassiert."

Bei dem Gedanken an ihren Vater zog sich Lianes Magen zusammen. Für sie war es immer noch schwer zu ertragen, dass Lutz ihre Eltern ausschließlich *er* und *sie* nannte.

Beide waren in ihren Erinnerungen versunken, wobei es grundverschiedene Gefühle waren, die dabei aufkamen.

Als Liane fertig war, ging sie um den Hocker herum, beugte sich auf seine Höhe herunter und schaute ihm direkt in die blauen Augen.

„Geschafft."

Sie wusste, dass es nicht leicht für ihn war, doch er hielt ihrem Blick stand.

„Liane, es tut mir leid. Ich zahle dir das Geld zurück, sobald ich kann. Und den Rucksack ersetze ich dir auch."

Sie versuchte, einen Gesichtsausdruck aufzusetzen, der sagte: *Ist schon gut. Wir bekommen das alles wieder hin.*

Doch dann verdunkelte sich das Blau seiner Iris. Irgendetwas bedrückte ihn. Es wollte heraus und Liane war nicht sicher, ob sie wissen wollte, was es war. Sie sagte kein Wort, doch ihr Gesichtsausdruck stellte unvermittelt alle Fragen.

„Ich habe von den Therapiesitzungen geträumt."

Liane wendete den Blick ab. Sie ließ sich auf das Sofa fallen und sagte weiterhin kein Wort. Nicht einmal eine Stunde war vergangen, seit sie selbst von dieser dunklen Erinnerung verschluckt worden war, nur, weil sie ihn ohne Hose gesehen hatte. Dass er ausgerechnet jetzt darüber reden wollte, war einfach nicht fair.

„Wie kannst du nur für ihn arbeiten?" Weil sie nicht schnell genug antwortete, fuhr er mit seiner nächsten Frage fort. „Was hast du mit den Fotos und den Kopien vor?"

Liane rang mit sich. Möglicherweise wäre alles leichter zu ertragen, wenn sie ihm alles sagte. Doch es dauerte ihm zu lange. Noch ehe sie zu einem Schluss kam, gab Lutz auf, und widmete sich wieder seiner Bitte. „Wirst du mir helfen?"

Liane schob die Schultern in Richtung Ohren und presste die Lippen fest zusammen. Sie strapazierte seine Ungeduld. Als er Anstalten machte aufzustehen, beugte sie sich vor und bekam sein Handgelenk zu fassen. „Setz dich wieder."

Sein dunkelblauer Blick durchbohrte sie und sein Kinn schob sich angriffslustig vor. An seinem Handgelenk spürte Liane, dass er eine Faust machte. Wenn diese im nächsten Moment in ihrem Gesicht gelandet wäre, hätte sie sich nicht gewundert. Sie war darauf gefasst, dass ihre Nase unter seinen Knöcheln zersplittern würde oder er ihr wenigstens ins Gesicht spuckte. Doch nichts davon geschah. Lutz setzte sich.

„Natürlich helfe ich dir. Ich wollte von Anfang an, dass die Operationen ordentlich und bis zum Ende durchgeführt werden. Du bekommst alle medizinische Hilfe, die du brauchst und du kannst auch gerne hierbleiben."

Lutz strahlte bis hinter die Ohren. Obwohl sich sein Bauch in regelmäßigen Krämpfen zusammenzog, konnte er sein Glück kaum fassen. Seine Handflächen strichen über die Oberschenkel, wobei sein Oberkörper leicht vor und zurück wippte. „Danke."

Doch Lianes Gesicht wurde plötzlich ernst und irgendwie dunkel, als hätte sie vor etwas Angst. „Ich habe aber eine Bedingung."

Seine Zähne zermalmten das Fleisch in seinen Wangen. Er schmeckte Blut.

„Du machst wieder einen Entzug. Wenn du ein Jahr clean bist, bekommst du das Geld und ich organisiere alles."

Sein Strahlen hatte sich in tiefste Bitterkeit verwandelt. „Ich will mein Leben wieder in den Griff kriegen und du traust mir nicht zu, dass ich das kann."

In seiner Stimme klang neben Enttäuschung Wut mit, die Liane von früher kannte. Wut, die er bisher nur für seine Eltern und Gelders reserviert und noch niemals ihr entgegengebracht hatte. Doch jetzt galt diese Wut ihr und der Schmerz dieser Erkenntnis war kaum zu ertragen. „Ich möchte nur sicher gehen, dass es dieses Mal wirklich klappt."

Seine Züge waren schmerzverzerrt. Er machte noch einen Schritt in ihre Richtung, bevor sein Blick von ihr abließ, und er, wie ein angeschossenes Reh, in den Flur stolperte.

„Lutz, bleib bitte hier."

Sie war ihm bis zur Wohnungstür gefolgt und schaute ihm hinterher.

# Kapitel 23

Als Lutz aus dem Haus stolperte, hatte er keine Idee, wohin er gehen sollte. Die milde Nachtluft roch nach Frühling. Wenn er sich nicht irrte, war es immer noch März und dafür ausgesprochen warm. Zumindest würde er nicht frieren. Mit geballten Fäusten marschierte er die menschenleere Straße hinunter und überquerte den schmalen Flusslauf der Nidda, als ihm ein Streifenwagen entgegenkam. Ohne zu überlegen, bog er in den dunklen Park ab. Eine verdammte Personenkontrolle war das Letzte, was er jetzt brauchen konnte.

In einiger Entfernung hörte er Stimmengewirr. Wahrscheinlich trinkende Jugendliche, die das Wochenende um einen Tag vorgezogen hatten und am nächsten Morgen sicher nicht in der Schule erscheinen würden. Er folgte dem unebenen Sandweg und setzte die Füße fest auf, als wollte er mit jedem Schritt ein wenig Ungerechtigkeit in den Boden stampfen. Der Bodenbelag veränderte sich und die Sohlen seiner - ihrer - Schuhe knirschten auf den Schottersteinen. Es war beinahe so dunkel, dass er die Hand vor Augen nicht sehen konnte und er versuchte, sich zu erinnern, ob andere Frankfurter Parks nachts beleuchtet waren. Doch es war einfach zu lange her. Am anderen Ende des Parks schepperten seine Schritte über den Blechboden der kleinen Brücke, und als er die Nidda unter sich rauschen hörte, wusste er wieder, wo er war. Hier hatten die dichten Bäume ein Ende und dank des klaren Himmels spendete der Mond ein wenig Licht. Lutz verfiel in einen trabenden Lauf und musste laut lachen, weil seine Schwester ihm passenderweise Laufschuhe gegeben hatte. Nach wenigen Metern wurde er schneller. Mit dem Fluss zu seiner Linken rannte er unter der Eisenbahnbrücke hindurch. Es war unnatürlich leise. Nicht einmal von der Kleingartenanlage war das geringste Geräusch zu hören. Er hörte seine Füße auf dem Asphalt und seinen Atem, der, synchron zu seinem Pulsschlag, immer schneller wurde. Unter den Autobahnbrücken des Frankfurter Westkreuzes wurde es wieder dunkler und er überlegte kurz, ob er den Rest der Nacht hier verbringen sollte. Doch irgendetwas trieb ihn an. Er musste weiterlaufen. Erst an der Staustufe zwang ihn plötzliches Seitenstechen, stehenzubleiben. Nass geschwitzt lehnte er sich an eine Eiche und schaute auf den kleinen See, in dem sich das Mondlicht spiegelte. Lutz wusste, dass es nicht sehr klug gewesen war, mitten in der Nacht dermaßen ins Schwitzen zu geraten. Wenn er nicht in Bewegung blieb, würde er, trotz des milden Wetters, bald frieren. Aber der kurze Lauf hatte ihm gutgetan. Als er wieder regelmäßig atmete, setzte er seinen Weg am Flusslauf entlang fort. Er marschierte zielstrebig und hatte dabei keinen Schimmer, wohin er eigentlich ging. Den Nieder Kerbeplatz mit seinem kleinen Skaterparcour erkannte Lutz sofort. Über die Brücke, die hier den Fluss kreuzte, rollte gerade ein einsames Auto und Lutz fragte sich, wie spät es wohl war, als er unter ihr durch ging. Wenig später erreichte er die Wörthspitze und damit die Stelle, an der die Nidda in den Main fließt. In seiner Jugend war er häufig in Höchst gewesen. Wenn er sich mit seinen Freunden nicht direkt in der City getroffen hatte, hatten sie ihre Zeit manchmal am Höchster Bahnhof totgeschlagen, bevor es gemeinsam in die Stadt ging. Neben dem Alkohol, der schon in Höchst gekippt wurde, erinnerte er sich an den Brezelstand von Ditsch. Die Dinger hatten immer so gut gerochen, dass man gar nicht vorbeigehen konnte.

Jetzt war aber weder die Zeit für Sightseeing noch hatte er Lust, in alten Erinnerungen zu schwelgen. Er wollte gehen. In Bewegung bleiben und einfach nur gehen. Er hielt sich weiter am Wasser. Als er das Kopfsteinpflaster der Höchster Altstadt hinter sich ließ, lief er ein paar Schritte bergauf zur Straße. An der Leunabrücke wechselte er auf die andere Mainseite. Er folgte dem Fußweg, verfiel in einen trabenden Schritt und blieb immer am Rand des Industrieparks. An der großen Kreuzung schaute er in die Richtung der breiten, beschrankten Toranlage. Die Straße war von LKW gesäumt, deren Fahrer den nächsten Morgen abwarten mussten, um ihre Ladungen auf dem riesigen Industriegelände loszuwerden. In der Tankstelle gegenüber sah er noch einige Gestalten. Einen Moment überlegte er, hinein zu gehen, um sich wenigstens einen Flachmann zu besorgen, doch dann erinnerte er sich, dass er kein Geld mehr hatte. Der asphaltierte Weg war mit einem hohen Zaun vom Werksgelände abgetrennt. Am oberen Ende des Zauns bot ein grober Stacheldraht weiteren Schutz vor unerwünschten Eindringlingen. Obwohl ihm keine Menschenseele begegnete – der Schichtwechsel würde wohl erst in ein paar Stunden stattfinden – fühlte sich Lutz dauerhaft beobachtet. Auf jedem dritten Pfosten war eine Kamera angebracht. Wenn ihn nicht alles täuschte, drehten sich diese Kameras zu ihm herum. Doch es war ihm nicht unangenehm. Auf eine merkwürdige Weise fühlte er sich heimisch. Hier kannte er sich aus. Dort vorne ging es hinter der Kurve in die Felder Richtung Kelsterbach und dort war auch die Autobahnbrücke.

Hier waren sie früher oft Fahrradgefahren, bis in die Schwanheimer Dünen und zurück. Er immer vorneweg. Er war immer schneller als der Rest seiner Familie gewesen, weil er immer im Stehen gefahren war. Wenn er sich aus Faulheit doch einmal auf den Sattel gesetzt hatte, war er schnell wieder aufgestanden, sobald der stechende Schmerz in seinen Unterleib fuhr. Jedes Mal, wenn er den kurzen Anstieg zum Rand des Industriegeländes erreichte, rief ihm seine Mutter zu, er solle rechts fahren und nicht über die So-Da-Brücke. Zuerst hatte er sich gefragt, wieso diese Brücke so hieß, und war irgendwie von der Benennung nach einem Getränk ausgegangen. Später hatte er gelernt, dass die Sindlinger sie in Ermangelung eines Namens so nannten, weil sie in deren Augen keinen tieferen Sinn hatte und einfach nur „so da“ war. Seine Mutter hatte das gewusst, weil sie in der Ortschaft am anderen Ende der Brücke aufgewachsen war. Lutz war fast erwachsen, als er begriff, weshalb er nie über die Brücke fahren durfte. *Sie* wollte ihren Kindern nicht zeigen, wo sie aufgewachsen war, weil *sie* dort nicht erkannt werden wollte. Niemand sollte sehen, was aus ihrem Kind geworden war.

Seine Schritte trugen ihn wieder schneller voran. Das Shirt fühlte sich feucht an und er beschloss, dass er einen Scheiß darauf gab. In der Kurve bog er in die Felder ab und rannte über die Autobahnbrücke. Auf der anderen Seite angekommen, ging er unter der Unterführung durch und joggte den langen Weg an den Kleingärten vorbei, über die dunkle Landstraße zum hinteren Ortseingang von Hattersheim. In der Ortschaft verlangsamte er seinen Schritt, weil er nicht aussehen wollte wie ein Einbrecher auf der Flucht, falls ihn jemand aus einem der Fenster beobachtete. Auch die Wege, die er jetzt abging, kannte er gut. Wie ein Blitzschlag traf ihn eine Erkenntnis und er blieb augenblicklich stehen. Ihm war bewusst geworden, wohin sein vermeintlich zielloser Gewaltmarsch zielstrebig führte. Was war nur in ihn gefahren? Unmöglich konnte er zu dem Haus in Okriftel gehen! Sein Brustkorb zog sich zusammen. Vornübergebeugt stützte er die Hände auf die Knie und ging in Gedanken die Orte durch, die sein nächstes Ziel sein konnten. Er dachte an den Bahnhof und konnte sofort besser atmen. Er war seit Stunden unterwegs. Jetzt würde keine Bahn mehr fahren. Aber am nächsten Morgen konnte er eine S-Bahn zum Hauptbahnhof nehmen, um sich von dort schnellstmöglich nach Köln durchzuschlagen. Während er sich aufrichtete und den Hessendamm hinunterging, nagten bereits die ersten Zweifel an seiner Entschlossenheit. Niemandem hatte es jemals etwas gebracht, davonzulaufen. Außerdem war er dem Arzt so nah wie nie. Er wusste inzwischen viel über ihn. Jetzt war er am Zug. Er würde endlich etwas unternehmen. Als er die Eisenbahnbrücke erreichte und auf die Schienen hinunterblickte, war er zumindest sicher, den Rest der Nacht nicht am Bahnhof zu verbringen. Wahrscheinlich war das Bahnhofslokal noch nicht geschlossen und er wollte auf keinen Fall irgendwelchen Leuten begegnen, die jetzt noch aus dem *Bahnsinn* kamen.

Seine Beine fühlten sich schwer an von dem langen Marsch. Er wusste, dass sich die letzte Körperwärme verziehen würde, sobald er stehenblieb. Seine Kleidung war feucht. Also ging er weiter. Auf Höhe des Stadtparks beschloss er, aufzugeben. Er bog in den Park ein, suchte sich eine etwas abgelegene Bank und streckte sich auf ihr aus.

Noch bevor er die Augen öffnete, war ihm klar, dass er einen großen Fehler gemacht hatte. Sein Körper war steif, Arme und Beine taten höllisch weh. Er riss die Augen auf und war für einen Moment erleichtert, dass es zumindest hell war. Die Sonne wärmte noch nicht, aber sie stand irgendwo am Himmel. Weder seine Füße noch die Fingerspitzen konnte er spüren. Stöhnend setzte er sich auf. Er musste sofort ins Warme. Vielleicht fuhren die S-Bahnen schon. Wenn er es bis zum Hauptbahnhof schaffte, würde er im Weser 5, einer Anlaufstelle für Obdachlose, einen wärmenden Kaffee und etwas zum Anziehen bekommen. Doch bis zum Bahnhof waren es noch mindestens zehn Minuten Fußweg und wenn er nicht sofort etwas unternahm, würde er niemals in Frankfurt ankommen. Mit klappernden Zähnen ging er, so schnell ihn die steifen Beine trugen, durch den Park zum Marktplatz. Sein Blick flog über das italienische Restaurant zu dem Eckhaus gegenüber und er hatte eine Idee. Er überquerte den Platz, stieg die wenigen Stufen hinunter und schob die dunkle Glastür auf. Am Eingang der Bücherei saß eine Blondine in kariertem Holzfällerhemd, die Haare unordentlich auf dem Kopf zusammengedröselt. Als sie zu ihm aufschaute, senkte er den Blick, nuschelte ein *Guten Morgen* und ging zielstrebig auf die schmale Treppe am Ende des Raums zu. Er kannte diese Bücherei aus seiner Kindheit. Aus einem anderen Leben. Damals war er oft nach der Schule hier gewesen. Er hatte Glück, dass die Bücherei um diese Uhrzeit schon geöffnet war. Hier drinnen war es warm, man musste nichts zu Trinken bestellen und keiner würde sich wundern, wenn er einige Stunden blieb. Als er um die Ecke bog, stieß er beinahe mit einer dunkelhaarigen Frau zusammen, die aus dem Lesesaal kam.

Mit gesenktem Kopf huschte er an ihr vorbei und betrat den Raum. Zielstrebig ging er auf das hintere Regal zu, in dem immer noch die Stephen King-Romane standen. Ohne zu überlegen, griff er nach *Shining* und setzte sich auf das kurze Sofa vor der Heizung. An der gleichen Stelle hatte er das Buch heimlich gelesen, als er mit zwölf Jahren noch zu jung war, es auszuleihen. Die Nase im Buch vergraben, schob er die freie Hand unter seinen Oberschenkel. Er hatte gerade erst den Anfang gelesen, den er ohnehin fast auswendig kannte, als ihn eine Hand an der Schulter berührte. Es war die Frau, mit der er fast zusammengestoßen wäre. Vorher hatte er aus den Augenwinkeln nur ihre schwarzen Locken gesehen, doch jetzt war ihm die Alte ganz nahe. So nahe, dass er unter dem grünen Brillengestell ihre Lachfalten sehen konnte. Er war unter ihrer Berührung zurückgezuckt, hatte das Buch fallen gelassen und ihr Handgelenk mit seinen eiskalten Fingern weggeschnickt.

„Sara?“

Er verstand nicht.

„Sara Lehnknecht, bist du das?“

Genau hier, auf dem Sofa, hatte sie ihn damals mit dem gleichen Buch erwischt, das er jetzt wieder in den Händen hielt.

Ohne nachzudenken, holte er aus und seine kalte Faust klatschte mitten in das freundliche Gesicht. Sie gab einen schrillen Schrei von sich und ging taumelnd zu Boden. Lutz sprang auf. Er musste verschwinden. Immer noch zitternd, jetzt vor Kälte und Aufregung, polterte er die Stufen zum Eingangsbereich hinunter. Er wollte gerade am Tisch der Blondine vorbeirennen, als er ihn sah.

In der Tür stand ein breitschultriger Kerl mit dunklen Haaren und gepflegtem Dreitagebart. Um die Hüfte trug er eine Kellnerschürze. Wahrscheinlich gehörte er zu dem italienischen Restaurant von nebenan. Das Mädchen musste ihn zur Hilfe gerufen haben. In der Hand schwenkte er etwas, das Lutz im ersten Moment für einen Baseballschläger hielt, aber gleich darauf als eine übergroße Pfeffermühle identifizierte. Das alles geschah in dem Moment, als die Pfeffermühle einen weiten Bogen in der Luft beschrieb und mit einem krachenden Geräusch auf seinem rechten Ohr landete. Alles wurde schwarz.

# Kapitel 24

Gelders saß am Küchentisch, löffelte sein Müsli und starrte seit Minuten auf das Titelblatt der FAZ. Er hatte an diesem Tag noch kein Wort gelesen, und dass er auch keines gesprochen hatte, war Ina scheinbar gleichgültig. Seine Frau hatte sich eine Banane und einen Apfel aus dem Obstkorb gegriffen und füllte gerade einen Thermobecher mit Kaffee. Kurz darauf hörte er ihre Schritte im Flur und als sie die Eingangstür in der Halle öffnete, glaubte er ein *Bis heute Abend!* vernommen zu haben. Kurz dachte er darüber nach, dass er sie hätte fragen sollen, was Andy zu dem nächtlichen Einbruch gesagt hatte oder wie die Ermittlungen jetzt weitergingen. Doch im Grunde genommen hatte er wichtigere Probleme.

Nachdem die Hartmanns das Kind mitgenommen hatten, war ihm bewusst geworden, dass das zwölfte Kapitel des Goldenen Buches unvollendet bleiben würde und irgendwann herausgenommen werden musste. In der vergangenen Nacht hatte er wieder einmal kein Auge zugetan. Die quälenden Gedanken hatten ihm die Luft abgedrückt. Die Wände des Schlafzimmers waren immer näher gekommen. In einer Art klaustrophobischem Zustand gefangen, hatte er zu Ina hinübergeschaut, die tief und fest schlief. Auch wenn er sich sonst niemals eine Infusion gönnte, wenn seine Frau im Haus war, hatte er sich gegen drei Uhr morgens aus dem Zimmer geschlichen. Fest überzeugt davon, dass er nur eine kurze Pause brauchte, um wieder einen klaren Gedanken fassen zu können, hatte er es gewagt. Für nur eine Stunde hatte er sich die Lichter ausgeknipst, nur, um gleich nach dem Aufwachen wieder von erdrückenden Gedanken befallen zu werden. Natürlich waren es keine echten Existenzängste. Zumindest nicht finanzieller Art. Seine Panik kam eher einer physischen Angst vor dem Ende des Existierens gleich. Sollte seine Arbeit nicht publiziert und das Forschungszentrum als sein Lebenswerk nicht gegründet werden, so wäre sein Leben wertlos.

Diese Vorstellung kam dem Gefühl gleich, sich in Luft aufzulösen.

Ihm wurde schon wieder schlecht und er ließ den Löffel in die Müslischale sinken. Dringend musste er etwas unternehmen, seine Theorien beweisen, und das ging nicht über Einzelfälle. Er brauchte Quantität. Er starrte immer noch auf die sprachlichen Symbole in Druckerschwärze. Dann schoss ihm ein Gedanke in den Kopf, den er bereits vor einiger Zeit durchgespielt hatte. Aus moralischen Gründen hatte er ihn damals verworfen. Doch vielleicht war jetzt die Zeit dafür gekommen. Keine neuen Patienten in Sicht, blieben ihm wenig Alternativen. In Gedanken nahm er die Idee wieder auf, wie man eine vergessene Schachtel in der hintersten Ecke eines vollgepackten Kellerraums vom Boden aufhebt. Den Inhalt seit Jahren nicht mehr betrachtet, bekam man einen ganz neuen Blick darauf. Seine Idee formte sich klarer. Sie breitete sich aus wie ein bösartiges Geschwür und gewann mit jedem Atemzug an Kontur. Er würde mit den Jungs anfangen, das würde zumindest die Operationen erheblich erleichtern.

***

In der Klinik ignorierte er Manuela und ging sofort in sein Büro. Ihr *Guten Morgen, Herr Professor* hallte unangenehm in seinen Ohren nach, als er den Kittel überstreifte. Eilig legte er die Aktentasche unter dem Tisch ab und hastete auf die Schiebetür zu. Er überlegte immer noch, wie er die Untersuchungen an den Neugeborenen durchführen konnte, ohne sich erklären zu müssen. Seine Hand glitt in die Kitteltasche und er fischte den kleinen silbernen Schlüssel heraus, um damit die Vitrine zu öffnen. Dann ging er in die Knie. Ganz unten würde er finden, was er brauchte. Hektisch griff seine Hand fünf einzelverpackte Watteträger und er fragte sich, weshalb seine Assistentin sogar die sterilen Wattestäbchen einschloss. Viel zu schnell richtete er sich auf, sodass der Schwindel sein Herz wild pochen ließ und seine Knie beinahe nachgaben. Eine Hand flog zu seinem Kopf, er machte einen Schritt zur Seite und setzte sich auf die Untersuchungsliege. Übelkeit schoss in ihm hoch. Suchend schaute er sich um und fixierte den Mülleimer neben der Tür. Er wusste nicht, ob er es dorthin schaffen würde, um seinen Mageninhalt loszuwerden. Sein Müsli war er bereits auf dem Weg zur Klinik im Straßengraben losgeworden, also konnte nicht viel übrig sein. Konzentriert schluckte er, um den Magensaft unten zu halten, und kam dann schnaufend auf die Füße. Die Wattestäbchen, die er immer noch in der linken Hand hielt, steckte er in seine Kitteltasche und schloss die Vitrine ab. Als er das Vorzimmer erneut durchquerte, verlangsamte er seine Schritte und entschied, dass es doch Zeit war, sein Schweigen zu brechen.

„Manuela, steht heute irgendetwas an?"

Eigentlich war es ihm zuwider, ausgerechnet heute zugeben zu müssen, dass er ihre Hilfe gebrauchen konnte. Doch er hatte es nicht einmal geschafft, in seinen Terminkalender zu schauen und bevor er irgendeinen Privatpatienten auf dem OP-Tisch vergaß, war das hier das kleinere Übel.

„Um 10:15 Uhr haben Sie die Oberschenkelfraktur von Miroslav Kaminski. Sie können sich bestimmt noch an seine Eltern erinnern. Miro ist schon 17, die Eltern haben aber darauf bestanden, dass Sie ihren Sohn operieren, Herr Professor."

Gelders nickte. Tatsächlich konnte er sich an den geschniegelten Immobilienhai und seine aufgebrezelte Ehefrau erinnern. Auf den anderen Stationen hätte die Familie für eine Chefarztbehandlung erhebliche Wartezeiten in Kauf nehmen müssen. Darum hatten sie darauf bestanden, dass ihr Sohn, der eigentlich nicht mehr im Zuständigkeitsbereich eines Kinderchirurgen lag, von ihm operiert wurde.

Manuela hatte sein Augenrollen bemerkt. Sie kicherte, als er das Vorzimmer verließ.

Im Aufzug grübelte er weiter nach einem Vorwand, die Kinder zu untersuchen. Irgendwie musste er es schaffen, dabei ungestört zu sein. Selbstsicherheit war essenziell. Ein Bluterguss am Auge und ein breitkrempiger Hut auf dem Kopf wirkten auch bei einem Chefarzt nicht besonders vertrauenserweckend. Er richtete sich auf und marschierte mit festem Schritt durch den Verbindungsgang im dritten Stock. Als er die Neugeborenenstation betrat, verdunkelte sich sein Blick. Mit ernstem Gesichtsausdruck schaute er der Kinderkrankenschwester fest in die Augen.

„Ich habe einen Anruf von einem befreundeten Kollegen in Mainz bekommen. Dort haben sie auf der Babystation einen Keim entdeckt. Es ist nichts sonderlich Schlimmes und sie werden es in den Griff bekommen, ohne es an die große Glocke zu hängen. Ich möchte alle auf der Station befindlichen Kinder entsprechend untersuchen. Es versteht sich hoffentlich von selbst, dass Sie darüber absolutes Stillschweigen bewahren. Sollte ich etwas feststellen, werde ich die Eltern unterrichten und weitere Schritte veranlassen. Bis dahin mache ich diese Tests nur, um ganz sicher zu gehen, dass bei uns alles in Ordnung ist."

Dass er jegliche Begrüßungsfloskel ausgelassen hatte, erzielte den gewünscht dramatischen Effekt. Ihr Mund stand offen, während sie unentwegt nickte. Nervös zupfte sie am Saum ihres hellblauen Kasacks, antwortete ihm aber sofort, als er seinen Monolog beendet hatte. „Alles klar, Herr Professor. Ich habe verstanden."

Wie festgewachsen stand sie kerzengerade vor ihm, als wartete sie auf seine Anweisungen.

„Ich werde ein Kind nach dem anderen ins Untersuchungszimmer nebenan holen und Sie bleiben derweil hier und gehen Ihrem Dienst ganz normal nach. Alles wie üblich!"

Ihr Mund, den sie gerade erst geschlossen hatte, öffnete sich schon wieder. Für Gelders sah sie aus wie ein grenzdebiler Goldfisch. Sie schloss den Mund noch einmal, um ihn kurz darauf zu öffnen und tatsächlich einige Worte herauszubringen. „Brauchen Sie meine Assistenz, Herr Professor?"

Langsam wurde er ungeduldig. Hatte er sich denn nicht überaus deutlich ausgedrückt? „Nein. Ich habe schon gesagt, dass wir daraus keine große Sache machen. Wir werden kein zusätzliches Personal anfordern. Sie bleiben hier und machen Ihre Arbeit. Ich gehe mit einem Kind nach dem anderen ins Untersuchungszimmer."

Die Schwester hatte aufgehört zu nicken und starrte ihn ausdruckslos an.

„Verstanden?"

Das wilde Nicken setzte wieder ein. „Ja, alles klar", antwortete sie ihm eilig.

Er ließ sie stehen und bewegte sich auf das erste Kinderbett zu. Dort angekommen, las er den Namen auf der Informationskarte und atmete auf, als er erkannte, dass es ein Junge war. Er löste die Bremse an dem Bettchen und machte sich zusammen mit dem kleinen Luis Peréz, der gerade einmal zwei Tage alt war, auf den Weg ins Untersuchungszimmer. Mit einem der Wattestäbchen machte er in der Wange des Kindes einen Schleimhautabstrich, schob es in die Packung zurück und beschriftete es mit dem Namen und dem Geburtsdatum des Jungen. Äußerlich konnte er keine Anomalien feststellen und ohne handfeste Begründung würde er keine weiteren Untersuchungen durchführen können. So fuhr er das Kind nach einer kurzen Begutachtung wieder ins Stationszimmer. Das nächste Bettchen in der Reihe war ein Mädchen. Weil er die Schwester nicht misstrauisch machen wollte, nahm er auch die kleine Jolina mit in den Untersuchungsraum und entschied sich kurzerhand, auch ihr ein Wattestäbchen in den Mund zu schieben.

So ging er eines nach dem anderen durch. Unter den Kindern waren vier Jungs. Nach der letzten Scheinuntersuchung hatte er sechs beschriftete Zellproben in seiner Kitteltasche. Auch wenn er äußerlich bei keinem der Jungen irgendwelche Auffälligkeiten gefunden hatte, hoffte er doch, dass wenigstens eines der Babys keine männlichen Chromosomen hatte. Natürlich war das so unwahrscheinlich, dass man es fast ausschließen konnte. Doch er war ja glücklicherweise in der Position, es zumindest so aussehen zu lassen, dass einer der Jungs eigentlich weiblich war. Mit neuer Zuversicht im Gepäck verließ er die Station und machte sich auf den Weg ins Labor. Er hatte nicht mehr lange Zeit bis zur Operation von Kaminski. Aber zuerst mussten die Proben in Sicherheit gebracht werden.

***

Im Operationssaal konnte es sofort losgehen. Der Patient war vorbereitet und das Team-Time-Out hatte stattgefunden. Jeder wusste, was zu tun war und vor allem war sichergestellt, dass gleich die richtige Stelle am Körper des Patienten aufgeschnitten wurde. Gelders hatte gerade das Skalpell in die Hand bekommen, als der Anästhesist Alarm schlug. Der Blutdruck des jungen Mannes war zu niedrig, die Herzfrequenz hingegen stieg rapide an. Gelders' Hand verkrampfte, sodass er zunächst Probleme hatte, das Besteck zurückzulegen. Die Magensäure stieg schon wieder in seinen Hals. Er fragte sich gerade, ob er hinausgehen sollte, bevor er sich vor allen übergab, als jemand das Laken anhob und von einem allergischen Schock sprach. Die Schwester las aus der Akte vor. Jemand hatte dem Jugendlichen das falsche Antibiotikum verabreicht. Der Anästhesist rief lautstark Gelders' Namen und wies erneut auf die weiter sinkende Herzfrequenz hin. Gelders' Hände zitterten. Er schluckte Erbrochenes herunter, als erneut sein Name gerufen wurde. Seine Nervenbahnen fühlten sich allesamt entzündet an und er glaubte, eher ohnmächtig zu werden, als seine Konzentration wiederfinden zu können.

Ein schriller Piepton wurde lauter, als seine Gedanken wieder im Raum ankamen.

„Adrenalin! Wir brauchen Adrenalin! Ein Milliliter!", hörte er sich selbst sagen.

Die OP-Schwester drückte einen Moment später eine Spritze in den Zugang und er überlegte noch, ob er gesagt hatte, dass er das Adrenalin verdünnt haben wollte, als die Herzfrequenz des Patienten in die Höhe schoss.

„Kammerflimmern", verkündete der Anästhesiearzt und Gelders' Schwindel kehrte vehement zurück.

Sein Kollege war bereits über den Patienten gebeugt und hatte mit der Herzdruckmassage begonnen.

„Wir brauchen den Defi", schaffte er es gerade noch zu sagen, als seine Knie nachgaben und er zu Boden sank.

***

Sekunden, Minuten oder vielleicht auch Stunden später war er, selbst auf einem Krankenbett liegend, im Bereich vor den Operationssälen zu sich gekommen. Eine Schwester hatte neben ihm gestanden und ihn angewiesen, liegenzubleiben. Natürlich hatte er sich gegen die unerhörten Anweisungen dieses jungen Mädchens zur Wehr gesetzt und mit kratziger Stimme nach seinem Patienten gefragt. Die Erkenntnis, dass Kaminski zwar stabil war, aber zur Überwachung auf die Intensivstation gebracht wurde, sackte in seine Gliedmaßen wie warmer Pudding. Er hatte einen Fehler gemacht. Mit seiner unklaren Anweisung, was das Adrenalin anging, hatte er das Leben seines Patienten gefährdet. Für den Moment hatte er in dieser Klinik nichts zu suchen. Wieder machte er Anstalten, aufzustehen, und nach einer sehr deutlichen Ansprache ließ die Schwester ihn auch endlich gewähren.

Schon auf dem Weg nach Hause waren seine Augen immer wieder zugefallen. Seine beiden Hände krampften sich um das Lenkrad, wie sich die linke vorher um das Skalpell gekrampft hatte. Er nahm sich vor, Magnesium gegen diese Krämpfe einzunehmen und schnellstmöglich seine Schilddrüsenwerte überprüfen zu lassen. Vielleicht hing damit am Ende nicht nur seine Müdigkeit, sondern auch die kolossale Gewichtszunahme zusammen. Zur Abwechslung in Gedanken über seine eigene Gesundheit vertieft, hielt er in der breiten Einfahrt und ließ den Porsche vor dem Garagentor stehen. Das tat er in letzter Zeit häufiger, dabei stellte es keinen Mehraufwand dar, das automatische Tor hochzufahren. Vielleicht lag es an seiner zunehmenden Körperfülle, dass er sich in der Garage inzwischen beengt fühlte.

Aus der Hosentasche nahm er den ledernen Geldbeutel und zog den Schlüssel von der kleinen Lasche ab. Es fühlte sich immer noch merkwürdig an, die Tür aufzuschließen, anstatt über die Garage ins Haus zu gehen. Beinahe, als würde er seinen Rasen selbst mähen, anstatt es vom Gärtner machen zu lassen.

Er drehte den Schlüssel im Schloss und öffnete die Eingangstür. Auf etwa halber Distanz stieß sie gegen einen Widerstand. Er zog den Hut ab, schob den Kopf durch den Spalt und sah, dass es der Fuß seiner Frau war, der die Tür blockierte. Mit Mühe quetschte er sich hindurch, rief ihren Namen, ließ Hut, Tasche und Mantel zu Boden fallen und ging vor ihr auf die Knie. Sie lehnte mit dem Rücken an der Wand. Ihre Arme waren blutverschmiert. Das ganze Gesicht war rot gesprenkelt. Im panischen Versuch, die Quelle der Blutung auszumachen, blieben seine Augen an ihren bebenden Lippen hängen.

„Was ist passiert? Ina, sag doch was!“

Sie blickte nach unten und sein Blick folgte ihrem. Auf ihrem Schoß stand ein kleines Paket.

Nur langsam begriff Gelders, dass es nicht das Blut seiner Frau war, und er erinnerte sich sofort an die rote Farbe auf dem Wohnzimmerteppich. Vorsichtig nahm er den Karton von ihren Beinen und schaute hinein. Angeekelt zog er eine klebrige Babypuppe aus ihrer durchtränkten Verpackung. Endlich hob Ina den Blick und sah ihn direkt an. Sie fixierte ihren Ehemann mit hasserfüllten Augen, die ihm eine Gänsehaut über den Rücken jagten. Er fragte sich, weshalb sie auf ihn zornig war. Er hatte nichts mit diesem Paket zu tun. Das konnte Ina doch auf keinen Fall glauben.

Ihre Lippen zogen sich zu einer schmalen Linie zusammen und ihr linker Arm schoss urplötzlich in seine Richtung. Auf ihrer ausgestreckten Handfläche lag ein kleiner blutiger Brocken.

„Nimm", zischte Ina.

Es dauerte einen Moment, bis er begriffen hatte, dass es ein Teil der Puppe war. Vorsichtig drehte er das Plastikteil in der Hand und fand schließlich die Stelle, an der es von der Puppe abgetrennt worden war.

„Es ist sein Penis", jammerte Ina.

Sie räusperte sich und er konnte ihr ansehen, wie viel Kraft es sie kostete, ihren angeekelten Blick nicht von ihm abzuwenden. Ihre in Tränen schwimmenden Augen wurden durch reine Willenskraft am Überlaufen gehindert.

„Ich habe es dir schon tausend Mal gesagt. Du musst mit diesen Operationen aufhören. Geh in Rente oder nicht, aber hör endlich auf, diese Kinder zu operieren! Spätestens seit Analina hättest du es verstanden haben müssen."

Entschlossen schüttelte er den Kopf. „Ina, ich muss diesen kleinen Menschen doch helfen. Verstehst du denn nicht? Ich muss ihnen ein richtiges Geschlecht geben."

Schnaubend richtete sich Ina ein wenig auf. Ein kratzig gruseliges Lachen drang aus ihrer trocknen Kehle „Gar nichts musst du", brachte sie verächtlich vor. „Sie haben schon eins. Vielleicht haben sie sogar mehrere. Du bist Arzt und diese kleinen Menschen sind nicht krank. Du machst sie krank. Und du merkst es nicht einmal in deinem zugedröhnten und selbstverliebten Hirn."

Er starrte sie mit offenem Mund an. Was meinte sie mit zugedröhnt?

„Jetzt tu nicht so schockiert. Hättest du gar nicht geglaubt, dass ich irgendwann auf dein kleines Versteck im Buchregal stoßen würde? Schlaftabletten haben dir wohl nicht mehr gereicht. Jetzt muss es schon Propofol sein. Dank Google weiß ich, was das ist. Ein Narkosemittel! Herrje! Das ist doch krank!"

Sie spuckte ihm die Worte förmlich entgegen. So grün, wie sie im Gesicht war, konnte Gelders froh sein, dass sie sich nicht in seine Richtung übergab. Aus ihrem Mund flogen rote Speicheltropfen, die auf dem braunen Mohair seiner Anzugjacke landeten.

„Ich habe jetzt wirklich genug. Ich rufe meinen Anwalt an. Ab morgen hast du das Haus für dich!"

# Kapitel 25

„Danke, dass du mich sofort angerufen hast", krächzte Liane in das Smartphone. Ihre Stimme war noch ganz rau. Sie hatte keine Ahnung, wie lange sie geschlafen hatte. In der Nacht zum Freitag, in der Lutz aufgetaucht und gleich wieder verschwunden war, hatte sie kaum Schlaf bekommen. Daher war der Arbeitstag entsprechend anstrengend gewesen und sie musste am Abend früh ins Bett. Wenigstens für den von Tanja übernommenen 24-Stunden-Dienst musste sie am Samstag fit sein.

„Das habe ich dir doch versprochen."

„Und es geht ihr gut, ja?"

Liane setzte sich im Bett auf und lehnte mit dem Rücken an der Wand.

„Naja, die schlimmste Wut auf ihre Mutter hat Carolin zumindest begraben. Nachdem sie fast drei Stunden bei mir war, hat sie sogar dort angerufen und versprochen, nach Hause zu kommen."

„Du klingst aber irgendwie nicht überzeugt. Glaubst du, sie hat gelogen?"

„Nein, das nicht. Aber ich habe Angst, dass sich ihr Hass irgendwann entladen muss. Ihre ganze Wut kommt mir jetzt gebündelt vor, und sie projiziert alles nur noch auf Gelders."

„Da sind wir ja schon zwei."

Liane biss sich auf die Unterlippe. Das hatte sie nicht sagen wollen. Es war ihr herausgerutscht.

„Liane, die Sache ist ernst. Wenn das Mädchen irgendeinen Blödsinn macht und dafür in den Knast geht, kannst du dir das auf die Fahne schreiben. Und das Tollste ist, dass du mich mit reingezogen hast. Ich bin jetzt mitverantwortlich."

„Du weißt, dass das nicht stimmt." Als keine Antwort kam, holte Liane tief Luft und entschied sich für den Blick nach vorne. „Kommt sie wieder zu dir?"

„Ja, gleich morgen."

„Na siehst du, dann kann doch kaum etwas schiefgehen."

Auch darauf sagte Alice nichts. Die Freundin schien wenig überzeugt.

„Danke, dass du dich um Carolin kümmerst."

„Kein Ding."

Auch wenn Alices Stimme nicht so fröhlich klang wie normalerweise, beschloss Liane, es vorerst dabei zu belassen, und verabschiedete sich.

Sie legte das Telefon auf den Nachttisch und starrte die Digitalanzeige des Weckers an. Es war gerade erst kurz nach zwei und Liane wusste, dass sie Schlaf nachholen musste. Sie legte sich auf die Seite, zog die Bettdecke bis zum Hals hoch und sah das kleine Gesicht des Hartmann-Babys vor ihren geschlossenen Lidern. Ihre Augen öffneten sich, als sie auf den Rücken rollte, sodass sie die dunkle Zimmerdecke anstarrte. Als ihre Lider schließlich schwer wurden und sich ohne ihr Zutun schlossen, dachte sie an Christian. Die Enttäuschung in seinem Gesicht war ein Ausdruck, der sie noch lange verfolgen würde. Er sah genauso verletzt aus wie Lutz, als er verstanden hatte, dass sie ihm nicht helfen würde. Liane wünschte sich, alle Sorgen, Gedanken, Erinnerungen und Bilder aus ihrem Kopf löschen zu können, oder sie wenigstens für eine Weile zu verdrängen.

Dass sie eingeschlafen war, wurde ihr erst bewusst, als sie den Rufton ihres Smartphones hörte. Der anschwellende Synthesizer-Klang und die Stimme von Collins. „I can feel it coming in the air tonight."

Sie schnellte hoch, griff nach dem Gerät und sah, noch bevor sie den unbekannten Anruf annahm, die Uhrzeit. Es war kurz nach vier Uhr.

„Frau Kowalski?"

„Ja, wer ist denn da?"

„Boris Hartmann. Unserem Baby geht es nicht gut. Können Sie kommen?"

Kurz glaubte Liane, ihr Herz habe ausgesetzt. Sie stand bereits neben dem Bett und zog ihre Hose an, während sie dem ängstlichen Vater am Telefon riet, sofort den Notarzt anzurufen. Das Kind musste in eine Klinik. Ein Nierenstau war für das Baby lebensgefährlich. Doch Boris Hartmann wiederholte nur immer wieder, dass sie ihr Kind jetzt in keine Klinik geben konnten.

Schon gar nicht in eine, die sie gar nicht kannten. Er erklärte, sie müssten erst in Erfahrung bringen, welches Krankenhaus wirklich gut war und welchem Arzt sie vertrauen konnten.

„Vielleicht können Sie kommen und mal nach dem Baby sehen. Es ist bestimmt gar nicht so schlimm."

Nachdem sie noch einmal Einspruch eingelegt hatte, musste sie sich einen noch längeren Monolog anhören. Der Vater klärte sie über ein Versprechen auf, das sich die jungen Eltern gegeben hatten. Es ging darum, ihr Kind zu beschützen und natürlich um das Vertrauen zu Ärzten im Allgemeinen. Während er noch sprach, saß Liane bereits in ihrem Wagen und hatte, immer noch, mit dem Telefon am Ohr, die Tiefgarage verlassen. Sie fuhr gerade auf die Autobahn auf, als sie den Vater bat, das schreiende Baby von seiner Frau zu übernehmen und dafür die Mutter an den Apparat zu holen.

„Hallo?", fragte kurz darauf eine vom Weinen raue Stimme.

„Frau Hartmann, ich weiß, dass Sie keinem Arzt vertrauen wollen. Und ich persönlich finde, dass Sie allen Grund zu dieser Einstellung haben."

Sie sauste mit beinahe 150 Stundenkilometern über die ausgestorbene Autobahn und versuchte dabei in möglichst ruhiger und verständnisvoller Tonlage weiterzusprechen.

„Aber Ihr Baby ist wahrscheinlich in Lebensgefahr. Sie müssen einen Notarzt rufen. Das Kind muss ins Krankenhaus. Nur diese eine Entscheidung kann die richtige sein."

Ein Schluchzen in der Leitung.

„Bitte, Frau Hartmann."

Nach einem weiteren, verzweifelten Moment der Stille hörte Liane endlich wieder die Stimme der Mutter.

„Sie sind doch auf dem Weg hierher, oder?"

Liane ließ hoffnungslos die Schultern fallen.

„Ja."

„Dann reden wir darüber, wenn Sie hier sind und sich unser Kind angeschaut haben. So wie mein Mann es gesagt hat. Und wenn Sie dann immer noch meinen, dass wir ins Krankenhaus müssen, dann bin ich einverstanden."

Liane holte Luft und wollte erneut widersprechen, als sie ein Klicken in der Leitung hörte. Absolut fassungslos trat sie das Gaspedal bis zum Bodenblech durch.

***

In der Wohnsiedlung stellte Liane den Wagen an der Straße ab und sprintete zur Haustüre der Hartmanns. Gerade als sie geklingelt hatte, öffnete sich auch schon die Tür und das hysterische Geschrei des Kindes schlug ihr entgegen.

Victoria Hartmann legte das kreischende Baby auf dem hohen Wickeltisch ab und Liane trat näher. Sie war die vollkommen falsche Person. Ein Notarzt gehörte hierher. Sie konnte das Kind unmöglich versorgen und wusste nicht einmal, wie sie es hätte untersuchen können. Das Baby musste schnellstmöglich in ärztliche Hände.

„Haben Sie Fieber gemessen?“ Liane legte einen zitternden Finger an das rot angelaufene Gesicht.

„39,5.“ Die Mutter schaute sie schuldbewusst an und setzte gleich entschuldigend hinterher: „Darum haben wir ja gedacht, vielleicht ist es einfach nur ein Infekt. Wir haben es mit einem Paracetamolzäpfchen versucht.“

Auch wenn sie selbst keine Ahnung hatte, musste sie den Eltern schnellstmöglich glaubhaft machen, dass sofort gehandelt werden musste. „Wann hat das Baby zum letzten Mal uriniert?“

Im Gesicht beider Eltern stand ein überforderter und zugleich fragender Ausdruck.

„Sie müssen doch gemerkt haben, ob die Windel ordentlich feucht war.“

Jetzt wurde Liane langsam ungeduldig. Ohne weitere Verzögerungen knöpfte sie den Body auf und öffnete die Windel. Sofort stockte ihr der Atem. Blut. *Lydia.* Ihr gesamter Bauch krampfte sich unter der brennenden Narbe zusammen und in ihrer Erinnerung stand sie wieder im Badezimmer. Sie schmeckte Rotwein, hatte das Küchenmesser in der Hand und spürte den Schnitt. Alles rauschte vor ihrem geistigen Auge an ihr vorbei. Es ging ganz schnell und kam ihr trotzdem vor wie in Zeitlupe.

Victoria Hartmann stieß einen kurzen, schrillen Schrei aus. Alarmiert von dieser Reaktion trat auch ihr Mann näher an die Wickelkommode.

„Rufen Sie sofort den Notarzt. Mit dem Rettungswagen kommen wir schneller in die nächste Klinik."

Während Victoria langsam auf die Knie sank und ihr Mann endlich zum Telefon griff und zu telefonieren begann, nahm Liane eine neue Windel aus dem offenstehenden Regal an der Wand. Sie schob ihren Schmerz weg, versuchte das Zittern ihrer Hände zu unterdrücken und wechselte dem unter Schmerzen kreischenden Würmchen die Windel. Sie öffnete die Kommodenschublade, nahm einen dicken Strampelanzug heraus und zog dem Kind auch diesen an. Von seiner Mutter war auf dem Boden nur noch ein zusammengekrümmter, schluchzender Haufen übrig. Sie würde sich um sie kümmern, sobald der Notarzt da war.

Als Liane dem Kleinen noch eine Mütze aufgesetzt hatte – schließlich war es mitten in der Nacht und das Kind hatte Fieber – klingelte es auch schon an der Tür.

Liane erklärte dem Arzt mit möglichst ruhiger Stimme, dass sie in der Klinik arbeitete, in der das Kind vorher Patient gewesen war. Sie berichtete von seiner Diagnose und dass die Eltern gerade auf der Suche nach einer passenden Klinik für die dringend notwendige Operation waren. Als sie auch das Blut in der Windel und das hohe Fieber erwähnt hatte, nannte der Arzt den Namen der Klinik, in die sie fahren würden. Er bot an, ein Elternteil im Rettungswagen mitzunehmen. Boris Hartmann nickte entschlossen, schaute dann aber zu seiner immer noch am Boden kauernden Frau hinunter. Liane versicherte ihm, dass sie hinterherfahren würden.

Boris folgte dem Arzt und dem Sanitäter nach draußen, während Liane Victoria auf die Beine half. Die zierliche blonde Frau war so in sich zusammengesackt, dass sie auf einen Schlag noch zerbrechlicher wirkte. Den Kopf zur Brust gesunken und die Schultern zu den Ohren gezogen, sah sie aus wie ein Kind, das nicht verstand, was gerade geschah. Liane hielt das bebende Bündel am Arm fest und führte sie in den Flur. Ängstlich, dass die Knie der Frau gleich wieder nachgeben würden, wies sie sie an, ihre Jacke von der Garderobe zu nehmen, und half ihr beim

Anziehen. Mit möglichst fester Stimme fragte sie nach Victorias Handtasche und wurde mit offenem Mund und großen Augen angesehen. Es dauerte eine Sekunde, bis ihr Gegenüber die Anweisung verarbeitet hatte, dann griff Victoria nach einem blauen Stoffbeutel und nickte. Liane bestand darauf, dass die Frau kontrollierte, ob sie ihr Portemonnaie, den Mutterpass und das Kinderuntersuchungsheft in der Tasche hatte. Dann schaltete sie das Licht aus, führte die verzweifelte Mutter aus ihrem eigenen Haus, zog die Tür zu und half Victoria die Stufen hinunter. Sie half ihr auch auf den Beifahrersitz und schnallte sie sogar an, ehe sie um den Peugeot herumlief, und hinter das Lenkrad sank. Der Rettungswagen blinkte und die Fahrt begann.

Zehn Minuten später hatten sie die Mannheimer Uniklinik erreicht und Liane hielt in der Einfahrt der Notaufnahme, direkt hinter dem Rettungswagen. Victoria hatte während der Fahrt nur geweint. Als der Wagen anhielt, löste sich die Frau aus ihrer Starre. Die Räder standen gerade still, da hatte die junge Mutter schon die Beifahrertür aufgerissen und war aus dem Peugeot gesprungen. Neben ihrem Mann rannte sie hinter der viel zu großen Rollbare her, die im breiten Eingang zur Klinik verschwand. Liane ging noch hinterher, holte sie ein, wurde aber an der nächsten Schiebetür von einer Krankenschwester zurückgehalten und nickte verständnisvoll. Mit hängendem Kopf schlich sie zurück zu ihrem Auto, das in der Einfahrt nicht stehenbleiben konnte. Sie stellte den Wagen ins Parkhaus und fragte anschließend an der Information nach den Hartmanns.

Am Eingang zum Wartebereich blieb sie an einem Heißgetränkeautomaten stehen und zog zwei Kaffee und einen Tee. Die Becher balancierend, lief sie auf die beiden zu. Boris nahm einen Kaffee an. Victoria schaute erst gar nicht zu ihr auf. Eine halbe Stunde später war Victoria mit dem Kopf an der Schulter ihres Mannes eingeschlafen. Es schien, als könne der menschliche Körper nur ein gewisses Maß an Verzweiflung ertragen und es war gut, dass sie zumindest eine kurze Auszeit bekam. Nach zwei weiteren unerträglich langen Stunden kam ein Arzt in den Warteraum. Boris berührte seine Frau am Oberarm, die gleich darauf mit ihm zusammen aufsprang.

Der grimmige Gesichtsausdruck des Arztes versetzte Liane einen Stich. Sie presste eine Hand auf die Narbe und wusste nicht, was sie tat, wenn sie das Leben dieses Kindes auf dem Gewissen hatte.

„Die Notoperation ist gut verlaufen. Aber Sie hätten das Kind niemals auf eigene Verantwortung aus der Dionysos-Klinik nehmen dürfen."

Victoria Hartmann war schluchzend auf ihrem Stuhl zusammengebrochen. Ihr Mann wollte gerade zu einer Antwort ansetzen, als der Arzt weitersprach.

„Die Kollegen dort hätten den Harnleiter längst operieren müssen. Ich werde der Sache nachgehen."

Die Eltern durften endlich zu ihrem Baby und Liane sah ihnen nach. Die Erleichterung brach über ihr zusammen wie ein Kartenhaus.

## Kapitel 26

Längst konnte Gelders das andere Ende seines Büros nicht mehr sehen, so hoch waren die beiden Aktenstapel auf seinem Tisch. In die Akte eines gewissen Tim Krullenbach versunken, kratzte er sich hinter dem linken Ohr und spürte etwas Feuchtes. Nur widerwillig – er hatte keine Zeit für Ablenkungen – löste er den Blick von dem Papier und schaute auf seine blutigen Finger. Schon wieder hatte er die Klebenaht der dämlichen Perücke aufgekratzt. So würde die Wunde nie verheilen. Das Blut unter seinen Fingernägeln verschwamm vor seinen Augen und die Hand wackelte in seinem Sichtfeld, als habe er Schüttelfrost, obwohl ihm eigentlich eher warm war. Mit dem Handrücken der sauberen Hand fuhr er über seine schweißnasse Stirn und hob gleich darauf den Arm, um prüfend an seiner Achsel zu riechen. Noch nie zuvor hatte er so viel stinkenden Schweiß abgesondert. Seit Analinas Tod hatte er noch mindestens fünf Kilo zugelegt. Inzwischen hatte er eigentlich Büstenhalter nötig, wobei sein angeschwollener Männerbusen die Körbchengröße seiner eigenen Frau übertraf. Kopfschüttelnd schmierte er das Blut an seiner Anzughose ab und bemerkte gar nicht, dass seine Finger wieder hinter sein linkes Ohr wanderten, als er erneut Krullenbachs Namen las. Der Junge war 1993 geboren und bereits ein halbes Jahr später sein Patient geworden. Nur mit Mühe und viel Konzentration war es Gelders möglich, zu folgern, dass Tim inzwischen Mitte zwanzig war. Ein Münchner Kollege hatte die Krullenbachs damals zu ihm geschickt. Möglicherweise waren die Eltern im Laufe der Zeit so dumm gewesen, ihrem Sohn von der Operation zu erzählen, und hatten damit seine Geschlechtsidentität aus dem Gleichgewicht gebracht. Es war zumindest nicht ausgeschlossen, dass Tim inzwischen an seiner Männlichkeit zweifelte und dadurch einen psychotischen Wahn entwickelt hatte. Damit gehörte auch er zum Kreis der Verdächtigen, und seine Akte kam auf den linken Stapel.

Gelders wischte sich über die Augen. Es war mitten in der Nacht. Wie ein Einbrecher war er in sein eigenes Büro geschlichen, weil er die Stille in seinem Haus nicht ertragen konnte, nachdem Ina mit einer Reisetasche bepackt die Flucht ergriffen hatte. Er hegte schon länger den Verdacht, dass einer seiner Patienten hinter ihm her war. Nach der blutigen Babypuppe und Inas Auszug war es höchste Zeit, dass er die Zügel in die Hand nahm. Seit Stunden grub er sich durch alte Akten. Er brauchte dringend eine Auszeit, etwas für seine Seele. Eine Infusion war in der Klinik ausgeschlossen. Hier konnte er keinesfalls riskieren, erwischt zu werden. Doch ihm kam etwas anderes in den Sinn. Mit aufgestellten Füßen rollte er den Hochlehner zurück und beugte sich unter den Schreibtisch. In seiner Aktentasche fischte er nach dem Goldenen Buch. Seine Finger bekamen den feinen Einband zu greifen und er legte es vor sich auf den Tisch. Um sich für seine bisherige Recherche zu belohnen, wollte er etwas tun, das er seit Jahren nicht getan hatte. Er schlug das Buch auf der ersten Seite auf und begann, zu lesen. Der erste Eintrag bestand aus der einschlägigen Einführung, in der er sich mehrfach auf das Lebenswerk seines großen Vorbilds, Doctor John Money, bezog. Sein Blick wanderte voller Zuneigung über jedes Wort der Einleitung. Den Leitgedanken weiterführend, bestand das erste Kapitel aus dem Projekt, das seine Thesen und damit Moneys Theorie über die psychosexuelle Neutralität des Menschen bei der Geburt bekräftigen würde.

Gelders konnte sich noch genau an den Tag erinnern, an dem er seine Chance sah, alle Kritiken an Moneys John-Joan-Fall zu widerlegen.

Sein erster großer Fall begann im Jahr 1987 und damit fast zwanzig Jahre nach Moneys Operation an David Reimer. Niemals würde er vergessen, dass es an einem Tag war, an dem er sich von Ina hatte zwingen lassen, freizunehmen. Ihr Bruder Andy sollte am nächsten Tag heiraten, und das ausgerechnet in der alten Heimat. So waren sie in den abgelegenen Ortsteil von Bad Zwesten im Schwalm-Eder-Kreis gefahren. Die Familie seiner Frau wohnte schon seit Generationen an diesem rückständigen Ort ohne Bäckerladen oder eigene Bankfiliale. Nicht ohne Grund waren einige Familienmitglieder inzwischen in den Frankfurter

Raum umgesiedelt. Gelders war nur mitgefahren, weil er Andy mochte und seine eigene Ehe nicht aufs Spiel setzen wollte. Zur Sicherheit hatte er in der Klinik jedoch die Telefonnummer seiner Schwiegermutter hinterlassen, um in dringenden Fällen erreichbar zu sein.

Die langweiligen Formalitäten am Standesamt waren gerade überstanden, als während des Sektempfanges im Dreigenerationenhaus das Telefon klingelte. Marion, seine dickliche Schwiegermutter, hatte Gelders an den Apparat gerufen und Ina hatte den Braten sofort gerochen. Als sie ihn kurz nach dem Telefonat mit der Klinik in den Vorgarten ihrer Eltern zerrte, war das Gezeter groß gewesen. Natürlich war er entschlossen, sofort nach Frankfurt zu fahren. Er bekam die Chance, die Theorie seines Vorbilds zu bestärken. Konrads Stimme hatte sich am Telefon beinahe überschlagen. Derart aufgebracht hatte Gelders seinen langjährigen Freund und Kollegen noch nie erlebt. Der Urologe hatte von einer fehlgeschlagenen Zirkumzision berichtet. Eine Beschneidung an einem kleinen Jungen, dessen Probleme beim Wasserlassen mit dem Routineeingriff behoben werden sollten. Genauso wie damals in Kanada. Einer von Konrads Assistenzärzten hatte den Eingriff mit einem Elektrokauter durchgeführt, wobei ihm ein dramatischer Fehler unterlaufen war. Der Penis des vier Monate alten Säuglings musste aufgrund der vollständigen Nekrose letztlich amputiert werden und Gelders wusste sofort, wie er seinem Kollegen helfen konnte. Dieser Fall war annähernd so perfekt gewesen wie Moneys John-Joan-Projekt. Nur der eineiige Zwilling fehlte, doch darauf kam es nicht an, er wollte den Fall schließlich nicht kopieren, sondern untermauern. Und für die Geschlechtsumwandlung des Kleinkindes war er der qualifizierteste Arzt in ganz Deutschland.

Seine Arbeit stand schon damals an erster Stelle. Darum hatte er seine Frau mitsamt dem damals dreijährigen Christian bei der Schwiegerfamilie gelassen und war, so schnell er konnte, nach Frankfurt zurückgekehrt. Am nächsten Morgen, dem Tag der kirchlichen Trauung seines Schwagers, hatte er bereits das erste Gespräch mit den verzweifelten Eltern. Es folgten noch einige dieser Gespräche, bevor er aus dem kleinen Lehnknecht-Jungen ein perfektes Mädchen machte.

Als Gelders jetzt von dem ersten Kapitel seines Goldenen Buches aufblickte, glaubte er, seinem Verdächtigen näher zu sein als bei jeder Akte, die er zuvor in den Händen gehalten hatte. Alle Müdigkeit und selbst der merkwürdige Schwindel waren mit einem Mal von ihm abgefallen. Schwungvoll drehte er sich zu dem Stapel alter Akten, die auf dem Boden noch auf ihre Durchsicht warteten. Er rutschte vom Stuhl und kniete sich japsend vor den Aktenturm. Eine nach der anderen klappte er sie auf, wobei er auf dem Deckblatt lediglich den Namen eines jeden Patienten las, um sich dann dem nächsten Hefter zuzuwenden. Wackelig kam er auf die Füße, als er schließlich die richtige Akte in seinen zittrigen Händen hielt.

Sein erster Fall! Er war ergriffen und atmete tief ein.

Von vorne bis hinten las er jedes Fitzelchen seiner Aufzeichnungen und erinnerte sich wieder an das erstes Kapitel seines Goldenen Buches. Mit jeder Minute war er sich seiner Sache sicherer. Als er den Computer anschaltete und den Namen der Familie in das Suchfeld von Google eingab, vertrieb das Ergebnis jeden Restzweifel. Gelders griff zum Telefon. Beim zweiten Freizeichen hörte er bereits die kratzige Stimme am anderen Ende der Leitung.

Wie es sich für einen Kriminalbeamten gehörte, saß Andy sofort kerzengerade im Bett.

„Ich habe den Kerl gefunden, der mich terrorisiert. Der Einbruch im Haus mit dem verschmierten Teppich war nicht der einzige. Jemand dekoriert meine Bibliothek mit Kunstblut, schickt mir verstümmelte Babypuppen und spielt Ina Indizien einer erfundenen Affäre zu. Und wenn ich es mir genau überlege, werde ich vielleicht sogar vergiftet. Wobei ich nicht erklären kann, wie das vonstattengeht.

Jedenfalls habe ich eben gerade herausgefunden, welcher ehemalige Patient sehr wahrscheinlich dahintersteckt. Kannst du diese Person für mich überprüfen, wenn ich dir den Namen gebe?“

# Kapitel 27

Liane hatte bereits alle Operationssäle vorbereitet, wobei Tanjas Auszubildende Irina, im Vergleich zu Olaf, keine große Hilfe gewesen war. Am Wochenanfang war ihr zwar nichts anderes übriggeblieben, als mit Tanja zu tauschen, trotzdem ärgerte sie sich, einen 24-Stunden-Dienst erwischt zu haben. 24 Stunden in der Klinik waren schließlich auch 24 Stunden, in denen sie Christian oder gar seinem Vater begegnen konnte.

Nachdem sie am Morgen in ihrer Wohnung angekommen war, hatte sie geduscht und im Stehen versucht, eine Scheibe Marmeladenbrot herunterzuwürgen, während sie fünf Sprachnachrichten von Christian löschte, ohne sie vorher abzuhören. Auch den Chatverlauf der Whatsapp-Nachrichten hatte sie nach versehentlichem Öffnen sofort wieder geschlossen.

Liane ging gerade noch einmal den Operationsplan durch, als das Telefon in dem kleinen Stationsbüro klingelte. In der Leitung war zunächst die Zentrale. Die junge Frau vom Empfang versicherte sich noch einmal, dass sie mit Liane Kowalski sprach, bevor sie ankündigte, dass ein Kommissar Felleisen für sie am Telefon war.

Jetzt war es soweit. Christian hatte sich tatsächlich entschieden. Aber weshalb kontaktierte man sie telefonisch? Wilde Gedanken flogen durch Lianes Kopf, als der Anruf durchgestellt wurde.

„Hallo?"

„Spreche ich da mit Frau Lehnknecht?"

„Ähm, Kowalski, aber Lehnknecht ist mein Geburtsname. Das stimmt schon."

„Felleisen ist mein Name. Ich rufe sie von der Polizeistation Flörsheim am Main an. Ist Lutz Lehnknecht Ihr Bruder?"

Lianes Herz schien kurz auszusetzen. Über ihren Rücken lief ein eiskalter Schauder und sie wusste nicht, was sie sagen sollte.

„Frau Kowalski? Ihr Bruder hat mir gesagt, dass Sie in der Dionysos-Klinik arbeiten. Wir möchten Sie nur darüber informieren, dass er sich in polizeilichem Gewahrsam befindet."

„Aber …“ Übelkeit stieg in ihr auf. „Was hat er denn gemacht?“

„Vielleicht möchten Sie lieber vorbeikommen und wir klären das vor Ort?“

„Aber, ich ... ich muss arbeiten.“

„Wann Sie kommen, liegt natürlich bei Ihnen. Aber ich bin sicher, dass Sie möglicherweise zu einer schnelleren Klärung beitragen könnten.“

Als Liane aufgelegt hatte, zitterte sie am ganzen Körper. Irina stand im Türrahmen des Stationsbüros und schaute sie fragend an.

„Ist alles in Ordnung?“

Liane schüttelte den Kopf und kam auf die Füße. Sie strauchelte, hielt sich am Schreibtisch fest, richtete sich dann aber vor der Auszubildenden auf. „Du musst auf der Station drei anrufen und dafür sorgen, dass eine der Vorgesetzten jemanden hierherschickt. Ich habe einen familiären Notfall und muss sofort weg.“

Der Mund der kleinen dunkelhaarigen Schönheit stand weit offen.

„Bekommst du das hin?“, fragte Liane mit sehr lauter Stimme.

Das Nicken des Mädchens genügte ihr. Sie schob sich an der Kleinen vorbei und eilte in Richtung Schleuse.

***

Auf der Polizeistation kam Kommissar Felleisen aus einem Nebenzimmer. Der hochgewachsene dunkelhaarige Mann starrte sie mit ernstem Gesichtsausdruck an, als er ihr die rechte Hand entgegenstreckte. „Hallo, wir haben telefoniert.“

Liane versuchte, sich zu einem einigermaßen freundlichen Lächeln zu zwingen, merkte aber selbst, dass sie scheiterte. Sie folgte dem breitschultrigen Klotz in ein kleines Zimmer. Er deutete auf einen Stuhl, der an der Stirnseite seines Schreibtisches stand. „Nehmen Sie Platz.“

Alles in diesem Raum sah irgendwie überholt aus. Der Tisch bestand aus einer hellen, in Metalstreben gefassten Holzplatte. Der vergilbte Computerbildschirm erfüllte keinen aktuellen Technikstandard. An den nackten Wänden hing ein einsamer Monatskalender mit einem verschiebbaren Markierungsfeld, das noch im letzten Monat feststeckte.

Liane setzte sich und schaute den Beamten fragend an. Er sah aus, als gehöre er nicht hierher, als würde er sich unwohl fühlen. Für einen Moment glaubte Liane, dass dieser Raum gar nicht sein Büro war. Doch das war alles unwichtig. Wichtig war, dass sie sich ihre Unsicherheit nicht anmerken ließ.

Als Felleisen zu sprechen begann, schaute er auf ein Papier, das vor ihm auf dem Tisch lag. Er hatte einen Spickzettel. „Meine Kollegen haben Ihren Bruder gestern, also am Morgen des 31. März, in der Stadtbücherei Hattersheim festgenommen. Dort hat er der Bibliothekarin aus noch ungeklärten Gründen die Nase gebrochen."

Liane atmete scharf ein. Das klang alles nach einem haarsträubenden Märchen. Was in aller Welt sollte Lutz in Hattersheim gemacht haben, nachdem er seit Jahren einen möglichst großen Bogen um den Ort machte, in dem sie aufgewachsen waren? Dass er dazu noch ein plötzliches Interesse an Büchern entwickelt hatte, schien ihr noch abwegiger.

„Ihr Bruder hat sich den gesamten gestrigen Tag geweigert, eine Aussage zu machen. Weil er uns zwar seinen Namen verraten hat, aber keinerlei Ausweispapiere bei sich trug, konnten wir seine Identität nicht zweifelsfrei feststellen und gingen vorerst davon aus, dass er über keinen festen Wohnsitz verfügt." Jetzt sah sie der Kommissar durchdringend an. „Können Sie das bestätigen?"

Liane holte erneut tief Luft. Ihre Fingerspitzen bohrten sich in ihre Handflächen. „Muss ich dazu etwas sagen?"

Felleisen grinste schief. „Ich kann Sie bestimmt nicht zwingen. Aber dieser Fall wird wirklich mit jeder Minute merkwürdiger."

Mit Zeigefinger und Daumen massierte er jetzt seine Nasenwurzel. Zumindest hatte sein Blick von ihr abgelassen. An seiner Hand vorbei starrte er jetzt wieder auf seinen Zettel. „Ich glaube, wir versuchen das anders."

Nach einer kurzen Pause setzte er wieder an. „War Ihr Bruder einmal Patient bei Professor Gelders? Ich weiß, dass Sie den Professor kennen, schließlich arbeiten Sie in seiner Klinik."

Mit einem Schlag spürte Liane, wie ihr alle Farbe aus dem Gesicht wich. Ihr wurde schwindelig und kalt. Sie glaubte, jeden Moment in Ohnmacht zu fallen. Das Frühstücksbrot war in ihren Hals gestiegen und sie versuchte, die saure Masse herunterzuschlucken. Sie wollte etwas sagen, doch aus ihrem Mund kam nur ein Fiepen, wie der Ruf eines neugeborenen Vogels. Sie versuchte es noch einmal und erzeugte endlich Worte. Auch wenn ihre Stimme plötzlich gar nicht mehr nach ihr selbst klang. „Wieso wollen Sie das wissen?"

Über das Gesicht des Polizisten huschte wieder ein Grinsen. Plötzlich war er sich seiner Sache sicher. „Doktor Gelders wird bedroht. Es besteht der Verdacht, dass es sich bei dem Täter um einen ehemaligen Patienten handelt. Und die Reaktion Ihres Bruders, als ich ihn auf den Arzt angesprochen habe, deutet darauf hin, dass er vielleicht etwas mit der Sache zu tun hat."

Liane schüttelte entschlossen den Kopf. „Das kann nicht sein", krächzte sie, ohne zu wissen, wie sie diese Aussage belegen konnte.

„Ihre Reaktion sagt aber ebenfalls etwas anderes. Mir ist schon klar, dass Sie ihren Bruder nicht belasten möchten. Das müssen Sie auch gar nicht. Ich muss Sie nur darüber aufklären, dass wir Herrn Lehnknecht nicht entlassen werden, bevor die Sache geklärt ist."

Verzweiflung hatte sich in ihrem ganzen Körper ausgebreitet. Sie musste zu Lutz. „Kann ich ihn sehen?", fragte sie leise.

Mit zusammengepressten Lippen schüttelte der Polizist entschlossen den Kopf.

Doch die Panik in ihr vertrieb wieder einmal das Chaos. Ihre Fäuste öffneten sich und sie war selbst verwundert, dass ihre Hände nicht zitterten, als sie sich vorbeugte, die Handflächen flach auf die Tischplatte legte und auf die Füße kam. „Wenn Sie sagen, dass er keine Ausweisdokumente bei sich hat, möchte ich wenigstens sicher sein, dass die Person, die Sie hier festhalten, wirklich mein Bruder ist."

Mit völlig starrem Gesichtsausdruck erhob sich Felleisen jetzt ebenfalls. „Also gut", antwortete er und wies sie mit einem Kopfnicken an, ihm zu folgen.

Sie gingen einen kargen Gang entlang und blieben am nächsten Büro stehen. Felleisen steckte den Kopf hinein und nuschelte etwas, das Liane nicht verstehen konnte. Dann kam ein anderer Polizist aus dem Zimmer. Der lange Kerl mit wenigen Haaren auf dem Kopf fummelte an einem Schlüsselbund herum, als er an den beiden vorbei den Flur entlang schlappte.

„Kommen Sie", sagte Felleisen und sie folgten dem Langen.

Es ging an zwei weiteren Büros und einem Spindraum vorbei. Am Ende des Flurs machte das Gebäude einen Rechtsknick und sie standen vor einer verschlossenen Tür. Der Lange hatte den richtigen Schlüssel gefunden. Als sich die schwere Tür quietschend öffnete, fragte sich Liane, ob alle Polizeistationen in einem so vorzeitlichen Zustand waren.

Sie betraten einen schmalen Gang mit zwei Gittertüren auf jeder Seite. Felleisen blieb vor der ersten stehen und drehte sich mit dem Gesicht zu den breiten Metallverstrebungen um. Als Liane es ihm nachtat, hatte sie ihn bereits gesehen.

Lutz kauerte in der hintersten Ecke der Bank, nahe an der Alukloschüssel. Die Knie dicht an den Oberkörper herangezogen, schaute er ihr direkt ins Gesicht. Obwohl sie nicht wusste, ob sie das Richtige tat, nickte sie.

# Kapitel 28

Es hatte Stunden gedauert, bis Gelders alle Akten an ihren Platz zurückgeräumt hatte. Nur die Akte von Lehnknecht hatte er mitgenommen. Als er sein Haus betrat, war es längst hell. Im Eingangsbereich hielt er inne und lauschte in der Hoffnung, dass Ina zurückgekommen war und sich bereits wie jeden Samstagmorgen in der Küche aufhielt. Alles war still. Trotzdem ging er auf den Flur zu, der zur Küche führte. Er musste etwas essen. Gleich darauf blieb er stehen. Bei dem Gedanken an ein Müsli oder eine Scheibe Toast mit Butter musste er würgen. Er kehrte um und schleppte sich die lange Treppe hinauf. Der geschwungene Messinghandlauf war kalt in seiner Handfläche, doch er musste sich am Geländer hochziehen, um einigermaßen voranzukommen. Oben blieb er wieder ähnlich ratlos stehen. Er drehte sich zum Schlafzimmer, schüttelte den Kopf und ging stattdessen auf die Tür seiner Bibliothek zu.

Er machte sich nicht einmal die Mühe, die dunklen Gardinen zuzuziehen. Die Medikamente würden auch bei Tageslicht wirken und eine routinierte Vorfreude würde an diesem Tag nicht entstehen. Er beugte sich zu dem Tritthocker neben dem Schreibtisch und seine Hand verzog sich unter dem nächsten Krampf zu einer grotesken Klaue. Sofort richtete er sich auf und knetete die krampfenden Finger mit der anderen Hand. Er musste sich dringend untersuchen lassen. Als sich die krallenartigen Dinger wieder zu seinen Fingern entspannt hatten, schob er den Hocker vor das Regal mit den Fachlexika. Beim Hochsteigen hielt er sich am Rand der Bücherwand fest, um nicht das Gleichgewicht zu verlieren. Als er seine mit Buchrücken getarnte Kiste endlich herausgezogen hatte, hatte er keine Hand mehr frei, um sich abzustützen, was seinen Abstieg wackelig machte. Da Ina ohnehin von seinem Versteck wusste und möglicherweise gar nicht mehr in diesem Haus lebte, konnte er sich dieses Versteckspiel in Zukunft sparen.

Selbst als er die Infusion vorbereitet hatte, kam keinerlei Vorfreude in ihm auf. Sein einziges Ziel war es, für eine Weile aus diesem Albtraum auszusteigen.

Er setzte sich auf das Ledersofa und machte sich daran, den Zugang zu legen. Als er den Tropf aufdrehte, dachte er noch nicht einmal daran, sich mit der Wolldecke zuzudecken. Sein Kopf sank zur Brust und er schlief im Sitzen.

Sein Nacken schmerzte schrecklich, als er die Augen öffnete. Er verpackte seine Utensilien und ließ die Kiste einfach auf dem Schreibtisch stehen, wobei sein Blick wieder auf Lehnknechts Akte fiel. Irgendetwas zwang ihn, sich diesen Beleg seiner Arbeit noch einmal anzuschauen. Er setzte sich und schlug den Aktendeckel auf. Die Sache ließ ihm keine Ruhe. Dabei hatte er in der Klinik genug anderes zu tun. Längst hatte er den DNA-Test der kleinen Jolina gegen den von Luis Peréz ausgetauscht. Alles war vorbereitet. Manuela war instruiert, den ersten Gesprächstermin mit den Eltern des kleinen Jungen auszumachen. Gelders war fest entschlossen, die Eltern von weiteren Untersuchungen zu überzeugen. Er wusste, dass er genügend Anlass finden oder notfalls erfinden würde, um die Familie letztlich von einer Geschlechtsangleichung zu überzeugen. Der kleine Luis würde ein Mädchen werden. Sein zwölftes Kapitel würde geschrieben und seine Forschungen belegt werden, womit alle Umstände, die seinem Forschungszentrum im Weg standen, ausgeräumt wären.

Doch zuerst musste er diesen Verbrecher finden und seine Ehe kitten. Bei dem Gedanken an Ina blickte er auf die Rolex an seinem Handgelenk. Es war nach vierzehn Uhr. Er musste sich bei Andy erkundigen, ob es Neuigkeiten gab. Womöglich hatte sein Schwager längst versucht, ihn zu erreichen. Sein Mobiltelefon hatte er wahrscheinlich wieder im Auto gelassen. Unter Narkose hätte er ohnehin keinen Anruf gehört.

Er sprang von seinem Bürostuhl auf und schwankte kurz. Mit beiden Händen krallte er sich an der massiven Teakplatte fest, richtete sich dann möglichst gerade auf und taumelte zur Tür der Bibliothek. Auch wenn er noch nicht sicher auf den Beinen war, hatte er ein festes Ziel vor Augen. Er musste zum Auto. An der obersten Stufe der Treppe blieb er stehen. Seine Hand krallte sich an dem kalten Handlauf fest, als er hinter sich ein Geräusch hörte. Gerade wollte er herumfahren, als ihn ein lauter Knall davon abhielt. Es schepperte in seinen Ohren und ein stechender Schmerz fuhr durch seinen Kopf, als seine Knie nachgaben.

# Einige Zeit später, zwei Etagen tiefer ...

Es war wie aufwachen, obwohl man gleichzeitig bewusstlos war. Er fühlte sich wach, fluchtbereit und zu gleichen Teilen benebelt und weggetreten. Der Versuch aufzustehen schlug fehl. Genau genommen konnte er nichts, abgesehen von seinem Kopf bewegen. Er hörte Schritte. Plötzlich wurde es hell. Etwas war ihm vom Kopf gezogen worden und er starrte mit weit geöffneten Augen in die verzerrte Maske eines traurigen Clowns. Auch blinzeln konnte er nicht. Seine Augen wurden von einer Art Vorrichtung offengehalten, dessen Metall sich in die empfindliche Haut um seine Augäpfel herum bohrte. Den unangenehmen Druck konnte er spüren, doch Schmerzen hatte er keine. Er lag auf dem Rücken und etwas Großes steckte in seinem Mund. Als er den Kopf an dem merkwürdigen Clown vorbei drehte, wurde sein raschelnder, nasaler Atem noch schneller. Über ihm hing ein Monitor, worauf ein grünes Operationstuch zu sehen war.

„Kennen Sie den John-Joan-Fall? Die Geschichte von David Reimer?", fragte eine helle Stimme und sein Gesicht fuhr wieder zu dem hässlichen Clown.

„Sicher kennen Sie die. Bestimmt haben Sie auch das Buch gelesen, *Der Junge, der als Mädchen aufwuchs*. Wissen Sie, für mich war es, als ob mir jemand, den ich gar nicht kenne, meine Familiengeschichte erzählt. Und jetzt dürfen Sie mal raten, wer ich bin."

Voller Horror starrte Gelders in die verzerrte Fratze. Natürlich wusste er, wer unter der Maske steckte. Und die Polizei wusste es auch. Wieso hatte Andy noch nichts unternommen? Wie konnte es soweit gekommen sein? Gelders merkte, wie sich seine Augen mit Tränen füllten, die aufgrund der Lidsperre ungehindert über seine Schläfen liefen. Sein Herz setzte kurz aus, als die Gestalt die Maske abnahm.

*Die OP-Schwester?*, dachte er und wollte schlucken, was mit dem Knebel im Mund fast unmöglich war. Konnte es wirklich sein, dass er falsch gelegen hatte?

„Ich bin nicht einmal sicher, ob Sie mich inzwischen erkennen. Aber das spielt auch keine Rolle. Ich werde Ihnen alles erklären. Aber eins nach dem anderen. Zuerst mal dazu, was wir heute machen."

Sie war aus seinem Blickfeld verschwunden. Als er über sich eine Bewegung wahrnahm, drehte er den Kopf zum Monitor. Das Operationstuch war weggezogen worden und auf dem Bildschirm waren seine eigenen Geschlechtsteile erschienen. Sein Atemrhythmus wurde so schnell, dass in seiner Lunge keine Luft mehr ankam. Er glaubte, sich zu bewegen, seine Hüften zu winden, doch auf dem Bildschirm war keine Bewegung zu sehen.

„Wir machen heute eine Orchiektomie. Keine Angst, ich werde das alles richtig machen. Ich habe ja von dem besten gelernt. Was zuerst?"

Liane summte vor sich hin, als würde sie überlegen. Sie kam sich selbst unwirklich vor. Wie ein Schauspieler in einer Rolle. Gleichzeitig merkte sie aber, dass sie ihre Macht auf ekelerregende Weise genoss. Sie mochte es, ihm Angst zu machen. Beim Anblick seiner Genitalien wurde ihr übel, doch sie nahm sich vor, in ihrer Rolle zu bleiben. Es musste sein.

„Jetzt weiß ich! Was halten Sie vom üblichen Team-Time-Out? Obwohl unser Team heute ziemlich klein ist, müssen wir ja trotzdem sichergehen, dass die richtige Operation am richtigen Körperteil durchgeführt wird."

Sie schaute nur kurz zu seinem Gesicht. Die von den Lidsperren offengehaltenen Augen kamen ihr jetzt noch weiter vor.

„Wir werden das Gewebe beider Hoden entfernen. Dazu werde ich die Hodenhaut aufschneiden und nach dem Eingriff ordnungsgemäß wieder vernähen. Der Patient ist ausreichend sediert und bewegungsunfähig gemacht. Die Operation wird von Professor Gelders selbst beaufsichtigt."

Sie ging noch einmal zum Kopfende und schaute ihn mitleidig an.

„So, und jetzt zum Grund unseres Eingriffs: Vor zwanzig Jahren, haben Sie eine Person geschaffen, die es nicht hätte geben dürfen. Und ich habe diese Person über alles geliebt. Ich konnte sie aber nicht retten, weil es meine kleine Schwester Sara in

Wirklichkeit niemals gab. Sie haben aus meinem Bruder einfach ein Mädchen gemacht.“

Endlich verstand er. Es war nie Lutz Lehnknecht selbst gewesen. Die Frau, die sich jetzt näher über sein Gesicht beugte, war seine ältere Schwester, Lilly.

„Und jetzt verdächtigen Sie auch noch meinen Bruder. Nur, dass Lutz für heute ein stichfestes Alibi hat. Der sitzt nämlich ihretwegen in einer Zelle.“ Liane grinste zufrieden. „Jetzt aber zu meinen Beweggründen. Sie erinnern sich doch sicher an die Therapiesitzungen, an denen ich auch teilnehmen musste. Sie haben uns regelmäßig voreinander bloßgestellt. So wie es dieser Money mit den Reimer Zwillingen gemacht hat. Unseren Eltern haben Sie erklärt, sie brauchten mich, um Saras Geschlechtsidentität zu festigen. Sie sind ein krankes Schwein.“

Liane richtete sich auf. Plötzlich hatte sie gar nicht mehr das Bedürfnis, dieses Monster über die Gründe für sein Schicksal aufzuklären. Sie holte das Tablett mit dem Operationsbesteck und begann mit Abscheu, die Genitalien zu desinfizieren.

„Erst als sich Sara zum zweiten Mal umzubringen versucht hatte, haben wir die Wahrheit erfahren. Sara wollte natürlich wieder ein Junge sein, das kommt Ihnen sicher bekannt vor. Lutz ist aber leider auf die schiefe Bahn geraten und meine Eltern sind daran seelisch zu Grunde gegangen.“

Liane hielt in der Bewegung inne. Ein kehliges Lachen drang aus ihrem Hals.

„Naja, meine Psyche hat wohl auch etwas abbekommen. Sonst wären wir jetzt wohl nicht hier.“

Sie hatte die Worte derart ausgespien, dass kleine Speicheltröpfchen auf den Leinentüchern landeten. Das erinnerte sie an den Mundschutz. Schließlich wollte sie nichts abbekommen, falls es spritzte. Sie zog sich einen Mundschutz über und begann erneut mit der Desinfektion.

„Durch das Buch von John Colapinto über das Leben von David Reimer bin ich übrigens erst auf die Operationen gekommen, die an intersexuellen Kleinkindern durchgeführt werden. Als ich dann erfahren habe, dass Sie, lieber Herr Professor, derartige Operationen durchführen, hatte ich mehr als genug Gründe, Ihrem Wahnsinn ein Ende zu machen.“

Der Arzt gab inzwischen ein gedehntes Heulen von sich, das Liane so gut es ging ignorierte. Sie wünschte sich, noch andere Apparaturen aus der Klinik mitgebracht zu haben. Eigentlich wäre es ihr jetzt ganz recht gewesen, seine Vitalfunktionen zu überwachen. Er war schon ganz lila im Gesicht.

„Sie haben es mir mit ihrer hollywoodreifen Propofolabhängigkeit wirklich leicht gemacht. Wissen Sie das?“

Das Heulen wurde lauter.

„Es war ein Kinderspiel, Sie mit Östrogen aus Ihrer eigenen Praxis vollzupumpen. Das Interferon war mit seinen breitgefächerten Nebenwirkungen nur das Tüpfelchen auf dem i.“

Interferon? Verdammt! Dieses Zeug bekamen oft Junkies gegen Hepatitisinfektionen. Gelders dachte an seine Depressionen, an die Gliederschmerzen und an die Muskelkrämpfe in seinen Händen, während Liane nach dem Skalpell griff.

„Und wenn wir hier fertig sind, dann werden Sie Ihr restliches Leben lang auf Hormontherapien angewiesen sein, genau wie Ihre kleinen Patienten. Finden Sie das nicht auch fair?“

Sie setzte das Instrument auf die weiche Haut am oberen Ende des Hodensacks und übte gerade so viel Druck aus, dass der erste Tropfen Blut hervorquoll. Das quiekende Geheul ihres Patienten wurde lauter, als sie von oben ein Glockenspiel hörte. Die Türklingel. Sie dachte darüber nach, die Flucht zu ergreifen, schüttelte dann aber entschlossen den Kopf. Als sie das Skalpell erneut ansetzte, hörte sie im oberen Teil des Hauses ein Geräusch. Sie beugte sich über Gelders' Kopf, legte den Zeigefinger vor den Mund und wunderte sich, dass er tatsächlich still wurde.

„Johannes? Bist du zu Hause? Papa?“

Sie erkannte Christians Stimme und wusste, dass es vorbei war. Mit ruhigen Bewegungen, als hätte sie einen tranceähnlichen Zustand erreicht, zog sie ihren Operationskittel aus und legte ihn auf das Geschlechtsteil des Patienten. Dann verließ sie seinen Weinkeller über die weiß lackierte Wendeltreppe.

Im Erdgeschoss des Hauses angekommen, schloss sie die Kellertür leise hinter sich und ging mit entschlossenen Schritten in die Eingangshalle.

Christians Mund stand offen, als er sie sah. „Liane? Meine Mutter hat mich angerufen. Sie hat sich offenbar von meinem

Vater getrennt und ich soll nach ihm sehen. Was machst du hier?"

Sie hob die Hand, um ihn zu unterbrechen, wobei sie ihm immer näherkam. „Du wirst es bestimmt nicht verstehen und mir sicher nicht verzeihen. Aber ich möchte, dass du weißt, dass ich mich wirklich und von ganzem Herzen in dich verliebt habe. Obwohl ich das gar nicht wollte."

Seine Augen zogen sich zu engen Schlitzen zusammen. Langsam verstand er, dass sie nicht auf der guten Seite stand.

„Wo ist mein Vater?"

Lianes Augen schwammen in Tränen. „Geh in den Keller und ruf die Polizei. Ich werde hier warten."

„Keller? Aber ... was ...?", stammelte er.

Sie schaute ihm fest in die Augen. „Geh jetzt in den Keller!"

Er stolperte in den hinteren Teil des Hauses. Erst als er im Flur verschwunden war, öffnete sie die Haustüre und rannte zu ihrem Wagen.

***

Christian wusste nicht, was er zuerst anfassen oder herausnehmen sollte. Als er den Operationskittel von der beleuchteten Stelle nahm, sah er Blut. Doch sein Blick schnellte zum entstellten Gesicht seines Vaters und er entschied sich, zuerst zum Kopfende des improvisierten Operationstisches zu gehen. Er nahm den Knebel aus dem Mund seines Vaters und sah gleich darauf, dass sich der rechte Mundwinkel zum Kinn herunterzog. Als er vorsichtig die Lidspangen entfernte, hing auch das rechte Augenlid herunter. Mehrfach forderte er seinen Vater auf, etwas zu sagen. Doch der Professor gab nur tierähnliche Geräusche von sich und Christian griff zu seinem Telefon, um einen Notarztwagen und die Polizei zu verständigen. Noch bevor die Kollegen eintrafen, hatte er die Wunde vernäht, die sich glücklicherweise nur als ein kurzer Schnitt entpuppt hatte.

Professor Johannes Gelders wurde zehn Minuten später mit Blaulicht und dem Verdacht auf einen Schlaganfall in seine eigene Klinik gefahren.

# 367 Tage später

Mit eisigen Fingern schob er das Fahrradschloss zwischen die Speichen des Vorderrades, um es mit dem eisernen Ständer zu verbinden. Eigentlich machte es wenig Sinn, den alten Drahtesel vor dem Haus anzuschließen. Erstens, weil hier jeder sowieso alles klaute, egal, wie es gesichert war, und zweitens, weil das alte Teil niemand haben wollte. Er schüttelte die Regentropfen von dem wasserabweisenden Material der grünen Jacke. Ein Werbegeschenk, mit dem Jever-Logo auf der linken Brust. Auch aus seinen kurzgeschnittenen Haaren flogen dicke Tropfen, als er den Kopf schüttelte. Die schwere Haustür schob er mit einem klagenden Knarzen nach innen auf und drehte sich mit dem Schlüssel in der Hand zu der langen Wand mit den Briefkästen. Auf dem zweiten Kasten der dritten Reihe stand sein Name. Auch die blaue Metallklappe quietschte beim Öffnen. Zwischen Werbeprospekten von Real und Penny fand er einen handbeschriebenen Brief, den er auf der Suche nach dem Absender umdrehte. Dort stand in ordentlich geschwungenen Lettern *Julia Kobalt, Kurklinik Köln* und Lutz musste lächeln. Schwester Julia hatte ihm geschrieben. Auch wenn dieses Kommunikationsmittel fast schon vorzeitlich wirkte, musste Schwester Julia wissen, wie stolz es ihn machte, auf eigenen Beinen zu stehen und sogar Post zu bekommen. Wie immer ließ Lutz den Fahrstuhl links liegen und nahm die Treppe. Er stieg, ein Stockwerk nach dem anderen, bis in die siebte Etage hoch, wobei er den Brief unentwegt in der Hand drehte. *Herr Lutz Lehnknecht* stand darauf und seine Vorfreude, ihn zu öffnen, wurde mit jeder Stufe stärker.

An der Wohnungstür schob er den Brief zwischen die Lippen, sodass er beide Hände frei hatte. Er steckte den Schlüssel in den Zylinder und zog die Tür zu sich heran, während er ihn drehte. Knurrend wie ein launischer Hund öffnete sich die graue Eingangstür und er trat hinein. Seine Bude bestand aus nicht mehr als einer Küchenzeile mit angrenzender Schlafnische und einem kleinen Duschbad. Auch wenn zurzeit noch das Amt zahlte, war er zufrieden, sein eigener Herr zu sein. Mit dem Job im Getränkemarkt, auch wenn der nur aus dem Entladen von LKW und dem nächtlichen Einräumen der Ware bestand, verdiente er sich sogar ein kleines Zubrot. Alles in allem konnte sich sein neues Leben sehen lassen.

Lutz setzte sich auf den Hocker an seinem improvisierten Essplatz und legte den Brief auf den Campingtisch. Gleich darauf hatte er ihn schon wieder in der Hand. Noch einmal drehte er ihn, hebelte mit dem kleinen Finger die Lasche hoch und riss ihn der Länge nach auf. Auf einem zusammengefalteten, handgeschriebenen Brief klebte eine neongelbe Haftnotiz.

*Lieber Lutz, diesen Brief hat ein anonymer Absender geschickt. Wir wissen beide, von wem er kommt und ich habe mich entschlossen, ihn, wie vom Absender verlangt, an dich weiterzuleiten. Ich bin stolz auf dich und wünsche dir weiterhin alles Gute.*
*Schwester Julia*

Lutz entfernte die gelbe Notiz und faltete das Papier auf. Die Handschrift war ordentlich und gleichmäßig. Es waren keine Stellen verbessert worden. Da hatte sich jemand sehr viel Mühe gegeben und den Brief vielleicht sogar mehrfach verfasst. Seine Augen hatten sich schon mit Tränen gefüllt, als er zu lesen begann.

*Lieber Lutz,*
*ich wusste schon immer, dass du es schaffst, über das Ganze hinwegzukommen. Schon als Kind warst du zielstrebiger und vielleicht etwas sturer als ich. Du hast einfach mehr Biss. Dass du meinetwegen von der Polizei festgehalten wurdest, tut mir unglaublich leid. Außerdem werde ich mir niemals verzeihen, dass ich dich habe glauben lassen, dass du es nicht schaffst, clean zu bleiben. Du kannst alles schaffen, was du wirklich willst, und das wissen wir beide. Als große Schwester hat man wohl immer einen leichten Drang, die kleineren so zu manipulieren, dass sie in die richtige Richtung gehen. Damit komme ich auch schon zum Grund meines Briefes. Natürlich habe ich das nötige Geld für deine Operationen. Und sogar ein bisschen mehr. Du sollst alles bekommen, was uns unsere Eltern hinterlassen haben. Trotzdem musst du dafür noch etwas tun. Bitte kümmere dich darum, dass*

*das Haus endlich verkauft wird. Ich weiß, dass du das Grundstück nicht betreten möchtest und dass es dich unbändige Kräfte kosten wird. Aber du musst noch einmal zurückgehen. Die Kombination zum Tresor in Vaters Arbeitszimmer findest du auf der Rückseite.*

*In Liebe,*
*dein Gänseblümchen*

# Epilog

Alice zupfte an den bunten Stickereien am Saum ihres schwarzen Kleides. Sie saß auf einem der drei Stühle auf der riesigen Bühne des Konferenzsaals. Immer noch konnte sie es kaum fassen, dass das neue Beratungszentrum für intersexuelle Menschen in einigen Minuten unter ihrer Leitung eröffnet wurde. Mit unsicherem Blick schaute sie zu Christian hinüber, der auf dem Stuhl direkt neben ihr saß. Der Saal war vollgestopft mit Menschen, was sie nur am Stimmengewirr erkannte, da sie von der Bühnenbeleuchtung geblendet wurde. Gleich würde es Zeit sein, die ersten Begrüßungsworte zu sprechen. Dass ihr Zentrum ausgerechnet seinen Namen tragen und damit vielleicht einen Teil seines Rufes reinwaschen würde, fühlte sich immer noch wie Verrat an. Doch ohne die finanziellen Mittel, die Gelders ursprünglich für sein Hormonzentrum geplant hatte, würde es kein Beratungszentrum geben. Vermutlich würde Alice ohne die Unterstützung von Christian und Ina noch die nächsten zehn Jahre gegen Windmühlen kämpfen und mit mühsamer Öffentlichkeitsarbeit versuchen, sich endlich Gehör zu verschaffen. Als Christian zusammen mit seiner Mutter auf sie zugekommen war, hatten die beiden einen Hoffnungsfunken in Alice entzündet, der inzwischen zu einem regelrechten Waldbrand geworden war. Es gab Hoffnung auf Fortschritt. Seit auch endlich die Kennzeichnung eines dritten Geschlechts im Geburtenregister durchgesetzt worden war, glaubte Alice, dass eine neue Zeitrechnung anbrach. Vielleicht war die Menschheit endlich bereit für Veränderung. Bereit für Wahrheit und Diversität.

Synchron zu diesem Gedanken veränderte sich die Bühnenbeleuchtung und das Stimmengewirr im Publikum verstummte. Der Scheinwerfer flog zum seitlichen Bühnenaufgang, an dem Ina gerade den Rollstuhl auf die Bühne schob. Sie stellte den Professor ab und nahm zwischen ihm und ihrem Sohn Platz. Dann nickte sie Christian zu, der daraufhin mit dem Mikro in der Hand aufstand.

„Lange habe ich mir überlegt, wie ich diese Ansprache beginnen möchte. Ich werde sicherlich nicht alles richtig machen, doch ich bin zumindest zu einem guten Anfang gekommen."

Er machte eine kurze Pause, in der er das Mikro sinken ließ und hob es gleich wieder an seinen Mund. Seine Augen strahlten und Alice konnte sehen, was Liane an ihm gefunden hatte.

„Herzlich willkommen, liebe Menschen! Ich bin froh um jede Person, die sich heute hier eingefunden hat, um mit uns das *Gelders Beratungszentrum für intersexuelle Menschen* zu eröffnen. Mein Vater hat seit seinem Schlaganfall nicht mehr die Möglichkeit, sich zu äußern. Doch ich bin sicher, dass er stolz ist, dass seine Arbeit letztlich in einem so großartigen Zweck gipfelt. Welche Hilfestellungen, Netzwerke und vor allem Wege der Aufklärung unser Zentrum zukünftig bieten wird, wird Ihnen das Herz unserer Einrichtung selbst erklären. Ich bitte Sie um einen herzlichen Applaus für unsere Zentrumsleitung, Alice Steiner."

Mit zitternden Knien kam Alice auf die Beine. Obwohl sie unglaublich nervös war, strahlte sie bis hinter die Ohren und ihre Freude war echt. Ihr Blick wanderte über die Menschen im Saal, als auch sie sich für deren zahlreiches Erscheinen bedankte. Am hinteren Ende des Raumes war eine der Holztüren geöffnet worden. Während Alice der Familie ihren Dank für die finanziellen Mittel aussprach und der starke Lichtstrahl von ihr ab und auf Familie Gelders geleitet wurde, konnte sie die Gestalt in der Tür erkennen. Ganz hinten im Raum stand Liane. Alice hatte ihre Freundin seit dem Vorfall vor über einem Jahr nicht mehr gesehen. Liane war untergetaucht und Alice hoffte inständig, dass sie es auch blieb. Sie glaubte Christian zwar, dass er Liane nicht belastet hatte, doch sie traute dem Frieden nicht. Immer wieder hatte Christian sie bekniet, Lianes Aufenthaltsort preiszugeben, weshalb sie unendlich froh war, ihn selbst nicht zu kennen. Er hatte beteuert, sie zu lieben und ihr helfen zu wollen. Er schwor, weder der Polizei noch seiner Mutter jemals zu verraten, dass er die Täterin kannte. Irgendwann hatte er es soweit getrieben, dass Alice überzeugt gewesen war, die ganze Idee für das Beratungszentrum diene ausschließlich dem Zweck, Liane zu finden. Nachdem aber Gelders' Pläne für das Hormonzentrum und sein wahnsinniges Goldenes Buch gefunden worden waren, ließ sie sich von Christian und Ina überzeugen, dass die Familie etwas gutmachen wollte. Alice konnte sich die Hölle nur erträumen, durch die der Professor jetzt gehen musste. Sie hoffte, sein letzter Rest funktionsfähiger Gehirnmasse würde ausreichen, gerade miterleben zu müssen, wie von seinem Geld eine Institution gegründet wurde, die gegen all seine Überzeugungen stand. Alice nickte entschlossen und Liane erwiderte die Bewegung, dann fuhr die Leiterin mit ihrer Eröffnungsansprache fort.

# Danksagung

Unsere Welt ist facettenreich und der Mensch ist ein fantastisch vielseitiges Wesen. Die Recherche für diesen Roman hat nicht nur sehr viel Zeit in Anspruch genommen, sie war eine Achterbahn der Gefühle und damit eines meiner vielseitigsten Erlebnisse. An dieser Stelle möchte ich noch einmal klarstellen, dass die Geschichte zwar vom Leben des David Reimer inspiriert, aber trotz alledem reine Fiktion ist. Natürlich habe ich, gerade was die geschlechtsverändernden Operationen angeht, so gut ich konnte recherchiert, doch Gelders ist wie alle Figuren in meinem Roman fiktiv und damit natürlich auch seine unverantwortlichen Hormonexperimente. Während meiner Arbeit habe ich großartige Menschen kennengelernt und durfte viel lernen. In den vergangenen Jahren habe ich die Arbeit an diesem Buch immer wieder neu aufgenommen. Dass es letzten Endes zu einem fertigen Roman geworden ist, verdanke ich einer beachtlichen Anzahl an Menschen:

First of all I'd like to thank Dr. Milton Diamond for having me at the University of Hawaii and for answering all my questions about his great work for intersex individuals and his work with David Reimer. Thanks Mickey! It was a pleasure seeing you and Connie.

Vielen Dank an Maya Posch für die langen Unterhaltungen und alles, was sie mit mir geteilt hat. Ich danke Stefanie von der Selbsthilfegruppe für XY-Frauen für das Testlesen und das wunderbare Feedback und Lucie vom Bundesverband für Intersexuelle Menschen e.V.. Ihr habt mir Mut gegeben, mich diesem wichtigen Thema zu stellen. Außerdem danke ich Lisa für die Einblicke in ihre Arbeit im OP und Thomas Adam, der mir gezeigt hat, wie sich ein Leben als Obdachloser in Frankfurt gestaltet. Ohne euch wären die Figuren von Liane und Lutz nicht so geworden, wie sie

sind. Dem lieben Eisenbahn-Reiner möchte ich danken, dass er mir erlaubt hat, ihn in meinem Buch zu erwähnen.
Für die investierte Energie, und gute Zusammenarbeit danke ich Bettina. Ebenfalls für viel Zeit, Ehrlichkeit und Interesse bedanke ich mich bei Andy, Gudrun, Frauke, Martin, Julia und meiner lieben Mama. Außerdem danke ich der lieben Sonja Rüther für ihr ausführliches Feedback und die tollen Gespräche. Ihr habt alle geholfen, „Verschnitt“ zu einem besseren Buch zu machen. James, ich danke dir für die Idee, Gelders am Ende wehrlos zu machen, und für die Arbeit, die du in die ersten Übersetzungen investiert hast. Ich freue mich auf eine weitere Zusammenarbeit. But: No pressure!☺
Gar nicht genug danken kann ich Daniel, der meine Arbeit an diesem Projekt nunmehr vier Jahre lang nicht nur ausgehalten, sondern immer unterstützt hat. Du lässt mich unsere Urlaube für Rechercheausflüge unterbrechen, du machst mich stärker und du glaubst sogar an mich, wenn ich es selbst nicht kann.
Last but not least bin ich natürlich meinem großartigen Lektor und Verleger Gerd Fischer ganz besonders dankbar. Lieber Gerd, du hast sofort an ‚Verschnitt‘ geglaubt, konntest dich für die Geschichte begeistern und hast die Wichtigkeit gesehen, gefühlt und verstanden. Danke.

## Intersexuelle Menschen e. V. (IM-eV.de):

„Laut Weltgesundheitsorganisation werden weltweit circa 2% aller Menschen mit signifikanten Variationen der geschlechtlichen Merkmale geboren, so auch in Deutschland. Diese Menschen passen nicht in ein bekanntes Geschlechterbild. Sie werden daher immer noch medizinischen Behandlungen unterzogen, oft auch operiert, damit sie danach weiblich(er) oder männlich(er) aussehen.
Wir vertreten sogenannte „intergeschlechtlich" geborene Menschen und fordern gleiches Recht für alle Menschen. Jeder Mensch muss über den eigenen Körper selbst entscheiden dürfen und sollte damit auch bewusste Entscheidungen für oder gegen Behandlungen treffen dürfen.
Der Thriller ‚Verschnitt' greift die emotionale Welt der Betroffenen eindrücklich auf und spiegelt sie gekonnt wider. Der Vorstand."